„Lehrbuch für Profikiller“

Dr. Eno Forcer

Dr. Eno Forcer

„Lehrbuch für Profikiller“

Be(a)st of Enforcer

SHAKER™
media

Bibliografische Information der Deutschen Nationalbibliothek
Die Deutsche Nationalbibliothek verzeichnet diese Publikation in der Deutschen Nationalbibliografie; detaillierte bibliografische Daten sind im Internet über http://dnb.d-nb.de abrufbar.

Bildnachweis: Fotolia 75602514 - Bomb with burning fuse by destina

Printed in Germany.

ISBN 978-3-95631-575-6

Shaker Media GmbH • Postfach 101818 • 52018 Aachen
Telefon: 02407 / 95964 - 0 • Telefax: 02407 / 95964 - 9
Internet: www.shaker-media.de • E-Mail: info@shaker-media.de

“Lehrbuch für Profikiller”

Be(a)st of Enforcer
by Dr. Eno Forcer

Als Geschichte eines geheimen Auftragskillers spannend verpackt, wird uns dieses Lehrbuch des Tötens geöffnet, um in Zukunft genau dies zu verhindern, nämlich dass sich ein motivierter Einzeltäter aus Baumarkt, Apotheke und Internet ganz leicht bedienen kann, um Terror zu verbreiten! Die Psychologie eines isolierten Einzeltäters.

Die spannende Kunst des Mordens mit zahlreichen, verschiedenen Methoden von einem vielleicht noch lebenden Killer auf freiem Fuß – mit wirksamen Tipps zum Selbstschutz!
(Gerade sog. „Kleinwaffen“, wie Pistolen, Sturmgewehre, Handgranaten und Panzerfäuste, gelten neuerdings als Massenvernichtungswaffen, weil durch sie weltweit viel mehr Menschen umkommen, als durch die üblichen, großen Waffensysteme! – Radiomeldung BR Aktuell am 09.03.2016)

Erklärung zum Titel:
»Best of Enforcer«: die 12 perfidesten Hits des Killers.
»Beast of Eno Forcer«: das *menschliche Biest, von dem der Autor Dr. Eno Forcer hier berichtet.*

Erklärung zum Buch:
Ich habe die dunkle Seite studiert und akzeptiere sie als einen notwendigen Bestandteil des großen Ganzen. Aber ich bestehe darauf, dass die gute Seite genauso viel wissen darf.

Buchprojekt »Beast of Enforcer«

Aus dem Leben eines Auftragskillers. Ein renommierter Arzt führt seit über zehn Jahren ein Doppelleben als »Enforcer«, als Profikiller für private Auftraggeber und Geheimdienste, der für Geld gnadenlose Selbstjustiz verübt. Niemand in seinem normalen Leben ahnt etwas vom zweiten Gesicht des Ehemannes und Vaters dreier Kinder. Selbst für seine Auftraggeber ist er ein Unbekannter, der auf Empfehlung »gebucht« wird und der mit unglaublicher Effizienz, Vielseitigkeit und Improvisationstalent für diesen »Nebenberuf« wie geschaffen zu sein scheint. Er ist ein Player, der erfindungsreiche Alibis gewöhnt ist und diese

Kunst nicht nur als Killer nutzt.

So weit scheint das Thema bei der Fülle spannender Thriller auf dem Markt noch nichts Besonderes darzustellen; ein weiterer netter Roman eines Autors mit blühender Fantasie und mit verborgenem Möchtegerntalent als Krimineller?

Weit gefehlt?

Was wäre, wenn dieses Buch keine Fiktion wäre, sondern das Ergebnis zahlreicher Enthüllungsgespräche mit dem wahren Enforcer, einer authentischen, noch lebenden Person, die all diese Morde und Eskapaden tatsächlich verübt und erlebt hätte?
Mehrmals war der Enforcer im Buch nahe am Scheitern, als Killer und als Mensch; etliche Male entkam er dem Gefängnis oder dem Tod nur um Haaresbreite. Vielleicht ist er lediglich eine fiktive Romanfigur? Vielleicht aber lebt er wirklich noch als freier Mann unter uns und führt sein extremes Doppelleben?

Dann wäre es natürlich unumgänglich, sowohl die Ortsangaben als auch Personennamen zu ändern. Ebenso würden dann keine Datumsangaben gemacht und die Reihenfolge der Morde und Eskapaden nicht in chronologischer Reihenfolge genannt werden, um der Strafverfolgung durch die Justiz zu entgehen.
Dies wäre notwendig, um Dr. med. Markus Dreher (Name geändert), den Enforcer, vor dem langen Arm des Gesetzes zu schützen. Ohne diese Voraussetzung würde ein wahrer Auftragsmörder wohl kaum die derart gnadenlos offene Enthüllung seiner beruflichen Lebensgeschichte mit all ihren Untiefen und Schwächen preisgeben. Jahrelange Internetrecherchen und zahllose Gespräche mit professionellen Kämpfern über die Kunst des Mordens komplettieren das Insiderwissen des Autors, der selbst zahlreiche Spezialtrainings mit international anerkannten Experten des Kampfes (siehe Danksagung am Ende) absolviert hat.

Recht, Moral und Psychologie des Tötens

Der bekannte Versuch der Verhaltensforscher, die Streifenhörnchen in einen Käfig sperrten und jeden Tag eines mehr, ist vielleicht dem einen oder anderen bekannt. Das Ergebnis war, dass ab einer gewissen Populationsdichte, ganz schlagartig, alle aggressiv geworden waren und sich gegenseitig totgebissen hatten, bis nur noch eines übrig geblieben war.
Vielleicht steckt dieser psychische Mechanismus auch in uns Menschen? Die Weltbevölkerung hat sich von 1962 bis 2016 mehr als verdoppelt! Vielleicht sind die aktuellen Terrorereignisse das Äquivalent menschlicher Aggression zum Streifenhörnchenversuch? Zunehmende Attentate durch übers Internet und aus Perspektivlosigkeit motivierte, aber **weitgehend isolierte Einzeltäter**, nicht nur mit religiösem Hintergrund, könnten für diese Hypothese sprechen (Dschihadisten, sog. „einsame Wölfe“ in Israel, die ohne Kontakt zu Palästinensern auf eigene Faust töten, kleine Terrorzellen wie in Paris oder Brüssel 2016, Nachahmer und Trittbrettfahrer u. a.)!
Ich erinnere mich noch, als wäre es heute Mittag gewesen, als ich mich mit meinem Rechtsanwalt unter vier Augen zum Essen verabredet hatte, um ihm das Buchprojekt »Enforcer« zu eröffnen. Natürlich war mir

die Brisanz des Materials bewusst und ich hatte keine Lust, von der Justiz öffentlich diffamiert und inhaftiert zu werden.

Anmerkung: Dennoch musste ich schon in der Entstehungsphase des Thrillers, als ich Textproben an ausgewählte Personen zum Lesen gegeben hatte – vielleicht die falschen! –, eine sog. »DuSu« (= staatsanwaltschaftlich angeordnete Hausdurchsuchung) über mich ergehen lassen, weil eventuell aufgrund der Authentizität der Texte der Besitz von waffenrechtlich strafbaren Gegenständen bzw. ein Verstoß gegen das KWKG (Kriegswaffenkontrollgesetz) vermutet wurde, was aber straflos ad acta gelegt werden konnte.

Zuerst, als ich ihm die Geschichte erzählte, wie der Enforcer und ich uns bei polizeilichen Spezialtrainings kennengelernt hätten, blieb mein Rechtsanwalt noch geschäftsmäßig ruhig. Immerhin hatte ich ihn gewählt, weil ich ihn schon seit Jahren als intelligenten und knallharten Profi seines Faches kannte.
Als dann aber die Botschaft, dass all die Hits im geplanten Buch authentisch und wahr sein sollten, bei ihm wirklich angekommen war, überfiel ihn unverkennbar und schlagartig eine ungesunde Blässe. Man konnte an seinen Augen förmlich ablesen, wie er die rechtlichen Konsequenzen in seinen Hirnwindungen abwog. Und spätestens als ihm klar wurde, dass ja nun auch er als Mitwisser tatsächlicher Morde in Gefahr sein würde, verflüchtigte sich seine bisherige Gelassenheit in der stickigen Luft des Steakhouses, in dem wir unser Bill-Williams-Filet verdrückten. Er tat mir fast ein wenig leid, als er mich bei der Erwähnung albanischer Kontakte mehrmals bat, »denen« seinen Namen auf keinen Fall mitzuteilen.

Er warnte mich eindringlich davor, unter eigenem Namen zu veröffentlichen. Er überlegte angestrengt, ohne einen weiteren Bissen anzurühren, wie man das Buch überhaupt veröffentlichen könnte.
Vom Markterfolg war er überzeugt. Am meisten hatte er aber mit den offensichtlichen moralischen Problemen zu kämpfen. Zum einen gefiel ihm nicht, dass ein breites Publikum praktisch »die Anleitung zum Töten mit zahlreichen funktionierenden Methoden« präsentiert bekäme. Zum anderen war er erstaunt und verwundert, weil ich mich in seinen Augen als Sprachrohr für einen Mörder hergeben wollte.

Er war sich auch absolut sicher, dass z. B. das LKA alle Hebel in Bewegung setzen würde, an den Enforcer heranzukommen, und auch ich als Autor sicher nicht ungeschoren davonkommen könnte.
Fast überstürzt kürzte er das Gespräch ab, wir zahlten angelegentlich eilig in Hast und trennten uns mit gezwungener Höflichkeit.

Zu Hause hatte ich irgendwie das Gefühl, einen Fehler gemacht zu haben. Ob mein Rechtsanwalt jetzt gleich die Polizei informieren würde? Wohl kaum, schon wegen der Schweigepflicht; obwohl ihm sicher danach war. Ich fühlte, wie unwohl er sich fühlte. Ich konnte die negativen Schwingungen förmlich über die Distanz erahnen.

Keine 30 Minuten später ließ mir mein Bauchgefühl keine Ruhe. Ich musste ihn nochmals anrufen, um die Situation zu entschärfen, sofern das noch möglich war.

Er war gleich am Apparat.

»Es tut mir leid!«, begann ich. »Ich hätte … ich war nicht aufrichtig mit Ihnen. Alles, was ich Ihnen erzählt habe, entspricht absolut der Wahrheit; bis auf die Person des ›Enforcer‹. Er ist eine fiktive Person, hat nie existiert. Insofern sind natürlich auch alle Hits erfunden!«

Darauf folgte eine lange Gesprächspause, in der ich nur seinen Atem hörte, zumal er ein wenig korpulent war. Wieder fühlte ich seine Gedanken rattern, alle Möglichkeiten und Variablen abwägend.
Ich entschuldigte mich dafür, ihn zum Narren gehalten zu haben: Ich hätte die Legende auf Glaubhaftigkeit hin prüfen wollen; wollte testen, ob ein Publikum glauben würde, dass ich absolut authentische Geschichten eines wahrhaften Mörders präsentierte.
Er nahm meine Entschuldigung an, gab aber auch zu, verwirrt zu sein und dass ihn Zweifel plagten, ob ich ihn nur beruhigen wolle. »Sie wissen schon: Wer einmal lügt …!«
Die Situation war verfahren. Aber er war intelligent. Das war gut.

Ich vermutete, er habe seiner Intuition vertraut, als er von sich aus 15 Minuten später wieder anrief und mir versicherte, es sei alles in Ordnung, denn er wolle nicht, dass ich mir unnötige Gedanken mache. Er hieß mein Spielchen nicht gut. Ich hätte die Geschichte auch gleich aufrichtig präsentieren können. Aber er verzeihe mir und wir sollten unter der Voraussetzung 100-prozentiger Ehrlichkeit weitermachen.

Er klärte mich gleich darüber auf, dass es juristisch nicht ratsam sei, zu behaupten, der Enforcer sei ein Tatsachenbericht, wenn dem nicht so sei ODER wenn man dies nicht beweisen könne/dürfe. Denn das verstoße gegen geltendes Wettbewerbsrecht, bei dem man die Richtigkeit der Behauptungen beweisen müsse, was ja keinesfalls möglich oder erwünscht sei. Selbst wenn der Enforcer eine reale Person wäre, müsse der Beweis unterbleiben, auch wenn man sich als Journalist evtl. auf Zeugenschutz berufen könne.
Hinsichtlich der moralischen Komponente kamen wir überein, alle Hits wirklichkeitsnah und detailgenau zu beschreiben, zumal heutzutage im Internet alle Informationen sowieso nahezu unbegrenzt abrufbar seien. Lediglich einige wesentliche Schritte sollte ich, v. a. beim terroristisch nutzbaren Sprengstoffthema, erkennbar zensieren, um es manchen Chaoten unmöglich zu machen, tatsächlich als Nachahmer aufzutreten. Diese sichtbare Zensur sei sogar ein wirksamer Marketing-Gag.

Die Idee zum Buch

Der Autor, ein begeisterter Thrillerleser und Militärkenner (siehe Angaben über den Autor), war es leid, in praktisch allen internationalen Actionromanen mit technischen Fehlern (»Er steckte ein Magazin in seinen Revolver ...!«) und allzu blühender, oft völlig unrealistischer Fantasie konfrontiert zu werden (»Die Handgranate detonierte mit einem riesigen Feuerball und brachte das Haus zum Einsturz!«).
Die wenigen wirklich authentischen Enthüllungsgeschichten oder -dokumentationen sind oft zu sachlich oder langweilig verfasst, sodass der Autor dem viele Jahre wachsenden Wunsch, einen spannenden »Sachbuch-Thriller« zu schreiben, endlich nachgeben wollte.
Nicht zuletzt wollte der Autor der Öffentlichkeit und der Politik aufzeigen, wie leicht es für z. B. religiös motivierte Einzeltäter auch in Deutschland sein kann, zum Massenmörder zu werden, um eben diese sichtbare Tendenz durch Wachsamkeit und Wissen zu verhindern. Gleichzeitig sind die Angaben im Buch nicht spezifisch genug, um diese für kriminelle Zwecke zu nutzen.

Wer liest diesen Roman?

Dieses Buch richtet sich in erster Linie an interessierte Profis, wie Polizisten und Soldaten mit entsprechender Ausbildung, als auch an interessierte Laien mit nicht allzu sanftem Gemüt, die Wert auf Wahrheit und Realitätsnähe legen, sowie an Politiker (zumindest die Tipps am Ende des Buches), denen ihre Wähler wirklich am Herzen liegen und die nicht nur vier Jahre lang Diäten kassieren wollen.

Jeder Staatsbürger sollte die Augen dafür öffnen, dass das Böse direkt neben ihm lauern könnte, und sollte eine Ahnung davon bekommen, wie ein Krimineller »tickt«! Vielleicht kann so manches Attentat v. a. von **immer weiter verbreiteten Einzeltätern** verhindert werden.

Das Einzigartige an diesem Buch ist, dass alle Methoden, die für die verübten Morde zur Anwendung kommen, absolut realistisch und mit akribischer Detailgenauigkeit beschrieben sind – und funktionieren! D. h., dass zum Beispiel ein »Hit«, der mit einer Claymore-Mine verübt wird, nicht nur als spannendes Ereignis geschildert, sondern jeder Herstellungsschritt bis zum tatsächlichen Sprengsatz mit professionellem Wissen wiedergegeben wird (allerdings ausreichend zensiert!). Alle technischen Details in diesem Buch (kleinkalibriges Scharfschützengewehr mit Schalldämpfer, Gifte, Flammenwerfer, Waffenanwendungen wie Sturmgewehr, Hochspannungsshocker, Selbstverteidigung mit und ohne Messer …) funktionieren wirklich! Selbst wenn z. B. die verwendeten Sprengvorrichtungen aus professionell militärischer oder polizeilicher Sicht lediglich sog. IED (= Improvised Explosive Devices) darstellen, wie sie auch z. B. bei gut informierten Taliban Verwendung finden, so darf das damit verbundene, erforderliche Know-how (Funktionssicherheit, Zuverlässigkeit, Brisanz, Wirkung) derselben nicht unterschätzt werden, wenn der Enforcer diese eben gerade NICHT als Selbstmordwaffen einsetzt.

Dem Publikum soll gezeigt werden, WIE LEICHT man sich Massenvernichtungswaffen (= hier Waffen, mit denen zahlreiche Personen auf einmal oder in kurzer Zeit getötet werden können) beschaffen, aber letztlich NICHT, WIE man diese dann letzten Endes tatsächlich herstellen kann. Lediglich die Giftanwendung und -herstellung unterlag keinerlei Zensur, weil dieses Wissen seit Jahrhunderten allgemein bekannt und in Botanikbüchern leicht nachzulesen ist.

ES WIRD DRINGEND UND EINDRINGLICH VOR JEGLICHER NACHAHMUNG GEWARNT! DIES SOLL KEINE ANLEITUNG ODER GAR INSPIRATION ZUR ANWENDUNG LETALER METHODEN SEIN, SONDERN VIELMEHR EINE ABSCHRECKUNG UND VORBEUGUNG DURCH WISSEN!

Vielmehr hofft der Enforcer, DURCH DIE AUTHENTIZITÄT VOR VERHARMLOSUNG UND ANWENDUNG ZU WARNEN sowie auf die möglichen Gefahren durch motivierte Attentäter hinzuweisen. Deshalb bildet ein Kapitel mit »**Meine Tipps für denkende Menschen**« den Abschluss, in dem der Enforcer (nicht der Autor!) aus seiner Erfahrung auf evtl. Lücken in der Grundstoffüberwachung, im Waffengesetz und im Handel aufmerksam macht. Nachahmern auf der dunklen Seite möge ihr Handwerk erschwert werden, indem die Sensitivität des Publikums geweckt wird.

MORD BLEIBT EIN SCHMUTZIGES UND ZUTIEFST ABZULEHNENDES GESCHÄFT, DAS ILLEGAL UND IN HÖCHSTEM MASSE MORALISCH VERWERFLICH IST!

Der Enforcer wird mit seinen Untiefen, mit der inneren Zerrissenheit und Problematik einer manisch-bipolaren oder gar schizoiden Persönlichkeit am menschenmöglichen körperlichen und seelischen Limit gezeigt. Dennoch grenzt diese Person mit ihrer faszinierenden Vielschichtigkeit, Methodenvielfalt und Energetik ans Geniale. Letztlich lebt er Fantasien aus, die im Keim durchaus in vielen Menschen stecken.
Dass ein derartiger Spagat und extremer Adrenalinrausch, so viele fast tödliche Ausgänge und der intellektuelle Kraftakt notwendiger Lügen- und Alibikonstrukte sowie die ständige Angst vor Entdeckung nicht folgenlos für die menschliche Psyche sein können, wird im Leben des Enforcer deutlich (psychische Probleme, Burn-out, Medikamentenabhängigkeit, sexuelle Exzesse).

Aus den anfangs schon angedeuteten Gründen muss die Frage, ob der Enforcer eine real existierende Persönlichkeit ist oder nicht, vorläufig unbeantwortet bleiben. Der Enforcer hat niemandem völlig vertraut, nicht einmal sich selbst.

Aber ist es wirklich wichtig, wer der Enforcer wirklich ist und OB er »wirklich« ist?

Autor und Enforcer (?) wünschen dem Leser ein informatives Leseerlebnis und ermahnen zu einem verantwortungsvollen Umgang mit dem gebotenen Insiderwissen über unzählige funktionierende Methoden in der Kunst des Mordens. V. a. hofft der Enforcer, dass die am Schluss des Buches genannten Sicherheitslücken schnellstmöglich geschlossen werden und sei es lediglich durch das neu erworbene Wissen einer wachsamen Bevölkerung.

Aufbau des Sachbuchthrillers »Enforcer«

Das Buch versteht sich nicht nur als Thriller, sondern vor allem als Sachbuch über das Morden mit zahlreichen, verschiedenen Tötungsmethoden und die Psychologie des Kampfes. Nur wenn man sich mit den existierenden Gefahren und dem Potenzial findiger Attentäter auseinandersetzt, kann man sich auch davor schützen. Die »Guten« müssen mindestens so gut informiert und trainiert sein wie die »Bösen«!
Damit die Sachinformationen den Spannungsbogen der zwölf, drehbuchartig aufgebauten Hits nicht zu sehr reduzieren, sind *rein informative Textstellen kursiv* gedruckt. Der Leser kann also während der Lektüre entscheiden, ob er sich lieber an den Thrillercharakter der Mordschilderungen hält, indem er die kursiven Stellen und/oder die Kommentare von »Z« (siehe Text!) beim Lesen auslässt und erst bei einem zweiten Lesedurchgang die kursiv gedruckten Lehren des Enforcer durchgeht.
Leser, die nur an dem spannenden Handlungsstrang und nicht an sachlichem Insiderwissen über das Morden interessiert sind, können diese Textstellen vollständig auslassen.

Weiterhin sind die Kapitel im Buch u. a. in sogenannte »H«- und »I«-Kapitel aufgeteilt. Erstere schildern jeweils verübte Hits des Profikillers, allerdings (selbstverständlich aus Gründen möglicher Strafverfolgung) nicht in chronologischer Reihenfolge; Letztere sind reine Infokapitel, in denen ganz sachlich die Herstellung von Sprengsätzen, Giften oder ähnlichen Werkzeugen des Enforcer beschrieben werden (allerdings teils zensiert!).
Weit über 50 erfolgreiche Hits gehen auf das Konto des Enforcer, von denen hier nur die interessantesten und lehrreichsten erzählt werden (»Best of ...«).

Nun wünscht der Autor viel Freude und lehrreiche Stunden mit dem »Enforcer«. Lassen wir ihn nun zu Wort kommen, ob nun fiktiv oder nicht ...

Haftungsausschluss

Weder Autor noch der Enforcer übernehmen jegliche Haftung für die Anwendung der genannten Methoden in diesem Sachbuchthriller. Keine Gewährleistung für Richtigkeit aller Angaben. Vor Anwendung ALLER im Buch genannten Angaben wird ausdrücklich nochmals gewarnt. Beachten Sie die Gesetzeslage Ihres Landes!

Inhalt

10 – Mein Equipment

Spy

- Wanze 433,445 Mhz mit Mikro, sprachgesteuert
- Peilsender 433,225 Mhz, energiesparend (pulsierende Ein-Aus-Steuerung)
- GSM-Wanze mit Video und Tonaufzeichnung mit SIM-Card
- Video Mini-CCD-Sender, Farbe, 2.4 Ghz
- Video Mini-CCD-Rekorder
- Bandrekorder von Sony, Audio mit Sprachsteuerung
- All-Band-Scanner Yupiteru MVT-7000
- Empfänger 2.4 Ghz mit LCD-Monitor
- Restlichtverstärker Gen3, Militärstandard
- Wärmebildkamera, Flir H-Series mit Videoaufzeichnungsfunktion
- Einfaches Metallsuchgerät von Whites
- Parabolmikrofon für Kinder von Seben
- Minolta Kleinbildkamera mit 300mm-Tele, Verschlusszeit 1/4000 Sec.

Function

- 2 Funkgeräte 433 Mhz Stabo, 4 Watt, Militärstandard
- Stroboskop, einstellbare Blitzfolgen, sehr stark, Industriebedarf
- Metz-Meca-Blitz
- Einsatzlampen Fenix LED-P7 und Fenix TK 75 (2800 Lumen)
- Leuchtstäbe chemisch
- Handy-Jammer gegen GSM
- Green-Laser-Pointer 100mW
- Blue-Laser-Pointer 2000mW (!) als Dazzler, Fokus justierbar
- Wrist Lamp (chinesische Billigarmbanduhr mit eingebauter LED mit ca. 120 Lumen)

Force

- Sturmgewehr SL 8 (zivile Form des G 36), mit Mündungsfeuerbremse
- Pistole Glock 19 mit Feuerwahlhebel
- Pistole Glock 34 mit Feuerwahlhebel (schnell wechselbar)
- Revolver S&W 0.38 spec (2 Zoll-Lauf), Version aus Titan und Aluminium (Airlight)
- Jagdrepetierer Anschütz .22 lfB mit Zielfernrohr Hako 4-12 fach, Leuchtpunkt
- Silencer (Schalldämpfer), Bauart »Maxim«, für Kal. 0.22 lfB
- Div. fertige Sprengsätze (siehe I-Kapitel)
- Energiebank selbstgebaut (lethal)
- (Flash)-Bang mit CO2-Gas-Kapseln aus dem Softairbedarf
- LED-Flash-Granate von Centurion (8000 Lumen)
- Kampfmesser der G.I.S. »Suppressor«
- Urban Dart (Dagger) von Cold Steel
- Zweimal M-16 Messer von CRKT
- Div. Nunchakus aus Hartholz, Titanrohren oder Aluminium
- Teleskopschlagstock
- Eine leere (!) Handgranate M75 jugoslawischer Bauart
- Gifte: Nikotin, Aconitum, Curare, jeweils als alkoholischer, eingedickter Auszug

Hide

- Echthaar-Vollbart mit Mastix
- Kajal-Stift, Concealer-Stift
- Div. Kappen, Baskenmütze
- Große Sonnenbrille
- Motorradhelm Caberg Carbon
- Sturmhaube mit Aramid
- Hollywood-Latex-Maske (von www.maskworld.com), angepasst
- Nebelsätze mit Lunte oder für Signalpistole Cal. 12

Move

- Chrysler Kombi 300C SRT8 (450 PS), schwarz
- Suzuki Hayabusa K7 GSX 1300 (180 PS), metallic rot
- Ferrari F355 Spider, silbergrau-rot
- Zero FX, Enduro E-Motorrad (max. 136 km/h, sehr leise)
- Beine: Sprint 11,8 sec / Laufen 10 km in 38,40 Min

Most important equipment

- Intelligenz, Erfahrung, Reaktion, Kompromisslosigkeit, Ruhe, mentale Stärke, trainierter Body and Mind, Kampfausbildung

H 1 – Der letzte »Hit«

Opfer: Junkie, männlich. Auftraggeber: gekränkte Ehefrau. Methode: Kampfmesser

Augen! Blutgeränderte, aus den Höhlen quellende Augen, ganz dicht vor meinem Gesicht starrten mich mordlüstern an. Ich war erstarrt vor tödlicher Angst, selbst ein Zittern war nicht möglich, so schien es, weil mein Körper und jede Bewegung selbst auf zellulärer Ebene eingefroren waren. Ich konnte den Schweiß riechen, die ausstrahlende Hitze der Wut … oder war es die Angst (?) … meines Gegenübers fühlen. Die Augen kamen immer näher, unerbittlich, und ich war wie in Curare-Starre hilflos ausgeliefert. Ausweglos! Die geplatzten Äderchen in den ehemals weißen Augäpfeln, es waren mindestens zwei, pulsierten, zeigten den pochenden, stockenden Strom der gehetzten Blutkörperchen dieses unsäglichen Zerberus. Ich war mir sicher, noch nie so eine lähmende, hilflose und völlig ausweglose Panik verspürt zu haben, und ich kenne mich aus mit Angst und Schrecken, oh ja!

Aber gerade als ich mein unmittelbares Ende akzeptieren wollte und begann, langsam, ruckend meine eigenen Augen zu schließen, sah ich in dem mikroskopisch vergrößerten, zentimeternahen Gesicht etwas anderes: Todesangst; und das mir wohlbekannte ungläubige Staunen über den eigenen, letzten Herzschlag und die Erkenntnis, dass da kein weiterer mehr kommen würde, wie ich das schon so oft gesehen hatte. Ich sah seine Augen ein letztes Mal flackern, der pulsierende Strom des Blutes kam stockend zum Erliegen und die zitternden Augenlider hatten nicht einmal mehr die Kraft, sich zu schließen.

Meine eigene Panik wich dem Entsetzen und dem Schuldgefühl des eigenen Tuns. Kalte Tränen füllten meine Unterlider und perlten über den Rücken meiner Nase, tropften im gleichmäßigen Staccato aufs zerwühlte Laken einer kurzen, erschöpften Nacht. Mein Kopf lag seitlich, mein nackter Körper lag schweißglänzend und klebrig wie von trocknendem Blut ausgestreckt, völlig erschöpft, auf dem Bett meines »Adlerhorstes«.

Langsam, nun doch zitternd am ganzen Körper, konnte ich meine brennenden Augen öffnen und starrte durch den Schleier zäher Tränen an die kahle Wand dicht neben meinem Lager. Ich fühlte mich, wie sich eine Leiche fühlen musste, die gerade von Frankensteins Gnaden gewaltsam wieder ins Leben gezerrt worden war. Wollte ich das überhaupt? Hatte ich denn eine Wahl?

Ich war nach wenigen Stunden eines ohnmächtigen, erschöpften Schlafes durch die Schreckensbilder meines letzten Mordes gewaltsam aus dem erst traumlosen Zustand gerissen worden, in den ich oft falle, wenn die Aufgabe erledigt war. Nach manchmal vielen Tagen der Vorbereitung, immer im Geheimen, wenn scheinbar mehr Adrenalin im Blut tobt als jede andere Substanz, wenn ich kaum Schlaf finden kann ohne pharmakologische Hilfe, dann fällt mein Ich in dieses tiefe, adrenalinlose Loch des Nichts.

Ich hatte meinen letzten Hit deutlich vor Augen, den ich erst vor wenigen Stunden verübt hatte. Die Leuchtziffern meiner Rolex Seadweller mit dem nachträglich eingefügten Einkaräter am Armband zeigten **1.36 Uhr** an.

(Anmerkung: Diese wunderschöne Macho-Uhr hatte ich in letzter Zeit aber immer öfter gegen eine billige Plastikuhr aus China mit eingebauter LED-Lampe, die es für 12.- Euro im Internet als »Wrist-Lamp« zu kaufen gab, eingetauscht, weil man so das oft lebenswichtige Licht immer dabeihatte und nicht vergessen konnte!)

In dieser kurzen Distanz kann ich ohne Brille, vor allem nachts, besser sehen als mit. Wo ist meine Brille? Ohne fühle ich mich oft hilflos. Deshalb lege ich sie immer an die gleiche Stelle, um sie auch nachts und im Notfall gleich zu finden. Kurzsichtigkeit ist keine förderliche Eigenschaft für jemanden mit meinem Job. Meine Fingerspitzen ertasten das dünne Gestell der doch so robusten Titanbrille mit Spezialkunststoffgläsern. Ich bin wieder online.

Dieser, mein bisher letzter, Auftrag war der eindringlichste und unangenehmste, den ich je zu erledigen hatte. Es ist eine Sache, jemandem auf 100 oder mehr Metern durch ein Zielfernrohr in den Kopf auf

Nasenhöhe oder in das Ohr zu schießen: der »finale Rettungsschuss« ins Kleinhirn, wie die Jungs beim SEK das nennen. Es ist eine ganz andere Sache, jemandem frontal gegenüberzustehen, seinen schlechten Atem zu riechen, seinen Angstschweiß zu sehen oder gar auf Tuchfühlung in tödlicher Umarmung ein Kampfmesser mit unbarmherziger Wucht zwischen die Rippen oder in den Kopf zu stoßen, bis zum Heft. Dieses zähe, vibrierende Gefühl im Messergriff, wenn Gewebe reißt und der Anfangswiderstand schnell nachgibt, je weiter die Klinge eindringt. Wenn du dann die ruckenden, schwenkenden Bewegungen im Leib des Opfers wie automatisch vollführst, wie es die ***Schule der Cadena*** (ununterbrochene, fließende Bewegungen; zusammenhängend wie Kettenglieder) gebietet, um maximalen Organschaden anzurichten; dann brennt sich das in deine Hirnwindungen ein wie ein Brandeisen auf der Flanke eines Pferdes. Unauslöschlich. Ewig.

Am besten, man sieht nicht das Gesicht. Denn du vergisst nie ein Gesicht. Du vergisst niemals diesen letzten, stummen Schrei im Blick des sterbenden Opfers, das sich schlagartig seiner Vergänglichkeit bewusst wird. Niemals! Sie besuchen dich im Schlaf, immer wieder. Wenn du stark bist, kannst du sie verdrängen, hinter einer Tür einschließen. Aber sie sind immer da und das weißt du. Und sie warten, bis du schwach bist, wenn du schläfst, und vielleicht warten sie auf dein Ende.
Doch genug jetzt, ich habe keine Lust mehr mich in Albträumen zu baden und meinen dunklen Erinnerungen Redezeit zu gewähren! Verschwindet, ich bin da! Ich bin wach und stark, ich bin der Enforcer!

Dennoch beschließe ich den innerlichen Schwur, niemals mehr einen Mord mit dem Kampfmesser auszuführen, so sehr ich auch meinen »Suppressor« des bekannten Messerherstellers Extrema Ratio, das Einsatzmesser der G.I.S. (Gruppo Interventione Speciale – italienische Spezialeinheit) meiner italienischen Kampfgefährten liebe. Viele Jahre schon hat es mich begleitet, mir ein Gefühl der Sicherheit fast wie meine Glock 19 gegeben. Es soll mich auch weiterhin begleiten, getragen an einer Schlinge über der linken Schulter (somit hängt der Dolch kopfüber unter der linken Achsel), als verdeckte, wenn auch große Backup-Waffe, trotz der schlanken, aber 18 cm langen Dolchklinge. Aber ich will definitiv nicht mehr damit zustoßen, außer im absoluten Notfall. Dies sollte die letzte derartige Erinnerung bleiben.

1.57 Uhr. Ich wasche mich kurz mit einem nassen Waschlappen im spartanischen Bad meiner geheimen Einzimmerwohnung, dem »Adlerhorst«, ziehe mir ein frisches T-Shirt und eine für solche Fälle bereitliegende, identische Trainingshose an. Schnell, fast verstohlen, aber routiniert werfe ich mir 2 Codeintabletten aus meinem ständigen Begleiter, dem kleinen, grünen Tablettenröhrchen, ein. In 10 Minuten werden sie mich, sofern mein Magen nüchtern ist, wie gewohnt in eine weiche Wolke betten, die mich dann wie eine schützende Aura umgibt, mich beruhigt, meine Muskeln entspannt und mich scheinbar unverwundbar macht.
Ich habe wie immer nicht viel Zeit, muss schnell nach Hause, wieder der Ehemann und Vater sein, der ausnahmsweise mal nach dem Krafttraining im McFit mit Freunden ausgegangen ist. Die alte Kleidung ist blutbespritzt; Gott sei Dank war der Tod aber schnell eingetreten, sodass mir ein Blutbad erspart geblieben ist. Meine Haut hatte nichts abbekommen. Die alten Klamotten, das wie von Dalis Pinsel besudelte Handtuch und das Messer wandern in die Duschwanne und bleiben über Nacht in Klorix-Bleichlösung, damit ich sie bei nächster Gelegenheit in einem Abfallcontainer entsorgen kann, ohne verräterische, forensisch relevante Blutspuren zu hinterlassen. Das Kampfmesser jedoch werde ich nach einer weiteren Reinigung mit 30%iger Wasserstoffperoxid-Lösung im Wechsel mit 10%iger Salzsäure behalten. Blutspuren sind dann sicher nicht mehr nachweisbar. Das geringe Risiko der Tatwaffenbestimmung bei Hieb- und Stichwaffen gehe ich ein, dafür liebe ich meine italienische Klinge zu sehr. Durch das ruckartige Hin-und-her-Schwenken der Klinge im Fleisch des Opfers dürfte es forensisch ohnehin fast unmöglich sein, die Klingenform zu bestimmen.

Trotz aller Eile gehen mir die Bilder der letzten Stunden dieses überstürzten Auftrages noch einmal durch den Kopf, während ich mich mit noch hängenden Schultern, aber neuem Gefühl der wieder gewonnenen Stärke auf meinen einfachen Aluminiumklappstuhl setze. Dieses wohlige, euphorische Hochgefühl nach einem geglückten Hit setzt ein und alles erscheint wie in einem manisch verklärten Rausch. Jetzt fehlt nur noch ein Mädchen …

17.02 Uhr, Vortag. Kontakt

»Ich habe gehört, Sie seien ein Profi, unfehlbar!! Bitte, bitte helfen Sie mir, ganz schnell! Noch heute muss der Scheißkerl sterben, bitte. Ich weiß, was erforderlich ist, Sie finden alles im Anhang. Das Geld habe ich schon überwiesen, das Konto habe ich von dem Freund, der mir von Ihnen erzählt hat. Schauen Sie nach … bitte schreiben Sie mir gleich, ob Sie es machen. Bitte tun Sie's … der Kerl hat's verdient, ehrlich. Er hat mich jahrelang gedemütigt, mich vergewaltigt und jetzt auch meine 13-jährige Tochter missbraucht … Ich kann es nicht mehr ertragen!!! Befreien Sie mich …
… machen Sie's??? »

Das war die E-Mail, die ich neben diversen Spams in meinem elektronischen Postkasten fand. Nach etlichen Umleitungen über verschiedene US-Netze (»Hotspotmail«) war sie an die Endadresse gelangt, schwer zurückzuverfolgen, aber letztendlich nur absolut sicher, wenn man sie von einem anonymen, öffentlichen Computer mit fremder ID abruft. Ich saß im Internetcafé und checkte meine Mails.
Es folgte der erforderliche Anhang mit Bildmaterial vom Zielobjekt (=Target), Adresse, Telefonnummer, Beschreibung seiner Gewohnheiten, Grund für den Auftrag. Ich überprüfte online das schon gemeldete O. K. meiner albanischen Freunde für den Bargeld-Eingang. Das Geld war da, doppelt so viel wie für ein normales Target gefordert!

Für den Abend hatte ich eigentlich andere Pläne. Annina, eine Geliebte; eine große, kühle Blonde aus Mannheim mit Siliconbusen. 22 Jahre alt, schon professionelle Escort-Lady in meiner bevorzugten Agentur Chanel Schwarz aus Frankfurt. Allerdings treffe ich sie privat, auf »freundschaftlicher« Basis, was heißt, dass sie mich gut findet und für mich auf eine Agenturbuchung verzichtet, damit ich nur die Hälfte bezahlen muss. Manchmal fragt sie mich um Rat, wenn sie Probleme hat, und die hat sie oft, weil sie eine verwöhnte Schickse ist, die schnell reich werden will und keine Lust auf richtige Arbeit hat. Allerdings hat sie auch »keine Lust, für jeden die Beine breit zu machen«, wie sie sagt. Na ja, sie wird schon noch Demut lernen, durchs Leben, auf die harte Tour. Das geht allen egozentrischen Edelladys so, die denken, es reiche, einen hübschen Arsch zu haben und von allen Männern begehrt zu werden. Letztendlich wird sie nur benutzt werden in dieser Männerwelt. Nur wenige, eiskalte Luder schaffen es, dieses Potenzial der Schönheit zur rechten Zeit für sich zu nutzen und die Jungs um den Finger zu wickeln und auszunehmen. So wie die Agenturchefin Chanel Schwarz. Das ist natürlich ihr »Künstlername« und nur wenige kennen ihren richtigen Namen: Nadine … Uns verbindet eine eigenartige Freundschaft, geprägt von gegenseitigem Respekt, erotischer Anziehung und seelischem Gleichtakt. Aber ich schweife ab, dazu komme ich noch …

Eben weil ich Annina erwartete, die ja von Mannheim eine gute Stunde Fahrt bis zu mir nach Frankfurt hatte und ungefähr zwei Stunden bleiben wollte, hatte ich mich schon mit einem ehelichen Alibi eingedeckt: Training im McFit mit meinen Jungs Matthias und Lukas, einem Hobbybodybuilder und einem Türsteher. Beide sind keine wahren Freunde für mich, aber fürs Krafttraining angenehme Gesellschaft mit zumindest beim Thema Muskeln gleichen Interessen. Manchmal tauschen wir unser Wissen über Ernährung und Doping aus oder helfen uns gegenseitig, wenn mal die Anabolika ausgegangen sind.
Danach sollten wir dann, so die Alibiversion, noch einiges besprechen in der Chill-Ecke im Studio und vielleicht noch auf eine Cola light ins Bistro nebenan. Ich sah auf meine Uhr, Annina war wohl kurz davor loszufahren. Ich sage ihr ungern ab, hatte schon ein paar Tage keinen Sex mehr. Meine kleine, anhängliche Polin liegt schon drei Tage zurück. Außerdem hasse ich Eilaufträge, die lehne ich meistens ab, das gibt nur Ärger oder stümperhafte Arbeit, das ist nicht mein Ding. Aber die unkomplizierte Kontaktaufnahme, nicht tausend E-Mails hin und her, und die hohe Summe schon ohne Zicken auf meinem Konto, das ließ mich nachdenken. Die letzte innere Entscheidung für den Job gab das Stichwort »Solarium«, der ideale Ort für einen schnellen Hit. Hier

gibt es keine Probleme mit verräterischen DNA-Spuren, die ja kaum zu vermeiden und die Krux des modernen Mörders sind, weil auf der Sonnenbank durch die schnell wechselnden Kunden ausreichend viele Spuren, wie Haare, Hautzellen, Schweiß, zu erwarten sind. Und das Target in einer sichtgeschützten Einzelkabine von dröhnendem Lüfterlärm umgeben, da konnte ich kaum widerstehen, zumal wenn es sich offensichtlich um so einen Kotzbrocken handelte wie diesen Eddy Harras. Die Info, dass er täglich ins Fitnessstudio gehe und danach ins Solarium, faszinierte mich. Wie kann ein Mensch sich so sehr auf leicht nachvollziehbare Routine einlassen? Undenkbar für einen Profi, der immer damit rechnen muss, von irgendjemandem aufgelauert zu werden. Niemals würde ich solch berechenbares Verhalten an den Tag legen (… wobei ich ja ebenfalls meinem Routine-Job als Arzt nachgehe, hm). Ich musste schon auf der Hut sein, dass der Auftrag keine Falle für mich war. Immerhin konnte einer meiner zahlreichen Feinde so weit vorausschauen und meine Absicht, diesen Eddy im Solarium aufzusuchen, durchschauen. Mein vertrauter Instinkt allerdings hatte nichts dagegen. Dennoch würde ich wachsam bleiben.

Spontan klappte ich mein Nokia auf und schrieb in gewohnter Schnelligkeit auf der aufklappbaren Tastatur eine Absage an Annina, entschuldigte mich und schob einen familiären Notfall vor. Ich versprach, sie in jeder Hinsicht beim nächsten Mal zu entschädigen. Ich wartete keine Antwort ab, keine Zeit für ein Telefonat.

Gleich danach schrieb ich meine E-Mail zurück: »Ich nehme den Auftrag an, kann allerdings ohne jegliche Vorbereitung nicht für den Erfolg garantieren. Ich tue mein Möglichstes und melde Ihnen die Vollstreckung umgehend, falls erfolgreich. Sollte der Auftrag heute nicht auszuführen sein, kümmere ich mich zeitnah darum. Sollte der Auftrag nicht durchführbar sein, bleibt das Geld in meinem Eigentum. Normalerweise wird die zweite Hälfte nach Vollstreckung fällig. Da Sie zu viel bezahlt haben, ist das in Ihrem Falle nicht erforderlich.« Das meiste hatte ich schon in Form von Textbausteinen parat.

Vorbereitung

Ich holte tief Luft und spürte, wie das Adrenalin in meine Adern schoss, wie immer, wenn ich einen Hit begann. Mein Herz pochte bis zum Hals, mein Tinnitus, ein Geschenk jahrzehntelanger Schießübungen, lebte auf wie hundert paarungswillige Grillen, ich errötete leicht, sah mich verstohlen um, ob mich jemand beobachtete. Nur eine etwas korpulente Studentin, der ich zu gefallen schien. Ich lächelte ihr zu, aber sah gleich wieder weg. Keine Zeit für Spielchen.
Nach ein paar Minuten normalisierten sich mein Puls und meine Hautfarbe wieder, ich atmete tief durch, machte Logout und verließ das Café mit zügigem, zielstrebigem Schritt auf die Lange Straße gegenüber dem Hospital in Frankfurt Ost. Ich gehe da gerne ins Restaurant »Flemings«, nicht wirklich ein Internetcafé, eher eine Hotelbar. Aber hier bestand die diskrete Möglichkeit zu surfen, weil hier tagsüber meistens wenige Gäste waren, obwohl das Restaurant der Hotelkette Steigenberger angegliedert war. Zudem kann man unauffällig und ohne Einsicht von der belebten Straße im Hinterhof für 2.- Euro parken, um sich danach schnell im Frankfurter Feierabendverkehr zu verlieren. Für mögliche Verfolger ein Graus.

In der E-Mail stand also, dass der Junkie, Eddy Harras, 52 Jahre alt, Vater mehrerer unehelicher Kinder, arbeitslos, in seinem gewohnten Fitnessstudio an diesem Tag mit großer Wahrscheinlichkeit auf der Sonnenbank liegen würde. Wahrscheinlich hatte ich den Auftrag auch angenommen, weil mir kaum etwas mehr zuwider ist als Männer, die Schwächere unterdrücken, missbrauchen oder benutzen. Vor allem bei Frauen und Kindern reagiere ich da mit wahrhaft extremem Ekel. Für mich ist das schlimmer als Mord. Was sollte ich als Killer auch anderes sagen?
Vielleicht hätte ich das ja auch ohne Geld gemacht, aber als Profi habe ich einen Ruf zu verlieren. Außerdem war das Honorar ja schon bezahlt. Da bei dem Thema »Schutz von Schwächeren« in meinen Augen, und denen einiger meiner Polizeifreunde ebenso, die Justiz eindeutig versagt, habe ich mir bzw. manchen befreundeten Mädels schon mehrmals

in Eigenregie geholfen. Ja, ich habe durchaus Gerechtigkeitssinn. Immerhin liebe ich meine Kinder und meine Frau Lea, auf meine Weise; mein Job ist eine Arbeit, die getan werden muss.
Meine albanischen Kampfsportfreunde brauchen oft nur einen Anruf mit Akzent und einen dezenten Hinweis auf mögliche Folgen weiterer Ärgernisse, um so einen halbseidenen Aggressor zum Schweigen zu bringen. Wie kann man nur eine Frau bedrohen? Töten bei Notwendigkeit war ja in meinen Augen legitim. Aber Bedrohung Schwächerer war, wie kleine Kinder fressen. No go!

Nach den Informationen im Anhang der E-Mail musste ich mich beeilen, denn ab 18.00 Uhr konnte Eddy dort aufkreuzen und ich wollte ihn schon beim Reingehen beobachten. Mein Plan war parallel zum Autofahren in meinem großen, beruhigenden Chrysler im Hinterkopf entstanden. Der schwere Ami gab mir mit seinem souveränen Brummen die innere Sicherheit, die von nun an ein Eddy Harras nicht mehr hatte. Vielleicht gut, dass er gar nicht wusste, dass seine rasselnden Atemzüge gezählt waren.
Ich war ja schon in Sportklamotten, Satinkampfsporthose, schwarzem Träger-T-Shirt (darauf würde man kein Blut sehen) und schwarzen Pumas. Ich musste den Kerl erwischen, wenn er im Solarium seinen Rausch ausschlief oder von der nächsten Minderjährigen träumte. Bei den Waffen hatte ich so schnell nur eine Wahl, sofern ich nicht die bloßen Hände benutzen wollte. Im Auto hatte ich nur Schlagstock und Kampfmesser, meinen »Suppressor«, dabei.

Ich konnte recht gut mit dem Messer umgehen, hatte diverse Ausbildungen u. a. zusammen mit der BEPO (= Bereitschaftspolizei) und amerikanischen S.W.A.T.-Teams und habe mir einen eigenen Kampfstil angeeignet, der weniger nach der Schule der fließenden, beidhändigen Bewegungen (Cadena, Kali, Silat) ausgerichtet war, als sich vielmehr an schnellen Ausfallschritten und Paraden aus dem Fechten orientierte. Auch meine Fertigkeiten mit dem Nunchaku – immerhin hatte ich vor einem Jahrzehnt beim damaligen französischen Weltmeister im Vollkontakt meinen 1. Dan gemacht und seitdem konsequent weitertrainiert – hatte ich an die Erfordernisse des Messerkampfes angepasst. Ich konnte meinen Gegner wirksam durch beidhändig gegenläufige Bewegungen verwirren, ohne ihm so leicht eine Öffnung zu bieten, um dann blitzartig, mit extremer Reichweite zuzustechen – Gleitsprung mit sofortigem Ausfallschritt, Sidestep und lange Rechtsauslage. Dabei hatte ich ausdauernd geübt, das letzte Quäntchen Reichweite durch Hüftdrehung und eine peitschenartige Bewegung meiner rechten Schulter herauszuholen. Bei meiner Körpergröße von 187 Zentimetern eine fast immer unausweichliche, tödliche Reichweite, mit der kaum ein Gegner rechnet. Damit kann ich blitzartig eine Distanz von knapp fünf Metern zum Target in unter einer Sekunde überbrücken und zustechen wie eine Viper. Eigentlich ist das Messer nicht meine Lieblingswaffe, so wie die Glock oder der Nunchaku. Aber nach – in meinen Augen notwendigen – Ausbildungen in Messerkampf und -abwehr bei Michael B. und einigen anderen Profis sollte ich nicht nur mit dem Kampfmesser umgehen, sondern auch gegen entsprechende Angriffe reagieren können. Immer bleibt das Messer eine furchtbare und unberechenbare Waffe in kundiger Hand, sodass selbst ich, sollte ich wirklich einmal unbewaffnet sein, lieber die Flucht ergreifen würde, als freiwillig gegen einen Messerkämpfer anzutreten.

Man blutet immer in einem Kampf mit der Klinge. Die Frage ist nur, wer letztlich überleben wird.

Aber mein Blut würde heute kaum feilgeboten werden. Ich hoffte, mein Target nichts ahnend und im UV-Licht schwitzend zu erwischen. Blieb nur noch das Problem des unerkannten Verschwindens! Das war bei jedem Hit die Hauptschwierigkeit, eindeutig. Der Laie mag der Meinung sein, das Problem bestünde in der möglichst ausgeklügelten, perfekten Tötungsmethode. Einem Menschen das Leben zu nehmen, ist nicht allzu schwer, wenn man gelernt hat, wie, und trainiert ist. Aber Spuren- und Zeugenvermeidung ist die wahre Kunst und niemals völlig beherrschbar, zumal nicht, wenn man so überstürzt an einen Hit herangeht wie ich gerade. Irgendwie könnte ich mich ohrfeigen, so loszupreschen; andererseits liebe ich aber auch die Improvisation und kann mich ja auf eine jahrelange Erfahrung verlassen.

Z: Konzentriere dich auf den einen Punkt! Lass deine Gedanken kommen und gehen, aber lass letztendlich nur die produktiven zu. Versuche, »nicht hinten im Bus zu sitzen, sondern am Steuer«, wie Richard Bandler in seinen Arbeiten über Neurolinguistisches Programmieren (NLP) proklamiert.

Wäre da nicht schon wieder dieses Kribbeln in meinen Adern, diese innere Unruhe, die nichts mit dem Hit zu tun hat; oh, wie ich diese Tabletten hasse und doch so oft und dringend bei mir sehe, um normal zu funktionieren.
Ich hatte im Handschuhfach nur Tramadol-Tabletten, ein schwaches Opiat, aber das musste jetzt genügen. Ich nahm nur eine, trocken, ich hatte nichts zu trinken im Auto. Ich saugte an meinen Wangen, um ein wenig Speichel zum Runterschlucken zu bekommen. Gar nicht so leicht mit trockenem Mund; ganz normal so kurz vor einem Hit. Schließlich konnte ich die dicke Tablette, 150 mg Tramadol, irgendwie hinunterwürgen. Wie ich diesen bitteren Nachgeschmack hasste!
Ich war ganz unbewusst gefahren, vorne links erstreckte sich schon das riesige Fitnessstudio. Ich bremste etwas abrupt und fuhr, ohne zu blinken, mit quietschenden Reifen bei dunkelorangefarbener Ampel in die linke Seitenstraße, gerade noch rechtzeitig vor der schon losfahrenden Meute der entgegenkommenden Blechlawine am Abend in FFM. Zwei spontane Hupspezialisten zeigten mir ihr Missfallen an, wofür ich nur ein kaltes Lächeln übrig hatte. Dennoch rief ich mich zur Ruhe, ließ bewusst die Schultern fallen, machte drei tiefe Atemzüge und erinnerte mich an meine Kenntnisse im Autogenen Training nach Schultz, das mir zu Studienzeiten so gute Dienste geleistet hatte, als ich mit Magenkrämpfen sehr an meinem eigenen Ehrgeiz gelitten hatte. Fast schlagartig wurden meine Hände warm und mich durchströmte eine wohlige, schwere Ruhe, was wohl nicht allein an meiner vegetativ-nervösen Einflussnahme lag; die Tablette begann, ihre warme Wolke um mich zu legen, wie einen wattigen Kokon, der mich vor aller Unbill der Außenwelt zu schützen schien.
Trotz der 5,20 Meter Länge meines schwarzen Chrysler 300 C mit auf 450 PS getuntem Motor fand ich gleich nach den ersten Metern der Straße eine knappe Parklücke. Jetzt durfte ich keinen Strafzettel riskieren.

Ich wollte keinerlei nachprüfbare Spuren hinterlassen. Natürlich war mein Chrysler auch für Frankfurter Verhältnisse kein Allerweltsauto. Aber immerhin war ich im Moment ja noch der bekannte Arzt Dr. med. Markus Dreher, den nicht wenige in Hessen aus Lokal-TV und Zeitung kannten. Und meine Lebensdevise war schon immer: Frechheit siegt! Wer erwartete schon allen Ernstes, dass der Mörder am helllichten Tage vor dem Haus seiner Tat parkt?
Kaum war das Piep-Piep des Ultraschallparksystems verklungen, schaltete ich schon die Zündung aus. Das schwere Suppressor lag bereits auf meinem Schoß, wo ich es seit dem Einsteigen die ganze Zeit liegen hatte. Meine Beziehung zu meinen Waffen war keine rein sachliche; ich liebte meine Waffen, sie waren die Behüter meines Lebens, sie waren durch jahrzehntelanges Training mein verlängerter Arm, Körperteile, die ich nicht getrennt vom Rest empfand.

Z: Du als versierter Kämpfer weißt, wie du eine vertraute Waffe zu führen hast, ohne zu denken, intuitiv durch Zigtausende Wiederholungen eingebrannt in deine Gehirnwindungen und dein koordinatives Muskelgedächtnis. Du bist die Waffe, die Waffe ist ein Teil von dir, da ist keine Trennung. Ihr seid EINS.

Ich schaute auf meine schwarze Stahl-Rolex, **17.46 Uhr**, genügend Zeit. Ich blieb noch 5 Minuten im Auto mit den dunkel getönten Scheiben, beobachtete Rückspiegel und Umgebung, was zu meiner zweiten Natur geworden war, egal, ob ich mitten in einem Hit steckte oder mit meiner Familie beim Baden war. Mein Umfeld war mir immer bewusst, ich war immer bereit, Gefahren zu erkennen, und war vorbereitet, mich zu verteidigen. Ich denke, das wird man nach den unzähligen Spezialtrainings und bei meinem Job niemals loswerden.

In diesen fünf Minuten klebte ich mir trotz meiner aufmerksamen Beobachtung meinen Echthaar-Vollbart mit geübten Händen und mit Sichtkontrolle im Rückspiegel mit Mastix an. Ich mochte das klebrige Zeugs nicht. Aber es war nun mal notwendig. »It's not the question wether you like it if you have to do the job!« Dies betonte immer einer meiner ehemaligen Vorbilder, Richard Machowicz, ein Ex-Navy-S.E.A.L.

Nachdem der meiner Haarfarbe angepasste und gut gestutzte Bart perfekt saß, setzte ich noch eine blaue, auffällige Football-Kappe auf sowie meine extragroße und unmodische Sonnenbrille, warf einen letzten Blick in die Rückspiegel und stieg aus dem Chrysler aus. Nun sah ich mich nicht mehr um, wie man das im Fernsehen bei Krimis immer sieht. Jeder würde das Schuldbewusstsein sofort unbewusst erkennen und die Person im Gedächtnis mit höherer Priorität abspeichern, als mir das wünschenswert wäre. Es war nun egal, wer mich sah, mit meinem gespielt leicht humpelndem Gang, der blauen Kappe und dem Vollbart. Alles Requisiten und Erkennungsmerkmale, die ich im normalen Leben niemals zeige. So war ich mit geringstem Aufwand schnell ein anderer geworden, ein Mann mittleren Alters, der offensichtlich trotz oder wegen eines verletzten Beins ein paar Übungen im Fitnessstudio machen wollte und dem man am Körperbau die unzähligen Stunden an den Maschinen durchaus ansah. Markus Dreher konnte das niemals sein, denn der hinkte nicht und trug keinen Vollbart, geschweige denn geschmacklose, farblich unpassende Schildkappen!

Ein Handtuch nahm ich aus meiner Sporttasche im Kofferraum, wickelte meinen schwarzen Suppressor darin ein und klemmte alles unter die linke Achsel, damit die Rechte im Ernstfall blitzschnell die Waffe ziehen konnte. Die gewohnte Trageschlaufe über der Schulter konnte ich jetzt mit Trainings-Shirt nicht brauchen. Ein paar Euro hatte ich eingesteckt, falls ich, um in den Mitgliederbereich zu kommen, ein Probetraining vereinbaren musste.

Ich ließ die Seitenstraße mit merklich nachziehendem Bein hinter mir, bog links um die Ecke und betrat durch die Flügeltür, scheinbar ohne links oder rechts zu schauen, zielstrebig das Studio wie jemand, der das schon oft getan hatte. Mit geübtem Blick erkannte ich, dass es hier keinerlei Videoüberwachung gab. Gut so!

Vor der Rezeption war um die Zeit die Hölle los, soweit man ins Innere sehen konnte, platzte der Trainingsraum aus allen Nähten vor schwitzenden Mädels und mehr oder weniger gestählten Jungs. Ich hielt inne und orientierte mich unauffällig. Niemand nahm Notiz von mir und der Bereich der Solarien war unabhängig vom Trainingsbereich ohne Passieren einer Schranke zugänglich. Leichter als gedacht. Ich zog mir eine Cola light aus einem Automaten und setzte mich an die Wand am Eingang mit etlichen Getränke- und Eiweißshake-Automaten an einen der ca. zehn Tische, die nur spärlich mit verschwitzten Hobbyathleten und Next-Topmodels besetzt waren.

17.57 Uhr. Ich lag gut in der Zeit und konnte nun in Ruhe auf den sonnenhungrigen Herrn warten, der die Finger und weit mehr nicht von kleinen Mädchen lassen konnte. Ich fühlte eine Welle der Wut, natürlich verstärkt durch das pulsierende Adrenalin in meinem Blut, bei dem Bild vor Augen, wie der lüsterne, vermutlich hässliche Junkie sich an dem jungen Mädchen vergreift, bevor sie überhaupt die Chance im Leben erhalten hatte, so etwas wie Liebe für einen Jungen zu empfinden. Man gewöhnt sich nie an die Aufregung und die, ja, auch freudige, Erwartung der bevorstehenden Aktion einer Hinrichtung. Vielleicht war das auch gut so. Das schärft die Sinne, führt zur sog. »Time-Distortion« (nach dem Psychologen M. Erickson), einer Verzerrung des Zeitempfindens, das in diesem Falle das Zeitgefühl dehnt, sodass man in kurzer Zeit schneller handeln und mehr Input sensorisch aufnehmen kann. Durch Adrenalin und jahrelanges Speed-Training mit der dynamischen Pistole und im SV-Nahkampf trainiert, war das ein überlebenswichtiges Phänomen und eine unersetzliche Fähigkeit geworden.

Z: Hüte dich vor dem Zeit-Phänomen und nutze es! Nicht nur bei Untrainierten und Schwachen kommt es zum Trigger-Freeze (= Schockstarre, die ein Abdrücken des Pistolenabzugs unmöglich macht) oder zum Tunnelblick, bei dem das Sichtfeld derart eingeengt ist, dass man nur noch das Ziel sieht und die Gefahren der Umgebung nicht erkennt. Aus Erfahrung weißt du, dass du dafür nicht anfällig bist oder zumindest gut damit zurechtkommst und im Stress extrem schnell und reaktiv wirst.

Schon im entspannten Zustand war meine interne Gehirnreaktionszeit, mehrfach von Profis mit Timer gemessen (bloßes Auslösen es vorgespannten Abzugs auf einen Pfeifton hin), meist unter 0,2 Sekunden; der Durchschnitt liegt bei 0,25–0,4 Sekunden. Die Differenz konnte lebensrettend sein.

Ich war in solche Gedanken versunken, als ein verlebtes, unsympathisches Gesicht auf einem leicht gebeugten, ausgemergelten Körper zur Glastür hereinkam. Unstete, glasige und rotgeränderte Augen ließen einen unsicheren, aber trotzig-aufsässigen Blick durchs Studio huschen. Er war noch abscheulicher als auf den Fotos; natürlich auch, weil ich einiges über ihn wusste, was in meinen Augen seine Lebensberechtigung bereits erlöschen ließ.
Er ging zielstrebig am Empfang vorbei und hastete fast in Richtung Sonnenliegen. Ich konnte kaum schnell genug aufstehen und ihm folgen, ohne gleichzeitig verdächtig zu wirken. Fast hätte ich mein Hinken vergessen. Ich streifte eine leicht bekleidete Studioschönheit mit langen, dunklen Haaren und stolzem Blick. Wahrscheinlich eine Trainerin. Als ich die Augen von ihr nahm, konnte ich den Junkie gerade noch in eine freie Kabine entschwinden sehen, wo er grob die dünne Tür zuschlug und von innen hörbar verriegelte.
Ohne lange zu verweilen, sah ich mich um, ging den Gang, von dem links und rechts die Kabinen abzweigten, weiter und kam bald am Ende an. Dort war niemand zu sehen. Ich bog rechts um die letzte Kabine und lugte um deren Rückseite herum. Die Sonnenliegen waren dicht an dicht in Reihe und mit einem knappen Abstand von der Wand installiert, durch den ich mich ohne Zögern zwängen konnte. Dort wartete ich eine Weile und lauschte, was aber völlig unnötig war, da fast alle Solarien in Betrieb waren und ein Ohren quälendes Rauschen alles andere verschlucken würde. Ausgezeichnet!

18.02 Uhr. Nun schob ich mich langsam an der Rückseite der Kabinen mit dem Rücken zur Wand weiter in Richtung Ausgang und der zweiten von sechs Sonnenbänken in dieser Reihe entlang, bis ich an der richtigen angelangt war. Sie war bereits in Betrieb, das grelle, bläuliche UV-Licht quoll aus allen Ritzen. Die Wände waren aus dünnem Ständermaterial und mit gut einem halben Meter Abstand zum Boden auf Metallfüßen aufgestellt, wohl um für gute Luftzirkulation zu sorgen. Mein Glück. Denn über die Wände zu klettern, wäre weitaus riskanter gewesen. Also ging ich langsam in die Hocke, was in dem beengten Spalt zwischen Wand und Kabine kaum möglich war, legte mich bäuchlings auf den Boden. Nach einem Kontrollblick, ob der Junkie vielleicht doch noch in der Kabine stehen würde, was nicht der Fall war, glitt ich lautlos und zügig dank täglicher Dehnungsübungen in die Kabine und zog mein Handtuch mit der Waffe dann unter der Wand zu mir herein. Der Typ lag offensichtlich in einem Turbobräuner, denn der Lärm war kaum auszuhalten. Warum tun sich Menschen so was an? Krebs, alte Haut, Lärm, Hitze. Und das alles für die Illusion von eingebildeter Attraktivität. Na meinetwegen.

Der Hit

18.04 Uhr. Nun, als ich da vor der Sonnenliege in der engen Kabine stehe, dem unausweichlichen Duftgemisch aus Ozon und Schweiß ausgeliefert bin, überfällt mich die pochende Woge des letzten Adrenalinschubs. Wie ein Tor durch die Zeit tut sich auf, mein Herz schlägt fast so laut, wie die Lüftermotoren dröhnen, und alles scheint wie in Zeitlupe abzulaufen. Ich kann versuchen, die Oberseite ganz langsam zu öffnen, um mich dann, fast behutsam, mit dem Messer dem sicher mit geschlossenen Augen daliegenden Target zu nähern. Oder ich reiße einfach die Klappe mit Gewalt und schnell nach oben und steche zu. Meine vibrierenden Muskeln, meine drängende Ungeduld und mein angestauter Widerwille gegen diesen Mann lassen mich spontan die zweite Variante wählen.

18.05 Uhr. Noch ein tiefer Atemzug, mein Körper spannt sich wie bei einem Jaguar, meiner Lieblingsraubkatze, kurz vor dem Sprung, das Handtuch fällt zu Boden und gibt den Dolch frei. Dann zerre ich meinen Suppressor mit der schmalen, aber rhombisch-stabilen Klinge fast aus der Cordura-Kunststoff-Scheide, lasse auch die fallen und wuchte die schwere Oberseite des Bräuners mit einer schnellen Bewegung meines linken Armes nach oben. Ohne Zögern hebe ich mein linkes Knie, stoße es dem nackten, ledrigen Junkie in den Magen und lehne mich mit meinen ganzen 95 Kilogramm darauf. Mit einer fließenden Bewegung aus der Hüfte lasse ich die Klinge zu seinem Hals und Unterkiefer gleiten. Mein rechtes Knie hat die reflexartige Abwehr seiner linken Hand erwartet und fixiert seinen Unterarm. Meine linke Hand ist schon

fest auf seine weit aufgerissenen Augen und seine Stirn gepresst, um den panisch ruckenden Kopf zu fixieren. Mein linkes Knie unterbindet vorsorglich jeglichen Wunsch bei Eddy, sich mit den Beinen zu verteidigen. Allzu viel Gegenwehr schlug mir nicht entgegen. Drogen, Zigaretten und Alkohol lassen eben keine Muskeln wachsen.
Die Klinge verharrt kurze Zehntelsekunden wie zum stummen Gebet des letzten Atemzuges, tatsächlich aber, um den richtigen Winkel zu suchen, dicht über seinem Kehlkopf mit Richtung Stammhirn unter seinem bebenden Unterkiefer. Dann stoße ich mit voller Kraft aus Arm und Hüfte die schmale Klinge bis zum Heft in Fleisch und Knochen. Die ganzen 18 cm der Klinge dringen im 45-Grad-Winkel durch seinen gurgelnden Schlund bis zu der Öffnung in der Schädelbasis ein, die das Gehirn mit dem restlichen Körper verbindet. Ich schwenke die Klinge nach der Schule des Messerkampfes ruckartig hin und her und fühle das bisher nicht gekannte, schabend-vibrierende Kratzen im Griff durch zerreißendes Gewebe und gesplitterten Knochen. Denn mit der Klinge musste ich bis dato noch nicht töten. Letztendlich habe ich die knorpelige Schädel-Wirbel-Verbindung und damit die Basis dieses kranken Hirns mit der Klinge gesprengt.

18.05 Uhr. Sein Körper erschlafft augenblicklich. Die Klingenspitze musste direkt das Stammhirn mit den vegetativen Funktionen, wie Atmung und Herzschlag, getroffen haben. Eddy hatte sicher keine Zeit zu leiden, sein Blut hatte keine Zeit, mit Druck aus der zentimeterschmalen Wunde zu spritzen. Lediglich ein paar klebrige Spritzer verunreinigten mein T-Shirt. Weitere Arbeit mit der Klinge war nicht nötig.
All das nahm ich wie in Zeitlupe wahr – Zeitverzerrung. Erst jetzt wurde mir, als ich den schlaffen Körper mit meinen Augen musterte, bewusst, dass dieser schleimige Kerl gerade am Masturbieren gewesen sein musste, als ich die Klappe hochgerissen hatte und er mit vor Schreck geweiteten Augen in das Gesicht seines Vollstreckers gesehen hatte. Sein halb erschlaffter Penis lag seitlich auf seinem linken Oberschenkel, seine rechte Hand hielt ihn noch fest umschlossen, wie als letzten Versuch, sich am Leben festzuhalten. Ich war angewidert.

18.06 Uhr. Ich zog Knie und Hände zurück und richtete mich zu voller Größe auf. Dann schloss ich die Oberseite des Solariums langsam, hob das Handtuch auf, wischte die Klinge mit einer zügigen Bewegung ab, um gleich darauf den Griff des Solariums von Fingerabdrücken zu säubern. In der Kabine schien es, als sei nichts geschehen. All das hatte keine 5 Sekunden gedauert, war wie eine tachystoskopische (= ultrakurze) Einblendung in einem manipulativen Film: schneller weg, als das Bewusstsein bereit war, es zu registrieren. Noch immer schlug mein Herz wilde Kapriolen. Ganz normal am Höhepunkt des Hits. Aber es war noch keine Zeit zu entspannen, noch nicht, obwohl ich mir über forensisch relevante Spuren nicht allzu viel Sorgen machen musste.
Jetzt musste ich unerkannt hier raus. Ich schätzte, dass ich mindestens 15 Minuten hatte, bevor der Mord entdeckt werden würde, eher länger. Denn bei dem regen Betrieb im Studio würde es lange dauern, bis jemandem die zu lange verschlossene Tür bei ausgeschaltetem Solarium verdächtig vorkäme.
Ich blieb noch einige Minuten regungslos stehen, wartete, bis mein Körper sich meiner inzwischen ganz ruhigen Psyche angepasst hatte, nahm meine Umgebungsgeräusche wachsam wahr und ließ die letzten Minuten noch mal in meinen Gedanken ablaufen. Dann verließ ich die Kabine auf gleichem Weg, auf dem ich eingedrungen war, zog mein eingewickeltes, blutverschmiertes Messer hinterher und richtete mich in dem schmalen Gang dicht an der Wand wieder auf. Nach den wenigen Metern bis zum Ende der Kabinen, im Sidestep, mit dem Hintern an der Wand entlang streifend, lugte ich vorsichtig um die Ecke. Ein nur mit Handtuch bekleideter Jüngling entschwand gerade meinem Blick. Ein blondes, allzu junges Mädchen stand in Trainingskleidung leger an die Wand gelehnt und blickte ihm sehnsüchtig hinterher. Es war ihr deutlich anzusehen, dass sie vor Kurzem mindestens geküsst worden war, hier am ruhigen, hinteren Ende des Bräunungsbereiches.

Hinter der linken Kabinenreihe bog ein Gang zu der angeschriebenen Sauna- und Dampfbadebene ab. Nach ein paar Sekunden löste sich das Mädchen, offensichtlich wehmütig in Gedanken verloren, von ihrer Position und wendete sich dem Saunagang zu, indem sie mir den Rücken zudrehte. Ich war allein hier, alles schien gut zu laufen. Ohne Zögern zwängte ich mich um die Ecke; gar nicht so leicht mit meinen breiten Schultern und dem Handtuch unter der linken Achsel.

18.08 Uhr. Nun wieder hinkend und mit zielstrebigem Gang bog ich um die nächste Ecke und ging den zunehmend belebten Weg in Richtung Empfang und Ausgang. Ich beherrschte mich jedoch aus Erfahrung, dem Impuls nachzugeben und das Studio gleich zu verlassen. Ich erlaubte mir lediglich einen raschen Kontrollblick in einen der vielen Spiegel, ob meine Tarnung noch gut saß, rückte die Kappe gerade und setzte mich noch mal an eine Tischgruppe zu einer da offensichtlich auf jemand wartenden, mäßig attraktiven Frau mittleren Alters. Ich erwiderte ihr »Hallo« mit einem kurzen Nicken und angedeutetem Lächeln, wendete mich dann aber einer der Zeitschriften auf dem Tisch zu und begann angelegentlich darin zu blättern. Natürlich registrierten meine Augen rein gar nichts in dem Fitnessmagazin, sondern beobachteten mit geübtem, peripheren Sehen – aus den Augenwinkeln sieht man mehr, als man glauben könnte, wenn man sich darauf konzentriert – aufmerksam die Umgebung. Ich versuchte, meine Bewegungen bewusst zu verlangsamen, denn Adrenalin beschleunigt jede Bewegung, was einem aufmerksamen Beobachter nicht entgehen würde.

18.10 Uhr. In meinem Adrenalinrausch hatte ich sogar schon wieder Sinn für die teilweise sehr attraktive Weiblichkeit hier im Studio; die dunkelhaarige Trainerin, die mir schon anfangs aufgefallen war, stand an der Rezeption und versuchte offensichtlich, einen Neukunden von den Vorzügen des Studios zu überzeugen. Dabei setzte sie ihr ganzes Programm an Koketterie und Charme ein; vermutlich erhielt sie Provision für jeden Neuvertrag. War das Leben nicht schön? Ich fühlte männliche Erregung in mir, die aber sofort wieder abebbte, als ich an das Bild des toten Junkies mit seiner Hand am Penis erinnert wurde.
Nach ein paar Minuten des Blätterns und Beobachtens schlug ich die Zeitschrift zu, erhob mich, gönnte der etwas traurig wartenden Lady ein freundliches »Ciao« und verließ leicht hinkend, fast schlendernd, den Fitnesstempel durch den großen, gläsernen Ausgang. In der unter-

gehenden Abendsonne blieb ich einen Moment geblendet stehen und wendete mich nach kurzem Nachdenken dann nach links, in die meinem Fahrzeugstandort entgegengesetzte Richtung. Denn bevor ich das Auto des Dr. Markus Dreher aufsuchte, wollte ich mich auch in diesen wieder verwandelt haben. Also brauchte ich eine ruhige Ecke, um meine zwar spärliche, aber ausreichende Verkleidung loszuwerden; zwei Sekunden unbeobachteter Zeit würden genügen.

18.22 Uhr. Der Weg um den Block war weiter als gedacht, aber ich erlaubte mir nicht, Panik aufkommen zu lassen. Ich bestätigte mir innerlich, dass ich ausreichend Zeit hätte. Nach scheinbar endlosen sieben Minuten bog ich in einen Hauseingang und bückte mich dort hinter einem Müllcontainer, wie um einen Schuh zu binden. Zwei kurze Blicke über beide Schultern ergaben nichts Verdächtiges. Ich zog mir in tief gebückter Stellung und damit zusätzlich evtl. Blicken entzogen schnell die Kappe, Sonnenbrille und den Bart von Kopf und Gesicht, quetschte beides unter die linke Achsel neben das Handtuch mit dem Messer und stand auf. Mit der rechten Hand am Ohr, als würde ich mit gesenktem Kopf mit Handy telefonieren, war das halbe Gesicht in Richtung der Straße verdeckt von Hand und leicht hochgezogener Schulter. So bog ich links um die Ecke und erreichte nach wenigen Metern die Seitenstraße, in der mein Chrysler stand. Ich war fast in Sicherheit. Nun zügig und ohne zu humpeln, mit federnd-beschwingtem Schritt, ging ich zielstrebig auf mein Auto zu und stieg ein, ohne mich noch mal umzusehen. Das war nicht mehr nötig. Markus Dreher kam von irgendeinem Geschäftstermin aus der Stadt zu seinem Auto und durfte endlich Feierabend machen.

18.31 Uhr. Mit einem befreiten Lächeln auf den Lippen startete ich und fuhr direkt zu meinem »Adlerhorst«, meinem sicheren Apartment in Offenbach. Der Weg führte über die Hanauer Landstraße nach Osten, dann über den Kaiserlei-Kreisel bis zur geheimen Adresse. Eine Hochhauswohnung mitten im Rassenschmelztiegel von Offenbach. Ich wusste nicht mehr, wie lange ich unterwegs gewesen war. Adrenalin, Erschöpfung und eine Million Gedanken ließen mich geistig weit weg vom Hier und Jetzt driften.

Dr. med. Markus Dreher machte hier in Offenbach offensichtlich einen Hausbesuch oder wollte mit einem Sportsfreund plauschen, sollte er zufällig erkannt werden. Ich stellte meinen schwarzen Amischlitten in ein nahe gelegenes, öffentliches Parkhaus, nahm das Handtuch mit dem verräterischen Inhalt aus dem Beifahrerfußraum, wo ich es schnell hineingeworfen hatte, und stieg aus.
Langsam ebbte der Adrenalinrausch ab und alles erschien mir so weit entfernt, so surreal, als sei es ein Traum gewesen. Kopfschüttelnd und mit dem Lächeln des ermatteten Siegers suchte ich den gewohnten Weg ins Apartment und achtete natürlich darauf, dass niemand im Flur lauerte, wenn ich die Wohnungstür öffnete. Gerade der Moment, wenn das Opfer den Schlüssel ins Schloss steckt und sich darauf konzentriert, ist für versierte Attentäter mit scharfer Klinge ideal. Das wusste ich natürlich und sorgte mit Wachsamkeit dafür, kein Opfer zu werden.
Schnell entschwand ich der Welt in meinen Kokon, unter fremdem Namen gemietet durch einen Freund, der mir zu Lebzeiten verpflichtet war und keine Fragen stellte.

Allzu rasch fiel die Anspannung von meiner Seele und meinem hochgespannten Körper. Dennoch vergaß ich nicht, meinen Yupiteru Polizeifunkscanner einzuschalten. Dieser überprüfte 20 Frequenzen pro Sekunde und würde mich den Sprechfunk der Frankfurter Polizei mithören lassen, sobald sich dort etwas tat. Bisher war Funkstille. Ich konnte gerade noch meine Kleidung fallen lassen, eine schnelle Erfolgsmail per kürzlich gestohlenem UMTS-Stick und Netbook von Samsung an meine Auftraggeberin senden, dann fiel ich aufs Bett und schlief in Sekunden ein. Tödliche Erschöpfung hatte mich ergriffen wie ein Dämon eine verirrte Seele und zwang mich in einen bewegungslosen Tiefschlaf, der bald von quälenden Träumen abgelöst werden sollte …

Ich war der Enforcer!
Ich lebte jeden Moment meines Lebens, als sei er der letzte … und ich komme wieder!

Fin

H 2 – Der erste Hit

Methode: KK-SSG-Gewehr mit SD. Auftraggeber: die Albaner. Target: russischer Mafiaboss.

Mir brummte der Kopf wie so oft nach stundenlanger Arbeit in der Praxis. Aber es war schon kurz vor 18.00 Uhr und wir würden pünktlich Feierabend machen, darauf legte ich schon immer Wert. Heute waren nur zwei meiner sonst vier Assistentinnen anwesend und wir hatten das übliche, unmenschliche Pensum eines enormen Patientenzustroms zu bewältigen. Meinen Mädels hier ging es wohl genauso wie mir: Nach 30 Mal Blutdruck messen, 45 beruhigenden und aufklärenden Gesprächen, nach 26 verabreichten Spritzen, noch mehr Untersuchungen, Röntgen- und Ultraschalldiagnostik, Abstrichen, zig Telefonaten mit Krankenkassen und Patienten; nach all dem Tagewerk sehnten wir wohl alle das Ende der letzten Arbeitsstunde herbei.
Zehn nach sechs ging der letzte Patient mit dem 52. Rezept des Tages nach Hause. Ich rieb mir im Büro die müde Gesichtshaut, war heute wohl kaum mehr als der väterliche, starke Arzt für meine zerebral behinderten Kinder, die in meiner Praxis einen besonderen Stellenwert hatten. Meine Augen waren müde von der konzentrierten, pausenlosen Arbeit. Das war wohl der Preis für den Erfolg als bekannter Allgemeinarzt mit Spezialisierung auf psychologische Rehabilitation geistig behinderter, junger Menschen.
Die Patienten lobten meist meine einfühlsame, empathische Art, die Vielseitigkeit unserer Methoden und das Hightech-Equipment der Praxis. Nicht zuletzt die von mir schon mit Bedacht ausgewählten Assistentinnen mit viel Berufserfahrung und meine psychologische Ausbildung in Verbindung mit ein wenig Marketing waren mit verantwortlich für den Erfolg der gut gehenden Praxis.
Meine kleinen Patienten mit geschädigten Gehirnen, meist Sauerstoffmangel bei der Geburt, machten letztendlich zwar nur einen kleinen Teil meines Umsatzes aus, trugen aber nicht unerheblich zu meiner ärztlichen und persönlichen Erfüllung bei.

Zu oberflächlichen Schönheitsbehandlungen unzufriedener Damen hatte ich mich, wie viele meiner Kollegen in den letzten Jahren, nie hinreißen lassen. Für mich bedeutete »Arzt sein« einfach mehr, ich wollte wirklich helfen. Interessanterweise kam der finanzielle Erfolg dadurch automatisch.

Anmerkung des Autors: Immer wieder kommt in den Worten des Enforcer diese ärztlich-ethische Grundhaltung zum Ausdruck. Dieser scheinbare Gegensatz zu seiner zweiten Passion mag auf den ersten Blick paradox klingen. Wenn man ihm aber zugutehält, dass er sehr wohl nicht wahllos mordete, sondern wirklich nur dann, wenn er von der Schuld des Opfers überzeugt war und davon, dass mit dessen Tod Schlimmeres verhindert wurde. Man erkennt in der Psychodynamik des Enforcer durchaus ein typisches Helfersyndrom, wenngleich dieses natürlich mit der Killerprofession teilweise in eine ungewöhnliche Richtung geht.

Ich verließ nach allgemeiner Verabschiedung von meinen Mitarbeiterinnen, die es genauso eilig hatten, nach Hause zu kommen, die Praxis wie immer und wollte gerade die Schillerstraße in Richtung Hauptwache überqueren, als mir einer meiner besten albanischen Kampfsportfreunde aus Nürnberg entgegenkam. Ich war sehr überrascht, weil das in den letzten Jahren, in denen ich die Jungs höchstens zweimal im Jahr gesehen hatte, noch nie geschehen war. Wir telefonierten vielleicht einmal im Monat, ein paar SMS hin und wieder mit guten Wünschen oder Fragen zum Sport, mehr Kontakt hatten wir leider schon lange nicht mehr, seit ich mit dem aktiven Training im Kickboxen aufgehört hatte. Diese albanischen Freunde allerdings trainierten weiterhin täglich in ihrer eigenen Kampfschule in Nürnberg und organisierten regelmäßig Kampfsport-Galas auf höchstem, nationalem Niveau, denen ich manchmal als interessierter Zuschauer beiwohnte. Der »Chef« dieser eingeschworenen Kämpfer, ich nenne ihn hier einmal Goni Kalecha, stand nun vor mir. Er war nebenbei auch mein bester Freund, wie ein Blutsbruder, mit dem mich eine tiefe innere Übereinstimmung moralischer und seelischer Werte verband. Wir respektierten uns und würden jederzeit für den anderen mit aller Macht eintreten, wenn nötig. Ich hatte lediglich noch einen weiteren derart engen Freund, der mich einmal unter Einsatz seines eigenen Lebens vor dem Gefängnis bewahrt hatte, als ich mich in einer hilflosen Lage befand. Seinen Namen kann ich hier nicht nennen.

Goni und ich umarmten uns mitten auf der Straße herzlich, gingen Arm in Arm um die Ecke an der Börse und suchten instinktiv eine etwas ruhigere Ecke, um zu reden. Wir setzten uns auf eine Stufe, schauten uns tief in die Augen und Goni lächelte ob meiner Überraschung verständnisvoll. Auch wenn er im intellektuellen Sinne nicht viel Allgemeinwissen besaß und kaum Schulbildung im kommunistischen Albanien erhalten hatte, war er ein 15 Jahre jüngerer Mann hoher Integrität und hatte ein faszinierendes Charisma für Menschen aller Schichten. Körperlich war er ein gedrungener Pitbull mit kompakten, breiten Schultern, markantem Unterkiefer, wulstigen Augenbrauen und Pranken wie ein Tiger. Wenn man ihn im Ring erlebte oder ihm im Dunkeln begegnete, hätte man zu Recht Angst bekommen können, wären da nicht seine sprühenden, warmen, aber durchdringenden Augen gewesen, die den integren Charakter verrieten, wenn man einen Sinn dafür hatte.

Er begann mit seinem typischen Akzent und seiner sonoren Stimme, sich zuerst nach meinem Wohlbefinden und dem meiner Familie zu erkundigen, wie es für die gastfreundlichen Albaner so typisch ist. Ich half ihm und kürzte das Entree mit einer Frage nach seiner Anwesenheit ab.

Er hatte Ärger mit der Russenmafia, die wohl auch in Nürnberg immer mehr das Ruder an sich riss. Sein südländischer Stolz hätte ihm bei keinem anderen erlaubt, um Rat in dieser Sache nachzufragen, als bei einem Bruder, der ich auch für ihn war. Der Unterboss des Bezirks, in dem seine Kampfschule lag, machte ihm das Leben schwer und wollte, dass die Schule im Besonderen und die Albaner im Allgemeinen von dort verschwänden. Nun wäre das für ihn so weit kein Problem gewesen, wenn er nicht mit der Nichte dieses russischen Gangsters eine ernsthafte Affäre gehabt hätte, von der dieser natürlich niemals etwas wissen durfte, weil die besagte Natalie sonst sehr schnell von der Bildfläche verschwunden wäre. Hätte einer seiner Albaner den Russen beseitigt, wäre das Natalie zu Ohren gekommen und er wäre bei ihr in Ungnade gefallen. Zudem hatte er gerade eine Verurteilung wegen Körperverletzung durch seinen Nebenjob an der Tür einer Nobeldisco

als Türsteher, wo er einen betrunkenen Randalierer in Notwehr wohl etwas zu fest angefasst hatte. Ich dachte mir, dass jeder, der Goni ernsthaft provozierte, entweder geisteskrank, blind oder völlig besoffen sein müsste. Dieser war wohl Letzteres gewesen. Der Richter hat Goni vorgeworfen, bei seiner Statur hätte ja wohl ein Schlag als Notwehrhandlung genügt. Allerdings geht das natürlich, typisch für unsere weltfremde Justitia, an der Realität völlig vorbei, denn ein professioneller Boxer schlägt kaum jemals nur einen Schlag, sondern eine Kombination, zumal wenn er ein gereizter Albaner ist und zudem Vizeweltmeister und Trainer der stärksten albanischen Zelle in Bayern!
Ich freute mich sehr, Goni wieder einmal zu sehen, und beschloss und versprach natürlich sofort, ihm zu helfen, wie er es für mich auch getan hätte und manches Mal schon getan hat. Vollmundig, mit zugegebenermaßen etwas Macho-Manier, sagte ich die Erledigung in wenigen Tagen zu. Er wusste bis dato von mir nur, dass ich neben dem Kickboxen, Nunchaku und Messerkampf auch gewisse Fertigkeiten mit Schusswaffen hatte, konnte sich aber kaum vorstellen, wie ich eigentlich auch, wie weit ich gehen konnte oder würde, und konnte sich mangels eigener Fertigkeiten auch kaum mein hohes Niveau auf dem Gebiet vorstellen. Ich denke, er hatte zu diesem Zeitpunkt nicht angenommen, dass ich seiner Bitte so schnell und nachhaltig entsprechen würde.

Goni sagte zu, mich gleich nach seiner Rückkehr in Nürnberg per E-Mail mit allen notwendigen Informationen zu versorgen. Natürlich spielte Geld zwischen Brüdern keinerlei Rolle, zumal ich als Arzt ja schon sehr gut verdiente. Er könne leider nicht bleiben, weil er in Arbeit ersticke und die besagten Probleme seine ständige Anwesenheit in der Kampfschule erforderten. Wir verabschiedeten uns herzlich und trennten uns mit starken Gefühlen der Verbundenheit und respektvollen gegenseitigen Verpflichtung. Er betonte immer vor Freunden, ich sei mehr Albaner im Herzen als mancher wirkliche Landsmann von ihm, den er kenne, was mich jedes Mal mit Stolz erfüllte.

Zu Hause, in meiner 5-Zimmer-Dachwohnung, erwartete mich zu dem Zeitpunkt niemand, da meine beiden Töchter San und Nici unter der Woche bei meiner Exfrau lebten und nur am Wochenende bei mir waren.

Vor ein paar Monaten hatte ich zwar die süße Lea kennengelernt, bei der ich schnell wusste, dass ich sie wirklich wollte, auch als Lebensgefährtin. Aber für heute Abend war sie mit alten Freunden aus, sodass ich für mich war.
Von dem Gespräch mit meinem Bruder war ich ganz aufgewühlt, ja, fühlte mich gedopt wie ein Sprinter vor dem Start, aufgeputscht mit Ephedrin oder Koffein. Ich denke, ich spürte bereits, was mir und meinem ersten Target bevorstand. All die Jahre des militärischen und sportlichen Trainings auf leblose Ziele waren ja letztendlich die Vorbereitung zum Töten, was jedoch den meisten Soldaten im Frieden nicht wirklich bewusst war. Ich war mir dieser Tatsache als denkender Stabsoffizier der Reserve immer bewusst, fühlte meine dunkle Seite oft in meinen Träumen und meiner Fantasie hervorschauen, hämisch wie ein Dämon, wenngleich ich sie bis dahin, sozial angepasst, sofort wieder verdrängt hatte. Sollten meine Hunderttausende oder mehr Trainingsschüsse mit Gewehren und Pistolen und Revolvern nun tatsächlich ihre eigentliche Bestimmung aller Schusswaffen finden: das Töten zum Selbsterhalt oder zum Schutz von Familie oder Freunden?

Dein Freund und Helfer. Überhaupt werden die Ablehnung des Tötens von Menschen und das Mysterium des »Profikillers« in unserer modernen Gesellschaft der westlichen Industrienationen in meinen Augen völlig übertrieben. Schon immer, in allen Kulturen der Vergangenheit, wurde getötet, *um sich zu schützen oder um seine Interessen und Ziele voranzubringen, völlig offen und meist gesellschaftlich akzeptiert und sogar geachtet. Männer haben schon immer Männer getötet, der Stärkere den Schwächeren oder den Langsameren oder den Dümmeren. Ich möchte nicht einem Pseudo-Darwinismus à la Drittes Reich den Hof machen. Dennoch, auch heute ist das überall üblich: Alle Geheimdienste und autoritären Regierungen bedienen sich dieses Mittels im Sinne ihrer Interessen. Lediglich in sog. zivilisierten Ländern ist zum Schutz der Schwächeren das Gewaltmonopol auf den Staat übertragen worden; und dieser ist nicht wirklich in der Lage, den Bürger vor krimineller Gewalt zu schützen. Vielmehr dient die Polizei der Gängelung ihrer Schäfchen, die durch Strafzettel und Angst vor Polizeimacht angepasst und kontrolliert werden. Wenn man bedenkt, dass bis vor wenigen Jahren das Wort »organisierte Kriminalität (= OK)«*

schlichtweg in unserer behördlichen Exekutive (siehe auch die Recherchen eines Peter Scholl-Latour, Fachzeitschrift »Caliber« 05/10) nicht existierte; denn was es nicht gibt, braucht man nicht zu bekämpfen. Erst seit wenigen Jahren stellt man sich auch diesem mehr als offensichtlichen Problem (z. B. die libanesischen Banden) gezwungenermaßen.
Einige befreundete Polizisten bestätigen diese Hilflosigkeit der sog. Staatsmacht, die bei wirklicher Kriminalität oft versagt, weil ihr durch allzu sozial weich gespülte, allzu täterfreundliche Gesetze die Hände gebunden sind. Wie oft haben meine grünen Freunde russische oder türkische Schläger auf dem Rücksitz ihres Streifenwagens, die sie erst einige Wochen vorher in ähnlicher Weise dem Staatsanwalt oder Richter zugeführt haben und die mit ein paar Sozialstunden wegen ihrer »sozialen Integrationsprobleme« oder ihrer »schwierigen, finanziellen Lage und Arbeitslosigkeit« abgestraft werden, was beim Angeklagten kaum zu mehr als einem mitleidigen Lächeln führt. Oder die Anklage wegen Körperverletzung wird wegen »Geringfügigkeit« bis zur mehrfachen Wiederholung eingestellt; das geschlagene, gedemütigte und oft blutende Mädchen hätte anders entschieden.

Ein stellvertretender Polizeidirektor hat mir auf die Frage, ob die Anzahl der präsenten Polizisten auf den Straßen der Stadt zugenommen hätte, ganz stolz verkündet, dass dem so sei. Er freue sich, dass nun Übertretungen der Bürger zeitnah und unmittelbar geahndet werden könnten und somit der erzieherische Effekt viel besser zum Tragen käme (!). Kein Wort von Verbrechensbekämpfung und Schutz der Bürger vor Gewalt und Raub! Was für ein Idiot!

Allerdings möchte ich betonen, dass sich meine Kritik an der Polizei nicht auf Einzelpersonen bezieht, sondern auf die Organisation als solche, der durch Gesetze, Verordnungen, Unterbesetzung, Überforderung und Kleinkariertheit die Hände gebunden sind. Die meisten Polizisten, die ich kennengelernt habe, waren fähige, engagierte Kämpfer mit den besten Absichten, sei es bei USK, SEK oder Militärs beim KSK.
Natürlich hatte ich durch meine Spezialausbildungen auch meist Kontakt zu den ehrgeizigsten und kämpferischsten Naturen und diese haben auch über ihre Frustration im Tageseinsatz berichtet. Im Training mit diesen »grauen Wölfen« (so nennen sich die Jungs vom USK) oder Kämpfern von

Sondereinsatzkommandos war es ein Vergnügen für mich, immer wieder festzustellen, dass ich durchaus im Mittelfeld mithalten konnte.

Ich will nun keinesfalls dem Morden und der Selbstjustiz das Wort reden und verharmlosen. Aber es kann neben der reinen, unmittelbaren Notwehr durchaus Gründe geben, sich eines Mitmenschen zu entledigen. Und es existieren in meinen Augen sehr wohl Menschen, die durch ihr Tun oder ihre sinnlose Existenz (wenn man als Maßstab den Nutzen und die Verträglichkeit für die Gesellschaft bemüht) ihre Lebensberechtigung verwirkt haben. Wenn amoralische Menschen andere nur schädigen und drangsalieren, ohne den geringsten Nutzen für die menschliche Gesellschaft zu haben, welche Daseinsberechtigung sollte so einer haben? Und zum Argument, man dürfe sich nicht zum Richter über Leben und Tod aufspielen, kann ich nur sagen: Auch Richter in dunklen Roben hinter dicken Büchern sind nur Menschen! Schon immer haben Menschen andere Menschen verurteilt und gerichtet, das wird auch immer so bleiben.
Mit solchen Gedanken begann also meine bewegte und kreative Karriere als Profikiller. Ich kann mir zugutehalten, trotz finanzieller Motive und einer sicher präsenten Begeisterung für die Kunst des Tötens, niemals einen Auftrag angenommen oder jemanden ermordet zu haben, wenn ich nicht von der moralischen Richtigkeit des Ablebens des Targets (ich hasse in diesem Zusammenhang das Wort »Opfer«, weil es so Mitleid erregend klingt) überzeugt gewesen bin. Ich halte mich durchaus für eine moralische Persönlichkeit mit ausgeprägtem Beschützerinstinkt gerade für Schwache.

Vorbereitung

Als ich den PC hochgefahren hatte, war die E-Mail von Goni schon eingetroffen. Ich studierte die Angaben aufmerksam, prägte mir das Gesicht von Igor Strachnow ein. Immer wieder las ich alles durch und wurde von Mal zu Mal ruhiger. In meinem Unterbewussten formte sich ein Plan, der auf meinen bis dahin vorhandenen Fähigkeiten und Mitteln aufbaute, sich vor allem aber an der erwarteten Situation orientierte. Ich erinnerte mich an die Worte von Richard Machowicz, dem Ex-S.E.A.L.: »Targets dictate weapons and weapons dictate movements!«

Ich würde diesen fetten Russen, der vermutlich ständig von seinen breitschultrigen Schlägern umgeben war und sich in seinem Umfeld dadurch sicher fühlte, mit dem kleinstmöglichen Aufwand ausschalten, mit dem er in seinem Revier nicht rechnen würde und was keiner hören und sehen könnte. Ich ging zum Tresor und streichelte mein Kleinkalibergewehr von Anschütz, ein Jagdgewehr für Kleintiere, das ich mit einem absolut lautlosen Schalldämpfer ausgestattet hatte, der in der Waffenstadt Suhl in der ehemaligen DDR hergestellt worden war, speziell für mich und speziell für dieses Gewehr. Der Lauf der Waffe war exakt auf die KK-Subsonic-Munition von DN in der Länge angepasst (die Mündungsgeschwindigkeit v0 ist auch abhängig von der Lauflänge), sodass beim Abfeuern außer dem Schlagbolzen und dem Auftreffen des Hohlspitzgeschosses im Ziel definitiv keinerlei Geräusch zu hören war. Trotz des schwachen Kalibers und der recht geringen Geschossenergie (E0 = 50 Joule) war mein Anschütz, auch wegen des gut eingeschossenen Zoom-Zielfernrohres, eine tödlich präzise Waffe, solange man im 100-Meter-Bereich blieb. Wobei das Geschoss auf diese Distanz schon 32 cm aus der geraden Mündungslinie abfiel (was man am ZF durch eine entsprechende Anzahl an Klicks in der Vertikalen korrigiert).
Bisher hatte ich damit lediglich Ratten und Hasen, einmal sogar einen Hühner stehlenden, großen Milan erlegt. Der konnte in seiner majestätischen Selbstherrlichkeit, da auf dem Baum über den Hühnern sitzend, gar nicht verstehen, was geschah, als er den ersten, kleinen Schlag im Brustraum spürte. Ich konnte das sehr gut durch mein ZF beobachten. Schnell repetierte ich mit einer fließenden, geübten Bewegung am Kammerstängel, ohne aus dem Ziel zu wandern, und setzte in nicht viel mehr als einer Sekunde den zweiten Schuss daneben. Jetzt flog der lokale König der Lüfte nun doch verwirrt auf, flog eine kleine Kurve und stürzte dann, schlagartig tot, auf das nahe Feld. Wäre eine Person ein paar Meter danebengestanden, sie hätte sich maximal über ein zweimaliges, dumpfes, aber leises Klopfen bei dem Vogel gewundert, aber sonst rein gar nichts bemerkt. Selbst dem toten Milan waren durch die Federn und die geringe Größe keine Einschusslöcher anzusehen, geschweige denn nicht vorhandene Ausschussverletzungen, die für Großkaliber so typisch sind.

Nicht umsonst sind Kleinkaliberwaffen nicht nur in den USA eine der beliebtesten Mordwerkzeuge: leise, kaum Spuren am Opfer und somit meist Zeit bis zur Entdeckung. Fast jeder hat eine KK-Waffe (Forensik, Täterermittlung!), Schalldämpfer arbeiten hier mühelos und die Energie ist meist völlig ausreichend, zumindest bei Kopftreffern.

Also packte ich mein KK-Gewehr mit Stecher ein, schraubte den Schalldämpfer ab und schob ihn in die schon früher vorbereitete Taufkerze meiner jüngsten Tochter Nici, die von unten eine entsprechende Höhlung für den ca. 25x4 cm großen Aluminiumdämpfer nach Plänen von Hiram Maxim besaß, und verschloss den Boden mit einem entsprechenden, exakt passenden Wachsdeckel. Dann lud ich das 10-Schuss-Stangenmagazin mit Subsonic-Patronen in 0,22 lfB, ein 5-Schuss-Magazin mit den stärksten, käuflichen Stinger-Patronen mit der fünffachen Energie; nur für den Notfall. Man weiß ja nie, was kommt. Den Schussknall der Stinger würde man trotz Schalldämpfer deutlich hören. Dafür hätte ich aber für den Notfall eine sehr viel stärkere Zielwirkung, falls erforderlich. Vielleicht will dieser Russe ja nicht gleich sterben oder verschanzt sich hinter einer Deckung oder bekommt Hilfe von anderen, die ich auch noch ausschalten muss.
Halte immer einen Plan B bereit, »denn einmal ist keinmal und zweimal ist einmal«, wie die S.E.A.L.s und viele andere Jungs von Spezialeinheiten sagen.

Deshalb versorgte ich mich neben dem Stingermagazin noch mit meiner .45er Colt Automatic Gold Cup Match, mehr eine Sportpistole als eine Gebrauchswaffe, als Backup, die ich damals noch hatte, allerdings nur mit einreihigem 7-Schuss-Magazin plus einer Bohne im Patronenlager. Mein Plan B sah vor, die Jungs nach einer vorgetäuschten Flucht im Sturmangriff zu überrennen, wenn mein SSG-Plan nicht funktionieren sollte. Vielleicht nicht sehr ausgefeilt, aber meinem Temperament und meinen Nahkampffähigkeiten entsprechend. Sollte das zu heiß werden, blieb natürlich nur der taktische Rückzug. Zu der Zeit hatte ich zwar schon Kenntnisse im Bombenbau, war aber noch weit davon entfernt, eine handliche, einsatzbereite Version zu Verfügung zu haben, die als wirksame Rückversicherung hätte dienen können,

wie z. B. eine gut platzierte Claymore mit Funkauslöser späterer Hits. Da ich für Gewehr und Pistole eine Waffenbesitzkarte als Sportschütze hatte, musste ich diese beim Transport nicht verstecken. Lediglich der SD aus Aluminium war von der Obrigkeit nicht gern gesehen, zu Recht gefürchtet und musste versteckt werden (inzwischen für Jäger wieder freigegeben, Stand 2015!). Ich legte alles im Eingangsbereich bereit und legte mich nach einem intensiven Workout im Kraftraum meiner Wohnung und einem spartanischen Abendessen aus Eiweißriegel, Aminotabletten und Magermilch ins Bett. Ich schlief ungewöhnlich rasch ein und träumte verschiedene, surreale Versionen des für morgen an meinem freien Tag geplanten Hits. Sicher dachte mein Bruder Goni, ich würde das Problem mit meinen Beziehungen zur Polizei regeln oder irgendwie anders. Ich musste innerlich lächeln im Halbschlaf, weil ich ihn und mich selbst bald überraschen würde. Ich war gespannt auf seine Augen, wenn er davon erfuhr. Dass mein Hit ein Misserfolg sein könnte, kam mir nicht einmal in den Sinn. Ich strotzte vor Selbstbewusstsein und war mir meiner Fähigkeiten schlagartig bewusst geworden, als hätten sie schon lange nur unter der Oberfläche gelauert, bis einer käme und sie befreite.
Der Dämon war befreit!

Der Hit

9.48 Uhr. Warten, bis der Kopf einen Moment ruhig ist, der Typ wackelt dauernd; ich stelle den roten Leuchtpunkt ein wenig schwächer ein, das Licht des Tages nimmt schnell ab und verschwindet in der Abenddämmerung. Da, er bleibt stehen. Mein Herz pocht wie wild, verdammt. »Ich bin ein Stein, ruhig, wie ein kalter Stein! Ich lasse meinen Atem strömen, langsam eiiiinnnn … ruhig auuussss!«

Z: »Accuracy before Speed!« Denke an die Grundregeln des dynamischen Kampfes mit Schusswaffen, die dir deine Lehrer Rob B. und Ken B. beigebracht haben: Geschwindigkeit ist nutzlos, wenn du dein Ziel nicht triffst. »Da vorne ist 'ne Menge Luft; du musst das Fleisch treffen!« Denk daran!

Einstechen des deutschen Stechers, »Klack!«, Ziel halten, Leuchtpunkt im Ohr, halten, Abzug kommen lassen, »Ruuuhiiig!«, mein Herz spielt Dampflok, einatmen, halb ausatmen, »Klick«, fließendes Repetieren, die Hülse fliegt aus dem Patronenlager, ein »Kling« am Boden, Ziel halten, einstechen, Abzug kommen lassen, »Klick« … Das war's! Zwei Schuss waren raus in weniger als einer Sekunde. **9.49 Uhr.**

Anmerkung des Autors:
Trainierte Scharfschützen fühlen sich in einer Art »Super-Bubble«, in einer mentalen Blase, in der sie psychisch abgeschirmt sind, wenn sie den finalen Schuss vorbereiten. Die meditative, abschirmende Schutzhülle, die dem Enforcer erlaubte, sich ausschließlich auf das Target zu konzentrieren, eine Art Superfocusing, weicht direkt nach dem Treffer schlagartig der normalen Realität, die wieder alle Sinneseindrücke durchdringen lässt.

Nach fünf endlosen Sekunden schwankt der russische Koloss, scheint langsam und ungläubig den Kopf zu schütteln, blinzelt, schwankt nach vorne, versucht, mit einem kleinen Schritt das Gleichgewicht zu halten, als seine Beine versagen und er vornüber in sich zusammenbricht.
In den Informationen von Goni war sein Lieblingsrestaurant genannt, vor dem ich ihm einfach auf gut Glück an diesem Abend aufgelauert hatte. Schon nach weniger als zwei Stunden hatte ich Glück. Mein Rücken schmerzte schon von der knienden Haltung auf der Rückbank meines Autos. Als er das Restaurant verlassen hatte, musste ich nur noch die Scheibe ein Stück ablassen und die Waffe entsichern.

Lustigerweise schienen seine zwei breitschultrigen Anabolika-Affen gar nicht sonderlich überrascht zu sein, dass ihr Boss auf dem Boden lag. Vielleicht war das nicht das erste Mal, dass er im Alkohol- oder Drogenrausch ausrutschte. Ich kniete immer noch unverändert auf der Rückbank meines damals noch dunklen BMW Kombi Turbodiesel, beobachtete die Szene weiterhin im Zielfernrohr mit aufgelegtem Gewehr und dem einen Spalt geöffneten hinteren Seitenfenster, das mit dunkler Tönungsfolie beklebt war wie der gesamte rückwärtige Fensterbereich des Autos.
Die Bodyguards bückten sich und versuchten, dem Russen Igor Strach-

now, Unterführer der hiesigen Russenmafia, aufzuhelfen. Keiner hatte etwas gehört und niemand sah offensichtlich die winzigen Einschusslöcher im oder neben dem linken Ohr, die vermutlich von der dunklen, langen Haarpracht dieses Kerls verdeckt waren. Dass es keine Austrittswunde gab, war mir bewusst, denn mit Wund- oder Terminalballistik kannte ich mich aus. Dennoch konnte ich mir die Wirkung der beiden Hohlspitz-Blei-Geschosse im Gehirn sehr gut vorstellen, wie sie sich durch Deformation sternförmig aufgepilzt hatten (Hohlspitz) und trotz ihrer geringen Energie genügend Schaden dort angerichtet hatten. Oft genug hatte ich das in Polizeiausbildungsbüchern oder live im Schießkanal bei meinem Freund Arthur gesehen, der verschiedene Geschosstypen durch Gelatinebeschuss für Behörden testete. Selbst wenn es die jeweils wenigen Gramm Blei vielleicht nicht bis zum anvisierten Kleinhirn, der Stelle für den offiziellen finalen Rettungsschuss, geschafft hatten, so war die Druckwelle des temporären Wundkanals ganz offensichtlich ausreichend gewesen, diesen 110-Kilo-Mann niederzustrecken.

Es war ein Risiko gewesen, auf so große Distanz zu schießen. Auf schätzungsweise 90 Meter Entfernung kommt das kleine Gewehr mit der schwachen Subsonic-Munition (nur 50 Joule) von Geco bereits an seine Grenzen. Ich hatte nur wenige Klicks am vertikalen ZF-Turm korrigiert und hatte offenbar richtig gelegen mit meiner Berechnung des Geschossabfalls. Außenballistik gehört nicht zu meinen Stärken, da verlasse ich mich lieber auf mein Gefühl. Es hatte funktioniert.

Forensik

Über innenballistische Forensik u. a. machte ich mir keine großen Gedanken, denn zum einen würde mein Bruder Goni eher sterben als reden, egal, welchem Druck man ihn aussetzte, denn nach einer Kindheit und Jugend auf Alban*iens mörderischen Straßen und nach einem Jahr in einem türkischen Gefängnis gab es nicht viel, was ihm Angst machen konnte. Zum anderen hatte ich meine Subsonic-Bleigeschosse von außen mit 80er Schmirgelpapier bearbeitet und die dünne, entfernte*

Schicht wieder mit Leitsilber aus dem Elektronikhandel ersetzt. Dadurch ist es fast unmöglich, nachträglich festzustellen, aus welcher Waffe das Geschoss gekommen war, weil sich das Leitsilber im Lauf und im Opfer schnell abrieb. Zudem machte ich es mir von Anfang an zur Gewohnheit, auch schon bei diesem ersten Hit, alle Hülsen aufzusammeln. Und falls das einmal nicht möglich war, wechselte ich baldmöglichst den Patronen-Auszieher und Schlagbolzen gegen neue, sodass auch hier mikroskopisch-forensische Untersuchungen durch die Behörden wenig Ergebnis bringen konnten, evtl. durch Nachpoliturarbeiten an Patronenlager und Rampe ergänzt, die ja immer verräterische Spuren an den ausgestoßenen Hülsen hinterlassen.
Übrigens ist dieses Wissen bei nahezu allen Sportschützen in *Deutschland (ca. 3 Millionen Besitzer mit ca. 10 Millionen Waffen; geschätzte weitere 20 Millionen illegale Schusswaffen!) und fleißigen Thrillerlesern inzwischen Allgemeingut geworden.*

*Ganz genau genommen kann man an den charakteristischen Druck-Zug-Verh*ältnissen, die die Felder und Züge eines Schusswaffenlaufes am Geschoss hinterlassen meist dennoch auf die verwendete Waffe rückschließen. Auch müsste man die ganze gekaufte Charge an Munition zu Hause entsorgen, weil man mit sog. Massenspektrometern die *exakte, individuelle Zusammensetzung der Geschosse bestimmen kann, die immer von Charge zu Charge leicht variiert. Aber man kann alles* übertreiben; und solange die verwendete Waffe nicht in die Hände der Polizei gelangt und man für Hits (meist ältere) Patro*nen unterschiedlicher Herkunft verwendet, sind letztere Überlegungen jedenfalls hinfällig.*

Flucht vom Tatort

Ich zog mein Gewehr, das auf einer im Auto quer gelegten Holzlatte zwischen Rückbank und Vordersitzlehne am Schaft, niemals am Lauf, aufgelegt war, zurück, legte die Latte in den hinteren Fußraum, schraubte den SD ab und verpackte mit erstaunlich ruhigen Händen Gewehr, Magazine und Dämpfer. Dann zwängte ich mich durch die beiden Vordersitze nach vorne hinters Steuer und blieb wieder ruhig sitzen. Mein

Herz pochte noch bis zum Hals, aber ich fühlte das Nachlassen der Spannung, obwohl ich noch nicht in Sicherheit war. Ich schaute zu den Russen, die nun erkannt hatten, dass ihr Boss nicht mehr atmete, und sah, wie sie hilflose Versuche zur Beatmung und Herzmassage machten. Noch hatte keiner die Todesursache verstanden, sonst wären sie schon in der Richtung ausgeschwärmt, aus denen die Schüsse gekommen sein mussten. Es wäre ein dummer Fehler von mir gewesen, jetzt einfach loszufahren, trotz der Entfernung vom Tatort und obwohl ich vorsorglich meine Nummernschilder mit schwarzer Klebefolie unkenntlich gemacht hatte. Aber ich wollte den Russen keinen Hinweis auf mich geben, was die Automarke zweifellos gewesen wäre.
Ich schaltete die Innenbeleuchtung aus, damit beim Öffnen der Tür kein Licht aufflammte. Dann öffnete ich langsam und möglichst lautlos die Tür, nachdem ich mich rundum davon überzeugt hatte, dass niemand vor oder hinter mir war. Dann stieg ich aus meinem Auto, das mitten in einer langen Reihe parkender Fahrzeuge stand, aus, schloss die Türen mehr drückend als schlagend und betätigte die Zentralverriegelung nicht, um das verräterische Blinken zu vermeiden. Gebückt schlich ich in den angrenzenden Park, bis ich weit genug in den Schatten gekommen war, und ging dann unauffällig wie ein Abendspaziergänger den Weg im Park entlang. Vereinzelt waren hier noch Leute, die entweder zügig zu irgendeinem Ziel hasteten oder wie ich einfach so durch den Park promenierten. Von hier aus waren meine russischen »Freunde« nicht zu sehen. Ich umrundete den Tatort und näherte mich von der entgegengesetzten Richtung, um mit nur 20 Metern Abstand, neugierig wie schon viele aufmerksam gewordene Gaffer, an der Szenerie vorbeizugehen. Die Sirene des Notarztwagens hatte ich im Park schon gehört. Als ich in Richtung BMW ging und mich zwischen den vielen Leuten hindurchzwängte, sah ich gerade noch, wie die Sanitäter eine vollständig mit weißem Tuch abgedeckte Bahre in den Wagen einluden. Ob die Russen im Bilde waren, konnte ich nicht erkennen.
Ein befreites Lachen konnte ich kaum unterdrücken, das fast schon hysterisch seinen Weg aus meinem Inneren suchte. Beim Auto angekommen, setzte ich mich hinters Steuer und fuhr bewusst langsam los, um unauffällig zu wirken, was gar nicht so leicht ist, wenn man nur den Gedanken hat, schnell wegzukommen. In Bildern der jüngsten Vergan-

genheit verloren wollte ich möglichst bald auf die Autobahn A3 Richtung Frankfurt nach Hause. Dann lachte ich hemmungslos und lauthals los, Tränen schossen in meine Augen und ich hatte wirklich Probleme, die Straße zu erkennen ...

Gefühle und Gedanken eines neugeborenen Dämons

Ich beherrschte mich, meinen Bruder gleich anzurufen, und sendete ihm stattdessen von meinem Laptop eine E-Mail von meiner anonymen Adresse aus unter dem Pseudonym »Bladerunner«, die ich später auch für Buchungen von Escort-Ladys nutzen sollte. Aber bis dahin vergehen noch ein paar Jahre. Ich war wirklich gespannt, wie er reagieren würde, und hätte zu gern sein Gesicht gesehen, wenn er vom Tod des Igor Strachnow erfuhr. Das Vergnügen würde mir allerdings nicht vergönnt sein.

Wie fühlte ich mich nach meinem ersten Mord? Ich kann mich nur vage erinnern, weil so viel seitdem passiert ist, weil sich meine Gefühlswelt seitdem sehr verändert hat – nach so vielen verübten Hits.
Ich war erleichtert, platzte immer wieder mit einem kopfschüttelnden Lachen heraus, das aber unverkennbar auch eine hysterische Komponente hatte, wohl verursacht durch die enorme innere Anspannung, die langsam von mir abfiel. Diese Stimmung wechselte in den nächsten Tagen mit nachdenklichen Phasen ab, in denen ich gedankenverloren vor mich hin starrte und von meinen Mitarbeitern manchmal gefragt wurde, ob alles in Ordnung sei. Zum Glück sah ich meine neue Freundin und spätere zweite Frau erst am nächsten Abend, als ich schon wieder relativ gefasst war.
Ich war fasziniert von der Einfachheit und dem Erfolg des spontanen und wenig geplanten Hits. Schuldgefühle oder moralische Bedenken hatte ich zu keiner Zeit, was diesen Fall anbelangt. Ich war mir sicher, eine sinnvolle Tat vollbracht zu haben und der Welt, zumindest der meiner Freunde, einen großen Gefallen getan zu haben. Vielleicht hatte ich sogar einige Menschen-leben dadurch gerettet, wer weiß das schon.
Zu dem Zeitpunkt hatte ich noch nicht im Sinn, dies zur Gewohnheit

werden zu lassen, erst recht nicht für Geld. Das kam erst mit dem nächsten Auftrag, der auf Empfehlung und als Folge meines Erfolgs bei Igor folgte. Erst ab da machte ich mir Pläne für diese Art Zukunft und professionalisierte meine Kommunikation als auch mein Vorgehen in forensischer Hinsicht.

Das Schalldämpfer-KK-Gewehr

Das Kleinkalibergewehr mit Schalldämpfer sollte trotz aller Variationen, die so typisch für mich sind, meine erfolgreichste und liebste Tatwaffe bleiben. Sowohl mit der beschriebenen Subsonic-Munition, die die geringe Geschossgeschwindigkeit von weniger als 330 m/s teilweise durch ein etwas höheres Geschossgewicht wettmacht, als auch mit der für Kleinkaliber extrem energiereichen Stinger-Munition (über 200 Joule, je nach Lauflänge), bei der natürlich der Überschallknall nicht zu dämpfen ist, lediglich der Richtungsknall, brilliert die Kleinkaliberwaffe als eine sehr vielseitige und »saubere« Methode für Hinrichtungen bzw. Attentate. Denn im Gegensatz zu großkalibrigen Waffen wird z. B. bei einem Kopfschuss nicht der halbe Schädel an der Austrittseite abgesprengt, sondern es gibt lediglich ein kleines (5,6 mm!) Einschussloch. Von großem Vorteil ist auch der psychologische, dass der Täter dem Target auf relativ große Distanz das Leben nimmt und ihm nicht ins Gesicht sehen muss, nicht seine körperliche Nähe spüren muss. Das macht sowohl den Hit als auch das Schlafen danach um einiges leichter; fast wie der berühmte »Knopf mit Verbindung *nach China«, bei dem kaum jemand Hemmungen hätte, für viel Geld diesen zu drücken, selbst mit dem Wissen, dass dann ein Mensch sterben würde. Die Distanz baut die Hemmung ab. Das ist ein psychologisches Faktum.*

Ich war der Enforcer!
Ich lebte jeden Moment meines Lebens, als sei er der letzte … und ich komme wieder!

Fin

H 3 – Der Amazonas-Hit

Methode: Blasrohr mit Curare-Flechette (= Blasrohrpfeil). Auftraggeber: Ehefrau und Tochter. Target: Botschaftsmitarbeiter (Türke)

Schon als 10-jähriger Junge, spätestens aber seit der Gymnasialzeit, war ich von Chemie begeistert. Meine Leistungskurse in der Oberstufe waren Chemie und Physik. Ob meine Lehrer mich mehr respektierten oder fürchteten, kann ich heute nicht mehr sagen. Jedenfalls hatten einige Mühe, mit meinem Enthusiasmus für Naturwissenschaften Schritt zu halten, bis ich die Schule mit Bestnote verließ. Dass ich als Einzelgänger galt und für meine Mitschüler manchmal ein rotes Tuch war, versteht sich von selbst, wenn man statt hinter Mädchen und Zigaretten mehr hinter Atomphysik und Formeln her ist.
Nur aus vermeintlicher Vernunft studierte ich nicht Chemie: weil es keinen guten Verdienst versprach.
Ich hörte nie auf, Chemiebücher zu lesen, und seit der Herstellung von Nitroglycerin in der Schule hatte mich, wie so viele Altersgenossen, die Faszination für alles, was kracht und gefährlich ist, erfasst. Nur lassen es viele Adepten bei ihren ersten, missglückten Versuchen bewenden, weil sie es mit der Angst zu tun bekommen. Nicht so bei mir.

Z: Wenn du die Angst vor dem Tod definitiv überwunden hast, gibt es rein gar nichts mehr auf dieser Welt, das du fürchten musst. Nur in nächster Nähe zum Tod empfindest du dein Leben wirklich tief und authentisch, kannst du Erleuchtung finden. Außer vielleicht auf dem Höhepunkt von Liebe und Sex bist du dem Tao niemals näher als im Angesicht des nahen Todes.

Auch während meiner Zeit als selbstständiger Arzt unterhielt ich immer ein kleines, aber gut ausgestattetes Chemielabor auf wenigen Quadratmetern im Keller. Natürlich konnte man da keine umfangreichen Analysen oder Synthesen durchführen. Aber meinen Neigungen entsprechend konnte ich in meiner knappen Freizeit doch immer wieder Versuche mit Pflanzenextrakten oder der Herstellung von Sprengstoffen in kleinen

Mengen unternehmen. Wenn mich jemand aus dem Freundeskreis fragte, wozu ich diese »chemischen Sachen« da hätte, dann gab ich meist an, nach einem neuen Antibiotikum zu suchen oder eine Heilsalbe herstellen zu wollen. Das passte in die Vorstellungswelt der meisten Zeitgenossen, die kaum kreativen mentalen Raum für mehr als ein oder zwei geistige Schubladen hatten. Meine erste und zweite Frau interessierten sich nur am Rande dafür, wohl weil sie nichts davon verstanden. Ich beließ es dabei.
Aus meinen ausdauernden Recherchen in Büchern über Gifte hatten es mir im Laufe der Jahre zunehmend zwei davon besonders angetan, weil sie hocheffektiv und relativ leicht herzustellen waren: Nikotin und Aconitum. Ein drittes faszinierte mich schon aus dem Medizinstudium sehr, nämlich Curare, das ja beispielhaft und sehr ausführlich im Studium zum Arzt als pharmakologisches Musterbeispiel untersucht wird. Curare muss in die Blutbahn eindringen (z. B. per Blasrohrpfeil) und wirkt innerhalb von wenigen Minuten, indem es alle Muskeln lähmt, auch die Atemmuskulatur, sodass das Opfer bei vollem Bewusstsein durch Erstickung stirbt.
Ein glücklicher Zufall ermöglichte es mir, in einem unbemerkten Augenblick in einem unbeobachteten pharmakologischen Labor in Frankfurt eine Probe mit gut 2 Gramm davon zu stehlen (während einer ärztlichen Fortbildung). Obwohl ich keinerlei Tendenzen zu Diebstahl und Raub habe, konnte ich in diesem Falle nicht widerstehen. Seitdem ziert dieses Fläschchen meinen heimischen Kühlschrank im Keller mit der Aufschrift: »Vorsicht! Pilzextrakt!«, damit jeder in der Familie die Finger davon ließ. Meine beiden Töchter aus erster Ehe, Nici und San, waren alt genug, um lesen und denken zu können, als die Probe noch zu Hause im Familienkühlschrank gestanden hatte, lange bevor ich das »Adlerhorst« gemietet hatte.

Der Tod hat mich nicht erst seit den Selbstmordversuchen meiner damals depressiven und alkoholabhängigen Mutter fasziniert. Auch die extreme Macht, die Waffen und Gifte als »Ultima Ratio« für den, der sie im praktischen und psychischen Sinne anwenden kann, mit sich bringen, zieht mich von jeher magisch an.

Vorbereitung

Mein albanischer Blutsbruder Goni Kalecha aus Nürnberg war von meinem gelungenen Hit gegen den russischen Mafiaboss Igor Strachnow so begeistert, dass er offensichtlich vielen in seinem Umfeld davon erzählt hatte. Natürlich, und darauf konnte ich mich verlassen, würde er niemals meinen Namen erwähnen oder mehr als von »einem Freund« über mich reden; und davon hatte er als charismatische Führernatur viele.
Keine zwei Wochen nach dem toten Russen, was den Albanern übrigens den erhofften Respekt und Erfolg beschert hatte, kam Goni auf mich zu. Per SMS fragte er an, ohne verdächtige Worte zu verwenden, ob er mich »sicher« kontaktieren könne, denn die allgegenwärtige Telefonüberwachung und Vorratsdatenspeicherung à la US-Vorbild »Echelon« ist ja inzwischen dem naivsten Zeitgenossen nicht erst seit Edward Snowdens Verrat an der NSA bewusst.

Ich teilte ihm per »Ten-Minute-Mail« vom Internetcafé aus eine temporär gültige E-Mail-Adresse mit. Er berichtete mir von einer albanischen Verwandten – irgendwie scheinen die 4 Millionen Albaner alle miteinander verwandt zu sein –, deren türkischer Ehemann nicht nur sie und ihre Tochter wiederholt missbraucht hätte, sondern nun auch ihren Vater finanziell ruinieren wolle. Der Mann sei Mitarbeiter der türkischen Botschaft in Frankfurt und leider kaum allein anzutreffen, da er keine Hobbys hätte und selten die Botschaft verlasse. Er schickte mir mehrere Bilder, Adresse, Arbeitsstelle und betonte, das sei kein geforderter Freundschaftsdienst, sondern die junge Frau sei durchaus vermögend und bereit, praktisch jede Summe für das baldige Ableben dieses Scheusals zu bezahlen.
Das war der Moment, in dem ich zum ersten Mal ernsthaft über die Möglichkeit nachdachte, meine Fähigkeiten auch weiterhin professionell anzubieten. Spontan bot ich an, den Job für damals noch 15.000.- Euro zu übernehmen, falls der Frau eine geeignete Gelegenheit einfiele, wo ihr Mann zu fassen sei, und ich alle erforderlichen Informationen zügig übermittelt bekäme. Goni ermahnte ich nochmals eindringlich, in Zukunft nicht einmal als Freund von mir zu reden, damit jegliche Verbindung zwischen Auftraggeber und mir ausgeschlossen werde.

Es dauerte ein paar Tage, bis Antwort kam. Der Ehefrau sei eine Geburtstagsfeier im Marriott-Hotel eingefallen, bei der ihr Mann anwesend sein werde und die nicht nur für Botschaftsangehörige zugänglich sei. Kein Wort zu der geforderten Summe. Ich notierte mir Datum, Uhrzeit und Ort und fing an zu planen.

Natürlich besuchte ich so bald als möglich das Hotel und machte mich mit der Umgebung und den Räumlichkeiten vertraut. Es war völlig klar, dass hier, bei Hunderten von Leuten, Schusswaffen kaum infrage kamen und auch die blutige Arbeit eines Messers schwierig zu verrichten sein würde. Schnell kam ich auf die Idee, Gift zu verwenden; entweder als Beimischung zu einem Getränk oder mit einer Flechette (= Blasrohrpfeil). Ich brauchte nur meinen Kühlschrank im »Adlerhorst« zu plündern. Wegen der verzögerten Wirkung entschied ich mich für Curare, das mir mehr Zeit für die Flucht lassen würde als das allzu rapide Nikotin und mit dem ich weit mehr Versuche unternommen hatte als mit allen anderen Giften.

Flechette

Neben den Vorbereitungen, möglichst unauffällig zu der Feier zu gelangen, und den Fluchtplänen A und B machte ich mich an die Herstellung der Pfeile und des Blasrohres.
Als Blasrohr kaufte ich im Baumarkt ein Aluröhrchen, 1 Meter lang und mit 7 Millimeter Innendurchmesser. Je länger das Rohr, desto höher die Mündungsgeschwindigkeit des Pfeiles, solange der Innenreibwiderstand nicht zu hoch wurde. Indianer verwende Rohre bis zu 3 Metern. Für diesen Hit mussten allerdings 20 cm Länge aus nächster Nähe genügen.

Bei den Flechettes musste ich ein wenig experimentieren. Für längere Flugdistanzen von 3–10 Metern waren stabile Stahlnadeln für Nähmaschinen am besten geeignet. Für dieses Mal entschied ich mich aber für ärztliche Spritzenkanülen der Dimension 0,7 x 60 mm, bei denen ich einen Zentimeter hinter der Spitze eine mit Klebstoff (Sekundenkleber) fixierte

Wicklung aus Baumwollzwirn anbrachte, deren Durchmesser fast den Innendurchmesser des Rohres erreichte. Den Plastik-Luer-Ansatz zum Aufstecken auf die Spritze beließ ich an der Kanüle, weil der einen die Flugbahn stabilisierenden Effekt hatte. Bei den Stahlnadeln waren hierfür ein paar Zentimeter Baumwollfaden am Ende notwendig.

Nach zufriedenstellenden Flug- und Zielversuchen auf die Nahdistanz bis 3 Meter tauchte ich die angeraute Spitze immer wieder in das breiige Curare und trocknete jede Schicht geduldig mit dem Föhn, bis ringsum eine ca. 0,5 Millimeter dicke Schicht auf knapp 1 Zentimeter Länge fest daran haftete. Ich stellte zwei Pfeile her und packte als Plan B für eine evtl. Verabreichung im Getränk eine Minispritze mit einem halben Kubik wässriger Aconitinlösung aus Eigenproduktion ein.

Mein Plan war es, dem Türken möglichst nahe zu kommen, natürlich in Verkleidung, und ihm dann blitzschnell den kleinen Pfeil auf eine Stelle nackter Haut zu verpassen. Ich spekulierte darauf, ihn auf der Herrentoilette zu erwischen, wo möglichst – hoffentlich – niemand sonst anwesend sein würde, um ihn dann unmittelbar vor dem Schuss mit einem harten Knock-out mit der Faust ans Kinn so lange ruhig zu bekommen, bis das Curare wirkte. Das war natürlich reines Wunschdenken, ich würde sicher improvisieren müssen.

Letztendlich war es egal, ob er mich sah, er würde, sofern das Gift auch wirklich in ausreichender Dosis in seine Blutbahn gelangte, keine Zeit für eine Täterbeschreibung mehr haben. Wichtig war allerdings, dass der Notarzt nicht eintraf, bevor er innerlich erstickt war, denn die Curarewirkung kann man völlig schadlos überstehen, wenn während der Wirkdauer künstlich beatmet wird! Ich hoffte da auf die Dummheit des Publikums.

Z: Wechsle die Methoden und Mittel, gib ihnen kein Muster und kein Motiv und du wirst ewig in Freiheit leben!

Neben Flechettes, den Blasrohrpfeilen, hatte ich mich auch mit vergifteten Luftpistolen-Geschossen beschäftigt. Handelsübliche Diabolos gibt es auch als Hohlspitzversion. Wenn man die kleine Frontöffnung mit einem Minifräser oder Bohrer ein wenig erweitert, kann hier problemlos eingetrock-

netes Curare eingebracht werden. Die bräunliche Füllung deckte ich mit Silberleitlack aus dem Elektronikhandel ab, sodass selbst eine Kontrolle durch die Polizei beim Transport im Auto folgenlos bleiben müsste. Natürlich darf selbst eine Luftdruckwaffe nicht schussbereit »geführt« werden; ein Transport in einem verschlossenen Behälter im Fahrzeug allerdings ist legal. So lässt sich die »illegale Zeit«, während der man die Waffe bis zum Hit führt, auf ein Minimum verkürzen.
Allerdings habe ich diese sicher sehr effektive Art des modernen »Blasrohrs« bisher nicht für einen Hit benutzt, weil ein echtes Blasrohr einfach leiser ist (bei H 11 geplant). Wenn man die hohe Kapazität mancher Druckluftpistolen mit CO2-Antrieb bedenkt, wäre eine solche mit vollem Magazin und Curare-Diabolos jedoch eine beeindruckende Mordwaffe. Immerhin fasst meine russische Anics Skif 28 (!) Geschosse und liefert eine Geschossgeschwindigkeit von bis zu 150 m/s, was fast schon der Performance eines entsprechenden Gewehres entspricht! Hoffentlich kommt nicht irgendein durchgeknallter Amokläufer auf diese Idee …

Amazonas

Der kleine, dunkelhäutige Pygmäe mit den schmalen, stechenden Augen hielt die ausgehöhlte Kalebasse dicht über die intensive Glut der kleinen Feuerstelle im Dschungel. Die Jungen standen andächtig mit respektvollem Abstand um den älteren Mann, der fachkundig die Konsistenz in dem kleinen Gefäß prüfte. Alle hatten bunte Kriegsbemalung im Gesicht, die Jungen hauptsächlich rot, der ältere und sein Begleiter vornehmlich blau. Alle hatten spitz zugeschliffene, teils abgestorbene Frontzähne, ein Zeichen der Reife und Voraussetzung für die Ehre, in den Kampf ziehen oder zur Jagd gehen zu dürfen.
Die birnenförmige Kalebasse hing leicht schaukelnd an geflochtenen Fasern in einem Dreibein aus dünnen Stöcken dicht über der Hitze der Glut. Nur die Restfeuchtigkeit in dem breiigen Exsudat darin verhinderte ein völliges Verkohlen des kürbisähnlichen Gefäßes.
Ich fühlte deutlich die angespannte, würdevolle, ja, magische Spannung der Männer, wie sie da unter dem dunstigen Zeltdach der mächtigen Bäume das Ritual zelebrierten. Keiner sprach ein Wort, alle waren ver-

sunken in Gedanken oder ehrfürchtiger Verehrung der zuständigen Götter. Die beiden Erwachsenen, allerdings kaum 1.50 Meter groß, trugen Schrumpfköpfe um den Hals und aufwendige Tätowierungen am ganzen Körper. Charismatische Ruhe und Konzentration zeichneten die sparsamen und fast rituellen Handgriffe des Anführers aus, als er nach neuerlicher Prüfung des eingekochten Lianensaftes offensichtlich mit dem Ergebnis zufrieden war. Er sah alle Jäger der Reihe nach an und bedeutete ihnen mit einem kaum wahrnehmbaren Nicken, näher zu kommen. Ich fühlte mich als Teil dieser Geister des Waldes, war einer von ihnen und empfing die Aufforderung mit pochendem Herzen und dem Gefühl tiefer Verbundenheit.
Er nahm die Kalebasse vom Feuer, hielt sie respektvoll am Hals fest und tauchte mit der anderen Hand einen ca. 20 cm langen, sehr dünnen Holzspan mit einem Faserknäuel am andern Ende mit der Spitze voran in den grünlich braunen, zähen Brei. Wir anderen taten es ihm nach, einer nach dem anderen, und jeder nickte und verbeugte sich danach ehrfürchtig vor dem Geist der Kalebasse und wohl auch der Kunst des Älteren. Die wenigen von Gift bedeckten Zentimeter wurden nun über dem Feuer zu Ende getrocknet.
Ein plötzlicher, spitzer Schrei, vielleicht von einem Affen, störte die heilige Atmosphäre und wir richteten unseren Blick gegen die undurchdringliche Wand des lebenden Waldes …

… mein Wecker ließ mich hochschrecken. Ich hatte Schweißperlen auf der Stirn und von einem vor Jahren im Fernsehen gesehenen Film über Amazonas-Pygmäen geträumt, in dessen Handlung ich ganz aufgegangen war. Schwer kam ich wieder aus der Identifikation mit dem Traum in die reale Welt zurück; noch konnte ich die schwermütig gespannte Stimmung, das heilige Ritual der Macht über den Tod, in mir fühlen. Ich würde diese mystische Energie in mir bewahren und für meine bevorstehende Aufgabe nutzen.

23.24 Uhr. Hunderte von Leuten: Yuppies, Diplomaten, aufgetakelte Damen und hübsche Siliconladys, Personal zuhauf und ein enormer Schallpegel von angelegentlichen, plappernden Stimmen und langweiliger Livemusik.
Ich hatte, verloren inmitten dieser brodelnden Masse stehend, Angst wie noch nie. Damit hatte ich nicht gerechnet. Atemnot, Herzrasen und tropfender Schweiß ließen mich die beengende Szenerie nur verschwommen und gehetzt wahrnehmen. Meine Brille beschlug, nahm mir die Sicht. So ein Bockmist!

Z: Ein wahrer Krieger weigert sich schlechthin aufzugeben! Nur Tod oder Ohnmacht können dich davon abhalten, deinen Kampf zu gewinnen. Gehe durch die Angst hindurch wie durch eine Wand aus Nebel; lass sie hinter dir und du wirst siegen!

Ich versuchte, mich in die mentale Sniper-Bubble zu begeben, meine Sensorik einzuengen und mich scharf wie ein Laserstrahl nur auf mein Target zu fokussieren. Nur durch meine jahrzehntelange Übung der Meditation gelang es mir, langsam zu entspannen. Ich ließ die Schultern bewusst fallen, atmete tief und ruhig und beobachtete jeden Atemzug ganz genau, konzentrierte mich auf die Lücke zwischen Ein- und Ausatmen. Das lenkte mich von meiner Angst ab.
Allmählich fand ich wieder meine Mitte, meine Lippen formten ein diabolisches Lächeln und das stinkende Adrenalin der Angst änderte seinen Duft und gab mir den aggressiven Schub, den ich dringend brauchte.

23.38 Uhr. Mein Target stand mit dem Rücken zu mir, in ein Gespräch mit einer kleinen Gruppe aus zwei jungen, blonden Ladys und einem asketischen, älteren Herrn mit steifer Haltung, vielleicht einem Ex-Soldaten, verwickelt.
Ich war frech mit einer leeren Kiste Sekt auf der Schulter lauthals durch die anstehende Schlange von Wartenden hindurchmarschiert, als hätte

ich den in der Küche dringend verlangten Nachschub bei mir. Jeder ließ mich durch, machte Platz und beachtete mich nicht weiter. Ha, Frechheit siegt!

Nun stand ich hier im Hotel Marriott mit meinem falschen Echthaar-Vollbart, einem strengen und öligen Mittelscheitel und konservativer Tweedjacke und spürte das geladene Alublasrohr in meinem rechten Ärmel, das halb in die leicht abgeknickte Hand reichte und so schnell zu ziehen war. Ich wartete auf meine Gelegenheit. Ein bis zwei Sekunden würden mir genügen, das Röhrchen zu ziehen und die vergiftete Kanüle mit einem kräftigen Ausatmen auf seinen Weg zu schicken. Natürlich hatte ich das die letzten Tage immer wieder trainiert.
Schon seit über einer Stunde versuchte ich, nicht aufzufallen, war schon dem zweiten Gespräch ausgewichen und verlor hier langsam die Geduld, zumal es in meiner Jacke viel zu warm war. Aber der dicke Türke trank fast nichts und wollte seine Blase offensichtlich nicht während dieser Feier leeren. Was tun?

23.55 Uhr. Ich entscheide, spontan zu agieren, statt lediglich zu reagieren, wie es sich für einen Profi gehört. Mit einem unauffälligen Klopfen des Zeigefingers lockere ich die Kanüle im Rohr, ziehe sie dann mit dem Zeigefinger und Daumen der linken Hand vorsichtig, von meiner Jacke verdeckt und schnell heraus. Dann mache ich eine raschen Schritt in Richtung meines Targets, wechsle den Pfeil in die rechte Hand, halte ihn mit spitzen Fingern, natürlich sehr darauf bedacht, mich nicht selbst zu verletzen, was mein eigenes Ende bedeuten würde, und remple den Türken von hinten an. Gleichzeitig steche ich die Spitze der Kanüle, wie ein geübter Arzt eben, von hinten durch seine dünne Stoffhose in den Oberschenkel. Sofort zieht er das Bein weg, ist aber durch den groben Stoß von hinten abgelenkt und dreht sich empört um. Ich nuschelte ein »Sorry!« und machte mich mit gespielter Scham und entschuldigend erhobenen Händen zügig davon, um mein Heil in kontrollierter Flucht zu suchen.

23.56 Uhr. An der nächsten Ecke drehte ich mich, verdeckt von einer Gruppe allzu laut diskutierender Yuppies, vorsichtig um. Mein Target hatte sich schon wieder seinen Gesprächspartnern zugewandt und rieb sich, soweit ich das erkennen konnte, geistesabwesend die Einstichstelle, wohl ohne zu registrieren, was geschehen war. Natürlich hatte ich den Pfeil wieder herausgezogen und in der Hand.

Wirkte das Curare überhaupt? War die absorbierte Dosis ausreichend? Völlig unnötigerweise sah ich auf den Sekundenzeiger meiner Rolex Seadweller und beobachtete dann wieder den Dicken. Nach 20 honigzähen Sekunden ärgerte ich mich schon, überlegte, was ich falsch gemacht hätte, ob die Giftschicht vielleicht von der Hose abgewischt worden war … als der Kopf des Türken ruckartig nach vorne auf die Brust sank. Seine Gegenüber verstummten, er schwankte und schien mit dem Gleichgewicht zu kämpfen. Yeah!
Mehr sah ich mir nicht an. Denn wenn das Curare derart schnell, in geschätzten 40 Sekunden bereits erste Wirkung zeigt – immer zuerst an der Nackenmuskulatur –, dann war die Dosis mehr als ausreichend. Schnell drehte ich mich um und ging, ohne zu rennen, zügig zum Ausgang, immer die Kanüle sorgsam in der hohlen Hand versteckt, und verließ das Hotel durch die große Drehtür. Draußen brodelte das Leben und ich verschwand unauffällig im Bauch der Stadt und entsorgte das Corpus Delicti und die Ersatzspritze mit Aconitin im großen Main, begleitet von meinem befreienden Jubelschrei laut in die Nacht, als ich allein war. Am Fluss setzte ich mich in der lauen Nacht auf eine Bank und gönnte mir eine seltene Zigarette, die ich in tiefen Zügen inhalierte. Bei jedem Ausatmen hatte ich das Gefühl, den Dämon des Todes wieder auszustoßen, der wie ein dunkler, schwerer Dunst in meinem Inneren festhing. Jeder Atemzug reinigte mich von innen, bis nur noch klare Luft und weißer Rauch aus meinen Lungen strömten. Mein Herzschlag war wieder erträglich ruhig. Das gerade erst Geschehene erschien weit weg, völlig unwirklich und so, als sei es nie passiert.

Nach einem Hit fühle ich mich oft taub und gefühllos, als wäre ich unfähig, überhaupt jemals etwas zu empfinden. Diese völlige Gleichgültigkeit war erschreckend und lähmend zugleich; sie machte mir Angst,

beherrschte mich dann wie ein Dämon. Ich konnte nur warten, bis er wieder verschwand. Und jedes Mal hoffte ich, dass er auch tatsächlich fernblieb.
Nachträglich wurde mir bewusst, wie viel ich noch zu lernen hatte.

Am nächsten Tag erhielt ich die E-Mail von Goni, dass die Frau des Türken außer sich sei vor Freude, weil ihr Gatte bei der Feier offensichtlich »an einem Herzanfall« gestorben sei. Sein Herz hätte ihm schon länger Probleme gemacht. Er fragte noch einmal nach, ob das Zufall gewesen sei oder ob ich da – wie er schon vermutet hatte – nachgeholfen hätte. Das konnte ich ihm bestätigen.

Besser hätte es kaum laufen können! Keine Forensik, keine Ermittlungen, was wollte ich mehr? Allerdings war das der erste und letzte Auftrag, bei dem ich keine Vorauskasse genommen hatte. Die Zweifel der Kundin an meinem Zutun und ihr Zögern waren mir eine deutliche Warnung. Natürlich erhielt ich das Geld letztlich durch meinen Freund durch einen albanischen, unwissenden Boten an eine verabredete Stelle in bar geliefert.

Ich war der Enforcer!

Ich lebte jeden Moment meines Lebens, als sei er der letzte … und ich komme wieder!

Fin

H 4 – Missglücktes Sprengstofflager

Ein Profi wird nicht als solcher geboren.

»So ein Bockmist! Wie kann man nur so blöd sein?« In meiner Euphorie, endlich einen Weg gefunden zu haben, der mir großzügige Substanzmengen an WHITE1 lieferte, und eine Möglichkeit, die gefährliche … [redacted] in den Griff zu bekommen, habe ich mehr davon hergestellt, als ich brauchen kann.
Zudem ist und bleibt es ja immer ein Problem: Wohin mit dem Sprengstoff? Denn nichts wird so hart bestraft und juristisch geahndet von unserer Obrigkeit – außer Mord – wie Sprengstoffbesitz und -anwendung. Vor nichts haben die Sesselpupser der Jurisdiktion mehr Angst als vor Sprengstoff. Seit 9/11 nimmt sich dagegen Drogenbesitz oder illegaler Schusswaffenbesitz vergleichsweise harmlos aus, weil die westlichen Staaten allesamt eine Terrorparanoia entwickelt haben.
»Und ich Blödmann habe das Zeug in Mengen produziert und um die Ecke am Rande meines Wohngebietes in einem Gebüsch vergraben!«
Mit solchen Selbstgesprächen saß ich in meinem Bastelkeller, niemand von meiner Familie war zu Hause, und zermarterte mir den Kopf, wie ich aus diesem Dilemma wieder herauskommen könnte.
Ich schluckte erst mal zwei Codeintabletten, die meine innere Unruhe dämpfen sollten. Nicht dass ich Angst gehabt hätte; ich habe schon lange keine Angst mehr, vor nichts und niemandem, im Ernst!

Z: Meditiere deinen Tod, immer wieder! Jahrelang! Verbrenne deinen Körper! Akzeptiere deine Vergänglichkeit, nimm deinen sicheren Tod an und lebe in dem Bewusstsein, dass er ständig neben dir steht. Dann, und nur dann, lebst du frei und ohne Angst! (Sinngemäß nach Buddha, Dalai Lama und Osho)

Aber ich ärgerte mich über meine mangelnde Voraussicht, dass ich so eine Dummheit gemacht hatte. Das kratzte an meinem Selbstverständnis als selbst empfundener Profi, als jemand, der allen ein Schnippchen schlägt, der cleverer ist als die meisten und in diesem Bewusstsein – oder war dieses eine Illusion? – (noch) lebt.

Produktion

Die Überraschung war groß, als ich die 500-ml-Braunglasflasche im Kühlschrank holte und keine Flüssigkeit mehr darin zu sehen war, sondern nur noch ein homogener Brei einer weißen Substanz. Noch nie hatte die Synthese von WHITE1 schlagartig, über Nacht, eine so ansehnliche Ausbeute erbracht. Offensichtlich hatten alle Parameter gestimmt: Die Konzentration des … [redacted] war hoch gewesen, die Temperaturführung optimal und die … [redacted] in der richtigen Menge und Konzentration als Katalysator vorhanden.
Grinsend wie ein Kater vor seinem vollen Napf Sheba Katzenfutter nahm ich die eiskalte Flasche aus dem Kühlschrank und entleerte sie in einen Eimer mit kaltem Wasser. Nach der üblichen, vielfachen Spülung, Filterung und anschließenden Trocknung hatte ich nach ein paar Tagen fast 150 g WHITE1. Das mag im Vergleich zu manchen Hobbysprengmeistern, z. B. aus dem islamischen Dunstkreis, die ja teilweise ganze Badewannen davon panschen, wenig erscheinen. Für jemanden, der aber gerne lebt und vernunftbehaftet ist, dem zu seinem Vorhaben wenige Gramm ausreichen und der WHITE1 nur notgedrungen in Ermangelung professioneller No.8 Zündkapseln selbst synthetisiert, für den sind 150 g beängstigend viel.
Wie dieser weiße, wie Puderzucker aussehende Haufen, der den typischen … [redacted] Duft an sich hatte, so auf dem Pappteller vor mir lag, durchströmte mich nun doch ein schleichendes Gefühl eisiger Kälte.

Vor mir lag ein Vielfaches dieser zerstörerischen Kraft von damals, als es einmal fehlgeschlagen hatte … [redacted]. Meine Augen versanken in dem Weiß auf dem Teller und ich fühlte, wie ein Molekül dieser hochgespannten Materie sich fühlen musste: Jederzeit bereit, mit berauschender Macht zu zerbersten und alle Kameraden neben und über und unter sich mitzureißen, bis in wenigen Millionstel Sekunden die Luft durch Millionen von Bar Überdruck leuchten würde und eine Schockwelle mental unvorstellbarer Wucht alles im Umkreis atomisierte …

Mit einem Finger zog ich eine Spur in diesen schlafenden Teufel und spürte das beengende, Luft abschnürende Gefühl in meiner Brust einem befreiten, euphorischen der Macht weichen. Immerhin hatte ich diesen Teufel da erschaffen und konnte nun über ihn bestimmen wie Aladin über seinen Dschinn in der Lampe. Aber wie Aladin, der nur drei Wünsche hatte, musste ich genau überlegen, was ich mit diesem Teufelszeug anstellen würde. Eine falsche Entscheidung wäre sicher meine letzte gewesen. Denn im Vergleich zu konventionellen Handgranaten lag hier die 2–3-fache Menge des dort verwendeten Sprengstoff-Volumens vor mir; und WHITE1 ist nicht sehr viel weniger brisant als das WHITE2 in den Granaten, aber dafür sehr viel empfindlicher.

Die gewohnte Konzentration, das laserscharfe Fokussing, das ich im Kampf- und Einsatztraining oder in der Meditation so oft trainiert hatte, setzte wieder ein und alles andere um mich herum verblasste zur Bedeutungslosigkeit. Ich machte mich an die Arbeit, rückte alle vorbereiteten Utensilien zurecht und arbeitete drei Stunden im Adlerhorst wie ein japanischer Roboter: immer nur eine Bewegung gleichzeitig, langsam und mit immenser Exaktheit. Kunststoffröhrchen wurden befüllt, meine chemischen Zeitzünder behutsam eingesetzt und fest mit dem Röhrchen verklebt. Für einen »Kohlrabi«, wie ich meine Mega-Zeitzünd-Kapseln nannte, brauchte ich ca. 10 g WHITE1. Da ich nur neun chemische Sätze vorbereitet hatte, war noch genug weißes Pulver übrig. Irgendwie wollte ich den Ertrag meiner erfolgreichen Synthese nicht einfach ins Klo spülen, was eine adäquate Entsorgung gewesen wäre. Also füllte ich den Rest in weitere Röhrchen à 15 Gramm (ohne Zeitzünder aus Kaliumpermanganat war ja mehr Volumen übrig), bis alles WHITE1 verarbeitet war. Die Vorratsröhrchen verschloss ich mit Deckel und Klebstoff, … [redacted] kristallisieren irgendwo, vorzugsweise am Gewinde des Deckels! Ein späteres Öffnen war nicht vorgesehen. Verwenden wollte ich diese dann als eine Art Booster, falls ich einmal einen Tertiärsprengstoff auf Ammoniumnitratbasis zu zünden hätte. Was für ein Blödsinn!

Heute verwende ich niemals mehr als max. 1 g WHITE1 in einer Kapsel, weil es einfach nicht nötig ist, wenn man WHITE2 hat. Je weniger man mit diesem tückischen … [redacted] zu tun hat, umso besser. Und selbst wenn man Tertiärsprengstoff ohne WHITE2 zur Umsetzung bringen will, ist WHITE1 meist so potent, dass wenige Gramm ausreichen. Warum also sollte man das Risiko, dass es sich ein WHITE1-Molekül überlegt zu zerfallen, unnötig vervielfachen?

Depot

Also nun hatte ich meine 13 Röhrchen mit WHITE1, 150 g »Mutter des Teufels«, packte alles in Silicagel-Perlen als potentes Trockenmittel und einen kleinen, mit Silikon abgedichteten 5-Liter-Eimer und fing an zu überlegen (!), wo ich dieses Päckchen verstecken könnte.
Nach meiner leidigen Erfahrung mit Hausdurchsuchungen – übrigens immer durch Unvorsichtigkeit bei Bestellungen im Internet vom Zoll veranlasst – und wegen meiner Familie kam ein Versteck im Haus nicht in Betracht. Auch der eigene Garten ist der Polizei als beliebtes Versteck für Illegales gut bekannt und für Sprengstoffhunde ein Vergnügen, auch wenn WHITE1 als Nicht-… [redacted] kaum zu »erschnüffeln« sein dürfte.
Allzu weit weg wollte ich meinen Schatz nun auch nicht verstecken, denn ich musste ja immer damit rechnen, sehr kurzfristig für einen Job Zugriff darauf haben zu müssen. Da die Polizei nächtliche Fahrzeugkontrollen bei allein fahrenden Männern liebt, musste es ein Versteck sein, das leicht und schnell zu Fuß zu erreichen war.
Da wenige Hundert Meter von meiner derzeitigen Wohnung entfernt der Feld- und Waldrand lag, entschied ich unter einem gewissen Zeitdruck, dem ich mich immer ausgesetzt fühle, das Eimerchen in einem dichten Gebüsch dort in einer Hecke zu verbuddeln, was ich nachts auch sofort in die Tat umsetzte.
Nicht unerwähnt lassen möchte ich, dass ich mit den 150 g Gramm WHITE1 noch einen Liter WHITE3 und ca. 1,5 kg Ammoniumnitrat vergrub … (!)

Tempus fugit

Die Zeit verging, ich hatte ungefähr ein halbes Jahr wenig Lust, mit Sprengstoff zu arbeiten, und ebenso wenig professionellen Bedarf und ich hatte das kleine Lager schon fast wieder vergessen. Als ich dann einfach mal beiläufig bei einem Spaziergang einen Blick durch das Gebüsch zu der Stelle wagte, traf mich fast der Schlag! Offensichtlich hatte ein Hund an der Stelle gegraben und ein Teil der zur Abdichtung verwendeten Plastikfolie war sichtbar. Vermutlich war es ein kleiner Hund gewesen, den ich übrigens Tage später mit seinem Herrchen beim täglichen Gassi gehen beobachten konnte, denn die Kratzspuren waren klein und die freigelegte Stelle ebenso. Gott oder wem auch immer sei Dank! Umgehend schichtete ich Steine und Erde auf die Stelle, kam wieder mit einer Flasche Benzin und vergoss diese auf die Stelle. Seitdem sah ich da bei fortan regelmäßigen Kontrollen keine Ausgrabungsspuren mehr. Die sensible Nase des Hundes scheute den Ort der Alkane und des Benzols offensichtlich angewidert.

Mit der Zeit wurde klar, dass ich nicht ständig diesen Ort kontrollieren konnte bzw. mich nicht der ständigen Gefahr der Zufallsentdeckung aussetzen wollte. Zudem hatte ich bei meinen Kontrollgängen beobachtet, dass in unmittelbarer Nähe des Gebüsches oft Kinder spielten. Ich hatte die Stelle einfach zu dicht am Wohngebiet gewählt, weil ich schnellen Zugang haben wollte. Ich musste das Depot baldmöglichst auflösen.
Zu der Zeit konnte ich den Sprengstoff und die Kapseln nicht einfach ausgraben und mit nach Hause nehmen, da ich annahm, evtl. unter Beobachtung durch die Behörden zu stehen. Ob das Paranoia war oder Intuition, kann ich bis heute nicht mit Bestimmtheit sagen. Außerdem verwendete ich zu dem Zeitpunkt keine chemischen Zeitzünder mehr, weil sie mit der Zeit unzuverlässig wurden, und war nicht sicher, ob diese sich mit der Zeit nicht selbstständig machten.
Ich wollte das Problem einfach nur beseitigen.

Das Lämpchen blinkt

Mit einem in den I-Kapiteln erwähnten Funkzünder, Sprengkapsel, ein paar Gramm PBX, einer kleinen Autobatterie und meinem Nachtsichtgerät bewaffnet, suchte ich eines Nachts um 2.30 Uhr das kleine Depot auf und grub vorsichtig mit einem kleinen Spaten an der Stelle. Ich hatte wenigstens in weiser Voraussicht eine widerstandsfähige Verpackung, den verschließbaren Plastikeimer, gewählt, sodass ich mit dem Spaten nicht übermäßig vorsichtig sein musste. Allerdings vermied ich den Gedanken, dass sich der chemische Glycerin-KMnO4-Zünder vielleicht selbstständig machen könnte.
Wenn man die freie Wahl hat, werden Hits oder geheime Missionen natürlich immer um die 3.00 Uhr nachts ausgeführt, weil das der Zeitpunkt ist, an dem die meisten Menschen am tiefsten schlafen.

Normalerweise sind die Funkempfänger mit 12V-Kleinstbatterien ausgestattet. Tests haben ergeben, dass diese damit nur fünf Stunden sicher zündfähig bleiben. Da ich ein Zeitfenster für meine Sprengung von mehreren Tagen haben wollte, musste ich die Autobatterie neben dem Sprengstoff vergraben und mit dem Empfänger verkabeln. Die Zündkapsel mit PBX legte ich auf die Röhrchen im geöffneten Eimer, verschloss diesen wieder, nachdem der Empfänger aktiviert war, und schaufelte Erde auf das Ganze. Die Kabelantenne führte ich unsichtbar, von Pflanzenbewuchs verdeckt, aus der Erde heraus. Natürlich stand ich, wie bei jedem Hit und jedem Umgang mit Sprengstoff, unter einer gewissen Anspannung. Der Tod steht dabei immer neben mir. Ich konnte ihn manchmal wirklich wie eine lichtgleiche Figur sehen und er blinzelte mir zu.
Meine Sinne waren aufs Äußerste geschärft und ich beobachtete meine Umgebung ständig mit Augen und Ohren, jederzeit bereit, mich zu ducken, bewegungslos zu verharren, falls ein Nachtwandler oder ein Polizeiteam auftauchen sollte. Ob ich dann allerdings aus der Sache herausgekommen wäre, ist fraglich. Sobald der Zünder scharf war, hätte ich jedenfalls die Möglichkeit gehabt, alle Spuren in die Luft zu jagen. Aber nichts geschah, die Nacht blieb ruhig.

Low-Light

Ich liebe die Nacht! Sie war schon immer meine Verbündete, gewährte mir Sicherheit und Anonymität. Nur in der Nacht fühle ich mich angenehm allein, unbeobachtet vom ständigen Gaffen der Nachbarn und lieben Mitbürger, die sich immer mehr für das Leben anderer interessieren als für ihr eigenes, langweiliges Dasein. Nicht umsonst werden die meisten Straftaten in der Dunkelheit verübt (über 80 % nach Statistiken der S.W.A.T.). Und wenn meine potenziellen Jäger (Polizei, SEK, MEK, Konkurrenten, Opfer etc.) nicht gerade mit Wärmebildkameras ausgerüstet und speziell für die Nacht trainiert waren, dann war ich als ein mit der Dunkelheit Vertrauter eindeutig im Vorteil.

Ich glitt durch die Nacht, natürlich wie immer ohne Einsatz der starken LED-Lampe, die ich nachts immer linkshändig im Anschlag dabei hatte, nur von meinem hoch auflösenden Nachtsichtgerät der dritten Generation geführt. Die Einsatzlampe war nur für den Verteidigungsfall gedacht, wenn es galt, einen Gegner mit Licht zu blenden. Licht wird im Nachtkampf wie der Jab eines Boxers verwendet, also wie eine schnelle Waffe, die den Angreifer auf Distanz hält.
Der nur wenige Hundert Gramm leichte Restlichtverstärker, dem bis vor Kurzem selbst Hubschrauberpiloten der Bundeswehr vertrauten, ist für mich bei vielen Einsätzen von unschätzbarem Wert. Ein Auge blickt durch das Gerät, das andere bleibt ebenfalls geöffnet. Das Gehirn bildet aus beiden Informationen mit etwas Übung ein vollständiges Bild. Erst so kann man die Nacht wirklich nutzen.
Wenn man sein Gegenüber mit einer Lampe oder einem Laser-Dazzler (siehe H-11) geblendet hat, schaltet man diese so schnell wie möglich wieder aus und wechselt sofort den Standort, immer die Waffe auf den Gegner gerichtet, um für eine zweite Attacke bereit zu sein und nicht beschossen zu werden. Das ist die Kurzessenz aus vielen Low-Light-Trainings mit teilweise ausgezeichneten Experten auf diesem Gebiet.
Ich kann immer wieder darüber lächeln, wie viele »Kämpfer« bei Polizei und Militär fast ausschließlich am Tage trainieren und schießen. Streng genommen müsste man dann auch diesen Prozentsatz des Trainingsaufwandes bei Low-Light absolvieren, oder zumindest 50 %. Aber das

tun die wenigsten; mir kann es nur recht sein. Ich bewege mich mit Vorliebe in der Nacht und nutze jeden noch so harmlosen Spaziergang im Dunkeln dafür, meine Instinkte zu fordern für Verteidigungs-, Flucht- oder Deckungsübungen. Zu taktischen Erwägungen erzähle ich noch mehr bei anderen Hits, wo Prinzipien des Nachtkampfes v. a. von Strategos International mit einfließen.

Zu Hause schlief ich sofort ein, weil mir eine erste Last von den Schultern genommen war. Der wichtigste Schritt zur Beseitigung dieser permanenten, selbst konstruierten Bedrohung meiner Freiheit war getan. Nun wartete ich auf das nächste Sommergewitter in diesem August, von dem ich hoffte, es würde die nächsten Tage aufkreuzen. Aber das Gewitter ließ auf sich warten.

Nach der dritten ruhigen und trockenen Nacht wurde ich nun doch ein wenig ungeduldig. Ich wollte maximal fünf Tage warten, denn länger traute ich der Batterie nicht; und ich würde ganz sicher den Zünder nicht nochmals aktivieren und mich der Gefahr sensiblen WHITE1 unnötig aussetzen.

Mir war natürlich bewusst, dass trotz der Dämpfung durch das Erdreich die vergrabene Menge Sprengstoff einen mächtigen Knall verursachen würde. Wenn man die kurze Distanz von vielleicht 80 Metern zum Wohngebiet berücksichtigt, würde allein das Echo einen extremen Nachhall im Ort ergeben. Ohne Blitz und Donner würde vielleicht irgendjemand die Polizei alarmieren, zumal jeder zweite Mitbürger ja ein Möchtegern-Kriminaler ist. Die Kultur des Spitzel- und Denunziantentums ohne wirkliche Ahnung von der Materie ist weit verbreitet. Bei Gewitter hatte ich die gute Chance, dass man die Sprengung für einen nahen Blitzeinschlag halten würde. Auf eine polizeiliche Ermittlung wegen illegaler Herbeiführung einer Sprengung und mehr konnte ich gerne verzichten. Ich weiß durchaus um die Qualität mancher Spurensicherungsteams, zumal aus dem Bereich der OK-Bekämpfung (OK = organisierte Kriminalität, die es inzwischen auch offiziell gibt) oder der Staatssicherheit (BND, Antiterror).

Kein Gewitter

Als von Dienstag bis Samstag ungewöhnlicherweise – im Hochsommer waren Gewitter hier fast schon an der Tagesordnung – nicht die Spur einer Kumuluswolke am Himmel zu sehen war, geschweige denn ein entferntes Donnergrollen zu hören, beschloss ich, die Sprengung auf jeden Fall in dieser Nacht durchzuführen.
Da meine Wohnung nur 300 m vom Depot entfernt lag, hätte ich den Fernauslöser schon fast von zu Hause aus betätigen können. Aber ich wollte natürlich ganz sicher sein, dass kein Mensch in der Nähe dort war, bevor ich aufs Knöpfchen drücken würde, denn abgesehen von moralischen Bedenken hätte Mord die Motivation einer evtl. polizeilichen Ermittlung vervielfacht. Das war nicht geplant.
Meine Frau geht meistens früher schlafen als ich, die Kinder Nici und San waren schon seit 20.00 Uhr im Bett, als ich noch angelegentlich ein Buch las. Natürlich hatte ich Bedenken, weil die Nacht gewitterfrei war und der Explosionshall weit tragen würde. Aber die vergrabene Batterie des Zündempfängers verlor ständig an Kapazität und ich wollte mich nicht noch einmal dem Nervenkitzel aussetzen, mich den empfindlichen, alten WHITE1-Kapseln zu nähern oder dabei entdeckt zu werden.

22.32 Uhr. Als ich so auf meiner Couch lümmelnd in Gedanken nochmals jeden Schritt dieses an sich harmlosen und wenig gefährlichen Einsatzes durchging, hörte ich vom Nachbarhaus um die Ecke zunehmenden Partylärm jugendlichen Publikums. Der dortige Junior war schon allgemein bekannt für seine mit seinen zarten 18 schon ausschweifenden Feiern mit grölenden Freunden und langbeinigen Mädels, da dort immer reichlich dem Alkohol zugesprochen wird und diese Partys immer bei Abwesenheit der reichen Eltern stattfinden.
Ein zunehmendes Lächeln schlich sich auf mein Gesicht. Sonst war ich immer nahe daran, der pubertären, rücksichtslos bis zum Morgen lärmenden Bande eine mächtige Stinkbombe, einen Silvesterböller oder Schlimmeres über den Zaun zu werfen. Heute fand ich die laute Party, über die alle im Wohnblock sich aufregen und ärgern würden, zauberhaft! Laue Sommernächte sind offenbar bestens geeignet, zumal an sturmfreien Samstagen, den Hormonspiegel Jugendlicher hochzu-

treiben und damit lautstarke Prahlereien und symbolische Reibereien zwischen den Geschlechtern zu fördern. In reiferem Alter kommt man weitaus ruhiger gleich zur Sache; aber als Teenie wissen die Menschen noch nicht recht, wie sie das anstellen sollen, und verspüren nur diese unbändige, lüsterne Energie, die sie noch nicht kanalisieren können. Heute war das gut für mich, denn egal, welcher Lärm heute zu hören war, man würde ihn dieser Jugendgang anlasten, die sicher auch nicht davor zurückschrecken würde, Böller oder laute Schreckschusswaffen mitten in der Nacht abzufeuern.

0.58 Uhr. Als die Party am lautesten war, packte ich mein Nachtsichtgerät, meinen leichten 38er S&W (immer dabei), den Urban Dart (einen Edelstahl-Dagger), den Mini-LED-Strahler (Fenix PD 20 mit ca. 200 Lumen) und verließ mit dem gesicherten Funkauslöser und in komplett schwarzer Kleidung mein Haus durch den Hintereingang. In der Garage wartete schon mein Zweitmotorrad, eine vollelektrische Zero FX mit 44 PS Spitzenleistung (diese ersetzte inzwischen mein altes Motorrad von Quantia). Diese Enduro war nicht nur leicht und schnell, sondern auch extrem leise. Genau, was ich diese Nacht brauchte! Natürlich wollte ich in dieser Nacht von niemandem draußen gesehen oder gehört werden. Nach fünf Minuten und einem halbkreisförmigen Umweg bin ich vor Ort, in dem kleinen Wald- und Gebüschbereich am Rande des Wohngebietes, und stelle das Motorrad ab. Da hier sternförmig verschiedene Spazierwege zusammenführen, versichere ich mich, immer mit dem Restlichtverstärker vor dem rechten Auge (das linke bleibt dabei geöffnet und hält seine Dunkelanpassung aufrecht!), dass alle frei von Menschen sind. Immerhin ist es ja zu der Zeit, wahrscheinlicher als zu meiner Lieblingszeit 3.00 Uhr, durchaus möglich, ein zärtliches Pärchen oder einen Hundebesitzer beim Gassi-Gehen anzutreffen. Die Luft ist rein!

1.08 Uhr. Ich postiere mich in 80 Metern Abstand hinter einen Baum, atme klopfenden Herzens noch einmal ein und höre im Hintergrund das entfernte Grölen der betrunkenen Jugendlichen; dann schiebe ich die Schutzklappe zurück, ziehe die kurze Stabantenne aus und drücke bei erhobener Hand auf den roten Knopf.

1.09 Uhr. Viel lauter und beeindruckender als erwartet bahnt sich ein kurzer, trockener Knall seinen akustischen Weg aus dem Gebüsch. Ich vermeinte, den Zünder eine millionste Sekunde vor der eigentlichen Explosion als knisterndes Klacken gehört zu haben, was natürlich unmöglich ist und meiner regen Fantasie entsprang. Meine bloßen Augen sind starr auf das verborgene Gebüsch gerichtet, ohne Nachtsichtunterstützung, falls ein Kompressionsphänomen zu einem Lichtblitz führen sollte. Ich sah keinerlei Licht- oder Feuererscheinung, wie das in Actionfilmen immer so dramatisch inszeniert wird. Ich wusste ja aus der Literatur und schon reichlich Erfahrung, dass Umsetzungen normalerweise auch in dunkelster Nacht nicht zu sehen sind. WHITE1 reagiert ja mit feuerlosem Zerfall und geringer Temperaturerhöhung, wobei sich fast nur eine enorme Druckwelle bildet, solange keine Zusätze, wie Benzin, Aluminium oder Oxidationsmittel, je nach Sauerstoffgesamtbilanz für einen »Afterburn« vorhanden sind. Dabei empfand ich den Explosionsknall, der sehr kurz und trocken, aber wegen der wenigen Millisekunden Dauer eben sehr schnell vorbei war, gar nicht mal als sonderlich laut.
Aber der tobende Nachhall aus dem direkt im Anschluss beginnenden Vorort von Frankfurt mit ca. 15.000 Einwohnern ist gewaltig und dauert einige Echo-Wiederholungen lang an. Ich habe das Gefühl, dass dieses körperlich in der Magengrube spürbare Grollen, das ich natürlich hier aus nächster Nähe erlebe, ganz Frankfurt wachrütteln müsste. Mir tut kurz die alte Dame leid, die sicher irgendwo in einem der nahen Häuser aus ihrem Bett gerissen wird und vielleicht sogar vor Schreck zu Tode kommt oder sich zumindest schreckensstarr an Kriegszeiten erinnert. Das Leben ist ein ständiger, darwinscher Ausleseprozess; nur dass diesmal nicht die Natur ausfiltert, sondern der Enforcer, wenn auch notgedrungen und unabsichtlich.

1.10 Uhr. Nach ein paar Sekunden begeisternden Ausharrens mit rasendem Herzen drehe ich mich um, sichere meinen Funkauslöser, verstaue ihn in der Jackentasche und will schon zu der Zero FX in entgegengesetzter Richtung davonspurten, als er vor mir steht!

Heute weiß ich, es war der Tod! Damals wusste ich es erst nach ein paar Sekunden, nachdem der erste Schreck vorüber war. Ich bin schreckensstarr und fühle mich schlagartig leicht und körperlos. Er schaut mich aus 30 Zentimetern Entfernung an. Blickt mir direkt ins Gesicht. Ich weiß nicht mehr, ob er lächelte. Er ist nur schemenhaft zu erkennen wie eine dunkle Lichtgestalt. Dann dreht er sich um und murmelt auf meine stille Frage hin, ob ich zu ihm müsse, nur: »**Noch nicht soweit!**«

Ich weiß nicht, ob es Sekunden oder Minuten gedauert hat, bis ich mich aus der Erstarrung lösen konnte. Er war schon lange weg, als ich mich mit zunehmender Geschwindigkeit zu meiner Zero umdrehte. Er begegnete mir noch zwei weitere Male in meinem Leben, jedes Mal in Lebensgefahr.

Ich stieg auf, klappte den Seitenständer hoch, schob meine Utensilien in die Taschen meiner Jacke und fuhr, so schnell es der Untergrund bei ausgeschalteter Beleuchtung (hierfür hatte ich einen Schalter versteckt in der Plastikverkleidung eingebaut!) zuließ, los, meinen geplanten Fluchtplan entlang. Dies alles geschah in einer einzigen, fließenden Bewegung – jedenfalls empfand ich dies so; ich war wieder der Profi und nicht mehr der dummer Junge, der etwas Verbotenes vergraben hatte und sich für seine Dummheit schämen musste. Auch den Tod hatte ich fürs Erste vergessen. Dieses Sprengstoff-Risiko war beseitigt, die Unachtsamkeit war aus der Welt. Das Hochgefühl nach vollendeter Tat, wie nach einem Hit, beflügelte mich zusätzlich und ließ mich grinsend durch die Nacht rasen, über Umwege meiner Wohnung entgegen. Jetzt lauschte ich wieder auf die Umgebung (natürlich hatte ich keinen Helm auf, um meine Sinne nicht einzuschränken). Aber außer dem hohen Sirren des starken Elektromotors der Zero auf dem mit Gras bewachsenen, einsamen Feldweg hörte ich nichts Ungewöhnliches. Immer noch grölten die Jugendlichen lauthals, immer noch waren von vereinzelten Terrassen verhaltene Stimmen später Weintrinker zu hören. Wenn also tatsächlich eine Schrecksekunde lang jeder dem Nachhall gelauscht hatte, so war er doch in den Köpfen der Leute ebenso schnell verhallt, wie er sich erhoben hatte. Ob sie es für einen Büchsenschuss gehalten hatten oder für einen Überschallknall oder ob sie sich vielleicht, wie anzunehmen, kaum Gedanken darüber gemacht hatten, war mir einerlei. Eine letzte Überprüfung mit meinem Yupiteru-Polizeifunkscanner, als ich zu Hause war und alles verstaut hatte, ergab keinerlei diesbezüglichen Funkverkehr. Ich lag noch eine gute Stunde bei offenem Fenster wach neben meiner tief schlafenden Frau Lea im Bett, grinste vor mich hin und lauschte weiterhin mit Earphone-Knöpfchen in beiden Ohren dem Polizeifunk auf meinem Berufsfunkscanner, auf dem ich alle Funkfrequenzen von Polizei, Feuerwehr und Notdienst programmiert hatte. *Die sog. BOS-Funkfrequenzen sind im Franzis-Verlag (Elektronikfachliteratur) im Buchhandel erhältlich. Dort sind die Berufsfunkkanäle aller deutschen Städte aufgelistet und müssen nur noch in den Scanner einprogrammiert werden (was nach der Einführung des Digitalfunks bei der Polizei inzwischen leider keinen Sinn mehr macht). Natürlich bereite ich mich auf einen Hit auch dadurch vor, dass ich die Frequenzen* für die entsprechende Stadt einprogrammiere und den Scanner immer im Auto dabeihabe. Direkt nach einem Hit lässt sich dann sehr gut die Reaktionszeit der Behörden überwachen. Entweder ergibt sich daraus die Notwendigkeit zu reagieren, oder man lernt viel über die Denkweise dieser Leute. Bei einem Hit, der gehörig misslungen war und der hier nicht genannt wird, leistete mir der hochsensible Yupiteru-Scanner, der vor 20 Jahren immerhin schon fast 1000.- Mark gekostet hatte, wertvolle Dienste. Ich wurde im Auto *von der Polizei verfolgt und konnte durch Mithören des Polizeisprechfunks in letzter Minute ausweichen, weil ich natürlich immer gegen die Erwartungen der fleißigen Ansage im Funk handelte.*

Aber bis auf den Partylärm in der Nachbarschaft blieb die Nacht ruhig. Und in dem Gefühl, wieder einmal einen Kampf gewonnen zu haben, diesmal gegen meine eigene Unzulänglichkeit, schlief ich tief und zufrieden ein, sogar ohne meine sonst üblichen Beruhigungs- oder Schmerzmittel einzunehmen. Erfolg beruhigt offenbar.

Ich war der Enforcer!
Ich lebte jeden Moment meines Lebens, als sei er der letzte … und ich komme wieder!

Fin

H 5 – Spaziergang im dunklen Stadtpark

Man lege sich nicht mit einem Killer an.
Methode: Glock 19 Fullauto. Auftraggeber: Kamerad Zufall.
Target: jugendliche Randalierer und Möchtegern-Vergewaltiger.

Ein wenig bedauernd blickte sie mir in meine Augen, allerdings nicht ohne ein schelmisches, verführerisches Lächeln, das so typisch war für sie. Nadine aß wie ein Spatz, oder wie eben ein schlankes Model mit 178 cm Körpergröße und erstklassigen Maßen das so macht, um eben genau diese Form zu behalten. Diese lebenserfahrene 27-jährige Schönheit saß mir in einem jugoslawischen Restaurant gegenüber, direkt am Stadtpark dieser mittelgroßen Stadt unweit von Frankfurt.
Immer wenn ich sie sah, erfüllte mich ihre Präsenz mit diesem elektrisierenden Kribbeln. Das war wohl aus männlicher Sicht kaum verwunderlich, denn sie entsprach so ziemlich in allen Punkten den erotischen Idealvorstellungen der weitaus meisten Männer: lange Beine in dunklen Strümpfen auf hohen Pumps, lange, hellblonde Haare bis zum Po-Ansatz, herrlich weibliche und vor allem natürliche Brüste Cup B, durchdringende, wissende Augen mit leichtem Silberblick, sehr gepflegte Hände, schmales Gesicht, volle Lippen und stilsicher gewählte, figurbetonte Kleidung. Ihr offizieller Künstlername war »Chanel Schwarz« und sie war die Chefin der gleichlautenden Escort-Agentur im High-Class-Sektor in Frankfurt.

Wir hatten uns zu diesem Gespräch getroffen, weil ihr Freund und Beschützer sich über mich beschwert hatte. Zwar hatte ich mir nichts zuschulden kommen lassen – diesmal –, aber sie hatte meinen Namen wohl zu oft und mit zu viel Gefühl und Respekt vor ihm erwähnt, sodass er eifersüchtig geworden war. Nun musste sie ihm versprechen, mit mir nicht intim zu werden. Denn auch wenn das für eine professionelle Escort-Lady, die seit ihrem 19. Lebensjahr, in dem sie als Edel-Prostituierte begonnen hatte, sicher schon mehr als 1000 Männer glücklich gemacht haben dürfte, ungewöhnlich erscheint, so gibt es für diese Profis dennoch solche Begriffe wie Treue und Vertrauen in der Partnerschaft.

Durch meinen Kontakt mit zahlreichen professionellen Damen habe ich gelernt, dass diese sehr streng zwischen »privat« und »Job« trennen. Sie leben wie in einer schizoiden Doppelwelt, deren Sphären nur durch ein Mal duschen getrennt sind.
Einmal hatte ich Nadine nach einer Woche, die sie mit einem Geschäftsmann für 8000.- Euro in der Türkei verbracht hatte, gefragt, wie ihr die Woche und der Mann gefallen hätten. Sie antwortete nur: »Ich kann mich nicht erinnern. Das war Geschäft, so etwas weiß ich am nächsten Tag nicht mehr!« Von vielen anderen Ladys weiß ich, dass sie ebenso fühlen, dass der »Gast« mit der gründlichen Dusche vergessen ist und sie wieder in IHR Leben eintauchen. Vermutlich ist diese Profession seelisch auf Dauer nur so zu ertragen.

Also haben wir uns beim Essen zum ersten Mal offen unsere magnetische Zuneigung gestanden, Auge in Auge, was wir schon lange gespürt hatten. Aber gleichzeitig beschlossen wir, nicht nur wegen ihres Freundes, sondern in erster Linie um unserer Freundschaft willen, nicht miteinander zu schlafen, so sehr uns das auch gereizt hätte. Wir verboten uns sogar Küssen aus Respekt vor unserer Freundschaft auf tieferer Ebene, die wir nicht dadurch ins – für uns beide – Alltägliche ziehen wollten. Es war eine von Wehmut geprägte Entscheidung, was ich ihren feuchten Augen ansehen konnte; aber es war, auch im Nachhinein betrachtet, die beste Entscheidung für uns. Wir sind noch heute Freunde, allerdings immer mit dem Wissen, dass ein Feuerwerk entzündet würde, wenn wir die Grenze überträten.

Als sie die Toilette aufsuchte, bezahlte ich und wir verließen im Anschluss Hand in Hand das Restaurant, um im nahen Stadtpark in der beginnenden Abenddämmerung noch eine Runde zu drehen. Wir befreiten ihren riesigen, jungen und ungestümen Dobermann »Jack Daniels« (der Name ihres Lieblingsgetränks) aus dem Fond ihres Mercedes M-Klasse und überquerten die Straße zum Park. Natürlich konnte sie mit ihren hohen Schuhen nicht allzu weit gehen. Aber wir wollten einfach unausgesprochen noch ein wenig zusammen sein, einfach die Nähe des anderen spüren.

Wie immer hatte ich natürlich mindestens zwei Waffen bei mir. Um meinen Hals trug ich schon seit einiger Zeit den Dagger »Urban Dart« an einer schwarzen Metallkette vor meinem Bauch. Dieses nur knapp 20 cm lange Stichwerkzeug mit Dreikantquerschnitt, extrem scharfer Spitze und zwei scharfen Schneiden (die dritte Kante dient auch der Befestigung im kleinen Spezialholster an der Kette) hing mit Griff nach unten unter meinem T-Shirt. Mit diesem kleinen, jederzeit schnell griffbereiten »Spielzeug« kann man schneiden, aber vor allem mit enormer Penetrationsfähigkeit fast alles durchstechen. So hatte ich schon einmal durch einen kurzen Stoß mit dem Dart im Hammergriff einen Autotank angestochen, einfach durchs Blech hindurch, bis meine Handballen die Tiefe begrenzten (siehe H 12). Ein Feuerzeug hatte danach den Rest besorgt. In meiner Bauchtasche trug ich meine Glock 19, ein 17-Schuss-Ersatzmagazin (verlängert), meinen Geldbeutel und Kleinutensilien, wie chirurgische Gummihandschuhe, Ohrstöpsel, gefälschten Waffenschein, Schraubenzieher, Glutpunktfeuerzeug und Mikro-Handy mit nicht registrierter Paycard mit mir. An das Gewicht hatte ich mich im Laufe der Zeit gewöhnt. Da ich immer schwarze Kleidung trug und diese mit Gürtel getragene Tasche eben auch schwarz war, fiel es gar nicht so sehr auf, dass diese einiges beherbergte.
Ungewöhnlich war heute nur, dass die Glock mit einem kleinen Feuerwahlhebel auf »Dauerfeuer«, also auf Vollautomatikmodus, umgebaut war. Diese kleinen Zusatzteile kann man im Internet bei dem Waffenportal E-Gun problemlos ordern. Sie machen aus jeder Glock im Handumdrehen eine Maschinenpistole. Allerdings sollte man sich nicht erwischen lassen, wenn der Hebel eingebaut ist, da sonst eine mindestens einjährige Haftstrafe wegen Verstoßes gegen das Kriegswaffenkontrollgesetz (KWKG) verhängt wird. Der Besitz ist nicht strafbar. Aber allein durch den Bestellvorgang sind vor nicht allzu langer Zeit unzählige überraschende Hausbesuche durch die Polizei durchgeführt worden, um Jungs hopszunehmen, die diesen eingebaut hatten. So dumm war ich nicht. Den Hebel baute ich normalerweise lediglich kurz vor einem entsprechenden Hit ein. In der Regel trage ich die Pistole also nicht in diesem Zustand, zumal ich mit Einzelfeuer durch meine Combat-Trainings viel effizienter und zielsicherer bin als mit Dauerfeuer. Aber zum einen hatte ich das Zusatzteil derart abgewandelt, dass es in Sekunden-

schnelle ein- oder ausgebaut werden konnte, und zum anderen hatte ich erst vor ein paar Stunden den Hit mit den Drogendealern auf engstem Raum hinter mich gebracht, wo ich den Raum mit einer 8-förmigen Bewegung in Dauerfeuer klar gemacht hatte, nachdem ich eine Flash-Bang (laute Granate ohne »Flash«, nicht tödlich) mit Pressluft (aus dem Softair-Laden) in den Raum geworfen hatte, was für kurze Ablenkung gesorgt hatte. Ich war immer noch in einer Adrenalinwolke und hatte den Hebel während der hastigen Flucht schlichtweg vergessen. Dumm, aber menschlich!

Keineswegs fühlte ich mich jemals als der allzeit bereite Killer, der nur auf eine Gelegenheit wartete, seiner Passion zu frönen. Ich tötete nie gerne! Aber ich konnte es tun und war bereit dazu, wenn ich einen moralischen Sinn darin sah und wenn ich dazu noch Geld dafür bekam oder wenn es zum Selbstschutz notwendig war. Ich betrachtete mich immer mehr als Vollstrecker denn als Mörder, d. h., ich hatte das Gefühl, die Welt, und vor allem schützenswerte Menschen, wie Kinder und (manche) Frauen und selbst Männer, vor der immanenten Bedrohung amoralischer, degenerierter Gewalttäter zu schützen. Eigentlich fühlte ich mich wie ein Sylvester Stallone als »Judge Dread«, ein Karl Urban in »Dredd« oder ein Clint Eastwood als »Dirty Harry«, hart und erbarmungslos, aber gerecht. Nur starke Gegner oder solche in Überzahl waren für mich eine Herausforderung, empfand ich als befriedigenden Kampf, auch wenn ich das Moment der Überraschung (»Surprise-Speed-Violance«) nicht für heimtückisch, sondern intelligent und notwendig hielt; eben als Teil einer erfolg- und siegreichen Strategie (s. a. Suntsu, »Die Kunst des Krieges«).

Nun, wir waren kaum fünf Minuten durch den sehr dunklen, im Inneren unbeleuchteten Park gegangen, als ich in 50 Metern Entfernung eine Gruppe Jugendlicher bei einer Stelle mit drei Parkbänken und trockenem Brunnen registrierte. Vier schemenhaft erkennbare Jungs zwischen 18 und 25 und eine total besoffene Teenagerin skandierten mit aggressivem Unterton in unsere Richtung. Sie riefen anzügliche Sprüche, wie »Na, kleiner Fick gefällig!?« und »Die Alte kann schon mal die Beine breit machen!«. Dabei kam die Gruppe zügig in unserer Rich-

tung näher; den großen Hund, der irgendwo in den Büschen nach nicht vorhandenen Hasen jagte, hatten sie offensichtlich nicht bemerkt. Das Mädchen war halb liegend, halb sitzend auf einer der Bänke zurückgeblieben, wohl nicht mehr in der Lage, zügig zu gehen, während die vier Männer so gar nicht den Eindruck von Unzurechnungsfähigkeit oder Berauschtheit machten. Vielmehr drängten sie sehr zielstrebig in unsere Richtung, ganz deutlich auf Ärger aus.
Nadine und ich blieben stehen, sie sah mich und die näher kommenden Aggressoren abwechselnd ängstlich an. Allerdings reagierte sie nicht panisch, wie vielleicht die meisten Frauen es getan hätten, denen männlich-archaisches Verhalten gänzlich fremd war. Immerhin war Nadine den Umgang mit jeglicher Couleur Männern gewohnt. Allerdings ganz wohl in ihrer Haut war ihr nicht, was ja kaum verwunderlich war im Angesicht von vier kräftigen, gewaltbereiten jungen Männern. Und sie konnte ja nicht einschätzen, wie ich reagieren würde und ob ich irgendeine Art Schutz für sie sein könnte.

Ich konnte!
Der Wortführer blieb zwei Meter vor uns, jetzt besser erkennbar, im Dunkeln stehen, seine drei Kumpane bedrohlich in auseinandergezogener Formation, offensichtlich gewalterfahren, mit einem halben Schritt Abstand hinter und seitlich davon. Der Anführer wechselte bedrohlich, mit breitem Grinsen und einer Fahrradkette in der linken Hand, die fast bis zum Boden pendelte, von einem Bein aufs andere und starrte Nadine mit drogengeweiteten Pupillen lüstern an. Die anderen beobachteten eher meine Reaktion, hielten wie abgesprochen dem Breitschultrigen den Rücken frei. Diese Jungs bedrohten nicht zum ersten Mal jemanden und waren sich ihrer Sache im unbeleuchteten, einsamen Stadtpark um diese Zeit sehr sicher.
Der Große mit der Kette machte einen Schritt auf die steif aufrecht stehende Nadine in ihren High Heels und Seidenstrümpfen zu, wohl in der Annahme, ich allein sei keine Gefahr für ihn. Sie kniff die Augen zusammen und zischte ihn giftig wie eine Cobra an: »Untersteh dich!«
Für einen kurzen Moment hielt der Angreifer inne, war wohl überrascht von der unerwarteten Reaktion seines vermeintlich sicheren Opfers, das

ja mit 178 cm kein kleines Mäuschen war. Vermutlich aber sah er sich schon zwischen ihren Schenkeln, angespornt von seinen Kumpanen, zu einem erregenden Höhepunkt fliegen.
Er fing sich schnell und wollte mit der freien rechten Hand nach ihrem Hals greifen, als ich ein knappes, lautes und herrisches »Halt!« rief. Die anderen machten sofort einen Schritt auf mich zu, während der Anführer nur wölfisch in Nadines Richtung grinste und keinen Millimeter zurückwich.

»Lasst gut sein, Jungs! Ich bin Polizist, das ist eure letzte Chance abzuhauen!«, rief ich als Bluff, denn ich hasse sinnlose Gewalt und konnte unnötigen Ärger nicht brauchen. »Fick dich, Bulle!«, blafften mir zwei der Jungs, offensichtlich eurasischer Abstammung, mit typisch russischem Akzent unisono entgegen. Der Große streckte wieder seinen Arm in Richtung Nadine aus, die einen Schritt zurückwich, und die anderen drängten bedrohlich in meine Richtung, keine zwei Armlängen mehr entfernt. Man ließ mir keine andere Wahl! Der Angriff hatte nun begonnen. Und nicht ich war derjenige, der angefangen hatte …

23.41 Uhr. Meine Bauchtasche mit der Glock hatte ich schon bei Annäherung der alkoholisierten Vergewaltiger ein wenig geöffnet, sodass ich jetzt mit einer zigtausendfach geübten, fließenden Bewegung tief in das Fach greife und mit festem Griff meine mit Tenifer beschichtete Freundin herausziehe. Ich trage sie immer in Condition 0, also durchgeladen und sofort schussbereit, wozu die Glock mit ihrem Safe-Action-System ja prädestiniert und gedacht ist.

Nicht, wie oft in Actionfilmen gezeigt, mit einer bei Keglern üblichen Schwingbewegung, sondern mit sofort in Richtung Ziel abgewinkelter Waffe ziehe ich die Waffe, schon sofort nach dem Verlassen des Holsters nach vorne gerichtet, heraus. Dabei trifft schon auf Bauchhöhe meine Linke die Rechte und schließt sich um die Finger der Waffenhand, sodass nun die sog. Position »High Compressed Ready« entsteht. Hierbei befindet sich die Waffe noch dicht am Körper, direkt vor der Brust, zeigt auf das Ziel und ist bereit, nachdrücklich nach vorne in Form eines gleichschenkligen Dreiecks in Richtung Target gestoßen zu werden. Meine Knie sind wie zum

Sprung leicht abgewinkelt, der Kopf zwischen die Schultern gezogen und beide Arme maximal nach vorne extendiert. Das ergibt eine fast vorbildliche Isoceles- oder Combat-Stellung, wie sie seit Jahren bei allen Spezialeinheiten der Welt gelehrt wird und wie ich sie unzählige Male geübt hatte. Die Zeit vergeht für mich jetzt wie in Zeitlupe, eine Folge des Trainings mit der Waffe; nicht so für meine Gegner, die völlig überrascht und für einen Augenblick unfähig zu handeln sind. Aus Erfahrung weiß ich, dass dieser Ziehvorgang trotz des relativ ungeeigneten Holsters am Bauch keine Sekunde gedauert hat. Mein rechter Triggerfinger war schon abgewinkelt und hatte die 6 mm Vorzug des Glockabzugs bereits hinter sich gebracht. Bei voller Streckung der Arme war der Trigger jetzt »geprept«, also kurz vor dem Brechen.

Zuerst nehme ich mir den Anführer vor, da er die unmittelbarste Gefahr darstellt, und jage mit einem kurzen Knicken meines rechten Zeigefingers vier oder fünf Hohlspitzgeschosse der Marke Golden Saber Bonded von Remington im Vollauto-Modus in seinen Oberkörper, seitlich unter den rechten, erhobenen Arm. Die Pistole versucht, sich in meinen Händen aufzubäumen. Mein Schraubstockgriff der Linken und die beiden symmetrisch ausgestreckten Arme kontrollieren die bellende Glock wie gewohnt, zumal ich ja den schnell aufbauenden Rückstoßdruck bei Vollautomatikmodus erwartet habe.

Das Kaliber 9x19 ist nicht allzu kräftig mit kaum über 500 Joule Energie und gut zu kontrollieren. Ich hätte aus dieser Distanz auch aus der Hüfte, im mexikanischen »Yaqui-Hüftschuss« à la Pancho Villa kämpfen können. Wann immer aber es Zeit und Distanz zulassen, ist der gezielte Schuss, zumal da Nadine ja unmittelbar vor dem Aggressor stand, vorzuziehen. Natürlich ziele ich mit beiden geöffneten Augen auf diese Nahdistanz nicht wirklich; es ist wohl eher ein intuitiver Deutschuss mit höchstens kurzer Kontrolle des Korns.
Ich habe keine Zeit, auf die Reaktion seines getroffenen Körpers zu achten, ziehe die Waffe schnell in »High-Compressed-Ready« (vor die Brust, mit der Mündung unverändert nach vorne) zurück, mache eine kurze Körperdrehung bei verharrenden Füßen nach links, stoße die Glock erneut mit Speed in Richtung Ziel und ziehe erneut den Trigger kurz und trocken durch. Um

den Rückstoß besser aufnehmen zu können, wozu die Combatstellung ja bestens geeignet ist, kommt noch der sogenannte »Wrist-Lock« hinzu. Das ist ein antrainiertes Arretieren der Handgelenke, was bei guten Schützen – man sieht das auf Videosequenzen sehr gut – zu kaum mehr als 1–*3 cm Ausschlag der Waffe nach oben bei jedem Schuss führt. So sind auch schnelle oder vollautomatische Schussfolgen ohne Auswandern der Waffe und sehr gezielt möglich.*

Weitere sieben oder acht Schuss in weniger als einer halben Sekunde jagen durch den Lauf. Diesmal halte ich auf die Köpfe der zwei dicht beisammenstehenden Gegner. Jeder wird von mindestens zwei Geschossen getroffen. Nach einem Sidestep à la Rob B. nach links, zum eventuellen Ausweichen eines Angriffes, und erneutem »push forward« aus der hohen Bereitschaftshaltung bricht auch der letzte Junge unter dem finalen Feuerstoß zusammen, der lediglich zwei Geschosse freigibt. Mein Triggerfinger ist schnell! Bei einer Kadenz von 1200 pro Minute jagen immerhin 20 Schuss pro Sekunde durch den Lauf, wenn man den Trigger gedrückt hält. Für lediglich zwei Repetierzyklen muss der Finger den Abzug in weniger als einer Zehntelsekunde drücken und wieder freigeben! Das gelingt nicht immer.

23.42 Uhr. Natürlich gingen mir alle die Gedanken über professionelles Speed-Shooting so bewusst in den Sekunden nicht durch den Kopf.

Wenn diese Fertigkeiten nicht automatisiert und im Gehirn durch ständige Wiederholung gebahnt sind, wird man sie im Ernstfall nicht anwenden können. Für bewusstes Denken ist da keine Zeit, wie jeder Kämpfer aus Erfahrung weiß. Vielmehr ist das Gehirn unter Stress sehr limitiert und nur in der Lage, Automatismen und gewohnte Handlungsabläufe auszuführen. Dies ist dann allerdings viel schneller möglich als bei bewusster Kontrolle. Das ist der Sinn des enormen Trainingsaufwandes mit der Waffe professioneller Gunshooter aus dem polizeilichen und militärischen Umfeld.
Bei einer polizeilichen Sondereinheit kursierte hierzu eine Geschichte mit eindrucksvollen Bildern, bei der zwei brasilianische Sonderpolizisten in Zivil und privat aus einer Bank kommen. Einer hatte eine Sporttasche

über seiner Schulter hängen, die von den folgenden Straßenräubern wohl für eine Geldtasche gehalten worden war. Kaum am Straßenrand angekommen, braust ein Motorrad heran und hält scharf vor den beiden an. Der Sozius reißt dem einen die Tasche von der Schulter bzw. versucht dies zumindest, während ein dritter Gauner das Duo mit einem gezogenen Messer bedroht. Die Tasche sollte wohl per Motorrad schnell im Gewühl verschwinden.
Automatisiert und hunderttausendfach trainiert macht es bei einem der beiden Profis »Klick« im Kopf und er schaltet wohl auf Kampfmodus. Das Ziehen der Pistole aus dem Hosenbund, vom Hemd versteckt, und Niederstrecken der drei Angreifer war eine Sache von drei Sekunden! Die Bilder im Umlauf sprachen eine deutliche Sprache. Nun kursierte diese Geschichte aber nicht mit drohendem Zeigefinger, nicht so schnell die Waffe zu ziehen, sondern wegen Folgendem: Einer der Gangster hatte überlebt, weil »nur« beide Oberarme durchschossen waren. Dies bedeutete für den Schützen natürlich einen Zeugen, dessen verharmlosende Aussage gegen die seine steht würde. Grundtenor der Geschichte also war: Wenn du schießt, dann mach es richtig und vollständig!

Die Zeit schien nun gänzlich stillzustehen. Nadine war völlig erstarrt und nun doch entsetzt. Sie starrte, selbst im Dunkeln erkennbar blass, auf die Szenerie, die durch das spärliche Mondlicht noch zusätzlich völlig surreal erschien. In gerade mal fünf Sekunden hatte sich die Gegenwart drastisch verändert. Die toten Körper waren noch nicht völlig zur Ruhe gekommen: Das rechte Bein des Anführers zuckte in klonischen Krämpfen und die Mundwinkel eines anderen hoben und senkten sich im Blutstrom zu einer ungläubigen, angedeuteten Grimasse des Entsetzens. Der Tod erlöste beide in wenigen Sekunden zu völliger Regungslosigkeit.
Langsam ließ ich nun, nachdem keine erkennbare Gefahr mehr bestand, meine vertraute Glock sinken, machte wie von selbst einen taktischen Magazinwechsel, ersetzte also das fast leere gegen ein volles Magazin, und schob sie dann wieder in meine Bauchtasche. Den Reißverschluss ließ ich aber offen. Wären die Jungs mit Schusswaffen bestückt gewesen, hätte ich deren Tod mit der Glock in der Hand kontrolliert. Das war hier nicht vonnöten.

Forensik

Irgendwie war ich dankbar dafür, dass man die Details des Massakers, wie weggerissene Hinterköpfe, zerstörte Augenhöhlen, verrenkte, weil durchschossene Oberarme, nur schemenhaft erkennen konnte. Mit der Hand bereit, die Pistole oder den Urban Dart sofort zu ziehen, kontrollierte ich jede Leiche mit einem kurzen, trockenen Tritt der Schuhspitze gegen die Außenseite des Oberschenkels. Das ist, wie Muay-Thai-Kämpfer und Kickboxer wissen, ein Nervenpunkt, der sehr schmerzhaft ist und zu einer unwillkürlichen Reaktion führen würde, wenn da noch Leben wäre; es war keines mehr da!

Sofort machte ich mir Gedanken zur Säuberung des Tatortes und wollte schon anfangen, die Hülsen aufzusammeln, die unter kundigen Augen und unter dem Mikroskop genauso verräterisch sein können wie Geschosse. Aber ohne meine Taschenlampe anzuknipsen – ich wollte im Dunkeln bleiben – und ohne ausreichend Zeit, würde ich nicht alle Hülsen finden. »Alle oder keine«, dachte ich mir und verzichtete darauf, denn ich wollte lieber schnell den Ort verlassen; immerhin befanden wir uns ja mitten in der Stadt, wenn auch hoffentlich noch unbeobachtet. Die Sorgen um die forensische Ballistik wischte ich schnell aus meinen Gedanken, denn die spezielle Frangible-Munition aus gepresstem Kupferstaub im Kunststoffmantel von Fiocchi, die ich sonst vorzugsweise verwendete, war durch die Deformation beim Auftreffen und Durchdringen nicht zu analysieren und die Hülsenspuren konnten nur dann zu meiner Waffe führen, wenn ich nicht schnell unerkannt verschwand. Die verräterischen Kratzspuren der Waffe am Messing der Hülsen waren unumgänglich. Ich musste eben das Patronenlager auspolieren, einen neuen Auszieher einsetzen und den Schlagbolzen (hinterlässt charakteristische Abdrücke im Hülsenboden) gegen einen anderen austauschen, falls ich die Hülsen aus Zeitgründen nicht vom Tatort verschwinden lassen konnte (hier berichte ich später noch über einen genialen Trick!). Solche Kleinteile hatte ich natürlich vorrätig. Die benutzten Teile würden im großen Main versinken. Eine leichte Übung für mich, die ich nicht zum ersten Mal unternahm. Natürlich lud ich meine Magazine immer und ausschließlich mit Handschuhen, sodass Fingerabdrücke und genetische Spuren an den Hülsen praktisch ausge-

schlossen waren. Zusätzlich sprühte ich die Magazine sofort nach dem Laden schon zu Hause vollständig mit Trichlorethylen aus, das in Großreinigungen verwendet wird und keinerlei Spuren übrig lässt. Das war Standardprozedere. Manchmal benutzte ich auch Golden Saber Geschosse, wie heute, die weit verbreitet waren und im Kaliber 9x19 Luger auch in Deutschland üblich. Bei diesen allerdings könnte noch die eine oder andere Spur am Metall feststellbar sein. Spuren dürften für heute aber das geringste Problem darstellen.
Anmerkung: Die Fachgebiete der Forensik sind übrigens: Pathologie, Anthropologie (hier werden v. a. die Knochen älterer Leichen untersucht), Odontologie (Zahnbefunde), Toxikologie (Gifte), Serologie (Körperflüssigkeiten), Entomologie (Insektenkunde bzgl. der Leiche). Für mich war die Identifikation der Leichen und ihrer Todesart meist unbedeutend; mir ging es fast immer lediglich darum, jegliche Spuren zu vermeiden, die auf den Täter hinweisen konnten. Der Schlüssel hierzu war für mich schon im Vorfeld die peinliche Vermeidung von DNA-Spuren, die Minimierung von zurückgelassenen Spuren am Tatort und die Vernichtung eventueller Spuren durch Feuer. Leider ist dies bei professionellen Tätern inzwischen auch Allgemeinwissen geworden …

Abgang

Ein angedeutetes Lächeln umspielte meinen linken Mundwinkel, als ich die immer noch starre Nadine aus ihrer Trance weckte, indem ich sie an der Hand nahm und von diesem Ort wegzog. Jack Daniels, der schwarze Dobermann, war inzwischen auch zur Stelle und schnüffelte aufgeregt an den blutigen Leichen. Am Halsband klickte ich die Leine ein und zog ihn, wie seine Herrin, mit Nachdruck von dannen. Wir sprachen kein Wort, beide folgten mir widerstrebend, aber mehr aus schockierter Trägheit oder Faszination heraus als aus echtem Widerstand.
Nach 50 Metern blieb ich stehen, ganz ruhig und bewegungslos, und scannte lauschend die Umgebung. Gleichzeitig nutzte ich die Sekunden der Ruhe, um tief durchzuatmen und meinen wilden Herzschlag zu beruhigen. Denn trotz aller Professionalität und Routine war das ja kein Training, sondern tödlicher Ernst und das war selbstverständlich

auch für mich Nerven zerreißender Stress. Das wurde mir aber regelmäßig erst im Nachhinein bewusst. In der Stresssituation war ich immer schnell wie ein Blitz. Das war mein Kapital. Immerhin war das das zweite Massaker des Tages, aus dem ich als Sieger hervorging. Das hatte ich in diesem Ausmaß auch noch nicht erlebt. So viele Leichen an einem Tag hatte ich bisher noch nie produziert, nicht einmal mit Sprengsätzen, zumal ich Splitterbomben wegen ihrer verheerenden Wirkung bisher aus Prinzip nicht angewendet hatte, außer in Form von sehr gezielten Claymore-Sätzen.

Ich konnte schon das aufkeimende Hochgefühl, die Euphorie nach einem gelungenen Hit fühlen. Deshalb machte ich, dass ich wegkam, bevor dieser Rausch meine Seele erfasste und die Konzentration raubte.

Nadine hatte sich schnell erholt. Wir sprachen noch eine halbe Stunde in ihrem Wagen, mit verdunkelten Scheiben beim Hund im Laderaum liegend, um von außen nicht gesehen zu werden, von diesem Wahnsinn. Der Mercedes war einige Hundert Meter vom Park entfernt geparkt gewesen und wir hatten ihn zügig und unerkannt erreicht, indem wir bewusst wie normale Spaziergänger gegangen waren.
Sie war ebenso euphorisch und erleichtert und erregt wie ich und hörte die Martinshörner im Hintergrund offensichtlich nicht, die mir mein Polizeifunkscanner mit einem Earphone im linken Ohr schon angekündigt hatte. Ich machte sie nicht darauf aufmerksam. Beunruhigend empfand ich das nicht, denn die Ordnungshüter würden ein Auto weit weg vom Park unter unzähligen anderen wohl kaum verdächtigen, zumal wenn niemand darin sitzt. Frechheit siegt, meine Devise.
Nadine umarmte mich dauernd und liebte mich nun noch viel mehr, wie es schien. Um ihre Diskretion musste ich mir keine großen Sorgen machen, dafür war sie zu abgebrüht und intelligent. Ein Restrisiko blieb natürlich.
Aber immerhin war es ja eine reine und echte Notwehrsituation gewesen. Dass wir nicht auf das Eintreffen der Polizei warteten, um stunden- und tagelange Verhöre und Rechtfertigungen zu erdulden, verstand sich für uns, irgendwo ja beide Profis, wortlos von selbst. Wir hatten nichts

Unrechtes getan, nur unsere Haut gerettet und die Welt vermutlich vor einigen weiteren Verbrechen bewahrt.
Unsere Wege trennten sich vorerst und ich freute mich auf mein Bett und die Umarmung meiner ahnungslosen und liebevollen Frau.

Wieder einmal war ich dem Tod begegnet und habe ihm einen Frondienst erwiesen; diesmal nicht ganz freiwillig.

Ich war der Enforcer!
Ich lebte jeden Moment meines Lebens, als sei er der letzte … und ich komme wieder!

Fin

H 6 – Inferno I

Der Feuerball-Hit

Methode: FAE (Fuel-Air-Explosive). Auftraggeber: ich selbst. Target: Callgirl/Model/Luder.

Wie den flirrend heißen Atem eines mystischen Drachens spien die beiden Erdgeschossfenster und die Eingangstür tosend, berstend, klirrend, rauschend und ungeheuer gewaltvoll ihr Innerstes aus. Aus 20 Metern Entfernung war die Wucht der Explosion gewaltig. In weiser Voraussicht hatte ich den Ford Transit in der Verlängerung der Hausecke im Detonationsschatten geparkt. Dennoch kam es mir vor, als wollte mich die Wucht der siedend heißen Druckwelle vom Sitz reißen, ungeachtet der geschlossenen Autotür. Das ganze Fahrzeug wankte kurz bedrohlich zur anderen Seite, wie ein Segelschiff im Sturm. Fasziniert blieb ich noch mit laufendem Motor stehen und bewunderte das Schauspiel mit vorsorglich in beiden Ohren platziertem Gehörschutz, das ich sorgfältig inszeniert hatte.
Letzte Glassplitter und Steinbrocken rieselten vom Himmel herab und beginnende Rauchschwaden drangen aus dem ansonsten unversehrten Haus des Targets durch die zwei betroffenen Fenster, die wie staunend offene Münder aussahen. Es war so sicher wie das »Amen« in der Kirche, dass ich mich diesmal nicht des Ablebens meiner Zielperson versichern musste. Nicht einmal Gott hätte das kurze, aber gewaltige Inferno in dem Zimmer überlebt. Meine FAE hatte funktioniert, zweifellos und eindrucksvoll.
Mit einem ungläubigen, zufriedenen Nicken und einem kleinen Lächeln setzte ich mich in Bewegung. Ich wollte die Ruhe vor dem Sturm für meinen unauffälligen Rückzug nutzen.

Aber zurück zum Anfang

Mary Jacqueline. Ihr Nachname tut nichts zur Sache. Süße 21 Jahre alt, perfekte 175-cm-Figur, wunderschöne Beine, Brüste wie aus einer Sonderausgabe des Playboy und ein verzauberndes Lächeln … wenn man nicht hinter die Augen sehen kann!
Mary war ein international tätiges Model, das von fünf renommierten Agenturen gleichzeitig nachgefragt wurde. Sie lief in Barcelona, Mailand, München, Berlin und in Frankfurt bei Barbara Becker auf dem Laufsteg. Und Models für den Laufsteg, so klärte sie mich damals auf, bewegen sich nochmals in einer ganz anderen Liga als »normale« Katalog- oder Fotomodels. Ein Mädchen, das jemals irgendwo nackt zu sehen gewesen war, würde niemals mehr eine Chance als Laufstegmodel erhalten. Abgesehen davon spielen hier nur Models eine Rolle, die auch in allen Körpermaßen den Anforderungen und dem Mainstream entsprechen.
In jeder Stadt hatte sie ihre Kontakte. Fotografen, Visagisten, Promoter, Bewunderer und Sponsoren. Aber auf die »Sponsoren« komme ich erst später, denn davon wusste ich anfangs noch nichts.

Ich will am Anfang beginnen; und da war sie für mich nur eine Edelhure.

Aber heute heißt das ja nicht mehr »Hure« oder »Nutte«, sondern »Escort-Lady«! Und die Herren, die sich so eine Lady buchen, nennt man neudeutsch auch nicht mehr »Freier«, sondern »Gäste«! Das hatte ich bei Chanel gelernt, meiner Geschäftsfreundin, die ja Chefin eines großen Escort-Services in Frankfurt war.

Irgendwann hatte ich angefangen, bei Chanelschwarz.com hin und wieder eine Dame zu buchen, als mir die emotionalen Verpflichtungen bei privaten Liebschaften einfach zu zeitaufwendig und zu lästig wurden und ich genug Geld verdiente, mir das leisten zu können. Bei Nadines Service konnte ich mich einfach für zwei Stunden bei einer bildschönen Frau fallen lassen. Die gespielten Komplimente, das Taktieren mit scheinbarer Bewunderung und »Liebe« in SMS, E-Mails und Telefonaten oder zeitraubende Verabredungen entfielen. Letztendlich waren

die paar Hundert Euro für ein Date ökonomischer als die stundenlange Arbeit, die notwendig war, bis eine attraktive Lady bereit war, sich mir ohne weitere Verpflichtungen zu öffnen.
Als sportlich-muskulöser Typ mit dem begehrten Arzt-Nimbus hatte ich eigentlich kein wirkliches Problem, an Damen für eine Liebschaft heranzukommen; wäre da nicht meine bürgerliche Identität als Familienvater, Ehemann und renommierter Arzt gewesen. Dadurch musste mein immenser Hunger nach weiblicher Nähe und sexueller Abwechslung natürlich im Geheimen bleiben. Ich war ein Jäger der Nacht, der sein Wild im Verborgenen erlegte; sowohl als Enforcer als auch als Liebhaber.
Um wie viel einfacher und effektiver war da die Buchung einer professionellen Frau im Gegensatz zu amourösen Spielchen auf der emotionalen Schiene!

Als ich Mary Jacqueline zum ersten Mal buchte, bestellte ich sie in ein entlegenes Hotel zwischen Frankfurt und Mainz. Sie war nicht mein erster Kontakt mit einer Liebesdienerin. Dennoch war ich nervös und aufgeladen, weil mich ihre Bilderreihe im Internet (ihr Gesicht war unkenntlich gemacht) schon sehr erregt hatte und die Vorfreude auf zwei erotische Stunden in meinem Kopf schon auf Hochtouren lief.

Der erste Eindruck war enttäuschend. Sie erschien schlichtweg langweilig! Ihr Outfit war mehr als schlicht, ja, nahezu ungepflegt und schlampig. Sie war kein bisschen die heiße Konkubine, die ich mit pulsierenden Adern erwartet hatte: Eine deplatziert wirkende Baskenmütze verbarg ihr langes, braunes Haar. Sie war gänzlich ungeschminkt und eine allzu locker sitzende Jeans verbarg jede Andeutung ihrer Figur. Ihre relativ großen Füße steckten in türkisfarbenen Chucks, abgewetzt und nicht gerade sexy.

Sie musste meinen Stimmungssturz gefühlt haben, als sie schelmisch lächelnd und gespielt scheu ihre Hand zum Gruß reichte. Inzwischen weiß ich, dass diese Inszenierung jener außergewöhnlich schönen Frau intelligent durchdacht war, um ihre Wirkung, einem Phönix aus der Asche gleich, umso mehr zu steigern.

Dieses Profimodel auf internationaler Bühne kleidete sich in ihrer Freizeit absichtlich betont schlicht, weil sie es einfach nicht nötig hatte, ihre Reize kostenlos zur Verfügung zu stellen. Wohl war diese Masche des Tiefstapelns auch aus der Müdigkeit unzähliger Kleidungswechsel in Umkleideräumen hinter Laufstegbühnen geboren.

Jedenfalls verbrachte ich mit ihr die vulkanösesten Stunden erregender Lust meines bisherigen Lebens. Sie schien, genauso wie ich von ihr, völlig hingerissen und erlebte einen (echten?) Orgasmus nach dem anderen. Ich badete in ihren Augen, vögelte mich in einen irren sexuellen Rausch und sah nur noch ihre perfekten Schenkel, ihre makellos gepflegte Haut, ihre perfekt straffen, natürlichen D-Cup-Brüste und vergaß alles andere völlig. Wen wunderte es da, dass ich mir von Stunde an einbildete, in diese moderne Venus verknallt zu sein?
Dass sie als Profi mir vermutlich ihre Leidenschaft nur vorspielte, wollte ich nicht wahrhaben. Vielmehr schwelgte ich in der Vorstellung, sie hätte in mir endlich einen Mann gefunden, bei dem auch sie Lust am Liebesspiel finden konnte, im Gegensatz zu den vielen Versagern, die sie sonst erdulden musste.

Heute lächle ich über meinen naiven Narzissmus. Allerdings muss ich mir zugutehalten, dass sie ihre Rolle wirklich gnadenlos perfekt und intelligent gespielt hatte: Das hilflose Mädchen einer allzu strengen Familie, die aus dem katholischen Internat mit 19 Jahren aus Trotz und Auflehnung direkt zum Escort gewechselt hatte, um sexuelle Erfahrungen und die große, weite Welt kennenzulernen. Nach einem im Alter von 20 gerade so überlebten Lymphkrebs versuchte sie nun, sich allein in einer harten Welt als Model und Escort-Lady über Wasser zu halten. Welcher Mann hätte da keine Beschützerinstinkte gezeigt?

Nach wenigen Treffen nicht nachlassender erotischer Intensität gab sie mir ihre private Telefonnummer, sodass ich von da an bei ihr, unter Umgehung der Agentur-Provision, direkt buchen konnte. Ich wertete diese Geste als außergewöhnlichen Vertrauensbeweis und sah darin, blind wie alle verliebten Männer im Hormonrausch, nicht die Ouvertüre zum nächsten Akt, die sie war. Geflissentlich ignorierte ich dabei die

Tatsache, dass ich bei dieser Aktion meine alte Freundin Nadine hinterging, indem ich ihr die Provision vorenthielt. Hätte sie davon erfahren, dann wäre ich nicht mehr in den Genuss mancher Vergünstigungen bei meinen Buchungen gekommen, geschweige denn wäre mein lieb gewonnenes Privileg, neue Ladys als Erster ausprobieren und bewerten zu dürfen, wohl gestrichen worden.
Obwohl ich auch hin und wieder Kontakt zu anderen Escort-Agenturen unterhielt, waren mir der persönliche Kontakt zu Nadine und die Behandlung als bevorzugter Stammgast eine prickelnde Abwechslung geworden. Aber die gerissene Mary hatte mir mit ihrer Mischung aus mondäner, erotischer Wucht und offensichtlicher, hilfloser Schutzbedürftigkeit gehörig den Kopf verdreht und mein sonst so klares Denken schlichtweg schlafen gelegt.

Z.: Lass dich niemals von deinen Trieben und Gefühlen leiten. Stehe über den Dingen und entscheide, wie ein Stein entscheiden würde!

Bis der Tag kam, als Mary mit ihrer Bitte herausrückte, war ich gänzlich unbefangen und von meiner männlichen Wirkung überzeugt. Warum ich, retrospektiv betrachtet, gar so naiv war, lag wohl an ihrer Routine und Erfahrung als Betrügerin. Ich fiel ihrer viel geübten Taktik zum Opfer. Sie überrumpelte mich in einem schwachen Moment, nachdem sie mich noch dazu abgelenkt hatte. Eigentlich hätte sie einen ausgezeichneten Einzelkämpfer abgegeben, wäre es um einen militärischen Einsatz gegangen. Zumindest glänzte sie durch entsprechende taktische Intelligenz und ihre weiblichen Waffen standen denen mancher Soldaten an Wirksamkeit in nichts nach!

Wir hatten am Vorabend eine erotisch verspielte Nacht in einem Frankfurter Hotelzimmer genossen. In der Mittagspause eines arbeitsreichen Praxistages hatte ich gerade ihren leichten Herzklappenfehler der Mitralklappe mittels Ultraschall untersucht. Denn seit einigen Monaten konsultierte sie mich ganz offiziell auch als Arzt. In Gedanken war ich noch bei der Schilderung ihrer kürzlich überstandenen Lymphkrebserkrankung, die sie mir in dieser Nacht, in schweißfeuchten Bettlaken liegend, nach dem erschöpfenden Akt erzählt hatte. Ich war emotional also ganz auf Mitleid und Fürsorge eingestellt. Ja, ich war eben nicht nur der eiskalte Killer, sondern auch Arzt, Vater, Liebhaber und Mensch. Sie hatte für solche Gefühle bei anderen eine sehr feine Sensorik, wie ich heute weiß. Sie selbst ist kälter als Trockeneis; auch das weiß ich nun.

Sie sei vor ein paar Tagen von einer Steuernachzahlung überrascht worden, da sie in letzter Zeit so gut verdient hätte. Die Honorarzahlung der Agentur würde aber erst in einer Woche eintreffen. Sie hätte keine Lust, dem Fiskus Überziehungszinsen zu bezahlen, und käme zeitlich nicht mehr dazu, für ein Kurzdarlehen auf die Bank zu gehen. Sie bat mich, ihr für nur eine Woche den Betrag von 4000.- Euro vorzustrecken. Ihr Tonfall war beiläufig und selbstbewusst. Wie eben bei jemandem, der eigentlich genug Geld hat und sich ungern mit so banalen Beträgen abgibt.
Hätte ich nur eine Minute wirklich nachgedacht, wäre mir die Fadenscheinigkeit ihrer Bitte und Argumentation aufgefallen. Aber abgelenkt durch den Alltagsstress ärztlicher Profession mitten im Praxisbetrieb zwischen Bürotür und Flur, eingelullt durch befriedigenden Sex und Mitleid, willigte ich ebenso beiläufig ein, wie ihr Anliegen vorgetragen worden war. Ich hatte Geld in dieser Größenordnung immer im Praxistresor. Ich gab ihr die 4000.- Euro im Büro formlos in die Hand, ohne Zeugen. In einem letzten Aufschrei meiner Vernunft ließ ich sie noch einen schnell dahingeschriebenen Zettel unterschreiben, der juristisch entfernt an einen Schuldtitel erinnerte. Sie zögerte kurz, was mich normalerweise sofort misstrauisch gemacht hätte, wäre ich von ihr nicht so gekonnt weichgeklopft worden, und unterschrieb dann schnell. Angelegentlich gab sie nun vor, ihren Zug nach Irgendwo erwischen zu müssen, und hatte es plötzlich recht eilig. Da Patienten nach meiner abgelaufenen Mittagspause auf mich warteten, waren meine aufkeimenden Zweifel schnell zerstreut und ich vergaß den Vorgang fürs Erste.

Als ich nach zehn Tagen ungewöhnlicherweise nichts von ihr gehört hatte – wir hatten in letzter Zeit alle paar Tage telefoniert oder SMS ausgetauscht –, fing ich an nachzudenken.

Ich möchte mich kurzfassen: Nach einem halben Jahr hatte sie nach wechselnden Ausreden und ständiger Unabkömmlichkeit noch immer ihre Schulden nicht bezahlt. Zahlreiche Model-Aufträge und Auslandsreisen schienen plötzlich ihr Leben zu bestimmen. Wenn wir uns in dem Jahr vorher zwei bis drei Mal pro Monat gesehen hatten, so war die Zahl unserer Treffen nun auf Zero geschrumpft.

Ich hatte dann bald nähere Erkundigungen über sie eingeholt. Beim Agentur-Chef eines Escort-Services, bei dem sie vorher gearbeitet hatte, einem dicken Türken, erfuhr ich Haarsträubendes. Genau diese Masche hatte sie da bei mehreren Kunden benutzt und sich viele Tausend Euro unter den Nagel gerissen. Sobald die Männer anfingen, ungeduldig zu werden, drohte sie mit Indiskretion der Ehefrau gegenüber oder lachte sie aus, weil sie keine Zeugen dafür hätten und juristisch chancenlos seien. Der Agenturleiter hatte sie daraufhin schnell aus dem Team entlassen, um weitere verärgerte Freier zu vermeiden. Ihm selbst war sie auch einiges an Provisionen schuldig geblieben. Er versprach mir seinen Applaus und Bewunderung, wenn ich sie zur Rechenschaft ziehen würde: »Das ist ein eiskaltes Luder! Die ist aalglatt und giftig wie eine Kobra! Wenn ich die erwische, ist sie fällig! Du verdienst meinen Respekt, wenn du sie klar machst.«

Anfangs war mir die Sache zu unwichtig, um mich wirklich damit zu befassen. Meine verletzten Gefühle hatte ich schnell mit anderen Ladys geheilt; ich war, zugegeben, schnell in ein hübsches Mädchen »verliebt«. Wäre da nicht mein verletzter Stolz gewesen, hätte ich sie vielleicht sogar ziehen lassen.

»Aber wofür hält die mich? Denkt die Dame, ich sei genauso ein Trottel wie ihre anderen Freier?« Ich vermute, da genau dieser Verdacht in mir selbst aufkeimte, musste ich sie dafür bestrafen, mich so dumm aussehen zu lassen. Sie hatte sich im Enforcer den Falschen ausgesucht. Das war ihr Pech. »Keiner darf ungestraft mit dem Enforcer solche Spielchen machen! Punktum!«

Drachenatem

Meines Wissens von den amerikanischen Militärs im Vietnamkrieg angewendet (?), von Mario Zippermayr erfunden und im Laufe des Irankrieges zu grausiger Vollkommenheit gereift, hatte mich die FAE (Fuel-Air-Explosive, auch Aerosolbombe) schon immer sehr interessiert.
Das Grundprinzip einer explosiven Zerstörung zeigte sich wohl zum ersten Mal im menschlichen Umfeld in Form von unbeabsichtigten Mehlstaub-Explosionen in Getreidemühlen. Man erkannte schnell, dass sehr fein verteilte Stäube reduzierender (= brennbarer) Substanzen in Luft aufgrund der immensen inneren Oberfläche zu explosiven Reaktionen neigten. Manche Mühle des Mittelalters wurde dadurch bis auf ihre Grundmauern zerstört. Das Prinzip der Staubexplosion war entdeckt.
Gleiches gilt natürlich für brennbare Gase oder Dämpfe reduzierender Flüssigkeiten (Ottomotor), die im richtigen Gemisch mit Luft und dem darin enthaltenen Sauerstoff unter heftiger Energiefreisetzung reagieren können.
Auch bei Explosionen mit Schwarzpulver handelt es sich schließlich um die plötzliche Reaktion eines Treibmittels (Holzkohle, Schwefel) mit einem Sauerstoffträger (Salpeter). In der Chemie nennt man dies eine Redoxreaktion, also eine Reduktion eines Stoffes durch Oxidation eines anderen.

Erst die hochbrisanten Sprengstoffe sind von externen Sauerstoffquellen unabhängig, benötigen also kein weiteres Molekül als Oxidationsmittel. Bei den obigen Umsetzungen handelt es sich um intermolekulare Reaktionen, also zwischen zwei Molekülen stattfindend, während bei hochbrisanten Sprengstoffen lediglich ein Molekül in sich zerfällt. Hierbei ist die Reaktionsgeschwindigkeit um eine Zehnerpotenz höher und die Brisanz entsprechend gewaltiger.

Bei einer FAE wird ein Treibstoff (Fuel) in Luft (Air) fein verteilt und dann in einem zweiten, verzögerten Vorgang gezündet (Explosive). Man muss sich das ungefähr so vorstellen:
Ein Flugzeug überfliegt im Tiefflug ein relativ großes Areal und sprüht dabei große Mengen Kerosin oder Ethylenoxid in kurzer Zeit fein verteilt in die Luft über das Kampfgebiet.

Bei Napalm wird genauso verfahren. Hier geht es aber lediglich um einen Flächenbrandeffekt und nicht um eine explosive Zerstörung.
Kurz nach Beendigung des Sprühvorganges wird ein Magnesiumzünder (Rakete, Leuchtkugel) entgegen der Flugrichtung in die Treibstoffwolke geschossen. Dieses riesige Volumen des Fuel-Air-Gemisches entzündet sich und explodiert mit verheerender Wirkung. Im Prinzip ist das der gleiche Vorgang wie im Brennraum des Ottomotors, lediglich in einem riesigen Volumen. Dabei wird jeglicher Sauerstoff in diesem Areal verzehrt, weshalb diese Art Kampfmittel auch »Vacuum-Bombe« genannt wird. Neuerdings hat man Methoden entwickelt, diese Vorgänge einzeitig ablaufen zu lassen.
Die Wirkung ist derart extrem, dass man sie gerne mit derjenigen von atomaren Kampfmitteln (taktischen Sprengköpfen) vergleicht.
Es ist schon faszinierend und traurig zugleich, welche Energien Menschen aufbringen, wenn es um die Vernichtung von Angehörigen der eigenen Spezies geht! Aber wenn man in die Natur schaut (Ameisen, andere Säugetiere etc.), dann scheint das Töten einfach dazuzugehören.

FAEs für Bastler

Natürlich hatte mein kreatives Hirn schon einige Ideen dazu parat, als ich mich bei Mary zum ersten Mal dazu entschloss, eine FAE Marke Eigenbau auszuprobieren. Mir war schon bewusst, dass eine »Vacuum-Bomb« für ein 55 kg schweres, weibliches Target ein wenig überdimensioniert war. Aber seien wir ehrlich, die internationalen Militärs gehen da genauso vor, wenn sie neue Waffensysteme in Kriegsgebieten, wie Iran oder Afghanistan, testen. Und ich wollte ja nicht nur meinen verletzten Stolz heilen, eine unverbesserliche Schlampe bestrafen und mein Geld zurückbekommen, sondern die »Waffensysteme des Enforcer« genauso für zukünftige Hits weiter entwickeln.

Als konkurrierende Konstruktionen schwebten mir Folgendes vor: Zum einen könnte ich an einen schlichten Benzinkanister mit einigen Litern Benzin eine kleine Funkmine mit 20–30g WHITE2 anheften. Durch den Explosionsdruck würde der Kanister selbstverständlich explodieren und den Treibstoff in der Luft verteilen. Eine Reaktion mit dem Luftsauerstoff war durch Druck und Temperatur sehr wahrscheinlich. Ich erwog, in dem Benzin noch … [redacted] in Schmierseife aufzuschlemmen, um den Afterburn und die Hitze zu erhöhen, was aus Literaturangaben zu entnehmen war.

Bierbraukunst

Zum anderen stand diese getarnte Version zur Auswahl, der ich dann auch den Vorzug gab. Ich besorgte mir einen Kasten Altbier mit historischen Federverschlüssen, die, besser als Flaschen mit Kronkorken, leicht wieder verschließbar waren.

Mein erster Gedanke war, in einer der Flaschen in der Mitte des Kastens – nach vorsichtigem Abtrennen des Flaschenbodens mit einer Diamanttrennscheibe – den Minifunkzünder (siehe Kapitel über Konstruktion von Sprengsätzen) und einen aus 30 g WHITE2-Pulver bestehenden Booster zu verstecken, der von einer … [redacted] gezündet wurde.
Viel einfacher als das aufwendige Abtrennen des Glasbodens erwies sich dann aber, eine WHITE3-… [redacted] aus dem …[redacted]-handel unangetastet zu lassen und den Funkzünder mit WHITE2-Booster nachträglich, im letzten Moment, mit doppelseitigem Klebeband von außen auf diese … [redacted] zu kleben. Der ca. 5 cm im Quadrat messende Kasten konnte dann mit einem kleinen Stofflappen o. Ä. einfach abgedeckt und getarnt werden. So war die Sprengkraft deutlich höher und der mechanische Aufwand minimal.
In die vier umgebenden Flaschen füllte ich insgesamt weitere 2 Kilogramm WHITE3 aus … [redacted] und verschloss diese wieder fest. Alle anderen verbleibenden Flaschen wurden mit einfachem Motorenbenzin von der Tankstelle gefüllt.

… [redacted]

Bei der ersten Version mit WHITE2 in der aufgesägten Flasche wäre zwischen der mittleren, initialen Flasche mit dem WHITE2 und den angrenzenden WHITE3-Flaschen ein jeweils ca. 3 cm großer Abstand gewesen. Und ich wollte nicht riskieren, dass hier die Schockwelle evtl. unterbrochen werden würde. Deshalb gefiel mir die zweite Version mit dem aufgeklebten Zündbooster besser.

Diese Konstruktion aus mit ...[redacted]-sprengstoff gefüllten Bierflaschen war einfach herzustellen und ausgezeichnet getarnt. Selbst bei einer polizeilichen Fahrzeugkontrolle erschien mir der explosive »Bierkasten« sehr sicher, weil alle Flaschen ... [redacted] enthielten, die durch das Braunglas selbst beim Anheben und bei Inspektion durch einen Polizisten kaum verdächtig erscheinen dürften. Der aufdringliche Benzingeruch konnte durch entsprechende Reinigung weitgehend beseitigt werden und würde in einem Auto wohl kaum auffallen. Zündkapsel und Funkzünder lassen sich nach bewährter Methode in einer Packung Kaffee oder Zucker unter vielen anderen, wie nach einem Einkauf, leicht verbergen.

Meine FAE war fertig und ich verlud das Baby in den Kofferraum meines 6,1-Liter-Chryslers 300cc. Ein Familienvater, der einen wohlverdienten Kasten Bier und einige Packungen Kaffeebohnen in seinem Familienkombi ins Wochenende transportiert! War das nicht ein schönes und vertrautes Bild für jeden Beobachter?

Wo ist Mary?

Wer nun glaubt, ein Edel-Luder wie Mary, die einen Mann nach dem anderen reinlegt, flachlegt und um Geld betrügt, sei einfach so per Auskunft zu finden, der täuscht sich gewaltig. Weder ihre Escort- noch Modelagenturen kannten ihre richtige Adresse, wie sich schnell herausstellte. Auch Internetrecherchen über das berühmte Google, über Xing, LinkedIn, Yasni, Facebook und alle möglichen Model-Portale erbrachten nur Fehlanzeigen. Die Lady war wirklich ausgekocht und schlau. Eigentlich wäre sie eine gute Mitstreiterin gewesen, wenn sie Charakter

und Solidarität besessen hätte. Aus diesem Grunde – und weil ich ja kaum mir selbst vertraute – verwarf ich solche Gedanken schnell wieder. Ich arbeite ausschließlich allein.
Ich erinnerte mich an eine Information, die sie mir bei unseren nächtlichen Plaudereien nach erotischen Spielchen verraten hatte: Ihr Vater war ein Autohändler in der ehemaligen DDR und fuhr privat einen Jaguar – den der süße Teenager Mary mit 16 aus der Garage geklaut hatte, um eine illegale Spritztour zu machen. Diesen Jaguar fuhr der Autohändler noch heute. Mit diesen Kenntnissen und dem schon früher durch einen heimlichen Blick in ihren Ausweis ermittelten Nachnamen konnte ich den Vater schnell aufspüren. Ein Freund besuchte diesen und erhielt mit einer herzzerreißenden Geschichte schnell ihre Adresse, zumal er ihr angeblich noch geschuldetes Geld zurückbringen wollte.

Sie wohnte bei einem Freund im Süden Frankfurts und wähnte sich vermutlich sicher. Ich freute mich auf ihr Gesicht, wenn ich sie mit einem Kasten Altbier überraschen würde.
Über die Mitbewohner des Hauses, ein älteres Ehepaar, erfuhr ich telefonisch unter einem Vorwand, wann meine Mary normalerweise mit ihrem Hund auf den angrenzenden Feldern spazieren ging. Sie sollten nichts von dem Anruf erwähnen, denn ich sei ein alter Freund, der sie auf der Durchreise nach langer Zeit mit seinem Besuch überraschen wolle. Ich würde sagen, das war kein bisschen gelogen!
Ich war schon voller Vorfreude beim Gedanken an meinen Besuch. Schon weil ich mich auf ihren überrascht-verängstigten Blick in ihrem sonst so abgebrüht-frechen Gesicht freute, wenn sie mich erkennen würde; und dafür wollte ich sorgen. Es sollte nicht einfach ein heimlicher Hit aus dem Hinterhalt werden. Ganz gegen meine sonst so sicherheitsrelevanten Grundsätze sollte sie sich ihrer Fehler voll bewusst werden und die Vorfreude – meine Vorfreude – ganz und gar miterleben dürfen.

Mein Alibi für meine Frau und Kinder war gestrickt. Ich hatte mir den Abend für mich und Freunde freigenommen. Mein Chrysler und das »Bier« warteten auf mich. Ich verließ mein Haus mit meiner Standardbewaffnung ausgerüstet: Glock 19, drei Reservemagazine mit unter-

schiedlichen Munitionstypen (Frangible, Hohlspitz und Vollmessing »Penetrator« von DNAG für schusssichere Westen) und Urban-Dart-Dagger von Cold Steel.
Die ersten Kilometer des heutigen Einsatzes musste ich zu Fuß gehen und dachte an meinen getunten, 450 PS starken Renn-Kombi mit Sportfahrwerk, Edelstahl-Auspuff-Anlage und ZR-Reifen. Die Kraft und Schnelligkeit meines Chryslers sollten mir nach dem bevorstehenden Feuerball-Hit vielleicht das (freie) Leben retten, auch wenn mir natürlich immer bewusst war, dass es unauffälligere Autos gab, um Hits zu verüben. Dass mir das starke Auto aber den Arsch retten würde, wusste ich zu dem Zeitpunkt noch nicht.

Vorbereitung

Wie ich den Kasten Bier in ihre Wohnung im Erdgeschoss des Dreifamilienhauses in T. bei Frankfurt bringen wollte, hatte ich noch nicht entschieden. Ich verließ mich mal wieder auf mein Improvisationstalent.
Zu der Zeit hatte ich einen alten, weißen Ford Transit, der auf einen mir unbekannten Albanerfreund Gonis zugelassen war. Von dieser alten Kiste wusste niemand sonst. Ich parkte diesen kleinen Transporter immer ein paar Kilometer weit weg von meinem Haus in einem Gewerbegebiet, in dem Dutzende von Lkws und dergleichen standen. Dort konnte ich, meist in der Dämmerung, problemlos das Fahrzeug wechseln.
Diesmal hatte ich schon Tage zuvor veranlasst, dass mein schwarzer Chrysler, natürlich mit gefälschten Nummernschildern, in einer Nebenstraße, nur 200 m von Marys Haus entfernt, von Freunden meines Bruders Goni abgestellt worden war. Meiner Frau Lea hatte ich erzählt, dass unser Chrysler wegen einer aufwendigen Reparatur in der Werkstatt weilen müsste. Da wir noch einen Porsche und einen silbernen Ferrari 355 Spider besaßen, war sie dennoch mobil und beschwerte sich nicht weiter. Das Management unserer Autos war meine Sache, und solange sie keine Einschränkungen hatte, war mein verwöhntes Weibchen zufrieden.

Der Kasten mit dem »Spezialbier« wartete schon seit Tagen im Laderaum meines Fords auf seinen Einsatz. Auch den kleinen GSM-Spy hatte ich schon im Handschuhfach.

Diese nur einige Zentimeter großen, schwarzen Kästchen haben es in sich. Man setzt eine Prepaid-SIM-Card ein und platziert den Spion an einer unauffälligen Stelle im Zimmer des Target. Sobald man mit dem eigenen Handy anruft, wird der Spy eingeschaltet und sendet alle Geräusche aus dem Raum. Eine geniale Art der Raumüberwachung, die überall auf der Welt funktioniert, wo es ein GSM-Netz gibt. Es empfiehlt sich, auf dem eigenen Handy eine Flatrate zu vereinbaren. Mit einem sehr leichtem Lithiumpolymerakku wartet der Spy bis zu einer Woche auf Standby und kann dann ca. eine Stunde senden, wenn er angerufen wurde. Meine Version hatte sogar eine integrierte Speicherkarte (Mini-SD), die auf einen SMS-Befehl hin Videoaufzeichnungen vom Raum vornimmt und speichert. Diese Funktion brauchte ich für diesen Hit allerdings nicht. Vielmehr würde ich den Spy durch die geplante Explosion bei diesem Hit verlieren. Da man die Dinger bei Amazon für unter hundert Euro aus chinesischer Produktion beziehen kann, war das kein großer Verlust.

Dort stand auch eine moderne Designercouch, ein wenig verlassen und als einziger Gegenstand in dem Transporter, bei dem alle Scheiben mit Papier abgeklebt waren. Diese Couch nutzte ich manchmal, einfach um nachzudenken oder mich auszuruhen, wenn ich eine Auszeit brauchte und für niemanden erreichbar sein wollte. Später erfüllte diese Funktion dann mein »Adlerhorst« in Offenbach, ein geheimes Apartment, in dem ich ungestört meine Hits vorbereiten oder mich mit Escort-Ladys vergnügen konnte. Auch die Couch in meinem Ford hatte dafür schon herhalten müssen. Allerdings konnte ich diese »Atmosphäre« wirklich nur meinen altbekannten Freundinnen anvertrauen. Dass diese dann von meinem Geheimauto wussten, beunruhigte mich nicht weiter. Denn für sie war ich einfach ein sexverrückter Ehemann, der sich ab und zu ein Schäferstündchen gönnte.

Mobilmachung

19.05 Uhr. Ich startete den alten, nagelnden Dieselmotor des Fords, nachdem ich von zu Hause dorthin gelaufen war, und machte mich auf in Richtung Target. Natürlich hatte ich das Haus von Mary Wochen vorher gründlich mit Latexmaske und Verkleidung ausgespäht und war mit der Umgebung bestens vertraut.
Meine Kleidung war dem Einsatz entsprechend: blauer Overall, wie ihn in der ganzen zivilisierten Welt wohl die meisten Arbeiter trugen, Vollbart aus Echthaar mit Mastix angeklebt, Schildkappe ebenfalls in Blau, schwarze Kampfstiefel mit kurzem Schaft, Neoprenhandschuhe der SEK.

Nach einer guten halben Stunde war ich auf der gegenüberliegenden Straßenseite vor Marys Haus angekommen, parkte und schaltete die Zündung aus.

19.39 Uhr. Nach einer Minute Wartezeit und ausgiebiger Kontrolle des Umfeldes auch im Rückspiegel nahm ich den GSM-Spy aus dem Handschuhfach und stieg zügig aus wie eben ein Mann, der eine Arbeit zu machen hat. Ich hatte ja einen Kasten Bier auszuliefern! So ging ich zielstrebig hinters Auto, öffnete die Ladetür und zog den Kasten Bier, der sicherheitshalber neben drei weiteren stand, polternd heraus.
Unterwegs hatte ich an einem Parkplatz kurz angehalten und den Funkzünder mit 30 g verdichtetem, kristallinem WHITE2, der ja zwischen den Kaffeebohnen versteckt war, mit der Zündkapsel versehen und dann an die mittlere »Bierflasche« geklebt. Ein kleiner Stofflappen verdeckte dann die unscheinbare Apparatur. Die ausgezogen ca. 10 cm messende Antenne ließ ich seitlich zwischen den Flaschen verlaufen.
Mit dem angehobenen Knie stieß ich die Flügeltür wieder zu, grob und ungeschlacht, wie Arbeiter nun mal oft sind. Meine Glock ruhte in meiner Bauchtasche. Mein Dagger von Cold Steel baumelte unter meinem T-Shirt und unter dem Overall an einer schwarzen Kette vor meiner Brust.

Marys Haus

19.41 Uhr. Dank jahrelangen, fast täglichen Krafttrainings trug ich den Kasten fast mühelos in Richtung Gartentor zum Haus. Frech wie ein guter Bekannter des Hauses öffnete ich die Gartentür mit einem Griff nach innen und ging mit dem Kasten zur ca. 5 Meter entfernten Hauseingangstür. Diese lag seitlich links hinter einem gangartigen Windfang im Sichtschatten, was mir gut gefiel. Nach fünf Stufen und weiteren 2 Metern stand ich nun vor der Tür, stellte den Kasten davor ab, richtete mich auf und sah mich nochmals um. Nur ein älterer Herr mit einem schwarzen, struppigen Terrier vergleichbaren Alters ging vorüber und beachtete mich mit keinem einzigen Blick.

19.42 Uhr. Vor mir sah ich ein altmodisches Klingelschild aus Messing mit drei Namensschildern. Auf dem unteren stand Marys Name, auf dem mittleren der des mir schon bekannten Pärchens und ganz oben stand kein Name.
Ich überlegte zu klingeln. Da die Hauseingangstür aber angelehnt war, ging ich einfach nach innen. Nach wenigen Metern lag die einzige Tür im Erdgeschoss vor mir. Wieder stand Marys Name angeschrieben. Sehr ordentlich.
Einer Eingebung folgend drückte ich einmal ruckartig gegen die Wohnungstür in der Hoffnung, sie sei vielleicht nicht verschlossen. Dem war leider nicht so. Ich wusste keineswegs sicher, ob Mary heute wirklich mit ihrem kleinen Hund spazieren war oder nicht. »Improvisation« war mein zweiter Name.
Beim Drücken gegen die Tür hatte ich gefühlt, dass der Verschlussriegel nicht zu war, sondern nur der normale Schnapper. Nach einem kurzen Seitenblick den Gang zur halb offenen Haustür zurück hob ich mein rechtes Bein, setzte die Fußsohle flächig neben das Schloss und legte meinen ganzen Schub aus 95 kg Muskeln und Hüftimpuls in den geraden Frontkick. Jeder Kampfsportler kennt das Prinzip, einen Beinkick aus der Hüfte kommen zu lassen. Hier ist der Mittelpunkt des Körpers und von dort kommt der maximal mögliche Impuls.

Mit einem berstenden Geräusch schwang die Tür auf und knallte gegen die Wand dahinter. Die Blecharmatur, die den Schnapper halten sollte, hatte sich verbogen, der Türrahmen war gesplittert und hatte meinem Kraftimpuls nachgegeben. Ohne mich weiter aufzuhalten, schnappte ich den Kasten und glitt ins Hausinnere wie eine Katze. Langsam schloss ich die Tür so weit als möglich.

19.43 Uhr. Nun hatte mein Profiherz doch angefangen zu pochen und ich blieb erst einmal mit ein paar tiefen Atemzügen lauschend stehen. Wenn jemand in der Wohnung war, musste er das Bersten des Türrahmens gehört haben. Ich erwartete also baldigen Besuch, den ich mit meinen Fäusten begrüßen würde. Mein Lieblingsschlag für solche Fälle war ein ansatzlos geschlagener Uppercut, der selbst die stärksten Jungs gnadenlos auf die Bretter schickte. Aber ich musste ja nur mit einem 55-kg-Model oder einem evtl. Freund von ihr rechnen. Dennoch öffnete ich den Reißverschluss meiner Bauchtasche mit der Glock 19 in Condition 0 (durchgeladen und schussbereit) griffbereit.

Nichts geschah. Auch aus der oberen Wohnung war kein Laut zu hören. Ob jemand anwesend war oder nicht, war mir auch weitgehend egal.

Es ist frappierend, wie wenig ein einzelner, auch lauter Lärmimpuls von Nachbarn zwar wahrgenommen, aber ebenso schnell wieder vergessen wird, wenn keine weiteren Geräusche folgen. Selbst der lauteste Explosionsknall bleibt folgenlos, wenn er sich nicht wiederholt. Das hatte ich schon oft erlebt, wenn ich meine diversen Experimente auch in der Nähe von Wohngebieten unternommen hatte (H-4). Kein Mensch alarmiert die Polizei! Die gleiche Beobachtung haben mir auch Polizisten schon mehrfach berichtet.

Mein Plan war ja, auf Mary zu warten, sie mit einem vorsichtigen Uppercut ohnmächtig zu schlagen, sie mit Gewebeband (Luffaband) zu fesseln und zu knebeln und auf ihr Aufwachen zu warten. Als Plan B klebte ich den GSM-Spy mit doppelseitigem Klebeband im Raum unter den Esstisch, damit ich hören konnte, sobald sie das Zimmer betrat, falls ich aus irgendwelchen Gründen nicht so lange auf sie warten konnte. Dann wollte ich das mir zustehende Geld nehmen, sofern sie in der

Wohnung welches hatte, ihr Zeit lassen, die Lage zu verstehen, um dann ganz cool winkend zu gehen, um aus genügend Abstand das Knöpfchen zu drücken. Soweit der Plan.
Nur, als ich so in der dämmrigen Wohnung wartete und eine kühle, professionelle Ruhe über mich kam, meldete sich meine Vernunft.

Z: »Gib keine Extravorstellung, tue nicht mehr, als für den Job nötig ist!« – »K.I.S.S.: Keep It Simple Stupid!« – »Schnell rein, schnell raus!«

K.I.S.S. und einige weitere, ähnliche Kämpferregeln aus diversen Ausbildungen meldeten sich in mir zu Wort. Mir wurde schlagartig bewusst, dass mein emotional motiviertes Warten hier im Sinne der eigentlichen Aufgabe nur Risiko bedeutete. Was hatte ich wirklich davon, wenn ich in die vor Schreck geweiteten Augen dieses Luders kurz vor ihrem Ende sah? – Vermutlich nichts als Albträume! Seit wann war ich so morbide und emotional verblendet, dass ich unnötige Risiken einging? Ich wusste, es lag nur an meinem gekränkten Stolz, weil mich das Biest reingelegt hatte.
Ich beschloss, dass ihr Sterben ausreichend Genugtuung sein würde. Der Spy war ja in Position und würde mir ihr Kommen per Handy melden. Dann konnte ich die Detonation bequem vom Auto aus steuern. Also drehte ich mich zur Tür um … als ich das Kläffen eines kleinen Hundes hörte.

19.46 Uhr. Mary kam von ihrem Spaziergang mit dem Hund zurück. Mist! Doch zurück zum alten Plan? Ich spähe durch den Türspalt und kann im Flur noch niemanden erkennen. Den Kasten mit der Sprengvorrichtung hatte ich mitten in Marys Eingangsbereich stehen gelassen. Flink schalte ich den Funkzünder ein, und so geschmeidig das mit fast zwei Zentnern Lebendgewicht geht, gleite ich durch die kaum geöffnete Wohnungstür in den Hausflur des Mietshauses. Ohne Aufregung sehe ich mich nach einem Versteck um, als mir einfällt, dass der Hund mich sicher gleich riechen würde, falls ich mich nur oberflächlich versteckte. Also wende ich mich mit hastigen und geübt lautlosen Schritten dem Hauseingang zu. Kurz bevor ich im Freien stehe, scanne ich den Freiraum links und rechts mit ähnlicher Technik wie beim Häuserkampf;

sektional eben. Rechts ist frei, aber links in ca. 10 Metern Entfernung nähert sich Mary, abgelenkt von ihrem schnüffelnden Hund. Sie hat mich noch nicht bemerkt. Kurz entschlossen mache ich mich mit fast zu schnellen Schritten in Richtung Gartentor davon. Mit meinem Vollbart, der Kappe und dem Overall habe ich keine Bedenken, erkannt zu werden. Ganz cool wende ich nach ein paar Schritten sogar meinen Kopf angelegentlich in ihre Richtung und mache eine grüßende Geste mit dem Finger an der Stirn. Uninteressiert blicke ich gleich wieder zur Straße und öffne das Gartentor ohne weitere Hast. Im Augenwinkel beobachte ich ihren fragenden, aber nicht misstrauischen Blick. Es ist mir gleichgültig. Jetzt kann ich an der Situation sowieso kaum noch etwas ändern. Also gehe ich ohne weiteres Zögern auf meinen schräg gegenüber geparkten Ford Transit zu.

19.47 Uhr. Beim Öffnen der unverschlossenen Fahrertür auf der Straßenseite erhasche ich über meine linke Schulter noch ihr Verschwinden im Entree des Hauses. Das sieht ja ganz gut aus. Zügig erklimme ich meinen Sitz und hole den winzigen Handsender aus meiner rechten Tasche des Overalls. Vorsichtig schiebe ich die Schutzklappe über dem roten Auslöseknopf zur Seite. Keinesfalls will ich zu früh drücken und ihr die Chance zu überleben gönnen.
Vor meinem inneren Auge stelle ich mir vor, wo Mary gerade ist. Sie zieht vor der Tür ihre Schuhe aus oder wundert sich, dass die Türe halb offen steht. Im Moment sehe ich sie in meiner Fantasie vorsichtig in ihre Wohnung blicken. Ich muss mich sehr zurückhalten, nicht jetzt schon zu drücken. Noch nicht! Sie soll noch näher dran sein. Gerade inspiziert sie den Bierkasten mit dem alten Lappen und fragt sich, wer ihr das in die Wohnung gestellt hat. Vermutlich stellt sie gerade den Zusammenhang zu dem eilig davoneilenden Arbeiter im blauen Overall her, als .... WAMMMM!

19.48 Uhr. Ich hatte den Auslöser gedrückt! Mein Verstand hatte die Kontrolle an mein Unbewusstes, meine Intuition abgetreten; und das war gut so. Damit lag ich fast immer richtig und war schneller oder besser als meine Gegner. Wie sich später aus der Zeitung herausstellen sollte, hatte ich auch diesmal den richtigen Zeitpunkt, und damit mein

Target, getroffen. Vielleicht war aber die Energie der Bombe so groß, dass es keine große Rolle gespielt hätte, ob ich den Zündknopf etwas früher oder später auslöste.

Flucht

Nachdem die letzten Splitter auf den Boden und lärmend auf mein Autodach geregnet waren, fuhr ich mit durchdrehenden Rädern los. Ich wollte nur noch weg hier. In kurzer Zeit würde es hier von Polizei, Kripo, Anti-Terror-Einheiten, Feuerwehr und Krankenwagen, nicht zu vergessen der Presse, wimmeln. Hier sollte ich nicht mehr sein.
Nach weniger als einer Minute war ich beim Standort meines Chryslers angelangt. Zwei mir unbekannte Albaner standen schon bereit, organisiert, und schon seit Stunden wartend, von Goni, meinem einzigen Freund und Bruder. Im fliegenden Wechsel übernahmen sie wortlos den Transit, der in einer nahe gelegenen Garage des Clans umlackiert und noch nachts nach Albanien überführt werden sollte. Hastig sprang ich in meinen Chrysler, startete und gab Gas. Nur weg hier. Meine Coolheit war wie weggeblasen. Die enorme Gewalt der Explosion hatte selbst mich überrascht und geschockt. Mich wunderte, dass das Haus noch stand. Als ich mich in einer Kurve umblickte, wurde ich der bedrohlichen Rauchfahne über dem Tatort gewahr. Wow! Das war ich gewesen! Mit der Linken steuerte ich meinen schweren Automatik-Ami und zerrte mit der Rechten meinen Bart und die Kappe vom Kopf. Der Overall musste noch warten. Mein Herz hämmerte wie ein Dampfhammer und dennoch fühlte ich, vielleicht zu früh, das aufkommende, bekannte Glücksgefühl nach einem geglückten Hit. Aber ich sollte mich noch nicht freuen. Mein Verstand schrie mich an: »Konzentriere dich! Noch ist's nicht vorbei! Verschwinde und freue dich danach!« So oder ähnlich herrschten mich meine Gedanken an. Zu Recht; ich durfte nicht leichtsinnig werden. Ich war noch zu nah am Tatort.

Kaum 3 km von Marys ehemaliger Wohnung entfernt und noch ca. 2 km zur Autobahn A3, kamen mir drei Feuerwehrwagen in einem Affentempo entgegen. Die schmale Landstraße hier schien auf jeden Fall zu eng für uns alle. Unwillkürlich hielt ich den Atem an, jedoch ohne mein irrwitziges Tempo (für eine Landstraße!) von fast 180 Sachen zu verringern. Heftig schwankend, ganz ungewöhnlich für meinen dicken Schwarzen, und mit eisernen Händen am Lenker zwängte ich mich zwischen Feuerwehr und Leitplanken durch. Stoßweise presste ich den Atem aus meinen überblähten Lungen und zwang mich zu langsamerer Gangart. Im Rückspiegel sah ich die rote Kavallerie kleiner werden, den Rauchpilz am Horizont und ließ das Auto auf bürgerliche 110 ausrollen. Ich wurde ruhiger.

Z: Einatmen, ausatmen, einatmen, ausatmen! Schultern hängen lassen, alle Muskeln locker, tief atmen …

Ohne einem Polizeiauto zu begegnen, erreichte ich die Autobahnauffahrt A3 in Richtung Würzburg/Nürnberg und rollte nun fast gemächlich in die geschwungene Kurve. Hatte ich es geschafft? Nach wenigen Kilometern erreichte ich wie geplant den Rasthof und suchte mir einen Parkplatz nahe den Toiletten. Da ich im blauen Overall nicht gesehen werden wollte, zwängte ich mich in den mit dunkler Folie abgedunkelten Fond des großen Chryslers und zog mich zügig auf der Rückbank um. Den Overall stopfte ich in die vorbereitete, große Plastiktüte und stieg betont lässig hinten aus. Ich suchte die Toiletten auf, was auch rein körperlich dringend nötig gewesen war, und ließ die Tüte mit dem ausgedienten Kleidungsstück – ich hatte immer noch meine Einsatzhandschuhe an – ohne Fingerabdrücke neben der Kloschüssel stehen. Vielleicht würde der Overall mit Geschichte einen neuen Besitzer finden. Viel wahrscheinlich war allerdings die Entsorgung im nächsten Müllcontainer durch die Klofrau.
Um einiges erleichtert wusch ich mir nach dem Ablegen meiner Handschuhe, wohlerzogen wie ich war, die Hände und steuerte auf mein Auto zu, das ich dann mit teilweise bis zu 270 km/h über die A3 fliegen ließ.

Geschafft! – Resumee

Heute kann ich mich kaum noch erinnern, wie ich nach Hause gekommen war. Auch die euphorische Woge, die mich sonst nach einem Hit so sehr umfängt und berauscht, war diesmal nicht mehr als ein Kräuseln der Wasseroberfläche. Irgendwie blieb die Befriedigung über die gelungene Durchführung meines Hinrichtungsplanes aus. Auch meine Genugtuung über die Kränkung meines verletzten Stolzes durch dieses Luder Mary war weit hinter meinen Erwartungen zurückgeblieben. Da hatte ich mir weit mehr erwartet.
Das operative, technische Herz des Enforcer war sehr zufrieden über die erfolgreiche, ja, beeindruckende Inszenierung einer kleinen FAE. Und ich war mir sicher, dass dies nicht die letzte Vakuumbombe im Einsatz bleiben würde. Zu faszinierend und gewaltig waren die Wirkung und Macht dieser einfachen Waffe. In Gedanken baute mein innerer Dämon schon an einer verbesserten Version …

Ich war der Enforcer!
Ich lebte jeden Moment meines Lebens, als sei er der letzte … und ich komme wieder!

Fin

H 7 – Inferno II – Der Albaner

Methode: FASE (= Fuel-Air-Splinter-Explosive). Auftraggeber: albanischer Freund. Target: albanischer Krimineller.

Es war schon witzig! Überall auf der Welt gelten die Albaner, nicht erst seit dem mörderischen Konflikt im Kosovo und dem Serbenkrieg, als die brutalsten und rücksichtslosesten Kriminellen weltweit. Man sagt, selbst die Russen(-Mafia) hätten Angst vor ihnen.
Wenngleich das vielleicht übertrieben sein mag, so steht jedenfalls fest, dass die Albaner in organisierten Gruppen und als Einzelpersonen leicht zu reizen und gefährlich sind. Ich habe das selbst schon erfahren müssen, fast am eigenen Leib. Nur meine Sprachgewandtheit und Psychologie hatten Schlimmeres verhindert, als ich ohne Hintergedanken mit Gonis Freundin Natalia, ohne sein Wissen, telefoniert hatte. Ich wollte ihr nur einen Job verschaffen und hatte nicht daran gedacht, Goni davon zu erzählen. Der Ärger nahm seinen Lauf.
Nun witzig ist, dass mich diese Albaner regelmäßig um Hilfe bitten, wenn es um fatale Belange geht, obwohl ihnen ein weltweites Netz der Solidarität zwischen Exilalbanern zur Verfügung steht.

Respekt und Ehre

Albaner ehren die Familie, ähnlich den Sizilianern, über alles und in vielen bergigen Gegenden Zentralalbaniens, unweit Mazedoniens (ich war mehrmals da, Orte können leider nicht genannt werden), herrscht heute noch Blutrache. Man vergisst dort eine Beleidigung, eine ausgerutschte Hand oder ein belästigtes Mädchen niemals. Und wenn der Aggressor dann nicht deutlich Wiedergutmachung zeigt, in Form von Entschuldigungen und Gegenleistungen, dann hat er keinerlei Chance, der Rache des Clans zu entgehen. Es sei denn, er hat eine starke, solidarische Familie, die genügend Macht und Reputation hat, ihn zu schützen. Das muss sie dann aber über viele Jahre tun und er muss täglich auf der Hut sein. Überall könnte ein bisher unbekanntes Gesicht der sich beleidigt fühlenden Familie auf ihn lauern, um das Lob für die Wieder-

gutmachung in Form eines Mordes, oder zumindest einer deutlichen Zeichnung, für sich zu kassieren.
In diesen Bergdörfern war und ist die Blutrache vermutlich eine notwendige Institution, da Ordnungskräfte hier völlig fehlen, inkompetent oder absolut korrupt sind. Schon immer mussten sich die Familien in den einsamen Bergen selbst schützen. Ihre Töchter wären den Begierden heranwachsender junger Männer aus der Nachbarschaft und von Gelegenheitsarbeitern weitgehend hilflos ausgesetzt, wären nicht allen die Konsequenzen unmissverständlich bewusst.

Deshalb sollte jeder »zivilisierte Westler«, der die Blutrache verurteilt, einmal darüber nachdenken, wie ER dort für Schutz für Frauen und Kinder sorgen würde.
Schon die jugendlichen Albaner wachsen dort auf den Straßen mit täglichen Rangkämpfen, mit den Werten »Respekt«, »Ehre« und »Solidarität« auf, die sie mit Schläue, Seilschaften und bloßer Gewalt schützen oder erkämpfen müssen. Deshalb sind die Jungs, die nun auch in westlichen Ländern leben, weil sie während des Kosovokonflikts emigriert sind, kein bisschen zimperlich und noch von ihrer alten Heimat her an körperliche Gewalt und Bedrohung gewöhnt.
Deshalb ist keineswegs jeder Albaner gleich kriminell. Viele bemühen sich aufrichtig um ein bürgerliches Leben. Aber auf dem Boden ihrer Herkunft und Erfahrungen auf den Straßen Albaniens muss man verstehen, warum sie nicht so leicht zu erschrecken sind, warum sie auf Beleidigungen in unseren Augen extrem reagieren und warum der Schutz der Familienehre bis in den Tod geführt wird. Natürlich gilt dies nicht für alle Albaner; wie auch bei den Deutschen gibt es hier ebenfalls faule und betrügerische Hunde.

Oft genug aber steht den Albanern ihr Stolz, der sie auf der einen Seite stark und kämpferisch macht, im Weg und verhindert manchmal echte Integration. Eine Beleidigung durch einen Landsmann oder Türken – und die wiegt schwerer als die durch einen z. B. deutschen Fremden – sitzt oft tief und schreit im Inneren der albanischen Seele jahrelang nach Rache und Genugtuung. Sie wartet nur auf den richtigen Zeitpunkt, auf die passende Gelegenheit. Ohne die Kenntnis dieser Dynamik kann man albanisch-zwischenmenschliche Vorgänge nicht verstehen. Türken im Besonderen stehen bei fast allen Albanern auf der »Watchlist« und es wird ihnen nur eine sehr enge Toleranzspanne zugestanden.

Wenn, wie bei meinem Bruder Goni Kalecha, der Stolz zum Hinderungsgrund für Rachetaten wird, dann ruft man mich. Ich bin kein Albaner, werde aber von ihnen respektiert. Also unterliege ich den albanischen Regeln von Stolz und Ehre nur in eingeschränktem Maße, bin aber aufgrund meines Wissens und meiner Fähigkeiten eben doch ein geachteter Insider.
Goni erzählte mir, als wir nach einer Runde Sparring in seiner Nürnberger Kampfschule am Rathenauplatz pausierten, von einem »albanischen Typen«, der wohl seinen Onkel geschlagen hätte, der in Albanien wohne, und der außer einer schwachen Entschuldigung nicht genügend Abbitte geleistet hätte. Der Schweiß tropfte vor allem mir von der Stirn und den Haaren. Goni hatte mich eine Stunde über die Bretter gehetzt und gnadenlos Schlagkombinationen eingefordert, während er mit Handpratzen meinen Fäusten Paroli bot. Natürlich war ich im Ring kein wirklicher Gegner für Goni, der als Vizeweltmeister und vielleicht baldiger Champion jeden Tag vier Stunden Trainingspensum absolvierte (evtl. Titel Gonis können hier aus verständlichen Gründen nicht genannt werden). Am liebsten trat ich ohne Pratzen, Mann gegen Mann, gegen ihn im Ring an. Trotz meiner größeren Reichweite gab es für mich kaum eine Chance, ihn ernsthaft in Bedrängnis zu bringen. Aber ich versuchte dennoch verbissen und mit allen Tricks, diese bullige, muskelbepackte Kampfmaschine zu Fall zu bringen. Manchmal brachte mir das ein gnädiges Lächeln ein, hin und wieder ein respektierendes Herabziehen der Mundwinkel und ein anerkennendes Nicken. Das beste Training für die Straße, das mein Kämpferherz und meine 93 kg hart erworbener Muskulatur bekommen konnten. Nun saßen wir also, ich keuchend, Goni ein wenig außer Atem, auf kleinen Hockern am Rande des professionellen Boxrings, in dem regelmäßig Turniere in Muay-Thai oder K1 abgehalten wurden, und sprachen mit zusammengesteckten Köpfen und fast im Flüsterton über Gonis Sorgen.

Der albanische Typ, um den es ging, sei wohl aus Angst vor Rache ständig bewaffnet, zeige aber nicht die nötige Demut, die von ihm erwartet wurde, sondern stolziere öffentlich und frei auf den Straßen Zentralalbaniens herum. Das gehe so nicht an! Er, Goni, könne nun die Sache nicht selbst in die Hand nehmen, weil er in Albanien eine Art Volksheld sei und viel zu bekannt, um mit einer einfachen Racheaktion in Verbindung gebracht zu werden. Andererseits sei er seinem Vater und seinem Bruder die Genugtuung schuldig; das würde von ihm erwartet.
Als ich nochmals nachfragte, was der »Typ« verbrochen habe, dass er den Tod verdiene, lernte auch ich wieder Neues über die albanische Mentalität dazu: Neben der Ohrfeige gegen seinen Onkel zeige er sich einfach nicht respektvoll genug, traue sich einfach auf die Straße, als müsse er nichts befürchten. Und das, obwohl er doch die Familie Goni's beleidigt habe! Und überhaupt sei der Typ einfach ein Arschloch und vielen anderen Familien in seinem Heimatort ein Dorn im Auge. Ich vermutete auch, man würde es Goni hoch anrechnen, wenn er dieser Gruppe von Möchtegern-Schlägern das Handwerk legte. Und Respekt und Ehre waren für meinen Blutsbruder alles! Selbst wenn Erpressung, Raub und vielleicht auch Mord auf das Konto dieses Target gingen, so wunderte ich mich schon, warum Goni so aufgebracht und rachedürstend war. Nun gut.

Der Mann sollte also sterben, in Albanien, ohne dass man Goni damit, zumindest offiziell, in Verbindung bringen könnte. Inoffiziell würde er schon für die Verbreitung der Kunde sorgen. Nun lag es an mir, einen Plan zu überlegen und die Sache in die Hand zu nehmen.

Ich lag im Dunkeln auf dem Bett meiner heimlichen Freundin Alexa und konnte mir ein Lächeln ob der albanischen Mentalität nicht verkneifen. Ich hatte sowieso einen Urlaub, allerdings mit meinen drei Kindern und meiner Frau Lea, in Albanien geplant. Ich wollte aber meine Familie in keinem Falle gefährden. Außerdem konnte ich ja kaum irgendwelche Waffen oder Sprengstoffe mit dem Flugzeug dorthin schaffen. Auf albanische Quellen meines Bruders mussten wir weitgehend verzichten, da jegliche Beteiligung, zumindest im Vorfeld, durch ihn ausgeschlossen werden musste. Denn bei einem Sprengstoff-Attentat, und das schwebte ihm vor, dürften wohl selbst in Albanien ein paar Ermittlungen durchgeführt werden.

Zuerst war ich versucht, mich aus diesem Einsatz persönlich herauszuhalten. Auf ein albanisches Gefängnis, in einem Land, in dem ich mich hierfür viel zu wenig auskannte, hatte ich keine Lust. Außerdem wollte ich meine Familie, die ja dann gleichzeitig im Lande sein würde, nicht gefährden. Es wäre ja durchaus möglich, dass nicht alles perfekt liefe, und genau das ist die Regel. Dann müssten Goni und ich uns vor aufgebrachten, zu allem bereiten Jungs zur Wehr setzen oder flüchten. Eine ahnungslose Ehefrau und drei Kinder sind dann eine inakzeptable Last.

Z: Wenn du im Einsatz bist, binde dich an keine Sache und keinen Menschen. Es darf nichts geben, was du nicht in 30 Sekunden ohne mit der Wimper zu zucken zurücklassen kannst (Zitat von Robert de Niro im Film »L.A. Heat«)!

Andererseits musste ich bei Telefonaten (nur mit Prepaid-Handys und mit unregistrierten SIM-Cards) und späteren Live-Erklärungen feststellen, wie unerfahren mein Freund in solchen technischen Dingen, wie Sprengkapseln, Zündern, Funkfernsteuerungen, Sendereichweite, Abschirmung durch Wände und Fahrzeuge, Splitterwirkung, Kollateralschaden, Handling und Aufbewahrung von Sprengmitteln, Tarnung, Detektion durch Hunde und Scanner etc. etc., war. Ihm einfach eine Bombe zu überlassen und nur ausführlich zu erklären, wäre ein zu großes Risiko für sein Leben gewesen und ein Fehlschlag des Hits dann mehr als wahrscheinlich.

Verdammt! Ich musste es selber machen wie immer!

Goni konnte ich keinen Vorwurf machen. Er war ein charismatischer, zutiefst solidarischer und warmherziger Freund; er war ein Kämpfer durch und durch. Die Straßen des politisch zerrütteten Albaniens hatten seine Seele und seinen Körper zu der Kampfmaschine gemacht, die er war. Gefürchtet im Ring und in den Gassen Nürnbergs war er eine Art

»Pate« in seinen Kreisen. Er kämpfte und herrschte nun mal mit Güte für seine Freunde und körperlicher Gewalt bei seinen Feinden, aber nicht mit professionell ausgebildeter Intelligenz und technischem Wissen. Ich erinnere mich noch wie heute, als er einmal mit meiner 38er S&W schießen wollte. Ich ließ mich auf dieses an sich einfache »Abenteuer« ein. Nach drei Sekunden im Keller meines Hauses in Abwesenheit meiner Familie wusste ich definitiv, dass er es nie wirklich lernen würde, mit einer Schusswaffe umzugehen. Er verfehlte aus fünf Metern Abstand die Zielscheibe um einen Meter und ich hatte wirklich Angst um unser beider Leben!

Ich war sein »Consigliori«, wie die Mafia sagen würde, sein Berater und Gehirn, wenn es schwierig wurde. Er war das Herz einer riesigen Albanerfamilie, die Deutschland wie ein Netz unbemerkt durchzieht, wie Adern das Muskelfleisch. Ein Netz aus Exilempathie, Solidarität, gegenseitiger Unterstützung, Kontakten auf der ganzen Welt und einer Seele, geboren in den rauen, aber ursprünglichen Bergen Zentralalbaniens.

Auch wenn ich hier Begriffe aus der Mafia-Terminologie verwende, so ist damit nicht ein krimineller Charakter der albanischen Strukturen impliziert. Rauschgift, Drogen und Prostitution waren, zumindest den Albanern, die ich kannte, offensichtlich zutiefst zuwider, weil sie ihrer konservativen Erziehung entgegenstanden. Allerdings stellte staatliche Jurisdiktion i. A. weder Maß noch Grenze für sie dar. »Meine« Albaner hatten ihre eigene Moralität und ihre eigenen, ungeschriebenen Gesetze, für deren Bestand sie mit Stolz und Charakterstärke oft genug selbst sorgten. Hierbei konnten Körperverletzung, Totschlag, Mord, Nötigung, Erpressung oder Verbannung du*rchaus legitime, exekutive Elemente darstellen.*

Vorbereitung

Also bereitete ich das Equipment vor, das von einem Jungen aus Gonis Kampfschmiede per Auto nach Tirana transportiert werden sollte. Ich selbst wollte dann im August mit meiner Familie im Flugzeug nachkommen, um den lange geplanten Urlaub in Albanien mit Goni zu verbringen. Unverfängliche Teile für den Hit, wie Funkfernsteuerung, Drähte und Batterien, würde ich selbst in meinem Gepäck mitnehmen. Der junge Albaner sollte die gefährlichen Bestandteile, wie Zündkapseln, Booster und Sprengstoff, im Auto versteckt über die Grenze fahren. Über die genaue Tarnung dieser brisanten Spielzeuge berichte ich später.

Meine Frau Lea, meine Töchter Nici und San aus meiner ersten Ehe, mein kleiner Junge Marc und ich wollten dort zum einen Goni Kalechas Eltern in den Bergen besuchen und zum anderen Tirana (Hauptstadt Albaniens) besichtigen und ein paar Tage Strandurlaub bei Freunden im Küstenort Dures verbringen. Nebenbei musste ich dann den Hit während der zwei bis drei Tage in den Bergen einplanen; und das natürlich ohne das Wissen meiner Familie – wahrlich keine leichte Aufgabe.

Meine Unkenntnis der genauen lokalen Verhältnisse machte mir Kopfzerbrechen. Zwar konnte mir Goni das Haus und die Bergstadt Burkice (geändert) mit Umgebung ganz gut beschreiben. Als kampferprobter Mann konnte er teilweise auch erahnen, welche Kriterien mich interessierten. Da er aber außer mit seinen Fäusten keinerlei Erfahrung mit Kampfmitteln aller Art hatte, gestaltete sich die Fragestunde quälend und unergiebig. Ich würde vor Ort selbst, mit eigenen Augen und in kürzester Zeit entscheiden müssen, wo und wie der Hit ablaufen sollte. Am liebsten hätte ich meine Glock 19 mitgenommen, ohne die ich mich wie eine Nonne ohne Kleidung fühlte. Diese Möglichkeit schied aber wegen des Lufthansa-Fluges aus. Wenigstens wollte ich ersatzweise mein Suppressor (Kampfmesser der italienischen Polizei-Spezialeinheiten) im Gepäck mitnehmen. Ich hoffte, damit keine unangenehmen Fragen zu provozieren. Sollte dem Messer der Flug von der Flughafenpolizei verweigert werden, müsste ich mir, wie schon so oft, vor Ort einen Nunchaku bauen. Denn unbewaffnet geht man bei meinem Job nicht einmal aufs Klo oder ins Bett, geschweige denn zu einem Sprengstoffattentat.

Albanisches Transportwesen

Natürlich zeigte ich mich im Zusammenhang mit dem Transport der heiklen Güter niemand anderem als Goni. Ihm übergab ich sie an einem vorher per E-Mail und Navigationssystem vereinbarten, sicheren Ort, den ich leicht zu Fuß erreichen konnte und der genügend Fluchtmöglichkeiten für den Ernstfall bot.
In einem von mir präparierten Kasten Mineralwasser waren … [redacted] mit meinem bevorzugten Sekundärsprengstoff gefüllt und mit einer minimalen, unauffälligen Markierung versehen. Drei extrastarke Sprengkapseln mit einer Seele aus … [redacted] waren in jeweils drei 500-g-Packungen Kaffeepulver verborgen. Diese waren natürlich wieder sorgsam versiegelt und in einem Karton mit neun weiteren als gewöhnlicher 12er-Pack zusammengefasst. Flaschen und Kaffee hatte ich mit einer kaum erkennbaren Markierung mit schwarzem Filzstift versehen, sodass nur der Eingeweihte sie entdecken konnte.

WHITE3 ist ja im … [redacted] *frei käuflich. Im Sinne des Gesetzes gilt es also nicht als Sprengstoff, nur als Gefahrgut. WHITE3 lässt sich auch in der Tat nicht so ohne Weiteres initiieren. In der Literatur findet man Versuche, WHITE3 mit einem Exploding Bridgewire zur Umsetzung zu bringen. Hierbei wird durch einen dünnen Draht kurzzeitig ein enormer Strom (200 Ampere und mehr) geleitet. Dadurch verdampft dieser explosionsartig und liefert die notwendige Schockwelle für die Umsetzung.*
Eigene Versuche mit WHITE3 ergaben, dass selbst das brisante WHITE1 auch in größerer Menge (>1 g) nicht sicher ausreicht … [redacted]. *Noch sicherer ist natürlich ein Booster mit mehreren Gramm WHITE2 z. B. in Form von PBX (Semtex o. Ä.).*

Diese unauffällige und selbst für kundige Fahnder nicht sofort zu identifizierende Fracht musste der albanische Junge nun zu seinem Bestimmungsort in den Bergen bringen. Die fünf Liter Benzin, die ich zur Komplettierung der FASE (= Fuel-Air-Splinter-Explosive) noch brauchen würde, konnte ich leicht vor Ort besorgen, ebenso wie den Straßensplitt, der als Splittermantel dienen sollte. Doch dazu später mehr. Der Junge war sich nicht einmal bewusst, dass er überhaupt ein Bote illegaler Ware war, denn er sollte lediglich Konsumgüter zu Gonis Eltern bringen. Da dort in den Bergen kein Überfluss an Supermarktartikeln herrschte, war das eine übliche Geste von emigrierten Kindern an ihre Eltern in der Heimat. Dem Albaner stand eine zwei- bis dreitägige Reise in seinem alten VW-Golf bevor, auf der ihn, aus Gründen der Tarnung, seine Freundin begleitete. Die Benzinkosten für den Urlaub in der Heimat bezahlte natürlich mein Bruder.

Familienurlaub

Zwei Monate später trafen wir, meine Familie und ich, per Lufthansa in Tirana ein. Im Gepäck hatte ich, wie schon erwähnt, Draht, Funkempfänger (getarnt und beschriftet als Mini-UKW-Radio), Funksender (getarnt mit Autoschlüssel als Funktüröffner), mehrere 12V-Minibatterien und einen 6x5x5 cm Bleigelakku (12V/2AH) für längere Standzeiten. Nichts davon waren verbotene Gegenstände oder wären nicht leicht zu erklären gewesen. Wahrscheinlich musste ich bei der Gepäckkontrolle auch deshalb meinen Koffer nicht öffnen, trotz meines Kampfmessers, weil ich hier ja nach Albanien flog. Und vermutlich sind die albanischen Zöllner nach vielen Jahren Krieg und Aufständen im Kosovo ungewöhnlichere Gepäckinhalte gewöhnt als anderswo und hatten sicherlich keine Lust, jeden zweiten Koffer zu öffnen. Noch heute tut ein Freund von mir, der Hubschrauberpilot bei der schweizerischen Armee ist, im Kosovo gemeinsam mit Friedenstruppen der UN Dienst, um den Frieden zu sichern. Vielleicht konnte ich im Notfall auf ihn zählen.

Wir verbrachten die erste Nacht im Hotel eines Freundes von Goni namens Nadem in der Nähe des Flughafens. Überhaupt schien jeder Zweite in Albanien meinen Bruder zu kennen, was mir bei vorherigen Aufenthalten dort schon aufgefallen war, und sich in irgendeiner Form ihm verpflichtet zu fühlen. Jedenfalls wurden wir von allen und jedem hofiert und durften nicht einmal unseren Kaffee bezahlen, geschweige denn Pension oder Essen. Auch für den Transport wurde uns gleichsam verboten, ein Taxi zu nehmen; wir wurden genötigt, uns von Freunden und Bekannten fahren zu lassen, wohin wir auch wollten. Unser Geld

nahm niemand an. In Deutschland wäre so viel Gastfreundschaft undenkbar. Allerdings lag das auch am Status meines Bruders, der aus einer alteingesessenen Familie dort kam und Beziehungen bis in höchste Regierungskreise hatte. Man darf sich die Politiker dort allerdings nicht wie bei uns in Bundestag und -rat vorstellen. Das Bild von einer Vorstandschaft eines mittelgroßen Fußballvereins mit Seilschaften, Vitamin B und Korruption trifft die Realität wohl weit besser.
Nach ein paar Tagen Strand, den Kindern zuliebe, brachen wir zu der ca. 5-stündigen Fahrt in die Berge auf. Irgendwoher hatte Goni einen BMW X5 organisiert, den wir beide abwechselnd durch die engen Berge und gewundenen Straßen quälten. Die Straßen dort im Landesinneren verdienen diese Bezeichnung eigentlich nicht. Bei uns würde man das »Feldweg« oder »Baustellenzufahrt« nennen. Für Albanien war das Normalität. Hauptsache, man kam irgendwann an.

Mein kleiner Marc und meine zähe, 48 kg wiegende Frau Lea ertrugen die anstrengende Fahrt klaglos. Meine beiden Töchter Nici und San aktivierten stellenweise ihr Zickenprogramm, das aber mit Zuckerbrot und Peitsche immer schnell wieder zu unterbrechen war.

Irgendwann erreichten wir dann wirklich die ersehnte Kleinstadt, umgeben von hohen Hängen und grünen Bergen. Nach ein paar weiteren Kilometern, nun aber tatsächlich über Stock und Stein, standen wir vor einer Häusergruppe, in der Gonis Familie und ein paar Nachbarn kärglich lebten.
Hier floss neben den steilen Feldwegen klares Bergwasser, das irgendwo noch höher oben als Quellwasser entsprungen war. Die felsige, sattgrüne Natur machte den Eindruck, irgendwann von Gott erschaffen und seitdem niemals mehr verändert worden zu sein. So lautet ja auch die Legende von Albanien als dem einzigen Land, in dem Gott sich noch heute nach der Schöpfung wohlfühlen würde.
Die Landschaft war atemberaubend ursprünglich und schön. Eine herbe Ruhe lag über den Bergen, kein unnatürlicher Laut drang an unsere gequälten Städterohren. Die Stille der Natur war umwerfend und eindringlich. Man hatte irgendwie das Gefühl, angekommen zu sein, auf sein Innerstes zurückgeworfen zu werden und man musste gegen eine

realitätsverzerrende Trance ankämpfen, die sich wie ein Nebel über die Sinne legte. Sanft und beunruhigend zugleich.
Nach ein paar Stunden Schlaf – es war früher Nachmittag als wir ankamen – überließen wir meine Familie der Sippschaft Gonis und wir beide machten uns auf Erkundung.

Das Haus des Targets lag am Rand der Stadt mit wenigen Tausend Einwohnern, in der viele Häuser verlassen waren. Goni erzählte mir, dass hier früher Mangan abgebaut worden war. Der Transport über die unzugänglichen Berge machte die Minenstadt aber immer weniger konkurrenzfähig mit anderen weltweit, sodass es hier kaum noch Arbeit gab. Die meisten Männer und jungen Familien waren ausgewandert, wie er auch, um ihr Glück woanders zu finden.
Das Target nun, ein Mann mittleren Alters namens Alvi, drangsalierte in dieser Stadt die verbliebenen Einwohner mit seiner kleinen Gang auf traditionelle Weise durch Einschüchterung und Schutzgelderpressung. Wie erbärmlich war das, wo kaum mit Widerstand zu rechnen war und weitgehend nur Alte, Frauen und Kinder hier verblieben waren?
Nun, wir waren ja dabei, das zu ändern!

Von ein paar an den Straßenrand gestellten Stühlen aus, vor dem Haus eines Freundes, konnten wir in ca. 80 Metern Entfernung die Behausung dieses Alvi beiläufig observieren. Der Freund, ein älterer Mann mit wetter- und sonnengegerbtem Gesicht, freundlichen Augen und mehr Falten, als man zählen konnte, erzählte uns von den Gewohnheiten Alvis. Ich hörte nur mit einem Ohr zu, weil das Target gerade aus dem Haus gekommen war und dort von drei jungen Männern in einem alten Opel Vectra abgeholt wurde. Ich sah sofort, dass er eine Kurzwaffe im hinteren Hosenbund trug und einen nervösen, misstrauischen Blick hatte. Das würde es nicht ganz einfach machen, an ihn heranzukommen, zumal bei der drängenden Zeit. Wir hatten nur diesen Abend und den nächsten Tag bis nachmittags zur Verfügung. Es musste also schnell gehen. Zeit für sicherheitsrelevante Überlegungen war leider nicht. Zwar hasste ich überhastetes Vorgehen, war aber oft genug dazu gezwungen gewesen und ich hatte gerade darin meine Stärke. Ich konnte improvisieren, schnell entscheiden und noch schneller reagieren. Das war mein größtes Potenzial.

Wir hatten genug gesehen und geredet. Wir machten noch einen angelegentlichen Spaziergang in weitem Bogen um das Haus des Target und erkundeten, eifrig in ein scheinbares Gespräch vertieft, die nähere Umgebung. Ich wollte wie immer mögliche Verstecke, Fluchtmöglichkeiten und Hinterhalte ausfindig machen, soweit die knappe Zeit dies zuließ.
Nach einer Stunde brachen Goni und ich auf, umarmten den alten Mann wie hier üblich von beiden Seiten und nahmen bei seinen Eltern eine abgelegene Hütte für uns in Beschlag. Meine Familie erkundete die nähere Umgebung bei Gonis elterlichem Haus, die Gebirgsbäche und Tierwelt. Dafür durfte ich diesmal keine Augen haben. Die Erregung eines bevorstehenden Hits hatte schon Besitz von mir ergriffen. Ich kannte das ja zur Genüge. Nun gab es für mich keine Ablenkung und keinen anderen Gedanken mehr, bis mein Auftrag erledigt war. Der innere Dämon hatte die Kontrolle übernommen.
Heimlich, damit mein Bruder nichts davon mitbekam, schluckte ich zwei Codeintabletten, die mich in den wattigen Kokon hüllten, den ich so liebte. Natürlich hatte ich einen ausreichenden Vorrat mitgenommen, da ich ja inzwischen mindestens 6–8 Tabletten täglich (und mehr, später bis zu 1 Gramm am Tag!) brauchte, um normal zu funktionieren. Mir war schon lange klar, dass ich abhängig war. Aber ich nahm das als notwendigen Preis in Kauf. Das war der Tribut an Stress, Todesverachtung und Verzweiflung eines einsamen Killers.

Goni brachte mir das Transportgut. Vor seinen interessierten Augen öffnete ich die Kaffeebeutel sehr vorsichtig und breitete die Zündkapseln, die Booster mit integriertem Funkempfänger und meine mitgebrachten Utensilien säuberlich auf dem blanken Lehmboden aus. Die Tür der Hütte hatten wir vorsorglich verriegelt, um überraschende Besuche zu unterbinden. Niemand außer uns beiden wusste natürlich von dem geplanten Hit.

Normalerweise lasse ich Zündkapseln, Booster und Hauptsprengstoff getrennt bis zum Ort des Geschehens. So würde eine versehentliche Umsetzung der Zündkapsel nur Schreck und minimale Verletzungen hervorrufen, statt mein Ende zu bedeuten. Auch diesmal wich ich von dieser Regel nicht ab, obwohl ich dann am Einsatzort ein wenig mehr Zeit brauchen würde, um die Bombe zu komplettieren. So viel war mir mein Leben aber wert.

Von draußen hörten wir die Stimmen der Kinder, die uns suchten. Goni öffnete den Verschlag der Bretterhütte. Ich hatte meine explosiven Bestandteile schon weitgehend geordnet und in eine schwarze Umhängetasche gepackt. Goni hatte den Kasten Mineralwasser mit den vier WHITE3-Flaschen locker in der Hand. Davon ging ja ohne Zünder keinerlei Gefahr aus, solange niemand auf die Idee kam, einen Schluck aus einer der Flaschen zu nehmen. Das ließ sich ja verhindern.
Und tatsächlich stürzte sich mein kleiner, durstiger Marc sofort auf Goni mit dem Wasserkasten und bedrängte ihn, um etwas zu trinken. Nachsichtig lächelnd – Goni liebt Kinder über alles, solange er nicht viel Mühe mit ihnen hat – reichte er dem Kleinen eine Flasche. Mit einem fragenden und gleichzeitig lächelnden Zwinkern zeigte er mir nochmals das Etikett der Flasche, als ich mich mit meiner Umhängetasche hinter ihm aus der Hütte zwängte, wohl um sicherzugehen, keine falsche Wasserflasche erwischt zu haben. Ich nickte unmerklich und er reichte sie dem strahlenden Jungen, der wohl vom Erkunden der Natur und durch die sommerliche Hitze halb ausgetrocknet war.
Die Kinder sollten uns zum Abendessen holen. Wir gaben vor, noch mal kurz zu einem Freund fahren zu müssen. Sie sollten mit der Familie schon einmal anfangen zu essen. Wir seien sicher bald zurück. Dies war selbst bei optimistischer Sicht kaum möglich. Wir waren uns aber wortlos einig, uns lieber zügig zu verabschieden. Nach der geplanten Explosion, die sicher von der kleinen Stadt bis hier in die nahe gelegenen Berge zu hören sein würde, wäre dies dann Gesprächsthema und weniger unsere Verspätung zum Abendessen. Zudem vermutete ich, dass Gonis Vater zumindest insoweit Bescheid wusste, dass er uns in Sachen Ausreden unterstützen würde.

Als die Kinder sich getrollt hatten, stiegen wir in den X5 und fuhren schweigend die drei Kilometer bis zum Zielobjekt. Ich spürte das süße und heiße Strömen des Adrenalins in meinen Adern, fühlte, wie meine

Halsvenen ein wenig anschwollen und wie mein Herz bis zum Hals pochte. Dieser anfängliche Stressanfall würde schnell verebben und einer gnadenlosen Konzentration weichen, die unabdingbar war für diese Art Arbeit. Im Augenwinkel fühlte ich auch Gonis Anspannung. Für ihn war Kampf Lebenselixier und trotz dieser Routine konnte auch er sich nicht diesem Gefühl entziehen. Diese Art Kampf war für ihn auch neu und insgeheim respektierte ich seine Selbstkontrolle und Beherrschtheit. Mein Bruder eben.
Wir stellten den großen BMW unter einer Baumgruppe, gut 300 Meter vom Haus des Targets entfernt, ab. Ich legte Wert darauf, das Auto nicht zu verstecken, sondern deutlich sichtbar zu platzieren. Dies würde bei zufälligen Passanten weniger Verdacht erregen als ein hilfloser Versuch, ein so großes Fahrzeug zu verbergen. Hinzu kam, dass der X5 weitgehend inkognito war; nur ausgeliehen von einem Freund in der Hauptstadt Tirana.

18.08 Uhr. Ich schulterte meine schwarze Umhängetasche, steckte meinen Combat-Nunchaku aus Hartholz mit drei Zentimeter kurzer Kette in den hintern Hosenbund (den ich mir aus Hartholzstäben in der albanischen Scheune selbst gebaut hatte) und tastete nochmals nach meinem ständigen Begleiter, dem Dagger »Urban Dart« von Cold Steel an meinem Hals vor der Brust. Goni schnappte sich den Kasten mit Mineralwasser und den vier WHITE3-Flaschen und den 5-Liter-Reservekanister aus dem Auto. Dann bewegten wir uns geschmeidig wie Raubkatzen im Schatten der losen Baumgruppe entlang, den die untergehende Sonne warf. Wäre ich nicht schon auf Zielautomatik geschaltet, hätte ich das wundervolle Abendrot, die langen Schatten der Zypressen und Pinien, den Duft des verebbenden Tages und vieles mehr bewusst wahrgenommen. Aber so hatte ich nicht mehr als einen flüchtigen, analysierenden Blick, der mehr mit dem Erkennen von Deckungen und Fluchtwegen beschäftigt war als mit der Schönheit der Natur, für dieses Schauspiel übrig. Ein anderes Mal.
Auch Goni konnte sich trotz seiner massiven Statur eines Mike Tyson geschmeidig wie ein Tiger bewegen; Früchte täglichen Trainings. Wir vermieden eine geduckte Haltung, weil wir nicht ganz sicher sein konnten, unbeobachtet zu sein. Aber wir bewegten uns wie Ninjas nur im

Schatten und mit ständig wachsamen und beweglichen Augen, natürlich ohne ständig den Kopf zu wenden.
Hinter einigen Felsbrocken kamen wir zum Stehen. Goni rief den alten Mann mit der günstigen Beobachterposition an, ob die Luft rein sei. Dann nickte er und legte auf. Wir gingen zielstrebig weiter.
Hinter dem älteren, aber für albanische Verhältnisse gepflegten Haus wucherte dichte Vegetation, die Jahre keine kundige Gärtnerhand mehr gesehen hatte. Holzläden waren zum Schutz jedes Fensters im Erdgeschoss vorgesehen. Beiläufig bemerkte ich die abbröckelnde, dunkelgrüne Farbe, die den Kampf gegen die südliche Sonne aufgegeben hatte und sich bereitwillig der Erde übergab. Keiner der Läden war vor die Fenster geklappt. Innerlich konnte ich nur den Kopf ob so viel Nachlässigkeit schütteln. Ein massiver Holzverschlag, von innen verriegelt, konnte ein wirksamer Einbruchschutz sein. Damit hatte ich hier nicht zu kämpfen.
Wir hatten nicht viel Zeit. Nach einer Minute regungslosen Lauschens nickte ich zufrieden und zeigte mit einer lässigen Geste auf eines der Fenster. Wir machten uns nicht die Mühe, vorsichtig einzudringen. Goni verstand. Ich hätte den Job mit meinen Muskeln selbst tun können. Aber Goni hatte seine Freude daran, das wusste ich von unzähligen Bruchtests vor staunendem Publikum. Dort zerbrach er mit einem Ellenbogenstoß problemlos zehn echte, nicht angesägte oder bis zur Staubgrenze auf der Heizung getrocknete, Drei-Zentimeter-Bretter. Hier hatten wir es nur mit einem 30 Jahre alten Fensterrahmen zu tun. Hier am Stadtrand und an der Rückseite des Hauses würde sich niemand an einem kurzen Knirschen und Brechen stören. Albaner sind da weitaus unempfindlicher als westliche Städter.
Goni nahm, nachdem er den Kasten und den Kanister abgestellt hatte, kurz Maß und wuchtete mit einem kurzen und unglaublich druckvollen Ellenbogenstoß zur Seite das Fenster auf. Nur ein kurzes, aber gequältes Kreischen splitternden Holzes und eine nachgebenden Verriegelung verrieten die extreme Kraft dieses Mannes. Das Fenster flog krachend nach innen auf und gab das Halbdunkel des Hauses frei. Ein letzter Rundumblick und ich kletterte behände ins Zimmer. Goni reichte mir den Wasserkasten und den Benzinkanister durch die Fensteröffnung und blieb wie verabredet draußen. Er würde sich wieder zum Haus des

älteren Freundes davonmachen, um Schmiere zu stehen. Dort würden die beiden im Inneren des Hauses Kaffee trinken oder gesüßten Tee und mich sofort per Handyklingeln informieren, falls ungebetener Besuch eintreffen sollte. Natürlich durfte mein Bruder sich nicht auf der Straße blicken lassen, da er allzu bekannt in der Stadt war.

Ich wartete ein paar Minuten, bis sich meine Augen von der immer noch hellen Abendsonne ans Zwielicht im Haus gewöhnt hatten. Dabei vermied ich jegliche Bewegung und lauschte aufmerksam. Wir waren ja keineswegs sicher, dass alle ausgeflogen waren. Für eine ausgiebige Überwachung hatte uns einfach die Zeit gefehlt. Improvisation und Erfahrung mussten das nun wettmachen. Es war nichts zu hören.

18.23 Uhr. Mein Plan war, den Sprengsatz gleich hinter der Eingangstür zu platzieren, die wir vom Haus gegenüber ja gut im Blick haben würden. Da der Tag noch nicht zur Neige gegangen war, fiel noch genügend Licht durch die, wenn auch kleinen Fenster, die zudem mit vergilbten Vorhängen verhängt waren. Meine Augen hatten sich an das Halbdunkel gewöhnt.
Gerade als ich den Kasten im Flur abstelle, höre ich ein überraschendes Schlurfen und Kratzen. Blitzartig drehe ich mich um, gehe reflexartig in die Hocke und ziehe meinen Nunchaku aus dem Hosenbund. Eine fließende Bewegung zur Seite, nach unten und die Waffe schwingt bösartig in Richtung Ziel. Keine drei Meter von mir entfernt steht schreckensstarr ein kleiner Junge in einer der Türen zum Flur. Mir ist völlig schleierhaft, warum ich ihn nicht schon früher gehört hatte, und ich hätte mich ohrfeigen können, dass ich nicht routinemäßig alle Räume gecheckt hatte. Ich hatte mich durch die eingeredete Zeitknappheit zu Nachlässigkeit verleiten lassen. Am liebsten will ich laut fluchen. Aber das wäre der Situation nicht zuträglich gewesen. Ich habe mich sofort wieder unter Kontrolle und erhebe mich langsam aus der Hocke, stecke die Waffe mit einem Klacken zurück hinter den Gürtel. Selbst wenn noch jemand nachkäme, würde ich sie schnell genug – innerhalb 0,7 Sekunden – ziehen und zuschlagen zu können. Obwohl der Chak meine Lieblingsschlagwaffe ist, wäre mir jetzt meine Glock 19 mit Feuerwahlhebel für Vollautomatikmodus und mit 30-Schuss-Magazin lieber.

Immer noch steht der Junge verschlafen und erschrocken im Flur und ich meine, ein leichtes Zittern bei ihm zu bemerken. Einer Eingebung folgend ziehe ich einen Müsliriegel aus meiner linken Beintasche und halte ihn dem Jungen mit lächelndem Gesicht hin. Langsam gehe ich auf ihn zu, immer seine Augen fixierend und immer den Riegel vor mich haltend wie eine Angel beim Fischen. Als ich vor dem Kleinen in die Hocke gehe und den Riegel öffne, greift er schüchtern, aber Zutrauen fassend zögerlich danach. Dann huscht ein Lächeln über sein Gesicht. Sofort schiebt er sich den Riegel zwischen die Zähne und fängt an, hörbar zu kauen. Ich nehme ihn an der Hand und gehe ganz ruhig und angelegentlich zur Tür, die ich halb öffne. Nach einem schnellen Blick nach draußen, der mir zeigt, dass keine Gefahr droht, schiebe ich ihn ins Freie. Goni wird ihn sehen und seinen Freund schicken, den Jungen in Sicherheit zu bringen. Dort draußen steht der vom alten Mann an die Tür gelehnte Sack mit Straßensplitt, groben Steinchen für den Straßenbau, wie wir es vorher vereinbart hatten. Ein zufälliges Auffinden hätte nicht mehr als ein Achselzucken bei einer beliebigen Person hervorgerufen. So sparten wir uns den Transport vorher, wo wir schon genug zu tragen hatten.

Sofort schließe ich die Tür wieder, nachdem ich den Sack ins Innere gebracht habe, und hole die Kontrolle aller Räume mit gezogenem Nunchaku in der einen und erhobener Einsatzlampe in der anderen nach. Raum für Raum überzeuge ich mich, zumindest im Erdgeschoss, von deren Sicherheit, was ich schon gleich hätte tun sollen. Ich konzentriere mich nun vollends. Vielleicht habe ich diesen harmlosen Schrecken zum Aufwachen gebraucht.

Jetzt machen sich die Hände an die schwierige und feinfühlige Arbeit des Bombenbaus. Das gewohnt feinschlägige Zittern hat von meinem ganzen Körper Besitz ergriffen; eine fast unumgängliche Folge des hohen Adrenalinspiegels in Anbetracht des Todes, der dabei immer neben dir steht, vielleicht auch des chronischen Opiatkonsums. Ach was! Ich habe mich daran gewöhnt. Mit stoischer Konzentration achte ich nicht auf diesen Tremor. Dadurch wird er unbedeutend und bekommt keine Macht über mich.

Z.: Durch Dissoziation (= aus sich heraus treten) kannst du dich und dein Tun von außen betrachten. Durch diese göttliche Distanz bekommst du die Ruhe und laserscharfe Gleichgültigkeit, die jeden Job möglich macht.

Die Flaschen mit Wasser entferne ich zügig aus dem Kasten und stelle die vier mit WHITE3 in die wandseitige Reihe nebeneinander. Auf die leeren Fächer im Kasten kommt ganz zum Schluss der Benzinkanister. Ich prüfe den Zündempfänger, indem ich einen einfachen Brückenzünder an die beiden Klemmen, rot und schwarz, anschließe. Ein blaues Leuchten der Test-LED zeigt an, dass der Stromkreis leitet. Dann schiebe ich den Schalter am Empfänger auf »Fire«. Die LED leuchtet rot. Gefahr! Mit der Miniaturfernbedienung löse ich nach Zurückschieben der Schutzklappe mit dem roten Druckknopf, den Zünder am ausgestreckten Arm von mir weg haltend, den Impuls aus. Sofort verpufft der Brückenzünder mit Funken und bösartigem Zischen. Die Funkverbindung ist intakt. Die Elektronik funktioniert. Wäre ein Fehler im Auslöser, dann hätte der harmlose Brückenzünder sofort ausgelöst, was mir lieber ist als ein Explodieren der Zündkapsel oder gar der installierten Bombe. Auch wenn diese Prozedur eine Minute in Anspruch nimmt, so kann sie doch lebensrettend sein. Gleich darauf schließe ich wieder die Sicherheitsklappe am Funksender, um den roten Auslöser nicht versehentlich drücken zu können.
Nun kommt der schwierigste und gefährlichste Teil. Ich schließe die Drähte der Zündkapsel, gefüllt mit WHITE1 und WHITE2, an die beiden Klemmen des Zündempfängers an, der wiederum auf einer Schachtel mit WHITE2 als Booster geklebt ist. Keine Explosion. Gut. Nur die blaue Testdiode leuchtet warnend. Die Kapsel ist zündbereit. Mit angehaltenem Atem drücke ich den Schiebeschalter wieder auf »Fire«. Nichts passiert, außer einem roten Aufleuchten der Diode. Ich atme wieder.
Nun schiebe ich die röhrchenförmige Zündkapsel mit zittrigen Fingern in die vorgesehene Öffnung in der Boosterschachtel, in der ca. 10 Gramm WHITE2 fest gepresst auf ihre Entfesselung warten. Ich bin mit meinen Händen heute nicht sehr zufrieden, weil sie meine Unruhe zu sehr und deutlich zeigen. Vielleicht sollte ich noch zwei Codein-

tabletten nehmen? Nein, lieber nicht. Ich brauche meine ganze Konzentration und Schnelligkeit und kann keinen Wattekokon um mein Hirn gebrauchen. Weiter!

Als die Kapsel fast ganz in der Schachtel versenkt ist, fixiere ich sie sorgfältig mit Klebeband, das schon vorbereitet an der Schachtel klebt.

18.31 Uhr. Nun ist der Booster scharf und in der Lage, jeden Sprengstoff dieser Welt zur Umsetzung zu bringen und ein Inferno zu entfesseln. Ein Lächeln entgleitet meinen angespannten Lippen. Tief in mir liebe ich dieses Gefühl von Macht, das die Beherrschung des Bombenbaus mit sich bringt. Ich fühle mich im Augenblick mit den Kämpfern des Dschihad in Afghanistan und anderswo seelisch verbunden, fühle ihre Nervosität und gleichzeitig ihre gottgleiche Paranoia, wenngleich ich mich mit ihren Zielen nicht anfreunden kann.

Meine Hände sind nun ganz ruhig. Der »point of no return« ist überschritten. Nun würde jeder Fehler unweigerlich meinen eigenen Tod bedeuten. Das kann ich akzeptieren. Das habe ich schon oft akzeptiert. Ich bin ganz ruhig. Der Tod scheint mich in persona anzublinzeln, mich zu rufen. Vielleicht kann ich ihm später sagen: »Noch nicht soweit!«, so, wie er dies schon einmal mit mir getan hatte!

Die Folie des doppelseitigen Klebebandes an der Rückseite der Boosterschachtel lässt sich mit nun ruhigen Fingern leicht abziehen. Mit sanftem Druck befestige ich WHITE2 und Zündempfänger mit Kapsel an einer der Flaschen mit … [redacted] WHITE3, ziehe die kleine Teleskopantenne ganz heraus. Die wenigen Zentimeter Abstand zwischen den …[redacted]-flaschen würden die Übertragung der Umsetzungsreaktion nicht beeinträchtigen. Jeder Sprengstoff besitzt einen typischen Maximalabstand, über den hinaus die Explosion nicht mehr übertragen wird. Bei 700 Gramm WHITE3 je Flasche und einer Explosionsgeschwindigkeit von über 5000 m/s mache ich mir, zumal durch die ultraschnellen Glassplitter, hier keine Gedanken über diesen Parameter. Alle Flaschen würden in einer fünfhunderttausendstel Sekunde gemeinsam in einer Schockwelle von Milliarden Pascal Druck reagieren.

Eine freudige Erregung hat meine anfängliche Nervosität abgelöst. Ich fühle mich vogelfrei, unverwundbar. Ich spüre Gevatter Tod, wie er über meine Schulter schaut und auf seine Chance lauert. Ich genieße meinen Mut und meine Stärke wie ein Gott. Leide ich unter Paranoia, Größenwahn? Gott sei Dank!
Schnell stelle ich nun den Benzinkanister vor die Reihe der … [redacted]-flaschen. Darauf lege ich den schweren Sack mit grobem Straßensplitt, der für die tödliche Splitterwirkung dieser FASE verantwortlich sein sollte.

Eine FASE ist eine explosive Konstruktion, die – auch durch einen Sprengsatz – ein Treibstoff-Luft-Gemisch in atmosphärischer Luft verteilt (wie bei der FAE) und zur Zündung bringt. Zusätzlich wird dieses enorme explosive Volumen mit Splittern kombiniert, die neben der reinen Druckwirkung auf das Zielobjekt mit tödlicher Wirkung alles in Reichweite der Druckwelle zerreißen würden. Die Amerikaner haben mit FAE – wie weiter oben schon erwähnt – in Vietnam schlimme Feindwirkung erzielt, indem sie große Mengen Treibstoff wie einen Teppich über dem Gebiet des Kampfes versprühten und dann mit einem Magnesiumzünder zur Explosion brachten. Durch das riesige explodierende Volumen wurde dem Areal der Sauerstoff komplett entzogen und die Druckwelle kam der einer Kernexplosion nahe.
Hier ahme ich diesen Volumen-Effekt nach, indem ich vor dem eigentlichen Sprengsatz Treibstoff platziere, und kombiniere dies zusätzlich mit Steinsplittern als tödliche Geschosse, ähnlich wie die Taliban bei ihren Sprengstoffwesten oder die Amerikaner bei ihren Claymore-Minen. Allerdings handelt es sich bei meinen FAE oder FASE nicht um »wirkliche«, denn sonst müsste der Treibstoff ja ZUERST im Luftvolumen verteilt werden und DANN zeitversetzt gezündet werden, was viel wirksamer ist.

Ich stehe aus der Hocke auf und betrachte mein Werk. Ich bin zufrieden, schaue mich nochmals um, berechne im Geiste Abstände, Richtung der Druckwelle, Wirkung. Alles das würde aber nicht nötig sein, denn in dem engen Raum des Hausflurs würde die Wirkung mehr als verheerend sein. Ein Inferno! Ob die Statik des Hauses standhalten würde oder nicht, war mir gleichgültig.

Als letzte Tat kontrolliere ich nochmals, mit angespanntem Gesicht und Atem – hier konnte ein Fehlimpuls schnell zur Zündung führen –, ob der Schalter auf »Fire« steht und das rote Licht leuchtet. Alles gut. Ich atme durch.

Normalerweise beseitige ich alle Spuren am Tatort akribisch. Diesmal lasse ich die Folie vom Klebeband, Wasserflaschen und alles Übrige einfach liegen. Ich bin mir völlig sicher, dass die Bombe funktionieren wird und fürchte mich zudem nicht vor den kriminalistischen Fähigkeiten der albanischen Behörden. Ich hoffe, das ist kein Fehler.

Leise und katzenhaft gleitend verlasse ich das Haus durch das defekte Fenster, das ich notdürftig und schnell, soweit nach Gonis Gewalttat noch möglich, schließe. In einem großen Bogen durch die Baumgruppen nähere ich mich, immer meine Umgebung im Blick, immer im Schatten, dem Haus des alten Mannes, wo man mich schon erwartet. Der Junge ist nicht mehr da. Sie haben ihn zu einer Nachbarin abgeschoben. Die Sonne verliert an Kraft, als ob sie sich schamvoll abwendet. Lange Schatten hüllen das Land ein wie ein Vorbote aus der Unterwelt, dem Hades, vor einer grausigen Tat.
Ich empfehle dem älteren Freund Gonis, seine Fensterläden zu schließen und das Haus mit uns zu verlassen. Ich will nicht, dass verirrte Splitter ihren Weg zu ihm finden.

Wir drei legen den Weg zum BMW zügig, aber ohne Aufsehen zurück. Immer lauschen wir, ob sich andere Fahrzeuge nähern. Das nachlassende Tageslicht macht es uns leicht.

18.40 Uhr. Ich weiß nicht mehr, wie lange wir im Auto sitzend und mit Blick auf die Front des Hauses aus einiger Distanz auf unser Target warten. Ich falle in einen Dämmerzustand, in dem mich tausend Bilder bedrängen. Da ich mich auf Gonis Wachsamkeit verlassen kann, gebe ich mich dem Luxus hin, einfach abzuschalten. Den Funkauslöser habe ich ihm gegeben mit der Anweisung, einfach eine Sekunde lang auf den roten Knopf zu drücken, sobald das Target das Haus betreten hat.

19.44 Uhr. Irgendwann fühle ich, wie sich Gonis Körper im Fahrersitz neben mir versteift. Ich höre Fahrzeuge. Vor dem Haus halten drei Autos an, der Todgeweihte steigt aus und geht zielstrebig auf die Haustür zu … dann betritt er das Haus durch die Tür.

19.45 Uhr. Ich hatte in meinem Leben schon einige gewaltige Explosionen erlebt, sowohl in meiner Militärzeit als auch bei Hits. Immer verwendete ich kleine Mengen Sprengstoff, um wenig Aufsehen zu erregen. Die Soldateska war da weniger sparsam. Aber was sich hier ereignete, war mit Worten nicht zu beschreiben. Selbst in unserer sicheren Distanz von mehreren Hundert Metern schlug die Druckwelle so gewaltig zu, dass sie uns auch im geschützten Auto kurzfristig den Atem raubte. Unwillkürlich duckten wir uns, natürlich völlig sinnlos, und schlossen einen Moment lang instinktiv die Augen. Als ich wieder hinsah, konnte ich die Feuersbrunst sehen, die wie dicker Honig einer gewaltigen Welle gleich aus dem Hauseingang spie. Vulkangleich verwandelte sich das Haus. In einem Moment noch als Bauwerk in seiner Integrität zu erkennen, lösten sich die sichtbaren Grenzen schlagartig in Feuer und Staub auf. Wie die Einzelteile eines gigantischen, dreidimensionalen Puzzles zerflossen die Konturen vor meinen Augen, die wie in Zeitlupe dieses Schauspiel diabolischer, irrwitziger Kraft in sich aufsogen.

Keine Sekunde lang war dieser irre Zerfall hinter diesem rasend anwachsenden Feuerball sichtbar; wurde verschluckt wie bei einem wahnsinnigen Zaubertrick. Das grelle Aufleuchten der explodierenden Feuerwand erlosch so schlagartig, wie es entstanden war, und alles löste sich in einer riesigen Staub- und Rauchwolke auf, die den Himmel zu ergreifen drohte.
Immer noch gebannt von diesem Anblick starrten Goni und sein Freund auf dem Rücksitz in die Richtung der Apokalypse, als ich mich zwang, schnell in alle Richtungen zu sehen, und mich mit einem Ruck aus dem hypnotischen Tunnelblick löste. Die Staubwolke rollte mit unaufhaltsamer Gier auf uns zu wie eine pyroklastische Wolke bei einem Vulkanausbruch. Dort vorne war mit Sicherheit kein Leben mehr. Mich übermannte ein verzweifeltes, schuldschweres Gefühl von Verzweiflung, weil ich den Tod eines Menschen, und nicht nur eines Menschen,

verursacht hatte. Dies im Vorfeld zu planen und rational zu akzeptieren, war eine Sache; sich der Endgültigkeit menschlicher Vergänglichkeit nach der Tat zu stellen und die volle Wucht moralischer Schuld aufzunehmen, eine andere.
Mit einem Ellenbogenstoß riss ich Goni aus seinem morbiden Staunen und glaubte sogar, ein diabolisches Lächeln auf seinen Lippen auszumachen. So flüchtig es gekommen war, so scheu war es wieder verflogen. Sicher dachte auch er gerade an seine Mitschuld, denn er war ein sehr integrer und mitfühlender Mensch, auch wenn dies in diesem Moment aberwitzig und zynisch erscheinen mochte.

Wortlos fragend zeigte er unsicher mit seinem rechten Zeigefinger in die Richtung der langsam hinter dem sich legenden, schweren Staub sichtbar werdenden Ruine des ehemaligen Hauses. Ich verstand. Er fragte indirekt, ob wir den Tatort kontrollieren sollten, um … was zu tun? Um nachzusehen, ob das Target tot war? Wir würden rein gar nichts finden, nicht einmal einen Finger oder einen Schuh. Wir konnten nur hoffen, dass die Verwundungen seiner Komplizen vor dem Haus entweder sofort tödlich waren oder diese nicht unnötig leiden mussten. Jetzt war es jedenfalls zu spät für Bedauern oder Schadensbegrenzung.
Ich schüttelte andeutungsweise und wie in Zeitlupe den Kopf. Langsam zog er seine ausgestreckte Hand zurück, wie in Trance. Nochmals stieß ich ihn mit dem Ellenbogen, selbst unfähig zu sprechen, und machte eine auffordernde Geste mit dem Kopf, er solle losfahren. Goni erwachte aus seiner Erstarrung und startete den starken BMW mit wiedergewonnener Schnelligkeit. Fast fluchtartig riss er das Steuer des aufheulenden Motors herum und wir starteten raketengleich mit auf lockerem Grund durchdrehenden Rädern in die andere Richtung; nur weg von der anstürmenden Wolke, weg von den Toten!

01.07 Uhr. Noch in der gleichen Nacht verließen wir dieses albanische Tal in aller Eile und in aller Heimlichkeit. Fluchtartig. Meine Familie akzeptierte schlaftrunken und wortlos. Sie spürten die Dringlichkeit und den Imperativ dieser Handlung an Gonis und meiner alarmierenden Aura, unseren Blicken und unseren knappen Anweisungen. Wir verließen Albanien mit dem nächsten Morgenflug in Richtung Deutschland.

Später erfuhr ich von Goni, dass das Target mit allen seinen Begleitern den Tod gefunden hatte. Vom Haus war nur noch ein Haufen Schutt übrig geblieben. In der Zeitung wurde von einer versehentlichen und tragischen Gasexplosion gesprochen. Vermutlich hatte Goni seinen Verwandten, einen Minister, angerufen. Von fünf weiteren Personen wurde nicht die kleinste Spur gefunden, drei weitere waren von Steinsplittern und Druckwelle mitten im Atemzug verendet, zerfetzt, ausgeweidet, dahingerafft, ausgelöscht.
So sehr ich Bomben als Mittel zum Zweck schätze und respektiere, so sehr hasse ich unnötige Opfer, die die Anwendung explosiver Gewalt allzu leicht mit sich bringen kann, zumal durch Splitterwirkung. Noch niemals vorher hatte ich lebensverachtende Splitterbomben verwendet und würde es sicher nur dann wieder in Erwägung ziehen, wenn ich keine andere Wahl hatte.
Nun gut. Auftrag war Auftrag und das Target und seine Komplizen waren notorische Verbrecher gewesen, die andere drangsaliert, erpresst und vielleicht sogar ermordet hatten. Das musste meinem Inneren zum Seelenfrieden genügen. Fürs Erste. Denn die Dämonen der Toten sind immer da und warten auf ihre Zeit.

Ich war der Enforcer!
Ich lebte jeden Moment meines Lebens, als sei er der letzte … und ich komme wieder!

Fin

H 8 – Die leere Hand (»Kara-Te«)

Methode: Pistole Glock 34 von Motorrad Suzuki Hayabusa aus, mitten auf der Straße. Auftraggeber: BND (?). Target: korrupter Politiker.

Wenn ich nach einem Date mit einer Schönen, die ich unter meinen Patientinnen kennenlernte, im Fitnessstudio, beim Kampfsport, auf Veranstaltungen oder meist bei einer Escort-Agentur buchte, in meinem Adlerhorst entspannt und zufrieden mit der Welt auf dem spartanischen Bett lag, wunderte ich mich manchmal über eines: Bisher musste ich noch niemals meine kampfsportlichen Fähigkeiten einsetzen, weder bei einem Hit noch im normalen Leben, weder zum Angriff noch zur Selbstverteidigung!
Weil das atemberaubende Callgirl »Ariana« heute von einem offensichtlich kämpferischen Bodyguard im Auto abgeholt worden war, wie ich durch mein Fernglas aus dem 12. Stock des Hauses meiner Räuberhöhle beobachten konnte, erschienen solche Gedanken in meinem Kopf. Noch immer lag der Duft aus Parfum und von starker Erregung zeugendem Schweiß zweier Menschen in der Luft. Nicht zum ersten Mal hatte ich Ariana hier und andernorts getroffen, weil uns eine starke, erotische Anziehung verband, weil ich ihren Duft liebte und weil ich angeblich »so gut schmecke«, wie sie immer schwärmte.
Sommersprossen am ganzen Körper zählen normalerweise nicht zu meinen Favoriten. Bei ihr fand ich sie ungemein sexy und erfand Namen für die eindrucksvollsten unter ihnen. Heute war es »Otto«, der neben ihrer linken, dunkelroten und erigierten Brustwarze direkt am Rande des Warzenvorhofes imponierte, den ich beim ausgiebigen Saugen und kreisenden Liebkosen derselben entdeckte, während sie sich mit ihrem drängenden Mund vom Geschmack meines besten Freundes überzeugt hatte. Aber zurück zum Nahkampf anderer Art!

Natürlich schaue ich mir, wie wohl die meisten Männer, die sich irgendwo auch für einen Kämpfer halten, gerne Actionstreifen aus Hollywood an. Selbst wenn die meisten aus professioneller Sicht vor Fehlern nur so strotzen, so identifiziert man sich während der 90 Minuten mit

dem Protagonisten und – als hätte ich noch nicht genügend Action in meinem Leben – agiert als der rettende Held. In allen diesen Filmen sind die Hauptdarsteller strahlende, unbesiegbare Kämpfernaturen mit fantastischen Reflexen und geschliffenen Techniken in Selbstverteidigung und im Töten ohne Waffen. Was den Schauspielern dort – mit geübtem Auge leicht zu erkennen – an Fähigkeiten fehlt, wird eben durch geschickt und schnell geschnittene Szenenführung ausgeglichen. Aber immer muss sich der Held gegen zahlreiche oder muskelbepackte Gauner mit seinen bloßen Händen und Füßen wehren.
Nicht so in meinem Leben! Vielleicht machte ich etwas falsch?

SV (= Selbstverteidigung) gehört in jeder militärischen Spezialausbildung wie auch bei der Polizei zum Grundinventar. Ich selbst hatte mit 21 Jahren mit traditionellem Shotokan Karate begonnen, eine Ausbildung in klassischem Boxen als Grundlage erhalten, mehrere Jahre mit einem befreundeten Landesmeister in Taekwondo trainiert, bei meinem Bruder Goni meine Lektionen in Muay Thai erhalten und in Frankreich bei einem Weltmeister einen Meistergrad in Nunchaku erworben. Weiterhin kamen Ausbildungen in Messerkampf bei Michael B., Joe B. und bei der Bereitschaftspolizei hinzu. Auch von Richard M., dem Ex-SEAL, und vielen anderen genialen Ausbildern durfte ich einiges in Sachen Straßen- und Überlebenskampf lernen.

Aktuell hielt ich mich trotz steigenden Lebensalters und angegriffener Gelenke wöchentlich im Freikampf mit einem vielfachen Semi-Kontakt-Weltmeister in Karate fit. Natürlich sehe ich gegen diesen Schwergewichtler mit den Reflexen einer Viper kein Land und bin nach einer halben Stunde konditionell völlig am Ende, während bei ihm kaum mehr als ein feuchter Fleck auf seinem Shirt und ein hämisch-zufriedendes Grinsen auszumachen ist: »Du musst lockerer werden, mein Freund!« Seufz. Dennoch genieße ich es, meinen Körper und Geist beweglich zu halten, nicht völlig gegen ihn unterzugehen, und erhalte mir somit die Fähigkeit, Schläge einstecken zu können und keine Furcht davor zu empfinden. Wenn man nämlich längere Zeit nur Trockenübungen macht, kommt recht bald eine wohl natürliche Aversion dagegen auf, mit schmerzhaften Schlägen konfrontiert zu werden, die es durchaus auch im Leichtkontaktkampf gibt.

Natürlich will jedermann vermeiden, geschlagen zu werden. Sobald aber die Angst davor allzu groß wird, verkrampft man sich und wird langsam und starr. Man muss immer wieder die eigene Erfahrung machen, dass man Schläge wegstecken kann und dennoch kampffähig bleibt. So sehe ich das jedenfalls.

Der Schwerpunkt meiner kämpferischen Ausbildungen jedoch lag schon seit jeher auf dem Umgang mit der Kurzwaffe, v. a. der halb automatischen Pistole, und hier seit Jahren der Glock, mit und ohne Schalldämpfer, halb- oder vollautomatisch. Hier alle Spezialausbildungen aufzuzählen, würde es leicht machen, meine Identität zurückzuverfolgen, weshalb ich nur neben etlichen in Speedshooting (IPSC) bei sportlichen und behördlichen Meistern die für mich wichtigste, der Kampf in der Dunkelheit, erwähnen möchte. Dieses sog. »Low Light Engagement« hatte mich von Anfang an fasziniert, weil die Dunkelheit, die jeder wegen schlechter Sicht fürchtet, durch bestimmte Techniken zum eigenen Vorteil genutzt wird. Zudem ereignen sich ja nachweislich 80 % aller Straftaten und Konfrontationen bei schlechten Sichtverhältnissen, mit denen man auch bei Tage jederzeit in dunklen Häusern und Kellern rechnen muss. Doch dazu noch an anderer Stelle mehr.

Bei Sondereinheiten (SEK heißt übrigens nicht »Spezialeinsatzkommando« sondern »Sondereinsatzkommando«, worauf die Jungs großen Wert legen!) kursiert die Regel, dass »Eins ist gleich keins und Zwei ist gleich Eins«. Dies soll bedeuten, dass man möglichst immer eine zweite Waffe oder Lampe dabeihaben sollte, weil die erste jederzeit ausfallen könnte und man dann ohne dasteht! Dies gilt sinngemäß natürlich für jegliches Equipment.

Deshalb trug ich zumindest immer noch ein Messer neben der Primärwaffe bei mir, meist sogar zwei: Der Dagger »Urban Dart« hing an einer schwarzen, feinen Metallkette um meinen Hals und das »M16 Black Tanto« von CRKT steckte mit Clip in meiner rechten Oberschenkeltasche. Bei meinem M16 war der Clip, anders als beim Serienmodell, um 180 Grad gedreht montiert, sodass man beim Ziehen des Messers die

angedeutete Parierstange gegen den Rand der Tasche pressen konnte und sich die Klinge dadurch schon während des Ziehvorganges blitzartig öffnete.
Als Backup trug ich auch beim folgenden Hit, trotz Motorradkleidung, meine S&W Airlite im Wadenholster am linken Knöchel. Dieser stummelnasige Revolver aus Aluminium und Titan im Kaliber .38 Spezial war sehr leicht und als verdeckte Waffe ideal. Zudem hatte die High-Power-Munition +P mehr Energie als eine normale 9mm-Glock. Meine Lederhose war an der Stelle geschlitzt, um im Notfall an den Kleinen herankommen zu können.

Ebenso wie die Regel für eine Zweitwaffe, eine zweite Lampe usw. spricht, kann es immer auch anders kommen, als man denkt und plant: »Erstens kommt es immer anders und zweitens, als man denkt!« …

Hayabusa – schneller als ein Turmfalke im Sturzflug

Schon immer neigte ich in meinem Leben zu Extremen. Ein Freund, der mich 20 Jahre lang so gut kannte, wie ich zulassen konnte, nannte mich einmal einen »Extremisten«. Gemeint war natürlich nicht ein Dschihadist oder Guerillero, sondern jemand, der alles bis zum Anschlag ausprobiert und ausreizt. Ich selber sehe mich gar nicht so. Aber mein Geist kann sich durchaus sehr intensiv für eine Sache begeistern und diese bis über alle Grenzen auskosten.
Auch Motorradfahren reizte mich schon sehr früh, sodass ich damals gegen den Willen meines strengen Vaters heimlich den Führerschein erwarb. Der Haussegen hing noch schief, als ich andernorts studierte. Aber auch das legte sich nach ein bis zwei Jahren und ich begann mit wachsender Begeisterung, Maschinen mit steigenden Leistungsdaten zu erkunden. Sehr bald wurden mir auch 100 PS zu lahm, und als dann das »schnellste Serienmotorrad aller Zeiten« auf den Markt kam, hatte ich ein neues Ziel. Tony Mang beschwor die Hayabusa (= »Turmfalke«) als Teufelsding, das die magische 300er-Marke bezwang, und warnte davor, diese auf normalen Autobahnen zu fahren. Schneller als ein Falke im Sturzflug und sehr gefährlich … da musste ich natürlich lächeln!

Mit meinem motorradverrückten Freund Tom zusammen kauften wir uns beide jeweils eine schwarze 1300 GSX von Suzuki, die Hayabusa eben, ließen die Geschwindigkeitsbegrenzung elektronisch aufheben und machten uns an zahllose Trainingsfahrten nahe am Wahnsinn. Mit 320 km/h über eine befahrene Autobahn zu heizen, wo die Fliehkraft der Räder selbst die Ventilröhrchen abknicken konnte, war schon eine Grenzerfahrung, die ich nicht missen möchte. Natürlich ergaben sich etliche haarscharfe Situationen, in denen ich mangels Bremswegreserve zwischen zwei Lkws hindurchrasen musste oder erst nach Hunderten Metern Vollbremsung auf dem Grünstreifen zum Stehen kam, weil ein Wohnwagengespann das winzige Fernlicht in noch 500 Metern Entfernung mit 274 km/h im Rückspiegel unterschätzt hatte und gemächlich auf die Überholspur gewechselt hatte (auch hier grinste mich die Lichtgestalt des Todes an!).
Kurz gesagt: Ich überlebte auch die Hayabusa, wenngleich sie mich einige Kilogramm Körpergewicht durch Adrenalinrausch kostete. Dennoch sollte sie auf andere Weise beinahe an meinem Untergang beteiligt sein …

»Joschka Mentzel (Name geändert), SPD-Politiker, Wohnort … Eliminierung bis (Datum) erwünscht, bis (Datum) erforderlich. Keine besonderen Anforderungen an Art des Ablebens.« Es folgten Bilder und eine ganze Akte an Informationen über Hintergrund, Familie, Umfeld etc.
An der sachlich kurzen Auftragsbeschreibung und dem umfangreichen Dossier in der E-Mail, das kein Privatmann erarbeiten konnte, erkannte ich, dass der Job von einer offiziellen Stelle kam. Ich vermutete den BND, weil dieser bekanntlich allzu viele Schreibtischhelden beherbergte und heikle Aufträge scheute bzw. meist nicht genehmigt bekam. Mir war es ja letztlich egal, woher das Geld kam, sofern das Target auch in meinem Moralschema ein Parasit oder Schädling war. Nach dem Studium der Akte und einer Stunde im Internet war mir klar, dass dieser Politiker, noch mehr als sonst üblich in diesem Genre, zu den rücksichtslosesten und machtgierigsten Selbstdarstellern der Zunft gehörte, obwohl er sich mit einem rot-grünen Ökomäntelchen zu bedecken versuchte. Noch dazu konnte ich mich des Verdachts nicht erwehren, dass dieser, wie auch in den Anfängen der Grünen Partei bei

einigen dieser Genossen oftmals hinter vorgehaltener Hand gemunkelt und bis heute verheimlicht, pädophile Züge nicht verleugnen konnte. Das allein widerte mich schon an.
Mein Interesse war geweckt.
Hinweise im Dossier und im Web ergaben eine politische Veranstaltung in zwei Tagen im Heimatort des Target, in Köln. Wie üblich erfand ich eine kurzfristige Teilnahme bei einer ärztlichen Fortbildung für zu Hause und kontaktierte ein ehemaliges Double für die Computerspieldarstellerin »Tomb Raider«, die ich aus einem Internet-Chat kannte. Ihr Name war Danna. Oft verband ich das Notwendige mit dem Angenehmen. Aus den Zeitangaben der politischen Rede, dem Veranstaltungsort und dem Wohnort des Target errechnete ich als früheste Ankunftszeit dort 21.30 Uhr.

Der Plan war, ihn auf der Straße bei seiner Ankunft mit dem Motorrad abzupassen und von fahrender Maschine aus in den Kopf zu schießen. Was hier sehr gewagt erscheinen mag, hatte in meinen Augen weit weniger Risiken, als man vermuten könnte. Auf die beste Alternative, mich mit dem Anschütz Kleinkalibergewehr auf Sniperart im Hinterhalt auf die Lauer zu legen, verzichtete ich aus Abenteuerlust und wählte diese zweitbeste Variante. Zum einen hatte ich keine Lust, zeitaufwendig nach einem sicheren Ort in maximal 100 Metern Nähe zu suchen – vermutlich wieder ein geparktes Auto –, und zum anderen war ich einfach in Actionlaune. Ein richtiges Scharfschützengewehr, z. B. im Kaliber .308 oder .223 Remingten, mit dem man auch größere Entfernungen überbrücken konnte, hatte ich momentan nicht zur Verfügung. Da ich sehr gut mit dem Motorrad, zumal mit meiner geliebten Hayabusa, umgehen konnte und zudem auf einsamen Waldwegen schon oft das einhändige Schießen mit der linken Hand von der fahrenden Maschine aus geprobt hatte, freute ich mich, diese Methode bei einem neuen Hit auszuprobieren. In einem alten Buch über Schießkunst hatte ich vor Jahren einmal kunstfertig gezeichnete Bilder von einem motorradfahrenden Schützen in verschiedenen Anschlägen gesehen und gleich Gefallen daran gefunden. Nun ergab sich die Bewährungsprobe. Der fällige Politiker war nur mittelmäßig prominent und auf Bildern im Web konnte ich erkennen, dass sein Personenschutz ebenfalls nur aus ein bis zwei älteren Modellen bestand. Nach einem langen Arbeitstag mit einer anstrengenden Rede rechnete ich damit, dass sowohl beim Target als auch bei evtl. Bewachern nur mehr mit wenig Wachsamkeit zu rechnen sei. Wenn ich dort vor der Haustür im rechten Moment vorbeirollen würde, dürfte der Hit, zumal mit einer auf Vollautomatik umgebauten Glock 34, kein Problem darstellen. Diese Glock im Kaliber 9 mm Luger ist IPSC-Schützen (sportliche Version des kämpferischen Schießens) bekannt. Sie besitzt den längsten Lauf aller Glock-Modelle, damit die längste Visierlinie und schlägt bei Vollautomatik am wenigsten nach oben aus, zumal ich sie mit vier sog. Kompensatorschlitzen versehen hatte. Diese schrägen Querfräsungen im Lauf lassen bei jedem Schuss eine gewisse Menge der Treibgase nach oben entweichen und wirken so dem Rückstoßgewitter bei 20 Schuss pro Sekunde ein wenig entgegen. Da der Schlitten der Glock 34 vom Werk aus sowieso schon ein Fenster oben aufweist, können die Gase durch die Schlitze ungehindert nach außen entweichen und tragen dann wirksam zur Stabilisierung bei, wenn man den Abzug zum Gebet durchzieht. Natürlich hatte ich diese meine neue Lieblingsversion der Glock, mit Feuerwahlhebel für Semiauto oder Vollauto am Ende des Wechselschlittens, mit mehreren Tausend Schuss erprobt und ein intuitiv ausgezeichnetes Gefühl für sie entwickelt.

Anmerkung des Autors: IPSC-Schützen trainieren schnelles Schießen auf viele Ziele mit Zeitnahme im Wettkampf. Eine Basisübung in diesem Genre ist der sog. »El presidente«, bei dem man mit dem Rücken zum Ziel steht – das aus drei Mannscheiben besteht – und auf Kommando jede der Scheiben möglichst präzise mit jeweils einer Doublette belegt, dann das Magazin rasend schnell wechselt und im zweiten Durchgang nochmals jede mit jeweils zwei Schuss treffen sollte. Der Weltrekord liegt so ungefähr bei 3 Sekunden für die insgesamt 12 Schuss inkl. Magazinwechsel! Der Enforcer erledigt diesen Job in unter 5 Sekunden, was eine ausgezeichnete Leistung darstellt, wenn man bedenkt, dass dies abzüglich der Zeit für das neue Magazin immerhin eine Schussleistung von ca. 3 pro Sekunde darstellt, bei der ja alle Geschosse die Mannziele treffen müssen. Diese Übung simuliert den realitätsnahen Einsatz sehr gut und trainiert viele Fertigkeiten, die man im Kampf mit der Pistole benötigt. Der Enforcer bevorzugt bei dieser Übung und im Einsatz bis max. 7 Metern allerdings den sog. »Deutschuss«, bei dem nicht mit Sicht und Visierung gezielt wird, sondern intuitiv mit dem ganzen Körper und der Waffe als Teil davon geschossen wird.

Weiterhin modifizierte ich die Waffe, indem ich bei www.supermagnete.de zwei Neodymmagnete kaufte, die bei einer Größe von knapp 2x2x2 Zentimetern jeweils eine magnetische Haftstärke von über 10 kg aufwiesen. Diese klebte und schraubte ich an die rechte Seite des Griffstückes und an das Ende des langen Magazins, wo sie mich beim linkshändigen Schießen mit 30-Schuss-Stangenmagazin nicht stören würden und wo sie auch zur Not ein rechtshändiges Schießen erlaubten. Diese Magneten mit unglaublicher Haftkraft bei minimaler Größe hielten die Waffe problemlos am Tank der Hayabusa fest. Versuche ergaben, dass die Waffe auch bei Höchstgeschwindigkeit dort unverrückt haften blieb, wohl auch, weil dieser Teil im Windschatten der großen Spoilerscheibe lag. Dennoch konnte ich diese Kraft mit einer Hand gerade so aufbringen, um die Pistole mit einem Ruck zur Verteidigung erneut zu akti-vieren, falls erforderlich. Natürlich würde ich die Glock auf dem Tank in Condition 0 platzieren, also durchgeladen und schussbereit.

Danna hatte ich noch nie zuvor persönlich getroffen und per SMS und E-Mail wurde schnell klar, dass sie zu den komplizierteren Weibchen gehörte und wohl kaum beim ersten Mal zu mehr als Reden bereit sein würde. Dennoch entschied ich mich für ein Date in einem Hotelrestaurant mit ihr, weil sie ausnehmend attraktiv war – den Bildern nach – und sehr auf meine empathisch-lyrischen Mails ansprach. Sicher wäre ein Escort-Date unkomplizierter gewesen. Aber mir ging es mit Frauen nicht nur um Sex. Vermutlich suchte ich auch Nähe und Bestätigung. Ein Psychologe hätte mir vielleicht auch Machtstreben, Narzissmus oder einen gewissen Jagdinstinkt bescheinigt. Wer weiß das schon von sich selbst? Ich folgte einfach meinen Trieben und Wünschen und wollte mich überraschen lassen, wie weit ich kommen konnte.
Der Tankrucksack auf der Haya war serienmäßig ebenfalls mit Magneten fixiert und leer über der Glock drapiert, sodass ich ihn dann kurz

vor dem Hit einfach mit einer Handbewegung entsorgen konnte. Mein zweirädriges Baby mit 175 PS an der Hinterachse wartete im Regen vor dem Restaurant, in dem ich mir komplizierte Beziehungsgeschichten mit scheinbar interessiertem Blick im Nick-Automatik-Modus anhörte und mehr als sehnsüchtig auf die gewaltige und sehr erotische Oberweite meiner Lara Croft 2 starrte, bei der die Realität den ersten Eindruck vom Bildmaterial noch deutlich toppte. Innerlich hatte ich es schon aufgegeben, die verborgenen Brustwarzen unter dem straffen Pullover heute Abend noch zu befreien. Aber ich wollte mir meine Chancen für das nächste Mal erhöhen, indem ich mit der psychologischen Seeding-Technik positive Anker in ihrer nach Wärme und männlicher Nähe lechzenden Seele setzte. Allerdings schweiften meine Gedanken zunehmend in Richtung des bevorstehenden Hits ab, den ich lediglich durch eine kurze Inspektion des Hauses des Targets vorbereitet hatte. Ich hatte genügend Zeit eingeplant, mit der Schönen noch ins Bett zu gehen. Wie es aussah, hätte ich dieses Zeitfenster ja nun für meinen Job zur Verfügung, weshalb ich ihr die übliche weibliche Zurückhaltung um des Anstands willen nicht einmal übel nahm. Es war Zeit, das Pläuschchen abzukürzen. Die Unruhe vor dem Hit hatte mich erfasst.

20.02 Uhr. Mit Hinweis auf die lange Heimfahrt, zumal bei Regen, drängte ich zum Gehen und wir verabschiedeten uns zärtlich und mit enger Umarmung, die für die Zukunft mehr verhieß, als nur Kaffee zu trinken. Das registrierte mein nun schon auf Ziel programmiertes Enforcer-Gehirn noch am Rande mit Genugtuung. Sie hauchte mir die Wünsche für eine gute Heimfahrt in Form eines langen Zungenkusses ein.
Den Weg zum Target hatte ich mir natürlich eingeprägt. Die tropfnasse Maschine wartete auf mich, nachdem ich mich im Hotelzimmer, das ich vorsorglich gebucht hatte – wofür auch immer –, in Ruhe angekleidet hatte: Aramid Weste Klasse 1, enges, aber bequem eingetragenes Rennleder mit Carbonprotectoren und einen elastischen Regenkombi von Hein Guericke. Den Helm trug ich unter dem Arm, die Tasche mit der Glock in der anderen Hand. Mein Caberg Helm war mit einer zweiten Acrylscheibe gegen Beschlag ausgestattet. Gerade mit meiner Brille, die ich niemals gegen Kontaktlinsen tausche, weil diese zu viele

Risiken bei Hits bergen, muss ich beim Biken oftmals mit schlechter Sicht durch Kondensatbildung kämpfen. Dies wollte ich natürlich minimieren und hatte alle Scheiben mit einer selbst erfundenen Antibeschlaglösung imprägniert, die aus Spülmittel und Glycerin in Isopropanol und Wasser bestand. Man musste lange reiben, bis es keine Schlieren mehr gab. Dafür hielt die Wirkung lange und zuverlässig an. Die durchweichte Sitzbank spürte ich unter meinem modernen Ritterpanzer nicht. Schusssichere Weste, Protectoren, Leder- und Regenkombi machten es mir aber nicht gerade leicht, auf die Maschine zu kommen. Ich dachte an einen Kämpferspruch, der nur auf den ersten Blick platt und abgedroschen klingt:

Z.: Tue, was getan werden muss, um den Job zu erledigen. Wenn du nur an die Aufgabe denkst, dann gibt es keine Erschwernisse. Die Dinge sind einfach, wie sie sind, und werden erledigt, also beschwere dich nicht.

Genau verstanden bedeutet er, einfach im Jetzt zu sein und zu tun, was das Jetzt erfordert, ohne sich in unnötige Gedanken an »Ich möchte gerne« oder »Ach, wäre es doch leichter« zu verlieren. Ich fühlte mich wie ein Zen-Meister auf Kreuzzug (was natürlich schwer vorstellbar wäre). Etwas umständlich setzte ich Helm und Brille auf, zog die Handschuhe mit verstärktem Carbonrücken an (auch zum Zuschlagen), klappte den Seitenständer hoch und startete mit gezogenem Choke den noch stotternden Motor des Boliden. Mit der Benzineinspritzung schien auch Adrenalin in meine Adern injiziert zu werden. Ich spürte ein Rauschen in den Ohren, Hitze im Kopf und mein Herz pochte fast lauter als die bollernde Maschine. Offensichtlich schaltete mein Körper nun auf Action und mein Gehirn auf Online. Der Flirt-Kuschel-Modus war vorüber.

20.27 Uhr. Der Choke war nach 30 Sekunden nicht mehr nötig. Die 1,3 Liter liefen seidig und röchelnd, als warteten sie, zubeißen zu dürfen. Ich auch. Nach einer knappen Viertelstunde im ruhigen Abendverkehr Kölns war ich an der von mir ausgewählten Stelle in ca. 50 Metern Entfernung vom Haus des vermutlich kurzlebigen Politikers angekommen. Hier, ge-

nau in der Mitte zwischen zwei Straßenlaternen in einer Vorortgegend von Köln-Porz, warf ein mittelgroßer Kastanienbaum seinen schützenden Schatten auf den Straßenrand, der mir gehörte. Regen und Schatten und Nacht verbargen mein Schlachtross mit Reiter nahezu perfekt. Erst beim zweiten Hinschauen würde man mich erkennen können, falls überhaupt. Ich war ein auf seine Verabredung wartender Biker, der den Regenschutz eines Baumes nutzte. Der Regen hatte bis auf vereinzelte Tropfen schon nachgelassen. Lediglich der nassen Fahrbahn würde ich Tribut zollen müssen. Das immense Drehmoment meines Einspritzers ließ den hinteren Schlappen schon im trockenen Zustand leicht durchdrehen; im nassen würde ich sehr viel Kontrollgefühl aufbringen müssen, um nicht im Graben zu landen.
Die umliegenden Häuser erschienen ruhig. Bei dem Wetter waren kein Mensch und kein Tier auf der Straße. Mir war das sehr recht. Die Gegend war nicht übermäßig nobel, was mich angesichts des Größenwahns meines Zieles ein wenig wunderte. Vermutlich war er in der Politriege noch nicht so weit aufgestiegen, dass er bei den Reichen und Schönen mitmischen durfte. Dies erklärte auch seinen rigorosen Ehrgeiz, der aus vielen der gebotenen Informationen im Dossier und im Web zweifellos erkennbar war.

21.05 Uhr. Die Zeit vergeht wie im Flug. Irgendwie bin ich froh, dass Danna wohlerzogen war und nicht meinem Hormonangriff nachgegeben hatte. Mehr als ein Quickie hätte ich mir nicht gönnen dürfen. Ein letzter wehmütiger Gedanke bleibt an den Bildern dieses Klasseweibs kleben und löst sich nur sehr unwillig davon, zäh wie Honig. Als ich die magnetische Glock, bereits durchgeladen und in der richtigen Stellung für einen schnellen Zugriff, durch die linke Hand befühle, ist mir klar, dass ich vielleicht noch eine Stunde und länger würde warten müssen, bis der Herr Politiker nach Hause käme. Im Geiste gehe ich, soweit sich die Situation vorhersehen lässt, jede Handlung und jeden Handgriff mehrmals durch: Motorrad starten, sobald der Phaeton W12 in Schwarz eintrifft, Tankrucksack abnehmen und fallen lassen, langsam anfahren, Visier herunterklappen, Umgebung scannen, in den zweiten Gang schalten, anrollen … Erschwerend muss ich berücksichtigen, dass ich die Kupplung für die Zeit der Waffenführung nicht würde betätigen können. Wenn die Maschine also zu langsam würde, weil sich die Situation verzögerte, würde der Motor absterben, was meine Flucht verlangsamte. Allzu sehr beschleunigen würde ich auch nicht können, weil ich die Geschwindigkeit noch mit der rechten Hand einhändig würde kontrollieren müssen. Das richtige Timing wird entscheidend sein! Der Tankrucksack schützt die schwarze Lady Glock vor allzu viel Regen, der durchaus deren Funktion beeinträchtigen könnte, weil sie nicht speziell für Unterwassereinsätze konstruiert war, wie z. B. manche Waffe der Navy S.E.A.L.s oder der deutschen Kampfschwimmer und Einzelkämpfer.

So im Gedankenkino vertieft, registriert mein Wachbewusstsein erst recht spät, dass ein dunkler Mercedes S-Klasse (kein Phaeton!) direkt vor dem Haus des Targets anhält. Selbst wenn ich noch nicht erkennen kann, wer im Wagen sitzt, muss ich davon ausgehen, dass es mein Target sein könnte. Siedend heiß durchflutet heißes Adrenalin meinen Körper und ich starte den Motor fast zu hastig, der, schon wieder abgekühlt, eigentlich ein wenig Choke benötigt hätte. Aber nach ein paar Sekunden überlegt er es sich doch, wohl noch warm genug, und hustet an. Im letzten Moment reiße ich den Magnetrucksack vor mir herunter und fahre, nun allerdings ruhiger werdend, an. Tatsächlich steigt der grauhaarige Politiker auf der Fahrerseite aus, ohne Begleitschutz, und verriegelt den Wagen per Fernbedienung mit dem bekannten Doppelhupton, verbunden mit dem Blinken des Wagens.
Mehr Glück, als ich bei der schlampigen Planung verdient habe! Siegessicher beschleunige ich ein wenig, immer weit unterhalb der Möglichkeiten der gewaltigen Maschine auch bei regennasser Fahrbahn, und schalte mit dem typischen »Klack« des seriellen Getriebes in den zweiten Gang. Nach einer Linksbiegung fahre ich parallel zum Gehsteig, als der Mann sich schon dem nahe gelegenen Gartentor zuwendet. Wohl auf den unerwarteten, sonoren Klang meiner Haya aufmerksam geworden, dreht er sich um und starrt mir scheinbar direkt ins Gesicht unter dem geschlossenen Helm.
Irgendeine Alarmglocke, die sich wohl in jahrelanger Arbeit, wie ich sie tue, herausbildet, fängt bei mir an zu schrillen. Warum ist der Typ nicht überrascht oder verängstigt? Es scheint, als wüsste er, was ihm

bevorsteht. Mehr beiläufig als wirklich bewusst nehme ich am Rande wahr, dass er unter seinem Anzug keine Lederschuhe, sondern leichte, schwarze Turnschuhe ohne Profil trägt, wie sie Kampfsportler oft bevorzugen. Beinahe meine ich, nachträglich in meiner Erinnerung den Schriftzug »Kwon« zu erkennen. Mein Unbewusstes ahnt, dass etwas an der Szenerie gefährlich falsch ist. Irgendetwas habe ich vergessen oder entzieht sich meiner Kontrolle, als ich auch schon gleichauf mit ihm bin. Mir bleibt nichts anderes übrig, als die Maschine ruckartig anzuhalten und breitbeinig stabil damit stehen zu bleiben. Gar nicht gut!

21.26 Uhr. Er blickt ruhig und gefasst von meinem Gesicht nach unten zur Waffe auf dem Tank. Ein belustigtes Zucken im rechten Mundwinkel kündigt an, was nun folgt und womit ich niemals gerechnet hätte: Statt zurückzuweichen, überbrückt er die Distanz mit zwei sehr schnellen Sidesteps und macht mit dem rechten Bein einen weiteren Schritt nach vorne in meine Richtung, lehnt den Oberkörper in einer fließenden Bewegung nach hinten und tritt mit einem für einen Mann seines Alters sehr hoch angehobenem Knie einen klirrenden Seitwärtskick wie Billl Wallace gegen mein Helmvisier, das sofort splittert. Ich bin wohl bis dahin so perplex gewesen, dass der Mann nicht geflohen ist, dass mich meine sonst so schnellen Reflexe diesmal im Stich gelassen haben.
Mein Kopf federt halsbrecherisch nach hinten, weil ich so gar nicht mit einer Kampfsporteinlage eines vermeintlichen Sesselpupsers gerechnet hatte. Vielleicht ist das aber gerade gut so für mein Genick, weil meine Halsmuskeln dadurch locker und federnd nachgeben, anstatt Widerstand aufzubauen, und der Helmrand durch den Anschlag an der Schulter Schlimmeres vermeiden konnte. Ich hatte schneller als der Blitz einen astreinen und flinken Taekwondo-Haken-Kick mit der Ferse eingefangen und das von einem alten Mann. Nur meine Erfahrung aus vielen Hits, noch mehr Sparringseinheiten und meine ungewöhnlichen Reflexe lassen mich nun rechtzeitig zur Besinnung kommen, bevor auch schon der nächste Kick, diesmal von der Seite, aber auf gleicher Höhe, gegen meinen Kopf knallen soll. Gerade noch rechtzeitig kann ich diesem gewaltigen Roundhousekick durch eine Pendelbewegung meines Oberkörpers knapp ausweichen. Der Kick hätte mich garantiert von der Maschine gerissen. Meine Hände erinnern sich nun auch endlich daran,

dass sie nicht mit dem Motorrad verwachsen sind, und lösen sich – mir scheint, als seien sie aus Kaugummi – von den Lenkergriffen. Meine Rechte wehrt den folgenden Faustscoß des Mannes mit einer kreisförmigen Wischbewegung (Slap) ab, während meine Linke, wie vorgesehen, nun endlich zur Glock auf dem Tank greift. Jetzt weiten sich die Augen des siegessicheren Bruce-Lee-Nachfolgers doch ein wenig und sein Gehirn scheint nun krampfhaft eine Extraportion Energie in seine Muskulatur zu pumpen, als er schon zum nächsten Tritt ansetzt. Ein weiterer Hakentritt soll wohl meine andere Kopfseite treffen. Da hustet die Glock 34 im Vollautomatikmodus bereits los, noch bevor sie der Magnetkraft der starken Neodyme vollständig entronnen ist. Während der gesamten Bewegung vom Tank weg bis zur vollen Streckung meines linken Armes rattert meine treue Maschinenpistole alle 0,05 Sekunden ein Hohlspitzgeschoss der Marke Speer in den sich aufbäumenden und zuckenden Körper des Mannes. Der erhobene Fuß scheint für einen Moment in der Luft stehen zu bleiben wie ein mahnend erhobener Finger einer an den Tod erinnernden Statue. Ich besitze noch Geistesgegenwart genug, den Abzugsfinger noch vor Magazinende zu lockern. Die meisten der geschätzten 18 Blei-Kupfer-Kerne haben sich im Fleisch des korrupten Politikers sternförmig aufgepilzt und unsägliche, unwiderrufliche Wunden gerissen, was mir mein Geist in Sekundenbruchteilen als röntgenähnliche Bilder vermittelt, ohne dies im Dämmerlicht der Nacht wirklich sehen zu können. Wie in zähem Zeitlupenhonig sackt der zerfetzte Exkämpfer in sich zusammen und bleibt, ein von Regen und Blut nasser Haufen, endlich unbeweglich auf dem schimmernden Asphalt liegen wie ein Packen für die Altkleidersammlung.

21.27 Uhr. Keine zehn Sekunden waren vom Anbeginn des Kampfes bis zu dessen jähem Ende vergangen. Klack, Klaack! Die Glock findet durch die beiden Magnete wieder ihr momentanes Bett auf dem Tank des irrwitzigerweise noch laufenden Boliden, der wie ein stummer Zeuge stoisch wartet. Breitbeinig stehe ich noch immer über der Maschine. Mein bewusster Verstand ist, wie im Höhepunkt eines Hits üblich, nicht anwesend und überlässt dem »Kampf-Automatik-Programm« das Sagen. Gut so! Keine Ahnung, wie mein Hirn die Zeit findet, sich darüber zu wundern, dass ich so gut getroffen hatte, obwohl ich mit meiner schwächeren Hand schießen musste und obwohl die Magnete ja zusätzliche und ablenkende Kräfte auf die Waffe hatten wirken lassen. Zum ersten Mal in dieser Minute atme ich tief ein und aus, lasse meine Schultern sinken und fahre, ohne mich weiter umzusehen, vorsichtig an.

21.28 Uhr. Noch lagen der Vierzylinder von Suzuki und die vier Kammern meines hämmernden Herzens im Wettstreit, wer wohl schneller pochen mag. Letztlich gewann der japanische Sportler, weil ich den Gashahn deutlich öffnete und sich mein Herzschlag mit jedem Meter vom Tatort weg freudig verlangsamte und beruhigte. Fast wäre das Hinterrad noch weggeschmiert, als es auf einer nassen Schmutzschicht keinen Halt fand. Routine, Adrenalin und ein klasse Motorrad bewahrten mich vor einem jetzt mehr als unnötigen Sturz. Noch immer hatte ich keinerlei Bedürfnis, mich umzudrehen oder links und rechts zu blicken. Ich wollte nur fort von dem Ort, der mir so haarscharf die Grenzen meiner eingebildeten Allmacht und Herrlichkeit aufgezeigt hatte. Nach einigen Kilometern, die ich so scharf als wettermöglich und ohne intaktes Visier zurückgelegt hatte, bog ich kurz vor der Autobahn in ein Waldstück ab. Hier nahm ich den defekten Helm ab und inspizierte bei laufendem Motor das gesplitterte Visier. Immerhin war nur die Außenscheibe mehrfach gebrochen. Lose Teile konnte ich entfernen. Die doppelte Innenscheibe war noch vollständig intakt geblieben. Dank meiner höheren Spoilerscheibe an der Suzuki, die meinem großen Körper mehr Windschutz gab, würde ich dennoch zügig, wenngleich auch nicht mit Highspeed, über die Autobahn brausen können. Bis Zeugen zu einer Fahndung Anlass geben könnten, wäre ich lange in Frankfurt und meine Haya mit anderem Kennzeichen im vierten Untergeschoss einer Tiefgarage in der Nähe meines Adlerhorstes sicher verborgen.
Diesmal wollte ich die Glock nicht entsorgen, weil ich sie mir gar zu akribisch und perfekt aufgebaut hatte. Lediglich den Hülsenauszieher und den Schlagbolzen würde ich neben einer Politur des Patronenlagers austauschen, damit selbst im unwahrscheinlichen Fall einer Zurückverfolgung bis zu mir die Spuren an den ausgeworfenen Hülsen nicht mit meiner Waffe in Übereinstimmung zu bringen wären (schon erwähnt!). Natürlich entfernte ich den Feuerwahlhebel am Ende des beweglichen

Wechselschlittens und ersetzte ihn durch die serienmäßige und legale Rückenplatte von Glock. Meine kleine Schwarze hatte sich in eine biedere Normalwaffe zurückverwandelt. Nur die Kompensatorschlitze im Lauf, die es von der Firma Glock auch bei einigen Modellen (Model C) ab Haus gab, verrieten einem aufmerksamen Beobachter, dass es sich hier um keine Standardwaffe handelte.

Resümee

22.57 Uhr. Ich lag, wie schon oft nach dem letztlich gelungenen Hit, im Bett meines kleinen Adlerhorstes und ließ den Rest des Adrenalin-Hypes abklingen. Für ein endgültiges Resümee des Tages war es noch zu früh. Aber so viel war klar: Ich würde meine leichtsinnige Improvisationsliebe nochmals auf den Prüfstand legen müssen, ebenso wie meine nachlässigen Recherchen über das Target. Einer, der derart unvermittelt, schnell und kaltblütig die Oberklasse des Taekwondo beherrschte, konnte dies nicht per DVD zu Hause vor dem Fernseher gelernt haben. Hier gab es sicherlich jahrelange kumulierte Spuren in Form von Wettkämpfen oder zumindest von Trainingsaufenthalten in einschlägigen Dojos. Das hätte ich nicht übersehen dürfen. Nur meine Fitness, Erfahrung, schnell wiedergewonnene Kaltblütigkeit und Routine hatten das Schlimmste verhindert. Natürlich wurmte es mich auch, dass ich die Kicks des Kampfpolitikers so hilflos einstecken musste, anstatt meine langjährigen Nahkampferfahrungen anwenden zu können. Es hätte mich schon interessiert, ob ich ihn auch ohne Glock, mit der »leeren Hand«, bezwungen hätte. Nun, ich würde weiterhin und noch härter im Dojo trainieren als bisher. Irgendwann würde die Zeit des waffenlosen Nahkampfes auch für mich kommen; vielleicht früher und mit anderem Ergebnis, als mir lieb sein würde.
Auch war mir bewusst geworden, wie sehr ich vom nahtlosen Funktionieren meiner Ausrüstung bis hin zum Fluchtfahrzeug abhängig war. Ohne Visier hätte ich vielleicht nicht schnell genug fliehen können, bevor mit Hubschraubern oder Straßensperren nach einem fliehenden Motorrad gesucht worden wäre. Aber wer nimmt schon ein Zweitvisier auf dem Motorrad mit? »Eins ist keins und zwei sind eins!« Jeden-

falls versprach ich mir, nicht nur bei meinen Waffen für ein Backup zu sorgen, sondern auch meine Fluchtmöglichkeiten jeweils mit einem Plan B auszustatten, anstatt mich notorisch auf mein eingebildetes Improvisationsglück zu verlassen.

Ich war der Enforcer!
Ich lebte jeden Moment meines Lebens, als sei er der letzte … und ich komme wieder!

Fin

H 9 – Elektroschock und Luftmangel

Methode: Stun-Gun (Elektroschocker Marke Eigenbau) und Plastiktüte. Auftraggeber: geschiedener Exmann. Target: Exfrau (… wer sonst?).

Nachdem ich selber, sozusagen am eigenen Leib, erleben durfte, wie dramatisiert – und sie werden künstlich und unnötig zu Dramen gemacht – Scheidungen hierzulande ablaufen können, hatte ich für meinen neuen Auftraggeber schnell vollstes Verständnis.

Nach einigen ersten rosigen Jahren der Ehe, aus der ein Junge hervorgegangen war, entwickelte sich die Frau des aus meiner Sicht warmherzigen Mannes zusehends zur eiskalten, anspruchsvollen Egoistin. Einer meiner Steuerberater nannte Ehefrauen, die den Männern finanziell zur Last liegen, ohne nennenswerte eigene Leistung zu erbringen, »kuchenfressende Pelztiere«! Die Exfrau war für das gemeinsame Kind bereitwillig zu Hause geblieben, um sich diesem ganz widmen zu können. Allerdings bestand diese »Widmung« schon nach kurzer Zeit mehr in Fitnessstudio- und Solariumsbesuchen und anderer Selbstverwirklichung. Wozu gab es denn ganztägige Kinderbetreuungsstätten? Aber erst die schnell zunehmende zwischenmenschliche Kälte, Sexmangel und schließlich neue Spielgefährten der Frau ließen den Mann zu der Entscheidung gelangen, dass eine Trennung trotz gemeinsamem Kind die bessere Lösung sein würde.

Allerdings brach damit erst die wahre Hölle über den Ehegatten herein; vielleicht auch, weil er sich zu schnell wieder eine Freundin erwählt hatte: Die Exfrau zog nun alle Register einer angeblich betrogenen, gekränkten und mit Kind allein gelassenen Märtyrerin, die zudem – natürlich zum Wohle des Kindes – das frauengeneigte, linkslastige Rechtssystem nach allen Regeln der Kunst mithilfe skrupelloser Anwälte ausnutzte. Doch damit war dem verletzten Stolz, dass man sie hatte sitzen lassen, noch lange nicht Genüge getan! Durch falsche Zeugenaussagen und allerlei Tricks gelang es ihr nach einem zähen Ringen, dem Mann jegliches Sorge- und Besuchsrecht für das Kind absprechen zu lassen. Dies nun war dem Vater, der sehr an seinem Sohn hing, nun doch zu viel und in seiner Not kontaktierte er mich. So weit die Schilderung des Auftraggebers.

Da sich sein Fall in vielen Punkten mit meiner eigenen leidvollen Erfahrung deckte, musste er mich nicht lange überreden, über einen Hit nachzudenken. Natürlich hasste ich es, gegen Frauen vorgehen zu müssen. Ich kämpfte lieber gegen stärkere, vorzugsweise männliche Gegner. Eine Frau war zumindest körperlich keine Herausforderung, da ich mich eher als Kämpfer fühlte denn als Mörder, der Spaß am Töten gehabt hätte. Aber die Lebenserfahrung hatte mir bisher schon gezeigt, dass es mindestens in 50 % aller privaten Fälle die weiblichen Gegner waren, die einen anderen zum Äußersten trieben, nämlich Mord. Die männliche Aggression mag testosterongenährt offensichtlicher sein; die weibliche steht dieser jedoch hinsichtlich Ausdauer, Heftigkeit, Tücke und Effizienz in nichts nach.

Man könnte nun annehmen, ein solcher Auftrag sei einfach und problemlos zu erledigen. Weit gefehlt! Oft ist es als Mann schwieriger, in die Nähe einer weiblichen Zielperson zu gelangen, weil die Schutzinstinkte des Umfeldes und der Frau selbst schneller Misstrauen aufkommen lassen. Zudem sollte der Hit in diesem Falle keinesfalls nach Auftragsmord oder gar Mord aussehen, da der Exmann zu offensichtliche Motive vorzuweisen hatte. Für mich, der ich eher martialische Methoden liebte, war dies ein Graus. Ich sollte sie beseitigen, ohne den geringsten Verdacht eines gewaltsamen Ablebens aufkommen zu lassen! Zuerst war ich ratlos. Welche Methode hinterlässt keine (kaum) Spuren und lässt sich unauffällig anwenden? Gift? Alle Gifte, die ich kenne, sind forensisch mit modernen Gaschromatografen nachweisbar. Lediglich eine gewisse mystische Stickstoffwasserstoffsäure steht in dem Ruf, sich nach getaner Arbeit restlos zu verflüchtigen, wovon ich aber zu wenig wusste. Auch Insulin ist schwierig nachzuweisen, weil es ein körpereigenes Hormon darstellt. In hoher Dosis verabreicht (z. B. 40 I. E.) führt es über einen hypoglykämischen Schock (= Unterzuckerung) zum Tod. Allerdings muss es unauffällig injiziert werden, z. B. in die tiefe Nasenschleimhaut oder tief in die Analschleimhaut, weil die Einstichstelle sonst leicht von einem aufmerksamen Pathologen entdeckt werden könnte. Alles dies erschien mir zu unsicher und erforderte zu lange Interaktion mit dem Target, bevor es zur Sache ging. Ich wollte einen schnellen Hit und kein zähes Ringen, zumal ich Menschen ungern beim Sterben zusehen möchte.

Nicola Tesla

Schon als Jugendlicher beschäftigte ich mich und meinen umtriebigen Geist, der im Abitur immerhin eine knappe 1,0 hingelegt hatte, mit Elektronik. Hier hatten es mir v. a. die Minispion- und Überwachungselektronik als auch die Hochspannungstechnik angetan. Nicola Tesla hatte vor über 100 Jahren eine spezielle Vorrichtung erfunden, mit der er große Energiemengen in die Atmosphäre pumpen wollte. Mit zwei in Resonanz geschalteten Schwingkreisen wurde die normale Netzspannung auf mehrere Millionen Volt hochgeschaukelt. Noch heute gibt es einen kleinen Haufen von Freaks, die sich mit diesen theoretisch einfachen, in ihrer praktischen Anwendung aber stets sehr tückischen und diffizilen Apparaturen beschäftigen. Die genaue Abstimmung von Primär- und Sekundärkreis, die Hochspannungsfestigkeit der teuren Kondensatoren und die vagabundierende Hochspannung waren schwierig und heikel abzustimmen. Schnell konnten die Arbeit von Wochen, ein Monatslohn an Material oder gar das eigene Leben dabei draufgehen. Mit einer Million Volt war nicht zu spaßen, selbst wenn hier geringe Stromstärken und lediglich Energien bis maximal 5 Joule bei mannshohen Geräten zum Tragen kamen. Auch ich hatte viel Geld und Zeit investiert, bis ich meinen ersten eigenen »TC« (Teslagenerator) aufgebaut hatte. Wie bei den Freaks war es für mich damit aber natürlich nicht genug. Der nächste musste größer sein, längere Streamer (die freien Entladungen im Raum) produzieren und am besten einem natürlichen Gewitter Konkurrenz machen. Mein bester TC schaffte im Wohnzimmer immerhin 1,5 Meter-Streamer, die mit eindrucksvoller Geräuschkulisse jeden Betrachter in ihren Bann zogen. Allerdings verabschiedeten sich nach 20 Sekunden die meisten der über 100 kostenintensiven Kondensatoren der 80-Nano-Kapazität durch vagabundierende Überspannungen. Irgendwann verlor ich dann Interesse und Geduld an der Sache und beschäftigte mich vorzugsweise mit (Spreng-)Chemie, meinem anderen Hobby.

Die akkuratesten und professionellsten TCs in Deutschland stellt der Spezialist Arne Volkers her (alles legal). Seine Firma nennt sich »ARVOX«.

Stun-Gun

In chinesischen Internet-Export-Portalen wird der bei uns übliche »Phaser« oder »Elektroschocker« auch als sog. »Stun-Gun« angeboten. In dieser Version, die die amerikanische Polizei und auch manche deutsche Einheiten unter der Bezeichnung »Taser« benutzen, wird die elektrische Entladung von 50.000 Volt über 5 Meter lange, feine Drähte, die aus der Waffe herausschießen und an Pfeilen mit Widerhaken befestigt sind, auf den Gegner übertragen. Das Prinzip der Hochspannungsentwicklung aus einer niedrigen Batteriespannung war das gleiche wie bei den großen Teslageneratoren. Ich hatte schon mehr als einen Phaser zerlegt und optimiert.
Angeblich kann selbst der muskulöseste Kerl dieser Hochspannung nichts entgegensetzen, weil alle Muskeln versagen und er dann krampfend für mehrere Minuten am Boden liegt. Ich hatte es nie ausprobiert. Aber so etwas schwebte mir inzwischen für die sympathische Exfrau des Auftraggebers vor.
Allerdings wollte ich keine der handelsüblichen »non-lethal« Versionen anwenden, sondern mit meinem Wissen aus langjähriger TC-Erfahrung eine »absolut-lethal« Waffe bauen …

Die Energiebank

Für den Hit blieb mir eigentlich genügend Zeit. Der Exmann hatte unter seiner Gattin jahrelang gelitten und seinen Sohn nun schon fast ein Jahr überhaupt nicht zu Gesicht bekommen. Er überließ mir die Zeitplanung, als wir per E-Mail in Kontakt standen. Dass der Mutterinstinkt solche Frauen nicht davon abhält, ihr Kind als Druck- und Tauschmittel für ihren Hass und ihre Habgier zu benutzen, verstehe ich bis heute nicht. Dagegen nimmt sich die seelische Vergewaltigung des Kindes, wie bei Alice Miller nachzulesen, bei zwischenmenschlichen Erziehungsfehlern wie eine Lappalie aus. Nun gut, der Rächer war ja nun in Gang gesetzt. Der Dämon war erwacht!

Technisch gesehen handelt es sich bei einer Energiebank um nichts anderes als die Elektronik eines normalen Fotoblitzgerätes: Eine niedrige Batteriespannung von 3–9 Volt wird durch einen schwingenden Transistor zu Wechselstrom »zerhackt«, durch einen Primärkreis mit geringer Spulenwindungszahl geschickt und erzeugt dann in der Sekundärspule mit hoher Wicklungszahl eine Spannung von 300–400 Volt. Diese lädt den spannungsfesten Elektrolytkondensator auf, der die gesamte Energie dann auf Wunsch in einer Xenon-Blitzröhre freigibt, was in weniger als einer tausendstel Sekunde geschieht.

Eine solche Energiebank hatte ich vor Jahren schon gebaut um starke elektromagnetische Felder (sog. EMP – siehe Film Matrix 3) zu erzeugen, mit denen ich erfolgreich Datenträger mit einem Knopfdruck löschen konnte um eigene oder fremde heikle Daten zu vernichten.

Diese Energiebank war allerdings zu unhandlich und musste nun für die neuen Zwecke verbessert werden. Bei der Datenlöschversion verwendete ich eine Ladespannung von 1500 Volt und Elektrolytkondensatoren – sechs Stück aus Fotoblitzen in Reihe – mit einer Gesamt-Kapazität von insgesamt 150 Mikrofarad. Der Knall bei freier Entladung war mit dem bei einem Pistolenschuss vergleichbar und erzeugte eine vermutlich absolut tödliche, weit über 2000 Grad Celsius heiße Plasmaentladung.
Für das neue Gerät wählte ich eine höhere Spannung als die üblichen 300–400 Volt, die auch sicher jegliche Kleidung durchdringen sollte. Dazu baute ich die ersten beiden der drei Elektronikstufen aus einem kommerziellen Elektroschocker aus, deren Angebot auf dem Markt allerdings inzwischen sehr reduziert ist, weil diese in Deutschland nur noch mit PTB-Zeichen vertrieben werden dürfen. Starke Geräte chinesischer Herkunft sind nicht mehr so ohne Weiteres erhältlich. Es wäre kein Problem gewesen, diese aus Schenzen bei Hongkong via Internet zu beziehen. Für meine Energiebank benötigte ich allerdings nur den Schwingkreis mit der ersten Hochspannungsstufe, der geschätzte 5000 Volt bei recht hoher Leistung lieferte. Wie ich eine solche übrigens für den Bau eines genialen Mini-Flammenwerfers aus Sprayflaschen verwendete, berichte ich an anderer Stelle.
Nun baute ich diese kleine, aber Funken sprühende Elektronik, die zwei 9-Volt-Blockbatterien von Duracell benötigte, in ein Plastikgehäuse ein,

das ungefähr die vierfache Größe einer Zigarettenschachtel maß. 80 % des Raumes nahmen die hochspannungsfesten, roten Folienkondensatoren von WIMA ein, die in kombinierter Reihen- und Serienschaltung letztlich knapp 5 Mikrofarad Endkapazität aufwiesen. Erste Entladungstests mit aufgesetztem Gehörschutz ergaben eindrucksvolle, bläulich-weiße Plasmablitze, die jegliches Metall in Sekundenbruchteilen verdampften. Als Elektroden baute ich stirnseitig zwei stumpf geschliffene Schlossschrauben ein (die ja keine sichtbare Verletzung hinterlassen sollten), die direkt mit den Kondensatoren verbunden waren. Durch den Abstand von drei Zentimetern konnte es zu keiner unbeabsichtigten Entladung kommen, solange der Abstand nicht durch einen leitenden Gegenstand überbrückt wurde. Dieser leitende Gegenstand konnte ebenso aus einem Stück Fleisch bestehen.

Anmerkung: Dass so ein Gerät, das kein PTB-Zeichen trägt und zudem letal wirkt, natürlich höchst illegal und zudem auch für den Erbauer sehr gefährlich ist, muss hier eigentlich nicht extra erwähnt werden, weil sowohl die Leistungsabgabe als auch die Anwendungsdauer nicht begrenzt sind!

Mir war natürlich klar, dass allein der Kontakt mit den Hochspannungselektroden meines Schockers Marke Eigenbau noch nicht unbedingt sofort tödlich sein und lediglich Gewebe auf drei Zentimeter Länge verbrannt werden würde. Allerdings wird ein Mensch immer auch durch seinen Kontakt mit dem Boden geerdet, wohin ein Teil des Stromes, getrieben durch die hohe Spannung, ebenfalls abfließen kann und damit bei Kontakt auch Nervensystem und Herz betroffen sind. Ob dieser Teil im Ernstfall allerdings tödlich sein würde, konnte man nie genau wissen. Durch den zwar sehr kurzen, aber extrem energiereichen Impuls sollte aber jegliche Nervenaktivität nachhaltig unterbrochen sein. Wenn man bedenkt, dass die biologisch-elektrischen Normalwerte im Körper normalerweise bei einigen Mikroampere und ca. 50 Millivolt liegen, während meine Energiebank im Einsatz mindestens 5000 Volt (das 100.000-Fache!) und einige Ampere im Körper (das 1000-Fache) freisetzen würde, kann man die fatale Wirkung schon einigermaßen ermessen. Ob die Energie, die zur Erde abfließt, für eine sofort tödliche Wirkung genügen würde, konnte ich nur ausprobieren. Zur Not konnte ich mein Werk ja mit einem zweiten Schock beenden.

Der Hit

Meinen Auftraggeber hatte ich per PC-Chat in einem anonymen Chatraum vom Internetcafé aus so weit ausgefragt, dass ich den normalen Tagesablauf der Exfrau kannte. Sie war Lehrerin an einer Realschule und arbeitete inzwischen wieder an immerhin zwei Vormittagen. Da sie von der gerichtlich zugesprochenen, immensen Abfindung des Exmannes, der Manager war, keine allzu großen finanziellen Sorgen haben musste, fuhr sie in der übrigen freien Zeit gerne in ihrem BMW Cabrio durch die Gegend und genoss anzügliche Blicke anderer Männer oder besuchte Aerobic-Kurse im Fitnessstudio. Allerdings schien sie aber auch für den Jungen gut zu sorgen, der ja ihr wichtigstes Pfand war. Ihr neuer Freund unterrichtete im Fitnessstudio und absolvierte ein enthusiastisches, tägliches Marathontraining.
Er war nicht meine Zielperson und schien sich mit dem Kleinen gut zu verstehen, wie ich aus einigen Stunden Observation nach meinem Praxisfeierabend beobachten konnte. Mit einem 300-mm-Teleobjektiv und einer alten Minolta 7000S für Kleinbildfilme beobachtete ich aus einem schwarzen, relativ unauffälligen Seat Leon Cupra R heraus, der einer Freundin gehörte und von dem alle sportlichen Embleme entfernt waren, die auf die getunten 310 PS Leistung hindeuten konnten. Nur ein Insider würde das Sondermodell an den L-förmigen Rückleuchten erkennen, die aber nur im eingeschalteten Zustand erkennbar waren. Da ich nicht auffallen wollte, achtete ich auch auf solche Details. Meine Beobachtungen führte ich in angemessenem Abstand vom Haus des Targets durch (immer von der Rücksitzbank aus durch die getönten Scheiben), wo der Läufer täglich ein und aus ging.

13.30 Uhr. Meine Mittagspause als Arzt hatte vor einer halben Stunde begonnen. Heute Nachmittag überließ ich meinem Assistenzarzt und den zwei angestellten Ärztinnen das Feld und hatte mich wieder im Seat vor dem Haus der Exfrau in Frankfurt Nord platziert, also nur 15 Minuten von meiner Praxis entfernt. Der Elektroschocker auf Energiebankbasis lag schon seit Tagen im Auto bereit und wartete auf seinen Einsatz. Der Freundin, die auf schnelle Autos stand und selbst immer wieder Renntrainings absolvierte – sie hatte eine Rennfahrlizenz Klasse C –, hatte ich versprochen, mich um eine Leistungsoptimierung durch einen befreundeten Tuner für ihre Rennsemmel zu kümmern. So hatte ich den Seat Cupra einige Tage zur Verfügung. Das Tuning war eine Sache von 20 Minuten gewesen. Die Kennzeichen hatte ich vor fünf Minuten schnell durch einige Streifen schwarzen Klebebandes so beklebt, dass andere Buchstaben entstanden als im Original, was man aus der Distanz kaum bemerken würde.

Die Lehrerin war vor fünf Minuten aus der Schule nach Hause gekommen. Der kleine Junge würde bis 15.00 Uhr in der Mittagsbetreuung bleiben, wo sie ihn dann abholen würde. So viel wusste ich vom Exmann. Bei Änderungen würde ich, wie immer, improvisieren müssen. Mein Plan war, einfach zu klingeln und ihr den geladenen Schocker gegen den Leib zu pressen. Mein Gesicht sollte mit einer täuschend echten Hollywood-Latexmaske verborgen sein, die man komplett über den ganzen Kopf ziehen kann und die ich mit einer kleinen Nagelschere aufwendig, in stundenlanger Arbeit vor dem Spiegel, sehr akribisch angepasst hatte. Bestellt hatte ich diese bei www.maskworld.com im Internet für schlappe 50.- Euro. Aus zwei Metern Abstand war nicht zu erkennen, dass es sich um eine Maske handelte, solange man den Übergang am Hals mit einem hohen Kragen verdeckte.

Aus nächster Nähe würden mir die Schrecksekunde und die Verwirrung der Frau genügen. Die Maske war ja nicht für sie gedacht, sondern für eventuelle Beobachter auf der Straße. Allerdings war der Hauseingang von dort nicht einsehbar, was mir die Sache erleichterte und wodurch ich überhaupt auf diese Überfallidee gekommen war. Von der unbelebten Sackgasse aus, die mit Autos von Anwohnern zugeparkt war, ging es ca. 20 Treppenstufen zu der Tür im Untergeschoss nach unten. Dort war die Sicht zusätzlich durch dichte Hecken des Nachbarn verdeckt; ideal für einen Überfall an der Haustür. So eine Situation würde ich bei meinem Haus und für meine Familie niemals erlauben. Aber die Leute waren ja so arglos!

Bis das Target registrieren würde, dass an dem unbekannten Besucher etwas faul war, hätte ich sie mir schon geschnappt. So weit der Plan. Aber erstens kommt es immer anders und zweitens, als man plant … oder so ähnlich.

13.38 Uhr. Noch saß ich im Auto und war dabei, meine Latexmaske hervorzukramen. Erwähnen möchte ich noch, dass ich einen leeren Karton des Lieferservices Hermes unter den linken Arm klemmen und kurz vor der Türe noch eine helle Schildkappe aufsetzen wollte, um den Eindruck eines Boten zu erwecken, falls sie durch den Türspion blicken würde. Mit einer Verkleidung von DHL oder UPS macht sowieso jeder auf. Die Hermes-Boten waren allesamt Subunternehmer und kleideten sich, wie sie wollten. Allerdings waren den meisten das Paket und eine Mütze gemeinsam. Diesen Umstand wollte ich hier ausnutzen. Man wird sehen, ob der Plan aufgehen wird.

13.51 Uhr. Die Zeit zum Handeln ist gekommen. Mit vielfach geübten Handbewegungen stülpe ich die Maske über meinen Kopf, kontrolliere im Rückspiegel den genauen Sitz und schiebe die Brillenbügel in die vorgesehenen Schlitze oberhalb der Latexohrmuscheln. So sitzt die biegsame Titanbrille absolut sicher und verrutscht auch bei flottem Dauerlauf nicht. Vom Beifahrersitz nehme ich das kleine Hermes-Paket, von der Rückbank den Schocker. Zügig steige ich aus, nachdem ich routinemäßig die Umgebung mehrere Minuten gescannt hatte. Alles ruhig. Ohne mich weiter umzusehen – ein Fehler, den viele Anfänger machen und dann verdächtig wirken –, gehe ich angelegentlich und auf direktem Weg zu dem Haus, natürlich aus den Augenwinkeln alles genauestens beobachtend. Das schwarz lackierte Gerät in meiner rechten Hand würde jeder beiläufige Beobachter intuitiv für ein elektronisches Registriergerät halten, auf dem der Kunde den Erhalt der Sendung mit einem Stift auf Touchscreen quittieren musste. Diese Quittung würde der Kundin nicht gefallen. Mein Herz pocht schlagartig wie ein Dampfhammer in meiner Brust. Ich hatte schon lange keinen Hit mehr verübt und war vom Arbeitsvormittag etwas gestresst. Noch im Gehen atme ich ganz tief durch und lasse die Schultern bewusst hängen.

Z.: Konzentriere dich auf die Hauptsinne: Sehen, Hören und Fühlen. Mit diesem »Katapult ins Hier und Jetzt« erdest du dein Handeln und deine Wachheit. »Ich sehe … ich höre … ich fühle …!«

Mit dem federnden Gang aller trainierten Kämpfer und mit nie ganz durchgestreckten Knien, die Füße immer vom Ballen bis zur Ferse gleichmäßig abrollend, strebe ich nicht hastig, aber wie ein Mann mit einer Aufgabe dem Haus zu. Am Treppenabsatz halte ich eine halbe Sekunde an, blicke aus den Augenwinkeln links und rechts und lasse meinen Körper dann in einem rhythmischen Hopserlauf die Treppen bis zur Haustür hinabgleiten. Was mir bei einer flüchtigen Inspektion vor einigen Tagen gar nicht aufgefallen war, springt mir jetzt, da meine Sinne ganz auf wache Wahrnehmung eingestellt sind, förmlich ins Auge: Die Tür ist aus Panzerstahl, die Scheiben sind schusssicher und einseitig nach außen verspiegelt. Offensichtlich war die Exfrau oder der Vorbesitzer des Hauses doch nicht so arglos und naiv wie gedacht. Na, ich würde ja sehen.

Noch ein tiefer Atemzug und ich drücke den Türgong, dessen Hall kaum hörbar, wohl durch die dicken Panzertüren, bis zu mir durchdringt. Ich klingelte nochmals, um sicherzugehen.

13.53 Uhr. Nach vielleicht zehn Sekunden, in denen ich wieder nichts außer meinem eigenen zu hektischen Atem höre, öffnet sich die Tür einen Spalt breit, nachdem sie hörbar durch mehrere Umdrehungen des Schlüssels entriegelt worden war. Die Frau ist vorsichtig. Dies lässt meine Wachsamkeit ins Unermessliche steigen. Ist sie vielleicht vorbereitet? Auch Frauen können überraschend wehrhaft sein. Auf Pfefferspray oder Schusswaffen in weiblicher Hand kann ich gut verzichten. Nun ist es allerdings zu spät für solche Bedenken.
Sie streckt ihre viel zu lange Nase und ihr Gesicht durch den Türspalt und fragt in mürrischem Ton: »Was gibt's?« Als sie das Paket sieht, wird ihr Ton, wie der aller Frauen, die wohl ein Kleidungsstück erwarten, freundlicher: »Ah, Hermes!« Sie öffnet die Tür mit einem angedeuteten Lächeln ein Stück weit, aber immer noch nicht ganz. Ihr rechter Arm ist vom Türrahmen und von ihrem Rücken verborgen. Dort kann eine Waffe lauern. Noch zögere ich. Mein Abstand zur Tür ist absichtlich größer, sodass sie mir einen Schritt entgegenkommen muss.
»Sie müssen hier quittieren …!«, höre ich mich sagen und halte den Schocker, der nicht sofort als solcher erkennbar ist, halbherzig in ihre

Richtung. Ich sehe, wie sie zögert, ihre Mundwinkel in einem eigentlich schönen Gesicht, das aber viel zu streng und angespannt wirkt, genervt verzieht, als würde sie mit etwas im inneren Widerstreit liegen.
»Einen Moment!«, erwidert sie und zieht sich hinter die Tür zurück, die sie fast verschließt. Was geht vor? Hat sie Verdacht geschöpft? War mein Hit ein Misserfolg? Doch da kommt sie schon wieder, nun ganz hinter der Türe hervor und schwingt ihren nun freien rechten Arm nach vorne, um nach dem Paket zu greifen.
In dem Moment, als ich sicher bin, dass sie unbewaffnet ist, lasse ich das Päckchen polternd auf den Boden fallen und greife mit der nun freien Linken nach ihrem rechten Handgelenk. Mit einem Ruck ziehe ich sie ganz zu mir, sodass sie aus dem Gleichgewicht kommt und mir entgegenfällt. Dies ist mit geringem Kraftaufwand möglich, weil sie wohl kaum 50 kg wiegt. Noch bevor sie gegen mich prallt, weiche ich einen Schritt zur rechten Seite aus, lasse ihren Arm wieder los, weil ich ja nicht vom Stromfluss erwischt werden will, und ramme ihr den maximal aufgeladenen Schocker gegen den seitlichen Brustkorb. Den Ladeknopf habe ich schon den ganzen Weg lang gedrückt gehalten und höre die Kondensatoren bedrohlich, aber leise knistern, als wollten sie vor Spannung bersten. Die beiden Elektroden sollten eigentlich keine Verletzung hervorrufen, was mir kurz vor deren Auftreffen auf dem Frauenleib noch einfällt und mich in der Bewegung schlagartig innehalten lässt. Aber ihr Körper ist schon so weit nach vorne geschwankt, dass die beiden Schraubenelektroden schon ihr Ziel finden. Ich höre die knallende Entladung, sehe den sich jäh aufbäumenden, krampfenden Körper der blonden Frau, weiche im Sprung weiter zur Seite und beobachte fasziniert das weitere Geschehen.

13.54 Uhr. Einige Schrecksekunden lang betrachte ich die am Boden vor mir liegende Frau, die in unnatürlicher Weise mit überstrecktem Rücken im Hauseingang liegt und beide Hände in Pfötchenstellung nach innen gekrampft hatte. Sie konnte sich offensichtlich nicht bewegen, war vom Stromstoß krampfartig gelähmt. Aus meiner kurzen Trance erwachend nehme ich nun endlich den Finger vom Ladeknopf, lege das Gerät beiseite, immer sorgsam darauf achtend, nicht mit den Elektroden in Kontakt zu kommen, was vermutlich auch meinen Tod bedeutet hätte (Restladung!), und bücke mich zu dem Körper hinunter. Ich taste den Carotispuls am Hals, warte ein paar Sekunden und stelle kopfschüttelnd fest, dass das Herz noch schlägt, und zwar nicht schnell und hektisch, wie erwartet bei Kammerflimmern, sondern langsam und regelmäßig und kräftig. So ein Mist! Was soll ich tun? Ich schiebe mit einem Finger die halb geöffnete Bluse in der Mitte zur Seite und sehe die Berührungsstelle der Elektroden. Wider Erwarten ist fast nichts zu sehen. Als ich ihre nackten Füße sehe, wird mir sofort klar, dass der Hauptanteil der Stromleistung geerdet über die kalten Bodenfliesen geflossen war und somit keine Verbrennung zwischen den Elektroden verursacht hat. Was für ein Glück für den Auftrag, der einen unerklärlichen Tod zur Bedingung hatte!

Nochmals fühle ich den Puls und will mit meinem Ohr auf ihrer Brust den Atem hören, als ich feststelle, dass mich die Latexmaske und mein inzwischen verschwitztes Gesicht darunter behindern. Ungeachtet der Risiken reiße ich mir das Ding praktisch vom Kopf. Beinahe hätte ich dabei meine Titanbrille verloren, die ich im letzten Moment noch abnehmen kann und dann wieder aufsetze, nachdem die Maske abgenommen ist. Mein rechtes Ohr, das bessere, das nach einem Knalltrauma durch einen unachtsamen Kameraden beim Abfeuern einer Patrone Kal. 0.308 direkt neben meinem ungeschützten Kopf noch einigermaßen hören konnte, stellte leider zwar flache, aber regelmäßige Atemzüge fest. Die Frau war zäh. Sie lag regungslos verkrampft auf dem Boden vor der Haustür und war unfähig, sich zu bewegen.

Da ich keine Spuren hinterlassen sollte, bleibt mir nur übrig, die kleine Plastiktüte mit Zugverschluss aus meiner Bauchtasche zu nehmen, die dort neben meiner kleinen S&W Kaliber .38 Special, Gummihandschuhen, einer kleinen Einsatzlampe, Feuerzeug u. a. notwendigen Utensilien für alle Fälle meistens bei mir ist. Ich konnte auch weitere Stromschocks probieren. Da ich aber keinerlei Brandmarken hinterlassen wollte, entschied ich mich dagegen.

Nun entfalte ich die Tüte zügig, jetzt mit ruhiger Hand und ganz in meinem Element so mitten im Hit, weite die Öffnung mit beiden Händen und stülpe sie der zusehends vitaler werdenden Frau grob über den Kopf. Sie liegt immer noch fast unbeweglich da, mit offenen Augen, scheint alles mitzukriegen, ist aber immer noch verkrampft und bewe-

gungslos am Boden. Am Hals ziehe ich die Zugschnur zu, nicht allzu fest, nur so viel, dass keine Luft mehr an Nase und Mund dringen kann. Ein letzter Blick in die fragenden Augen der am Boden liegenden Frau bestätigt mich darin, dass sie bei vollem Bewusstsein ist. Schnell wende ich mich ab, wohl wissend, dass mich in Zukunft auch diese Augen nachts in meinen Träumen besuchen würden. Ich verharre in der Hocke neben der Frau, aber abgewandt von ihr, sammle meine Maske, den Schocker und das Paket ein. Mit meinem rechten Ohr höre ich ein kaum wahrnehmbares Geräusch, ähnlich einem ganz entfernten Stöhnen oder Glucksen, das aber sofort wieder verhallt. Reglos warte ich, auf die Uhr blickend, weitere zwei endlose Minuten ab. Dann drehe ich mich um und vermeide, länger als nötig in die nun leeren Augen zu schauen, entferne vorsichtig die Tüte, als könne ich ihr noch wehtun, und fühle erneut den Puls am Hals. Diesmal war da keinerlei Pochen mehr spürbar. Die Lippen waren jetzt ganz blass und zunehmend bläulich, die Hände entspannt ausgestreckt, sie hatten ihre krampfhafte Pfötchenstellung aufgegeben. Meine Arbeit war getan.
Ohne einen Blick zurück will ich schon zur Treppe nach oben spurten, als mir noch etwas einfällt: Warum hatte sich die Frau nochmals umgedreht und war nach innen verschwunden, bevor sie die Türe ganz aufmachte? Ich muss das wissen. Also drücke ich mit dem bekleideten, linken Ellenbogen, um keine Fingerabdrücke zu hinterlassen, die Tür weiter auf und blicke ins Halbdunkel. Tatsächlich! Dort liegt auf einer Kommode direkt hinter der Eingangstür eine kleine, feine, aber giftige Walther PPK im Kal. 7,65 mm! Diese hatte sie wohl zuerst in der rechten Hand hinter dem Rücken versteckt gehalten, als sie die Tür einen Spalt geöffnet hatte. Alle Achtung! Ich bin froh, auf meine Instinkte gehört zu haben und sie nicht sofort mit dem Schocker angegriffen zu haben. Vermutlich hätte ich schnell genug reagiert, um nicht verletzt zu werden. Aber sicher sein konnte ich nicht.

Nachdem ich in einem Anfall von Sorgsamkeit doch noch schnell die Maske wieder aufgesetzt habe, spurte ich die Treppenstufen nach oben, ohne die Walther-Pistole mitzunehmen oder gar zu berühren. Meine muskulösen Waden und Oberschenkel, gestählt in täglichem Kraft-, Ausdauer- und Kampftraining – immer abends nach der Praxisarbeit, noch bevor ich nach Hause oder sonst wohin gehe –, geben den notwendigen Vortrieb. Meinen mit Anspannung aufgeladenen Körper kann ich nun nicht mehr davon abhalten zu rennen. Ich lasse ihn gewähren …

13.59 Uhr. Auf der Straße erkannte ich in ca. 50 Metern Entfernung einen älteren Mann, der mit seinem Rhodesian Ridgeback Welpen Gassi ging. Kein Problem, er nahm mich nicht wahr. Und selbst wenn, dann hätte mich die Maske unkenntlich gemacht und der Seat stand nicht in seiner Sichtweite. Im Auto war die Versuchung groß, die Maske abzunehmen, unter der mein Kopf dampfte und mir ekliger Schweiß bis in den Halskragen hinabrann. Ich widerstand diesem Impuls. Mein Überlebensinstinkt war nach bisher über dreißig erfolgreichen Hits routiniert und mächtiger als das Gejammer meines Körpers, den ich schon lange aus dissoziativem Abstand mit Coolheit beobachten konnte. Meine Utensilien warf ich auf die Rückbank, wobei ich mit dem Elektroschocker immer noch vorsichtig sein musste, weil die Kondensatoren die enorme Ladung bis zu mehreren Tagen halten konnten. Ich würde ihn später und in Ruhe an einem metallenen Gegenstand krachend entladen müssen. Jetzt wollte ich nur weg hier. Zu nahe war der Tod neben mir gewesen, den ich selbst gerufen hatte. Ich meinte, seinen Atem gefühlt zu haben, den er der Frau – durch mich – geraubt hatte.
Der Seat Leon Cupra R brachte mich schnell auf die Hanauer Autobahn A66 und von dort in rasendem Tempo 260 über die A3 und den Kaiserlei-Kreisel nach Offenbach. Es war selbst jetzt, wo der Stress des Hits noch in mir steckte, eine wahre Freude, den aufgeladenen Sportler frei laufen zu lassen. Gierig hing er am Gas und schien nicht genug davon zu kriegen, ein Fahrzeug nach dem anderen, egal ob auf der rechten oder linken Fahrbahn, rasend schnell hinter sich zu lassen. Giftig und selbstsicher pfiff der Turbolader zum Gefecht. Tempolimit 120? Scheißegal! Er schien sich das Benzin über das Gaspedal beinahe selbst einzusaugen. Denn wenn ich den Fuß lüftete, dauerte es einige Zeit, bis sich der Motor turboüblich und unwillig in den Zügeln entspannte. Das gnadenlos harte Fahrwerk hielt den Rennzwerg zuverlässig am Boden, meldete aber jede Unebenheit ab Kirschkerngröße notorisch und aufdringlich an mein Kreuz. Ich fühlte mich wie auf einer Ralleypiste und weniger wie auf einer Autobahn. Der Tuner hatte sein Werk vollendet und sie,

meine Rennfreundin, würde zufrieden sein. Langsam genoss ich jeden Kilometer, den ich zwischen mich und den Tatort bringen konnte. Ob ich die geistigen Bilder dadurch würde abschütteln können, war mehr als fraglich. Allzu schnell stellte ich den heiß gelaufenen Turbomotor ab und riskierte damit einen Schaden am Lader. Das war mir jetzt egal. Ich brauchte nur Ruhe, fühlte mich immer noch schwach und zittrig. Solches Töten gefiel mir nicht. Ich wollte den Tod weiter von mir weghalten und nicht hautnah miterleben. Zudem hasste ich es, Frauen zu eliminieren. Aber es war nun mal hin und wieder notwendig. Die Zukunft hatte noch schmutzigere Hits für mich vorgesehen. Jeder tut wohl, was er tun muss, und der Tod trägt nicht immer Seidenkleider und Parfum.

Resümee

14.30 Uhr. Im Adlerhorst angekommen, warf ich drei Dinge fast gleichzeitig: meine Klamotten vom Leib, meinen Körper aufs Bett und zwei Codeintabletten in meinen Hals. Mit einem halb leeren, abgestandenen Bier auf dem Alu-Stuhl neben dem Bett, das sicher viele Tage alt war, spülte ich die bitteren Pillen hinunter, die mir bald den wattigen Kokon spenden würden, der mich zur Ruhe kommen ließ und auf den ich nach über zehn Jahren täglich nun nicht mehr verzichten wollte und konnte. Leider war in letzter Zeit auch immer mehr Alkohol dazugekommen. Ich musste mir doch langsam mal Gedanken über meine Stressbelastung machen und dringend etwas ändern. Aber das hatte Zeit bis morgen …
Noch bevor mein wirres Hirn Ruhe finden konnte und die Opiate ihre Wirkung taten, ließ ich mit ausgestrecktem, nacktem Körper auf dem Bett die inneren Bilder des Hits Revue passieren:
War der Hit ein Erfolg? Mit hoher Wahrscheinlichkeit hatte mich niemand erkannt und ebenso wenig hatte ich Spuren hinterlassen. Das war ein wesentlicher Punkt für Seelenfrieden. Hatte ich den Auftrag im Sinne des Exmannes erfüllt? Waren Tötungsspuren erkennbar? Nach meinem Ermessen würden die Strommarken nicht entdeckt werden, weil diese wirklich sehr unscheinbar wirkten und genauso Druckstellen vom Büstenhalter hätten sein können. Selbst wenn die Berührung zu heftig gewesen war, so hatte die Zeit bis zum Eintritt des Todes kaum

mehr ausgereicht, um Blutergüsse hervorzurufen. Die Tüte, letztlich Todesursache, hinterließ keine Spuren, wenn man sie vorsichtig zuzog, was ich sorgsam getan hatte. Zu welchen Schlüssen würden die Ermittler kommen? Keine sichtbaren Verletzungen, keine Spuren, kein Einbruch, keine fehlenden Wertgegenstände. Der Auftraggeber hielt sich seit zwei Tagen in den Bergen Teneriffas auf und genoss die Natur zusammen mit seiner Freundin und deren pubertierender Tochter. Sein Alibi war so felsenfest wie der Vulkan »Teide« dort auf der Kanareninsel. Die Push-E-Mail von einer anonymen IP aus über das tragische und unerklärliche Ableben seine Exfrau, die er mit seinem Smartphone empfangen würde, das er immer online bei sich trug, musste ebenso warten wie der Seat auf seine Eigentümerin.
Zu mir selbst jedenfalls würde genauso wenig eine Spur führen. Vermutlich wird man den Fall bald als plötzlichen Herztod oder ungeklärte Atemlähmung nach Sturz beim Holen der Post aus dem Briefkasten oder als »Ungeklärt!« ad acta legen. Jedenfalls drohte mir und dem Auftraggeber keine Gefahr. Ich konnte mich entspannen, der Hit war ein Erfolg. War es die Erinnerung an diese fragenden Augen oder einfach die Anspannung nach der Tat, die mich so lange unter Strom hielt? Wie würde der kleine Junge auf den Tod seiner Mutter reagieren? Konnte ihn der Vater liebevoll auffangen? Wer war Gewinner und wer Verlierer bei diesem Hit? Apropos »Strom« – vielleicht sollte ich die Kondensatoren endlich entladen, bevor sie mich noch beiläufig selbst erwischten. Konnte sich die Spannung im Schocker, den ich im Bad liegen gelassen hatte, bis hier zu mir auf dem Bett auswirken? Ich sah züngelnde Stromfäden, die zuckend über den Boden bis zu meinen Füßen zogen …
Meine Gedanken wurden immer wirrer und bruchstückhafter, bis mich das Adrenalinloch nach extremer Anspannung, das wirkende Codein und einfach die Zeit in eine erlösende Watte hüllten und ich in einen tiefen, traumlosen Schlaf fiel. Diesmal ließen mich die geweiteten, leeren Augen der getöteten Targets in Ruhe. Aber das würde nicht immer so bleiben, so viel wusste ich … und der Schocker war immer noch geladen!

(Bei späteren Modellen baute ich mit hochohmigen Widerständen Kurzschluss-Verbindungen bei jedem Kondensator ein, die diese mit der Zeit selbst entluden.)

Ich war der Enforcer!
Ich lebte jeden Moment meines Lebens, als sei er der letzte … und ich komme wieder!

Fin

H 10 – Der Claymore-Hit

Methode: Claymore-Mine. Auftraggeber: Gomorrha. Target: abtrünniger Clan der Mafia.

Ich joggte am Strand. Seewind streichelte um mein Gesicht und zerzauste meine Haare. Kühle Gischt spritzte an meine nackten Beine, die den morgendlichen Sand in immer schnellerem Stakkato aufstoben. Ich beschleunigte mein Tempo, als gäbe es keine Grenzen meiner Kraft und Ausdauer. Ich rannte in irrwitziger Geschwindigkeit immer parallel zum Wasser und der glutrot aufgehenden Sonne entgegen. Vor mir, genau in meinem Weg, tauchte eine dunkelhaarige Strandschönheit auf. Sie lag einfach quer zu meinem Lauf, mit den erotisch ausgestreckten Beinen im kalten Wasser, mit dem Oberkörper und nackten Brüsten auf dem Ufersand. Wie in Zeitlupe nahm ich Details wahr, wie ihre vom kalten Wasser aufgerichteten Brustwarzen, ihre Gänsehaut, ihre babyglatt rasierte Scham, die wie schlafend oder tot geschlossenen Augen. Ihre schwarzbraune Mähne verdeckte ihr halbes Gesicht, das wunderschöne, kaukasische Züge verriet. Eine Welle leckte bis zum Haar und gab die andere Gesichtshälfte frei. Diese war zerfetzt und ich konnte durch ein Loch tief in ihren Schädel blicken. Kleine, rote Krabben krochen daraus hervor. Eine spontane Welle des Ekels hob meinen ganzen Körper eruptiv an und ich erbrach mich in einem mächtigen Schwall ins klare Wasser … Als mein Gehirn endlich genügend Nervenimpulse an meine Augen und meine Muskeln gesendet hatte, um diese zu bewegen, hatte es vermutlich schon mehr als zehn Mal im Sturm geklingelt. Drängendes, lautes Pochen an der Türe untermalte eine gewisse Dringlichkeit. Wo war ich? Draußen hörte ich Männerstimmen rufen. Mein Wecker zeigte kurz vor sechs; ich nahm an, morgens. Mein Hirn kam langsam auf Touren. Neben mir lag Lea, meine Frau. Wo waren die Kinder? Der Morgen graute. Fahles, erstes Tageslicht schien bereits durchs Ostfenster in unser Schlafzimmer. Die Stimmen wurden immer ungeduldiger und lauter, das Pochen mit Faust oder Fuß immer aufdringlicher. In mir schellte eine rote Alarmglocke sehr schrill.

»DUSU«

In einem Satz war ich aus dem Bett gesprungen. Lea bekam gerade mal ihr linkes Auge halb auf und suchte noch nach Orientierung. Sofort griff ich nach der Glock 34 mit 17-Schussmagazin, die nachts immer in Reichweite lag, hier auf dem Fensterbrett direkt neben dem Bett. Ich war nur mit einer Unterhose von Pierre Cardin bekleidet und hastete zum Monitor der Videoüberwachung vor dem Schlafzimmer im Flur. Zwei Männer mittleren Alters waren zu erkennen; einer in Polizeiuniform, einer zivil. Was war da los? In Gedanken scannte ich in Sekunden das Haus vor meinem geistigen Auge: Musste ich etwas verbergen? Hatte ich Sprengstoff oder anderes verdächtiges Material liegen gelassen? Ich war mir nicht hundertprozentig sicher. Ich vermutete, nicht.

An der Sprechanlage fragte ich: »Um was geht es?« »Machen Sie sofort auf! Polizei! Wenn Sie nicht sofort öffnen, brechen wir die Türe auf!«

Da musste ich innerlich lachen, weil meine Haustür wie auch alle Fenster im Erdgeschoss einbruchs- und schusssicher waren. Ich hatte mir damals eine sehr hohe Widerstandsklasse geleistet, die sog. WK 4, und alle Projektile, die schwächer als die aus einer Kalaschnikow waren, würden draußen bleiben. Aber das konnten normale Bullen nicht sehen.

Ich trat an das verspiegelte Panzerglas der Eingangstür und später nach draußen. Im Hintergrund standen in einigem Abstand, die Hände angelegentlich in der Nähe der Waffe am Gürtel abgestützt, noch zwei weitere Herren; wiederum einer in Uniform und einer in Zivil. Die meinten es ernst. Wieder schrie der Mann in Zivilkleidung beinahe, ich solle sofort aufmachen. Mir blieb wohl nichts anderes übrig, wenn ich nicht eine Verschärfung der Situation durch per Hubschrauber anrückende SEK aus Frankfurt, Nürnberg oder Stuttgart provozieren wollte. Ob die Bullen wussten, dass ich einen Waffenschein hatte und unzählige Ausbildungen bei Polizei und Militär absolviert hatte? Ich vermutete, dass sie von den angemeldeten Waffen wussten, nicht aber von meinen Fähigkeiten. Von meiner erst kürzlich bestandenen Ausbildung in Antiterror, Geiselbefreiung und Nachtkampf nach S.W.A.T.-Standard zum Instruktor konnten sie nicht wissen. Dennoch hatten sie immerhin für eine provisorische Rückendeckung gesorgt. Sie wollten es recht machen. Nun musste ich also aufmachen. Allerdings würde die Situation schnell eskalieren, wenn die hörbar und sichtlich nervösen Herren meine Glock in meiner Hand sehen würden. Also verbarg ich meine rechte Hand mit der Pistole durch leichtes Abdrehen nach hinten. Der Türrahmen würde diesen Arm vor Sicht schützen.

Dann schraubte ich das Schloss mit der linken Hand auf, das mit drei vollen Umdrehungen geöffnet werden musste, die eine elffache Verriegelung in alle Richtungen freigab, wie bei einem Tresor. Natürlich widerstrebte es mir, meine Festung preiszugeben. Bei Verbrechern hätte ich niemals so gehandelt. Den Behörden allerdings waren die Hände gebunden. Gewalt war hier nicht zu erwarten. Allerdings hatte ich nicht die Wahl, mich ins Bett zu legen und weiterzuschlafen, so viel war klar. Natürlich konnte die Aktion immer noch ein Bluff sein. Ich war auf der Hut und öffnete die Tür nur 10 Zentimeter weit, abgesichert mit meinem blockierenden linken Fuß am Boden. Meine rechte Hand hielt die durchgeladene Glock 34 am locker hängenden Arm, den ich hinter dem Rahmen sichtgeschützt verbarg.

Der Zivile trat heran und hielt mir einen staatsanwaltlichen Durchsuchungsbefehl auf Brusthöhe. Der Uniformierte stand in 1,5 Metern Distanz an die Mauer gelehnt und in offensichtlicher Bereitschaftshaltung mit der Hand an der noch geholsterten Waffe, einer HK P7. Im Augenwinkel beobachtete ich natürlich die anderen beiden, die in 5 Metern Abstand waren und interessiert, aber weitgehend entspannt zuschauten. Der Mann mit dem Schriftstück wies sich als Hauptkommissar Sommer aus und strahlte eine ruhige, angenehme Dominanz aus. Immer wieder drängte er bohrend: »Dürfen wir reinkommen?«

Meine kürzlich absolvierte Kampfausbildung mit 13 Stunden Einsatz am Tag im Gebäudekampf wirkte insofern nach, als ich fast schon routinemäßig meine Chancen abschätzte, alle vier Mann auszuschalten. Mein Geist nahm die blitzschnelle Aktion vorweg: Linker Arm stößt die Tür ganz auf, ein Sidestep nach links, Heben der rechten Hand mit der Glock in »High Compressed Ready«, wo auch die linke Hand auf die Waffe trifft, Vorstoßen der Waffe und Ausschalten des Zieles in unmittelbarer Nähe durch eine Doublette in den Kopf, schneller Schwenk zum Polizisten an der Wand. Dann Mozambique Drill »body-body-head« mit drei Schuss in Brust und Kopf. Noch während die ausgestoßenen Hülsen der hustenden

Glock 34 in der Luft sind, ein Schwenk nach rechts aus der drehenden Hüfte und Doubletten in die Brust der letzten beiden Männer. Zum finalen Abschluss setzte ich je einen gezielten Kopfschuss nach. Alle liegen am Boden, keiner bewegt sich mehr. Ich überschlug die Zeitspanne für dieses Clearing: 4–5 Sekunden. Vermutlich würde ich keinen einzigen Gegentreffer zu erwarten haben …
Mein linker Mundwinkel zuckte zu einem angedeuteten Lächeln, weil ich sicher war, Herr der Lage zu sein. Das war den Herren nicht bewusst.

»Natürlich dürfen Sie hereinkommen.« Ich öffnete die Tür ganz, nachdem ich die Glock in den rückwärtigen Hosenbund meiner Pierre Cardin gesteckt hatte, der straff genug war, die Waffe nicht durchrutschen zu lassen. Dann trat ich einen Schritt zurück und gab den Weg für die beiden Herren im Vordergrund frei. Den beiden anderen signalisierten sie, dass sich die Situation entspannt habe. Diese verabschiedeten sich mit einem angedeuteten Gruß, wendeten sich ab und verließen den Ort. Sie waren nur zur Rückversicherung dabei, falls ich Widerstand geleistet hätte.
Wieder musste ich angesichts der Glock in meinem Rücken lächeln. Hatten die Polizisten erwartet, dass ein Waffenscheininhaber ohne Waffe an die Tür geht, wenn früh um sechs Uhr vier Männer lauthals nach Einlass verlangen? Als beide sehr zügig ins Haus gegangen waren und mich, immer den Rücken abgewendet, nach innen drängten, erwähnte ich beiläufig: »Hier in meinem Rücken befindet sich eine Waffe. Vielleicht wollen wir die zur Seite legen?« Beide waren wie vom Blitz getroffen und eine Schrecksekunde lang wie gelähmt. Der Uniformierte, der, wie sich später herausstellte, ein USK-Kämpfer war und sehr auf Zack, griff dann sofort dorthin und zog die Glock aus meinem Hosenbund, was ich widerstandslos zuließ. Er stöhnte beinahe: »Da haben wir ja alle noch mal Glück gehabt. Wenn Sie mit der Waffe in der Hand geöffnet hätten, wäre es vielleicht schlimm ausgegangen!« Ich nickte. Bei den Worten »schlimm ausgegangen« hatten wir beide offensichtlich unterschiedliche Bilder im Kopf. Wieder schlich sich dieses selbstherrliche Lächeln in mein Gehirn.

Auch Lea war inzwischen wach und blickte durch ihre schlaftrunkenen, großen Augen an ihrer Stupsnase vorbei und versuchte zu verstehen, welche Informationen sich ihr boten. Sie war – diesmal ungewöhnlicherweise – schlau genug, um den Mund zu halten und sich nicht einzumischen. Sie hatte ihren nackten Körper mit einem langen T-Shirt aus meinem Kleiderschrank bedeckt und wirkte wie ein aufgeschrecktes, aber eingeschüchtertes Huhn.

Der kräftige USK-Wolf stellte sich als Hauptmeister Herbert Müller vor und eröffnete den Grund des Besuches: Ich hatte im Internet, ganz legal, einen Feuerwahlhebel für mein Glock bestellt, mit dem man jede Glockpistole im Handumdrehen zu einer Maschinenpistole umfunktionieren kann. Der Besitz dieses Bauteils war legal. Der Einbau unterlag der Strafbarkeit nach KWKG (Kriegswaffenkontrollgesetz) und war also eine nicht ganz harmlose Angelegenheit, die mit mindestens einem Jahr Freiheitsentzug bestraft wurde. Alles das wusste ich und hörte gelassen zu.
Herr Müller hatte ja meine damals einzige Glock in der Hand und schon von sich aus festgestellt, dass der Hebel nicht eingebaut war. Die Polizisten wollten das trickreiche Bauteil sehen, kontrollierten noch die ordnungsgemäße Aufbewahrung meiner Waffensammlung und verabschiedeten sich dann zügig, nachdem ich Lea angewiesen hatte, beiden einen gechillten Espresso anzubieten. Wohl waren die Herren durch meine ruhige Coolheit etwas irritiert.
Sie konfiszierten noch eine von Sprengstoff und Zünder entleerte Handgranate M 75 serbischer Bauart, die als legale Deko auf meinem Waffenschrank stand, um die Rechtmäßigkeit des Besitzes zu überprüfen. Als ich diese Tage später bei Herbert Müller im Präsidium von Frankfurt abholte, begann eine jahrelange Freundschaft zwischen einem kämpferischen Polizisten und einem mörderischen Kämpfer. Ein interessanter Tagesanfang!

Leas Redeschwall perlte an mir ab wie Wasser an Entengefieder. Sie machte mir Vorwürfe, weil ich »riskantes und gefährliches Zeugs« im Haus hatte. Für sie war ich der brave Arzt mit eigener Praxis, der viel Sport trieb, regelmäßig zum Sportschießen ging und als Reservist bei der Bundeswehr hin und wieder mit Soldaten und Polizisten ein paar Übungen machte.

Dass ich ein erfolgreicher und passionierter Auftragskiller mit »gutem« Ruf war, in meinem Kellerlabor Sprengstoffe synthetisierte und Sprengsätze baute oder immer wieder erotische Abenteuer mit neuen Bekanntschaften und Escort-Profis genoss, war ihr verborgen geblieben. Meine sexuelle Energie führte weniger dazu, mich vor Freunden mit meinen Abenteuern zu brüsten und mich als reifer Playboy zu präsentieren, als vielmehr im Verborgenen und sehr heimlich auch hierin ein Doppelleben zu führen. In diesem Sinne war ich ein Player, der sein Leben verwirklichte, ohne dafür nach sozialer Bestätigung und Anerkennung zu lechzen. Ich war nicht auf Lob aus, sondern auf intensives Leben, was mir bisher mehr als nur gelungen war. Dass ich dafür einen hohen Preis zu zahlen hatte, wurde mir immer dann bewusst, wenn ich keine Zeit für meine Kinder Nici, San und Marc fand, wenn ich dem Tod oder dem Gefängnis einmal wieder knapp entronnen war oder wenn meine enorme Anspannung nicht mit Sex allein zu dämpfen war, sondern Opiate, Schlafmittel oder Alkohol ihren Dienst leisten mussten. Ein Psychologe hätte vielleicht eine bipolare Störung mit überraschend wenigen depressiven Phasen diagnostiziert. Mir war das einerlei. Ich lebte genau das Leben, das ich mir wünschte, und bezahlte den Preis.

Glück gehabt

Gerade als ich mich aufmachte, das Haus zu verlassen, um in die Praxis zur täglichen Arbeit zu fahren, wurde mir siedend heiß bewusst, welcher Krug heute an mir vorübergegangen war: Heute Abend musste ich einen abtrünnigen Mafiaclan auslöschen, der bei der italienischen Gomorrha in Frankfurt in Ungnade gefallen war. Warum man mich engagiert hatte und den Hit nicht selbst verübte, wusste ich nicht. Dafür konnte es tausend Gründe geben. Vielleicht waren nicht die richtigen Leute vor Ort oder denen war das Risiko zu groß. Manchmal genügen Schusswaffen einfach nicht, wenn man sauber und schnell arbeiten möchte und es mit mehreren Gegnern gleichzeitig und in kurzer Zeit zu tun hat.

Ich hatte bei der nicht vollendeten Hausdurchsuchung – »DUSU«, wie es in Polizeikreisen lapidar heißt – die fertiggestellte Claymore im Kellerlabor ganz vergessen! Normalerweise achtete ich immer streng darauf, kein illegales Material im Haus liegen zu haben, eben genau weil ich wusste, wie schnell es zu einer DUSU kommen konnte. Dafür genügte ein anonymer Hinweis. Und Feinde hatte ich sicherlich genug, sei es als erfolgreicher Arzt aus Sozialneid oder als Enforcer, der zahlreiche Hinterbliebene produziert hatte, von denen vielleicht irgendwann einer meine wahre Identität herausbekommen konnte. Am Vorabend hatte ich bis spät in die Nacht an dem Sprengsatz gearbeitet und war einfach zu müde, ihn ordentlich und außer Haus zu verstecken. Warum sollte gerade jetzt jemand kommen?
Wären die Jungs von der Behörde angehalten gewesen, mein Haus wirklich zu durchsuchen, dann hätten sie mit Leichtigkeit die Richtsplittermine gefunden, die ich nur provisorisch in einem Wassereimer, eingepackt in Plastikfolie, versteckt hatte. In dem Moment, als mir das bewusst wurde, durchflutete mich eine lavaheiße Welle von den Zehen bis zu den Haarwurzeln. Dafür wäre ich mindestens fünf Jahre ins Gefängnis gekommen, ganz abgesehen von der Vernichtung meiner bürgerlichen Existenz und der möglichen Entdeckung weiterer Aktivitäten in dieser Richtung. Ich hatte wohl Glück gehabt. Mit weichen Knien gehe ich die Stufen zu den Garagen hoch und fahre in einem aufkeimenden Hochgefühl mit dem neu gekauften Ferrari F355 Spider in meine Praxis. Als mir die Tragikomik der ganzen Situation so richtig bewusst geworden war, musste ich lauthals lachen, während mir die Morgensonne bei geöffnetem Verdeck die Wangen streichelte. Ich war der Enforcer! Ich lebte und ich war unterwegs!

Die Claymore

Der Bau einer Claymore-Richtmine wird in den I-Kapiteln zensiert beschrieben. Es handelt sich um eine funkferngesteuerte Richtmine, die, irgendwo unauffällig platziert, im richtigen Moment gezündet wird und dann in der Richtung ihrer Wirkung in einem einigermaßen wählbaren Winkel bis zu einer Entfernung von 100 Metern alles Leben dahinmäht [redacted].

Ein nur wenig größerer Funkempfänger war mit der Box mittels Sekundenkleber und doppelseitigem Klebeband fest verbunden. Die Einheit aus Booster, Zünder und Empfänger war mit Epoxidharz auf die heiße Seite der Claymore geklebt, damit bei der Explosion alle forensisch verwertbaren Reste der Elektronik zerstört oder zumindest weit verteilt würden.
Die eigentliche Richtmine bestand aus einer flachen Tupperbox, die 300 ml WHITE3 mit 5 % NONE3-[redacted] *enthielt (leuchtend-*[redacted] *sog.* [redacted]*-Sprengstoff), die mit Acrylkautschuk abgedichtet und verklebt war, und die in etwa der halben Wirkstärke einer amerikanischen, kommerziellen Mine entsprechen würde. Trotz der Abdichtung mit chemikalienbeständigem Kleber war der beißende* [redacted]*-geruch des ätzenden* [redacted] *unangenehm zu riechen.*
Auf der »heißen« Seite waren in Epoxidharz eingebettet ca. 20x40 Stahlkugeln mit einem Durchmesser von 8 mm einschichtig eingebettet. Nur in der Mitte war ein Quadrat von 5x5 cm freigelassen, in das der Booster mit Elektronik eingebettet und auf Kontakt mit der dünnen Tupperdosenschicht verklebt war.
Die »kalte« Seite sollte eigentlich eine mindestens 5 mm dicke Stahlplatte abdecken, was ich aber aus folgendem Grund weggelassen hatte, zumal die Konstruktion dadurch deutlich leichter und handlicher wurde:

Der Hit sollte im Innenhof eines Fabrikgebäudes stattfinden, in dem der o. g. Clan seine Beratungen abhielt. Ich hatte vor, die Claymore direkt an einer Wand des Innenhofes aufzustellen. Somit würde die Masse der Steinwand als Reflexionsschicht für die Detonationsenergie dienen und die Kugeln der heißen Seite ausreichend stark beschleunigen.

Nach der Guerney-Gleichung würden die Stahlkugeln nahezu die Geschwindigkeit von Gewehrkugeln erhalten, lediglich mit dem Unterschied, dass wir hier nicht von einem, sondern von 800 tödlichen Geschossen sprechen, die in einem Radius von mindestens 50 Metern eine geschätzte Manntötungswahrscheinlichkeit von 95 % pro halbem Meter haben würden. Der Innenhof des normalerweise leer stehenden und verfallenen Gebäudes war, wie eine Besichtigung schon vor zwei Wochen ergeben hatte, ca. 30x20 Meter groß. In dem Areal würde nach Zündung der Mine kein Lebewesen über 20 cm Größe überleben können, wenn die Zündung funk-

tionierte, ich den richtigen Moment erwischte und den Abstrahlwinkel der Stahlkugeln richtig eingeschätzt hatte. Ich hoffte, dass keine verirrte Katze anwesend sein würde.

Bei der konventionellen Claymore wird eine gekrümmte, konvexe Oberflächengeometrie verwendet, sodass ein großer Streuwinkel erzielt wird. Meine Version mit planer Fläche würde durch Abstoßung und Divergenz einen geschätzten Wirkungswinkel von ca. 120 Grad aufweisen, wobei die Kugeldichte im Zentrum natürlich am weitaus größten sein würde und auch in einem größeren Winkel durchaus noch tödliche Treffer auftreten konnten.
Meine »Tupper-Claymore« war einsatzbereit. Lediglich die WHITE1-Zünder (diesmal zur Sicherheit zwei) würde ich aus Sicherheitsgründen erst unmittelbar vor dem Hit einsetzen und mit den beiden Klemmkontakten am Empfänger verdrahten. Solange diese nicht von WHITE2 umgeben installiert waren, ging von der Mine keinerlei Handhabungsgefahr aus. Das war mir für meine innere Ruhe sehr wichtig, weshalb ich bei allen Sprengsätzen so vorging (noch!).

Es läuft an

18.05 Uhr. Heute hatte ich versucht, so viel als möglich meiner Arbeit an meine Assistenzärztinnen abzugeben, um psychische Energie zu sparen, denn Patienten konnten sehr viel Kraft kosten. Dennoch fühlte ich mich müde und hätte dringend eine Stunde Schlaf brauchen können. Die Polizisten am Morgen hatten mir zusätzlich Schlaf geraubt, als sie schon um sechs Uhr früh auf der Matte standen.
Aber ich musste fit sein. Mein geplanter Hit heute Nacht würde alles andere als ein Spaziergang werden. Immerhin hatte ich es mit voraussichtlich 10–20 Mafiaschergen zu tun, von denen mindestens die Hälfte mehr oder weniger trainierte Killer und zumindest mit Schusswaffen ausgestattet waren. Das machte mir kein Kopfzerbrechen, zumal ich vorhatte, in sicherem Abstand vom Geschehen aufs Knöpfchen zu drücken. Lediglich für den unwahrscheinlichen Fall, dass einige überleben sollten, wollte ich vor dem Gebäude mit meinem Sturmgewehr SL8 im

dunklen Chrysler warten, der schon fertig beladen bei der Praxis auf mich wartete. Ausgeworfene Hülsen würden so im Wagen verbleiben und keine unnötigen Spuren darstellen. Da die Claymore aber ausreichend dimensioniert war, rechnete ich nicht mit einem Einsatz meines Gewehres, mit dem ich schon mehrere [redacted]-meisterschaften gewonnen hatte. Das schwarze SL8 mit offener Visierung und zwei (unerlaubten) 30-Schuss-Magazinen wartete schon auf der Rückbank in einem leichten Stofffutteral auf Arbeit, ebenso wie der vollelektronische Gehörschutz von Peltor, der, zumal im Inneren des Autos, unumgänglich sein würde.

Mein Muskelaufbau: Schon seit Jahren half ich meinem geliebten Muskelwachstum nach, indem ich mir nach dem Vorbild professioneller Bodybuilder männliche Hormone, sog. Anabolika, regelmäßig injizierte. Mein Freund Matthias, der sich auf die Deutsche Meisterschaft vorbereitete und erst kürzlich einen Titel gewonnen hatte, war mein Ratgeber, soweit mein ärztliches Wissen durch praktische Erfahrungen ergänzt werden musste. Da ich vier- bis fünfmal pro Woche hart trainierte, immer Ausdauer, Kampf und Krafttraining im Wechsel, konnte ich auf respektable Körpermaße blicken: 94 kg Gewicht bei einer Körpergröße von 185 cm, Körperfett unter 10 %, Oberarmumfang 46 cm. Natürlich war dies bei meinem zusätzlichen Stress als Arzt und Vater und Enforcer nur mit pharmakologischer Unterstützung zu schaffen. Einmal die Woche injizierte ich ein bis drei 250-mg-Ampullen Testosteronenanthat und nahm bis zu 50 Aminotabletten täglich als Nahrungsergänzung. Weiteren Aufwand betrieb ich allerdings nicht.

Profibodybuilder und auch viele Möchtegernathleten treiben dieses Spiel der Stoffwechselmanipulation noch viel weiter: Sie injizieren sich direkt nach dem Training 12–30 I.U. Insulin zusammen mit 4–12 I.U. Wachstumshormon. Beide führen zusammen zu einer verstärkten Bildung von IgF in der Leber, was die Aufladung der Muskeln enorm ankurbelt. Um die Schilddrüse zu entlasten, muss Liothyronin (25–75 ug) oder Thyroxin (50–150 ug) als Tablette zugeführt werden. Mit diesen vier Hormonen, der richtigen Dosierung von Kohlenhydraten und Proteinen zu den richtigen Zeitpunkten – z. B. direkt nach dem Training (»anaboles Fenster«) den sog. Post-Workout-Shake mit 50 g Eiweiß und der Insulindosis ent-

sprechender Traubenzuckermenge (10 g pro 1 I.E.) – und hartem Training können erst die aus den Medien bekannten »Bodys« aufgebaut werden.

Um schlafen zu können – denn Doping macht wach und hält den Stoffwechsel am Laufen –, musste ich oft 50–150 mg Codein oder Benzodiazepine (Valium, Lendormin, Halcion, Dormicum, Tavor) einwerfen, deren morgendliche Nachwirkungen ich mit 2–3 Tassen starken Kaffees kompensierte. Manchmal kombinierte ich Wodka mit Codein, was einen schnell und stark wirkenden Wattekokon um mich spann, der aber einige gesundheitliche Nachteile, wie z. B. Verstopfung und Impotenz, mit sich brachte, über die ich hier nicht reden möchte.

Um für meinen nächtlichen Hit fit zu werden, zog ich die erst für Sonntag geplante Zweifachinjektion Testosteron vor. Tief in den Gesäßmuskel drückte ich die ölige Lösung, als ich mich heimlich in den Keller, geschützt vor neugierigen Blicken, zurückgezogen hatte. Der Einstichschmerz und der typische Hustenreiz direkt im Anschluss waren schon zur Gewohnheit geworden, da ich dieses Schema schon seit über zehn Jahren absolvierte.

Heute war Lea auf einer Kunstausstellung. Meine beiden Töchter Nici und San aus erster Ehe waren heute am Donnerstag noch bei ihrer leiblichen Mutter und mein kleiner Junge, den ich gemeinsam mit Lea hatte, wurde von der hübschen Babysitterin Mariah betreut, die im Wohnzimmer mit ihm spielte. Ich begrüßte Marc mit einem Kuss auf die Stirn und die blonde Englischstudentin, die immer ein wenig nach altem Schweiß roch, indem ich sie kurz umarmte. Ihr Duft hätte mich allerdings nicht davon abgehalten, ihr Lustschreie zu entlocken, wenn sie sich fügsam gezeigt hätte. Ich fühlte schon die anflutende Erregung, den Blutdruckanstieg durch das Testosteron und wohl auch die Anspannung vor dem bevorstehenden Hit. Meine Umarmung war anzüglicher und enger, als ihr offensichtlich lieb war, denn sie versteifte sich und entzog sich meinem Griff. Wenn ich Zeit gehabt hätte … aber ich hatte keine! Meine Vernunft überwog und ich zog mich, allein, ins Schlafzimmer zurück, um eine halbe Stunde auszuruhen. Natürlich würde ich bestimmt nicht schlafen können, aber immerhin konnten sich meine müden Augen im abgedunkelten Zimmer ein wenig erholen.

Vorbereitungen

20.07 Uhr. Wider Erwarten war ich doch sofort eingeschlafen und in einen traumlosen, tiefen Schlaf gesunken, der mir ein wenig der dringend erforderlichen Erholung brachte. Über eine Stunde lang hatte ich weder die Stimmen von Marc und Mariah noch das läutende Telefon gehört. Als ich das vereinbarte Codewort »Clay« auf dem Minihandy mit anonymer Prepaid-SIM-Card las, rief ich sofort den Kontakt bei der Gomorrha an. Eine mir schon bekannte Stimme meldete sich mit »Antonio«. Er informierte mich mit kurzen Sätzen in fürchterlichem Deutsch und sehr aufgeregt, dass das Treffen der Targets vorverlegt worden sei: Statt wie geplant 0.00 Uhr würden sie sich schon um 22.00 Uhr am Zielort treffen. Die Auftraggeber wussten natürlich nicht, wie ich vorgehen würde. Niemals weihte ich andere in meine Pläne ein, um nicht so leicht angreifbar zu sein. Es missfiel mir heute sehr, dass überhaupt jemand wusste, wann ich zuschlagen würde. Ich musste doppelt wachsam sein. Die Gomorrha war nervös. Offensichtlich war ihnen der Hit wichtig. Die SIM-Card zog ich gleich aus dem Handy, nachdem ich Antonio per SMS eine neue Nummer für den nächsten Anruf durchgegeben hatte.
Ich legte die neue SIM ins Handy, ließ es vorerst aber noch aus. Ich spürte, wie die Reste von Müdigkeit in einer Adrenalinexplosion verglühten, hervorgerufen durch das plötzliche Aufstehen und die unerwartete Planänderung. Mein Kopf glühte und meine Fingerspitzen kribbelten unerträglich. Adrenalin und Testosteron ließen mich zum hirnlosen Kampf-Cyborg mutieren. So fühlte ich mich jedenfalls im Augenblick. Aber ich wusste, diese Welle würde verebben und einer konzentrierten Wachheit weichen, wie ich das schon oft bei mir erlebt hatte. Deshalb zwang ich mich zu verlangsamten Bewegungen und ging betont ruhig aus dem Schlafzimmer, verabschiedete mich von Mariah, die Marc schon ins Bett gebracht hatte, und ging nach unten. Im Chrysler war mein Equipment schon seit dem Vortag verstaut, sodass ich jetzt nur noch die Claymore aus dem Keller holen musste, um startklar zu sein. Betont langsam zog ich dann die schwere Haustür ins Schloss und musste an den heutigen Morgen zurückdenken, als ich sie für die DUSU geöffnet hatte. Heute würde ein interessanter Tag werden.

20.20 Uhr. Die Claymore verstaute ich in einem schon lange installierten Metallfach am Unterboden des Autos und fuhr los. Zwei Zündkapseln hatte ich hinter dem Autoradio versteckt, das mit einem Handgriff herausgezogen werden konnte.

Der Booster mit den knapp 30 g verdichtetem WHITE2 war bereits fest mit der WHITE3-gefüllten Mine verklebt. Diesmal hatte ich zwei kreisrunde Öffnungen für zwei Zündkapseln vorgesehen, die durch den programmierbaren Empfänger bei Betätigung der Funkfernsteuerung gleichzeitig auslösen würden. Dadurch war in der Boosterbox etwas weniger Platz für WHITE2. Aber mir war sehr wichtig, mit keinem Funktionsversagen konfrontiert zu werden. Denn erstens wollte ich mir die neuen Auftraggeber warmhalten und zweitens hatte ich keine Lust, mich mit über zehn aufgeschreckten und wütenden Mafia-Hitmen per Schusswaffen herumzuschlagen. Da Zünder eben manchmal nicht funktionieren, wollte ich so die Versagerwahrscheinlichkeit halbieren.

Das beruhigende Brummeln des großen 6,1-Liter-Motors entspannte meine Nerven und ließ mich auf der halbstündigen Fahrt zum Fabrikgelände im Nordosten Frankfurts meine innere Mitte finden. Nun war ich nur noch der Enforcer und hatte alle anderen Gedanken und Identitäten hinter mir gelassen. Ich war bereit.
Die strategisch günstigste Position für mein Auto, das keinerlei besondere Merkmale aufwies und natürlich falsche Kennzeichen besaß, hatte ich schnell ermittelt: auf der dem Eingang gegenüberliegenden Straßenseite, von dem aus man in den Innenhof des Gebäudes gelangte. Aus ca. 70 Metern Entfernung würde ich keine Probleme haben, evtl. Überlebende, die flüchten wollten, mit dem präzisen Sturmgewehr von Heckler & Koch (die aktuelle Diskussion über eine fragliche Qualität dieser Waffe ist schlichtweg Blödsinn, weil jede Waffe ihre spezifischen Vor- und Nachteile aufweist, und das SL8 ist extrem handlich, leicht und rückstoßarm!) sicher zu eliminieren, während meine Gegner mit vermuteter Kurzwaffenbewaffnung auf diese Distanz kaum eine Chance hatten, mich zu treffen. Die dunklen Scheiben des großen Kombis würden mir Sichtdeckung geben und seine 450 PS mit Sportfahrwerk und Edelstahlauspuffanlage genügend Dampf für eine

schnelle Flucht. In diesem Falle würde ich das schöne Auto, das inzwischen auf einen albanischen Freund zugelassen war, in die zentralalbanischen Berge verschenken müssen; der sechsstellige Betrag für den erfolgreichen Hit würde mich dafür mehr als entschädigen.
Da ich meiner Claymore vertraute, rechnete ich nicht wirklich mit Gegenwehr. Allerdings entschied ich mich nach vielen Beinahe-Unglücken während mancher Hits mit überraschenden Wendungen neuerdings immer öfter für einen Plan B in petto, anstatt mich wie früher nur auf meine Reaktion, Intuition und Kampffähigkeit zu verlassen.
In der Reihe geparkter Lkws vor und hinter mir würde ich zusätzliche Deckung finden können, falls ich zu Fuß fliehen musste. Ich lud die HK SL8 durch, setzte die beiden miteinander verbundenen 30-Schuss-Magazine mit Hohlspitzpatronen von Federal ein und legte sie einsatzbereit, unter einer Decke verborgen, auf die Rückbank. Das klappbare Kimme war auf 100 Meter eingestellt.

Da die Hochgeschwindigkeitsgeschosse dieses Kalibers Remington .223 auf kurze Feuerdistanz unter 100 Metern noch im Ansteigen begriffen sind, konnte ich beim Anhalten auf das Ziel sogar geringfügig tief anhalten, was die Übersicht erleichterte und schnellere Schussfolgen erlaubte. Mit meiner HK, die als zivile Version ja nur Einzelfeuer Halbautomatik beherrschte, konnte ich durch mein militärisches Training bis zu vier Schuss pro Sekunde relativ gezielt abfeuern, was sogar eine deutliche höhere Treffereffektivität ergab als der Vollautomatikmodus der militärischen Waffe.

Z: »Da vorne ist viel Luft, meine Herren! Also bitte zielen und treffen, nicht »ballern!« (Ken B., amerikanische Ausbilderlegende)

21.02 Uhr. In dem Gewerbegebiet, wo das Treffen des Mafiaclans stattfinden sollte, standen unzählige Lastwagen unbenutzt am Straßenrand und in den Betrieben war es jetzt nach Feierabend sehr ruhig. Nur vereinzelt fuhr ein Mercedes Sprinter oder Ford Transit vorbei. Fußgänger waren überhaupt keine zu sehen. Das brachte für mich natürlich den Vorteil mit sich, dass ich kaum Zeugen zu befürchten hatte. Zum anderen hieß das aber auch, dass ein einzelner Mensch hier viel mehr auffiel als an einem belebten Ort. Jetzt im Herbst, wo die Tage schon

deutlich kürzer wurden, begann sich das abendliche Dämmerlicht über die Abendszene zu legen wie eine wollene, düstere Decke. Nachdem ich 15 Minuten lang reglos im Auto gewartet und die Gegend aufmerksam auch in den Rückspiegeln beobachtet hatte, packte ich meine Ausrüstung, die u. a. aus der Claymore und einer Mini-Funkvideokamera bestand, holte die Zündkapseln hinter dem Autoradio hervor, zog die Funkfernbedienung für den Empfänger aus der Jackentasche und stieg auf der Fahrerseite aus. Dabei störte das Glockholster immer ein wenig, obwohl es schon sehr hoch am Gürtel rechts angebracht war. Das typische »Quiek-Quiek« der Funktürschließung begleitete meine Schritte weg vom dunklen Chrysler, der mein Waffenlager und mein Rückweg in die Freiheit war – so dachte ich!
Mit ruhigen Schritten, die einem Beobachter keinerlei Eile signalisieren sollten, strebte ich dem leeren Gebäude zu, dessen bogenförmiger Zugang ungefähr 50 Meter von der Straße entfernt lag. Ein verfallener, an vielen Stellen aufgerissener Drahtzaun umgab das Areal, das zwischen anderen Firmengebäuden stand, von denen die wenigsten noch benutzt zu werden schienen. Ein alter, schwarzer, zerzauster Kater kreuzte meinen Weg und verzog sich misstrauisch unter einer spärlichen, ausgetrockneten Hecke. Wahrscheinlich hatte ich den Streuner in seinem Revier gestört. Aber ich war nicht abergläubisch. Vielleicht sollte ich ihm mitteilen, er möge sich besser von hier verziehen.

21.14 Uhr. Vor dem Bogengang, der groß genug war, auch einen 38-Tonner hindurchzulassen, widerstand ein halb eingestürztes Wachhäuschen geduldig dem Zahn der Zeit wie ein Relikt aus längst vergessenen Tagen. Fast glaubte ich, die Wachmänner in ihren blauen Uniformen aus der Vergangenheit darin zu erkennen, als ich mich durch ein Kopfschütteln wieder ins Jetzt katapultierte. Keine Zeit für Tagträume! Vor dem Häuschen hielt ich an und zündete mir angelegentlich eine Zigarette an, nach der ich kein Verlangen hatte, zumal ich Nichtraucher war. Aber mit den typisch nach oben gezogenen Schultern und dem gesenkten Kopf beim Anzünden konnte ich die Umgebung links und rechts ganz beiläufig scannen. Alles schien ruhig zu sein. Ein Beobachter hätte in mir wohl auch kein verdächtiges Subjekt vermutet, wie ich da so mit einer alten Plastiktüte und mit Baseballkappe ein wenig ziellos auf dem verlassenen Fabrikgelände herumlief und in aller Ruhe meine Kippe rauchte. Die R1 Minima mit 0,1 mg Nikotin schaffte ich auch als Nichtraucher gerade so, ohne dass mir schwindlig oder schlecht wurde. Als ich die halbe Zigarette geraucht hatte, machte ich mich wieder auf den Weg, indem ich zielstrebig, aber langsam durch den Torbogen in den Innenhof schlenderte, den ich ja schon bis ins Detail erkundet hatte und in dem heute Nacht viele Menschen ihren gerechten, aber gewaltsamen und plötzlichen Tod finden sollten. Ich trat die gerauchte Zigarettenkippe auf dem Kiesboden aus, hob sie wieder auf und steckte sie in meine Hosentasche, um keine verräterischen DNA-Spuren zu hinterlassen.

21.26 Uhr. Hier verharrte ich wieder im Halbdunkel, das dem Innenhof inzwischen kaum noch Licht gönnte, in einer völlig unbeleuchteten Ecke und lauschte fünf Minuten lang angestrengt auf untypische Geräusche. Die spärliche und weitgehend defekte Straßenbeleuchtung schaffte es nicht, mehr als einen fahlen Lichtschimmer ins Innere des Hofes zu entsenden. Alles war ruhig. Außer Hundegebell weit weg, einigen tieffliegenden Fledermäusen und den normalen Geräuschen der Nacht war nichts Ungewöhnliches zu hören oder zu sehen. Wenn mich eine Wache der Mafiosi aufgehalten hätte und sich nicht durch Ausflüchte hätte beschwichtigen lassen, dann wäre meine Glock 19 im Speedholster ohne Sperre von Fobus zu Wort gekommen.

Das unhandlichere Speed-Sec-Holster von Höppner und Schuhmann nahm ich bei Einsätzen selten, obwohl es ein schnelleres Ziehen erlaubte. Man kann damit aber kaum im Auto sitzen und es war unter einer Jacke nicht so einfach zu verbergen.
Immerhin konnte ich die Waffe ja innerhalb von 0,7 Sekunden ziehen und einen ersten Schuss abgeben. Um drei Gegner mit jeweils drei Treffern zu erledigen, benötigte ich weniger als vier Sekunden (ohne Magazinwechsel), wenn alles normal lief. Da ich immer in einem ersten Durchgang jeden Angreifer zuerst mit einer Doublette in das Brustdreieck träfe, hätte keiner die Chance zur Gegenwehr, selbst nicht mit schusssicherer Weste. Ein zweiter Durchgang würde dann deren Ende mit einem Kopfschuss besiegeln. Diesen Drill (Mozambique-Drill, »body-body-head«-

Drill) hatte ich, wie nahezu alle Spezialeinsatzkräfte, bis zur Vergasung trainiert und dieser war völlig automatisch tief in meinem Hirn programmiert, wie das Betriebssystem Windows bei einem PC oder Android bei einem Smartphone.

Aber niemand störte meine Arbeit. Meine Augen hatten sich gut an die Dunkelheit, in der ich es liebte zu operieren, gewöhnt und ich stellte meine Mine auf einem vorher schon auserkorenen Mauerpodest in Brusthöhe auf. Von dieser Position aus würden die Kugeln den ganzen Innenhof abdecken und ihre tödliche Botschaft überbringen.

21.32 Uhr. Mit geübten, aber leicht zittrigen Händen, die in medizinischen Manufix-Handschuhen steckten, wohl eine Folge von Schlafmangel und zu vielen Drogen, brachte ich die beiden Zündkapseln in die Boosterladung ein. Dies war der eigentlich gefährliche Teil. Dann schloss ich, ohne wirklich viel sehen zu können, mich mehr auf meinen Tastsinn verlassend, die jeweils beiden Zündkabel an die Stromklemmen an. In nun völliger Dunkelheit ertastete ich dann den Schiebeschalter für »Test«, schob ihn nach oben und hielt die Luft an: Wenn die Elektronik versagte, würde ich jetzt innerhalb einer halben Millionstel Sekunde verdampfen, was genau genommen gar keine so schlechte Wahl war. Jedenfalls würde ich keine Schmerzen leiden müssen. Aus Zeitgründen hatte ich darauf verzichtet, die Elektronik zuerst mit einer Zündperle (Brückenzünder) auf Spannungslosigkeit zu testen. Es gab keine Explosion. Ich war noch da. Nur die kleine, sympathisch grüne LED (ein geringfügig anderes Modell als bei anderen Hits) leuchtete schüchtern, um mir zu signalisieren, dass zumindest eine der beiden Zündkapseln funktionstüchtig war. Ich hatte nicht die Ruhe und Zeit, beide getrennt zu prüfen. Nun kam der letzte, gefährliche Schritt: Ich schob den Schiebeschalter – wieder ohne zu atmen – in die andere Richtung und wartete auf die rote LED mit der für mich im Dunkeln nicht sichtbaren Bezeichnung »Fire«. Sie strahlte heller, als mir lieb war, und erlaubte mir, weiter zu atmen, was ich mit einem hörbaren Seufzer auch tat. Mein Herzschlag hatte sich kurzzeitig zur Dampflok gesteigert, was ich schon gut kannte.

Das ging mir beim Scharfmachen der Ladung immer so. Vermutlich würde das auch immer so bleiben, ebenso wie Lampenfieber für einen Fernsehstar. Und hier und heute war ich der Star.

Bei früheren Hits hatte ich die Elektronik immer mit noch nicht eingesetzten Zündkapseln getestet, damit im Failure-Falle nur diese explodierten. Inzwischen war ich so fatalistisch, meinen Tod bei einem Fehler zu akzeptieren! Ich probierte also mit eingesetzten Kapseln, was zur sofortigen Umsetzung der gesamten Ladung führen würde, falls die Zündelektronik vorzeitig auslöste. Ich lebte ganz im Jetzt; und wenn das nächste Jetzt meinen Tod bedeutete, dann war dies eben so …

21.43 Uhr. Ich sah auf die Uhr und erschrak innerlich, wie nahe der Zeitpunkt des Mafiatreffens schon herangeeilt war. Innerlich schimpfte ich mich für meine Nachlässigkeit und Langsamkeit und hoffte, auf dem Rückweg zum Chrysler nicht aufzufallen. Ein letztes Mal rückte ich die nun scharfe Claymore-Mine zurecht, nachdem ich die allzu hell leuchtende rote Lampe mit einem kleinen, schwarzen Klebestreifen abgedeckt hatte. Solche vorbereiteten Klebestreifen trug ich bei einem Einsatz immer gebrauchsfertig an der linken Schulter. Sehr oft waren das nützliche Helfer für allerlei Zwecke.
Die Minivideokamera von Lupus Elektronik mit Lithiumionenakkus, die kaum 4 cm lang war, hatte ich in Sekunden vor die Claymore gestellt, auf Kanal 1 geschaltet und in die gleiche Richtung geneigt. Sie würde mir mit ihrer hoffentlich ausreichenden Lichtempfindlichkeit von 0,1 Lux die Bilder vom Innenhof für den richtigen Auslösezeitpunkt liefern und durch die Explosion pulverisiert werden. Auf der Frequenz von 433,225 Mhz konnte ich sie dann auf dem Monitor meines Navigationsgerätes im Auto empfangen, das ich mit einem Umschalter auch dafür nutzen konnte. 433-Mhz-Empfänger mit Videokamera sind heute in jedem Baumarkt oder im Internet bei Security-Anbietern erhältlich.
Schnell hastete ich nun durch den Bogengang zurück zu meinem Auto und war froh, niemandem zu begegnen. Meine Ungeduld konnte ich nun nicht mehr bändigen und verfiel in einen eiligen Laufschritt, anstatt besser in aller Ruhe zurückzuschlendern. Vielleicht sollte ich einmal Urlaub von Stress, Drogen, Frauen, Familie, Praxis und Hits nehmen.

21.50. Nun ärgerte mich der Doppelpiep der Türöffnung, den ich besser ausgeschaltet hätte. Jetzt waren meine Nerven irgendwie ganz uncool angespannt wie Hochseildrähte im Klettergarten und jede unnötige Aufmerksamkeit störte mich gewaltig. Ich musste dringend einmal durchatmen. Als ich mich auf den Fahrersitz gesetzt hatte, stellte ich sicher, dass ich bei einer schnellen Flucht nicht rangieren musste. Der Abstand zum vorderen Lkw war groß genug, um in einem Schwung ausfädeln zu können. Ich schaltete den Monitor ein und regulierte die Helligkeit auf Minimum, um nicht selbst allzu sehr beleuchtet zu werden. Das Signal der Funkkamera war wie erwartet bei ca. 70 Metern Abstand ausreichend stark und ich konnte den dämmrigen Innenhof durch die Weitwinkeleinstellung gut erkennen. Die Fernbedienung für den Funkzünder legte ich auf dem Beifahrersitz in Reichweite und wollte schon, bei eingeschalteter Zündung, das der Straße und dem Fabrikgebäude zugewandte Seitenfenster im Fond öffnen, als ich mir das anders überlegte. Dann quetschte ich meinen nicht ganz schmalen Körper durch die beiden Vordersitze in den Fond, zog die Decke vom bereitliegenden Sturmgewehr und setzte mich in eine Position, von der aus ich sowohl den Monitor vorne als auch aus dem offenen Fenster hinten sehen konnte.

Als ich meine Muskeln von oben nach unten ganz bewusst entspannte, indem ich jeden erst kurz aktivierte, um ihn dann wieder ganz locker zu lassen, wunderte ich mich über die Dummheit der Mafiosi, die bis kurz vor dem Treffen keinen einzigen Mann zur Erkundung abgestellt hatten. Oder hatten sie doch? Andererseits konnte ich mich glücklich schätzen. Denn bei meiner schlampigen Zeiteinteilung hätte so eine Wache den ganzen Hit vereiteln oder Schlimmeres auslösen können. Vielleicht hatte ich den Mann ja übersehen? Jetzt war das einerlei. Die Funkkamera war direkt vor der Mine installiert. Wenn sich da etwas bewegte, würde ich es sofort wissen. Und der Monitor blieb unverändert ruhig. Offensichtlich waren sich die Italiener ihrer Unantastbarkeit ganz sicher. Wenn alles gut lief, würden sie ihren Irrtum nicht einmal bemerken!

22.07 Uhr. So in Gedanken versunken hatte meine Wachsamkeit nachgelassen und ich bemerkte die in der Dunkelheit nahenden Männer erst sehr spät. Immerhin waren sie vorsichtig genug, nicht mit ihren Mercedes-Limousinen oder Ferraris direkt vorzufahren und wenigstens eine Vorhut zu entsenden. Sechs breitschultrige Schatten kamen auf der anderen Straßenseite von meiner Rückseite her auf den Eingang zum Fabrikgelände zu. Sie bewegten sich wortlos und mit der so typisch selbstsicheren, breitbeinigen Gangart von Exmilitärs oder von boxringgestählten Bodyguards. Zwei von ihnen rauchten. Immerhin hatten die anderen ihre Hände an den Waffen vor dem Bauch oder im Rücken und waren bereit zu reagieren, falls sich ungebetene Gäste zeigen sollten. Jetzt war ich froh, das dunkel getönte Rückfenster meines Autos noch nicht geöffnet zu haben. Denn den sich ständig wachsam umschauenden Schergen wäre ein offenes Fenster bei einem abgestellten Auto in der Nähe des konspirativen Treffpunktes sicherlich selbst im Dämmerlicht aufgefallen. Sie streiften mit ihren Blicken auch meine Richtung. Da ich über den schwach leuchtenden Monitor aber schnell ein T-Shirt gehängt hatte, konnten sie nichts Auffälliges entdecken. Angelegentlich gingen sie zügig weiter und bogen in die 50 Meter lange Einfahrt zum Gebäude ein. Nun zeigten sie mir ihre breiten Rückseiten. Ich nahm das Shirt vom Monitor und entspannte mich wieder. Wenn die Männer auch mit dem Innenhof zufrieden waren, würden sie die Bosse anrufen, die sicher nicht weit weg im Anmarsch waren.
Und genau so war es.

Der Hit

22.14 Uhr. Jetzt bin ich ganz wach. Meine Aufmerksamkeit gilt dem Monitor, dem nun geöffneten Seitenfenster, meiner gesamten Umgebung inklusive aller Rückspiegel und den inneren, geistigen Bildern, die aus den wahrgenommenen Informationen in mir ein Gesamtbild entstehen lassen. Schon rollen drei Fahrzeuge lautstark an. Ein roter Ferrari 458, ein dunkler Mercedes S500 und ein anthrazitfarbener Audi S8. Insgesamt steigen acht Männer und eine Frau mittleren Alters aus den auf dem Firmengelände der verlassenen Fabrik geparkten Wagen.

In dem Restlicht der Nacht und dem zweier trüber Straßenlaternen kann ich kaum Details erkennen. Ich könnte meinen Restlichtverstärker Gen3 benutzen. Aber ich will die Dunkeladaption meiner Augen nicht verderben.

Profis verwenden Restlichtverstärker, indem sie nur mit einem Auge durch die Optik blicken. Das andere Auge bleibt dann dunkelempfindlich. Mit einiger Übung kann man bei am Kopf einseitig montiertem Nachsichtgerät beide Augen geöffnet lassen und das Gehirn verschmilzt beide Bildinformationen zu einer. So kann man die Vorteile der Technik und der biologischen Lichtempfindlichkeit nutzen, wie schon weiter oben beschrieben.

Auf dem Monitor habe ich beobachtet, wie die gesamte Vorhut in einer Tür auf der linken Bildseite verschwunden war, ohne sich die Mühe zu machen, alles genau zu inspizieren. Damit habe ich aber gerechnet. Nun erscheinen die hohen Herrschaften im Bild und gehen ebenfalls auf die kleine Tür zu. Ich werde warten müssen, bis die Besprechung zu Ende ist, wenn ich alle fünfzehn Mafiosi gleichzeitig erwischen will. Innerlich seufze ich, weil meine Augen vor Müdigkeit und Anspannung zugleich brennen. Allerdings bin ich auch gespannt und positiv erregt durch die Aussicht, meine mühevoll und akribisch aufgebaute Claymore in Aktion zu erleben.
Die Fernbedienung habe ich bereits am kleinen, seitlichen Schiebeschalter entsichert. Der Funkempfänger an der scharfen Mine ist auf Kanal 2 programmiert, weil diese Taste auf dem Sender auch im Dunkeln am leichtesten und schnellsten zu ertasten ist und so keine Interferenz mit der Videokamera entstehen sollte. Das SL8 Sturmgewehr mit aufgesetzter Mündungsfeuerbremse liegt durchgeladen und mit dem Lauf auf dem Boden abgestützt schräg im Fußraum des Fonds. Ich bin mehr als bereit und fühle mich jetzt sicher und konzentriert. Aber ich muss warten.
Ich rechne mit mindestens einer Stunde Wartezeit und gehe in Gedanken verschiedene mögliche Szenarien durch, als aus der linken Seitentür im Innenhof einer nach dem anderen herauskommt. Keine zehn Minuten sind vergangen. Hier gab es offensichtlich keine Unklarheiten zwischen den Mitgliedern des Clans. Die Besprechung ist schon zu Ende.

Sofort bin ich glockenhell wach, richte mich im Wagen schlagartig auf und schaue wie hypnotisiert auf den Monitor. Die Fernsteuerung liegt in meiner linken Hand. Der Daumen streichelt leicht die Taste Nummer 2, bereit, diese für eine Sekunde gedrückt zu halten und Dantes Inferno im Kleinformat auszulösen. Ich will warten, bis möglichst alle Personen im Bild zu sehen sind, aber noch keiner den Bildausschnitt, und damit den Streuwinkel der Claymore, verlassen hat. Meine Anspannung scheint wie eine maximal aufgeladene Aura, als könne man sie mit Händen berühren, den Innenraum des Chryslers auszufüllen, wie bei einem Vulkan eine Millisekunde vor der Eruption. Jeden, den die 800 Stahlkugeln nicht töten, würde ich mit dem Sturmgewehr erschießen müssen. Ich zähle die Personen. Zehn sind schon im Hof, zwei weitere erscheinen in der Tür. Die Ersten wenden sich schon dem Ausgang am Bildrand meines Monitors zu. Ich darf nicht mehr warten! Die Frau steht in der Tür. Sie bleibt stehen, schaut sich um. Alles erscheint mir wie in kaugummizäher Zeitlupe. Die Personen bewegen sich wie Fliegen in Honig. Was tut die Frau? Sie wendet sich wieder nach innen. Nein. Da kommt sie heraus, ein Mann folgt ihr: Nummer vierzehn! Der Erste hat beinahe den Bogengang erreicht, raucht eine Zigarette. Der Letzte kommt nun auch aus der kleinen Tür! Ich drücke viel zu fest auf Taste 2 …

22.15 Uhr. Da sich in meinem Bewusstsein die Zeit ewig dehnt, habe ich das Gefühl, dass sich nichts mehr bewegt. Alles ist wie eingefroren: Die Personen auf dem Monitor, mein Körper, meine Gedanken, mein Daumen auf der Taste. Ich weiß nicht, ob zuerst der Monitor schwarz wird und das typische Schneetreiben zeigt, ob zuerst der gewaltige Widerhall des Donners an meine Ohren prallt oder ob der scharfe Wind der Druckwelle als Erster mein Gesicht trifft. Die Erde unter dem Auto bebt, durchs Fenster scheint eine heftige Windböe zu rasen, meine Ohren fühlen sich wie in einer Kirchenglocke, die gerade geschlagen wird, an. Die Explosionswelle der insgesamt 330 Gramm hochbrisanten Sprengstoffes ist eindrucksvoll und atemraubend, obwohl sie von den Mauern des Gebäudes gebrochen wird. Die tief hängenden Wolken zucken kurz in einem scheu angedeuteten Lichtblitz auf, der aber nichts mit den Feuerwalzen bei Hollywoodexplosionen zu tun hat, sondern durch die immense Kompression der Luft auf Milliarden Pascal Druck zustande kommt und ebenso schnell verschwunden ist wie eine Reflexion eines vorüberfahrenden Autos in einer Fensterscheibe. Mit einem inneren Ruck reiße ich mich von der erschreckenden Faszination der Szenerie los, ziehe das Sturmgewehr hoch und an meine rechte Schulter und schaue konzentriert aus dem jetzt offenen Seitenfenster in die Auffahrt zum Gebäude. Einige der verbliebenen Scheiben waren wohl geborsten, was ich im Toben der Detonation nicht gehört habe. Nur, jetzt nehme ich die unzähligen herabfallenden Splitter auf den Fahrzeugen und auf der Straße wahr.

22.16 Uhr. Ich kann unmöglich wissen, ob der Kugelhagel der brutalen Claymore-Mine wirklich alle getötet hat. Also warte ich mit dem Gewehr im Anschlag, ob irgendjemand dem Höllenfeuer entkommen wird. Und tatsächlich wanken zwei der muskulösen Bodyguards schon kurz darauf mit einigen Metern Abstand voneinander aus dem Torbogen und streben, so schnell sie noch können, der Straße zu. Durch die Druckwelle sind beide ganz offensichtlich angeschlagen. Vielleicht haben sie sich auch einige der Stahlkugeln eingefangen. Ich warte nicht, zu welchen Schlussfolgerungen mein Verstand kommt, schüttle das Nachdenken wie Wasser aus dem Haar von mir ab und erfasse den Vordersten der beiden in meiner Visierung. Durch das Tunnelkorn brauche ich keine Sekunde für ein klares Trefferbild und drücke mit gewohnter Schnelligkeit viermal ab. Der geringe Rückstoß der bockenden Waffe ist kein Problem, lässt den Lauf kaum hochschlagen, wenn man ihn erwartet und ihn mit entsprechender Haltekraft kompensiert. Der Mündungskompensator tut das Seine dazu und vermindert den Rückstoß zusätzlich, indem er die Treibgase teilweise nach hinten umleitet. Noch bevor der Mann zusammenbricht, erfasse ich den anderen, der noch nicht reagiert. Drei weitere Feuerstöße beenden auch dieses Leben. Noch halte ich die Waffe nach, blicke weiterhin durch das Visier in Erwartung weiterer Gegner. Nach einer Minute senke ich das SL8 ganz langsam. Ich warte noch weitere unendlich lange zwei Minuten. Dann sichere ich das Gewehr und lege es im Fußraum ab.

Ich entschließe mich, nicht zum Ort der Hinrichtung zu gehen und mir den morbiden Anblick der zerfetzten Leichen zu ersparen. Falls es

Überlebende geben sollte, dann sollen sie meine Glückwünsche haben. Ohne Hast zwänge ich mich nach vorne, schließe das Heckfenster, starte den schweren Achtzylinder und rolle langsam und kontrolliert aus der Parklücke. Bewusst schaue ich mich nochmals um und kann kein Lebenszeichen erkennen, weder auf dem Fabrikgelände noch in der Umgebung.
Es ist Zeit zu gehen.

22.42 Uhr. Noch im Auto auf der ruhigen Einfallstraße überfiel sie mich! Die nach extremem Adrenalinausstoß kaum zu vermeidende »posttraumatische Geilheit« ist ein unter Kämpfern bekanntes Phänomen. Durch den anhaltend hohen Stresslevel, der ohne körperliches Auspowern kein Ventil findet, überträgt sich die Erregung auf den Sexualtrieb. Mit heißer Wucht, wie eine mächtige Woge, überflutete mich diese erotische Sehnsucht nach einer Frau, egal welcher. Ich fuhr noch einige Minuten weiter. Nur ein klarer Gedanke formte sich in meinem überstressten Hirn: Dann wählte ich auf meinem iPhone4 die Nummer meines gewohnten Escort-Services »Chanel Schwarz« und hatte auch gleich meine alte Freundin Nadine am Apparat. Ich keuchte, ja, flehte fast ins Telefon, dass ich in fünfzehn Minuten die attraktivste verfügbare Lady brauchte. Mit derartigen Notfällen war sie keineswegs überfordert, denn immerhin leitete sie die Agentur mit wechselnden ca. 20 Ladys schon seit über zehn Jahren sehr erfolgreich.
Ich bestellte also eine »Tabea«, was für ein dämlicher Name, an die Ecke des Häuserblocks, in dem mein Adlerhorst auf mich wartete. »Sie wird in zehn Minuten an der Ecke Lindenstr./Adenauer (geändert) auf dich warten, mein Süßer!«, flötete sie ins Telefon, nachdem ich ihr diese Adresse genannt hatte.
Meine Frau Lea »wusste«, dass ich heute Abend mit Freunden aus war, weshalb sie nicht mehr vor dem Einschlafen mit mir rechnete, zumal sie ja selbst auf einer Kunstausstellung war.

23.00 Uhr. Die Fahrt zum Treffpunkt dauerte länger, als ich erwartet hatte, und die Lady stand schon am Straßenrand. Sie war viel zu schön für die mittelmäßige Gegend hier in Offenbach. Hastig parkte ich meinen Amidampfer in einem der Untergeschosse des riesigen Parkhauses, das für etliche der Hochhäuser hier bestimmt war. Ich machte mir nicht die Mühe, ganz entgegen meiner sonst akribischen Genauigkeit, das Gewehr und die anderen Ausrüstungsgegenstände aus dem Wagen zu laden, sondern eilte auf die Straße zu der Lady. Die Waffen konnten warten, mein bester Freund nicht. Ich stellte mich als »Leon« vor, mein Künstlername bei Chanel, umarmte sie und nahm sie im Aufzug mit in den 16. Stock in mein Reich. Natürlich vergaß ich dabei total, meiner sonstigen Routine entsprechend, den Polizeifunk zu überwachen. Was dann im Apartment folgte, kann und soll hier nicht in Worte gefasst werden …

Nächster Tag

Im Radio wurde nur sehr kurz von einem Bandenkrieg in Frankfurt Nord berichtet. Im TV zeigte die Hessenschau nur das Gebäude von weit entfernt und widmete der Sache keine zehn Sekunden. Hier war offensichtlich die wohlbekannte Polizeizensur am Werk. Die Öffentlichkeit sollte immer schön dumm und ruhig gehalten werden. Gerade Gewaltdelikte, in die »Menschen mit Migrationshintergrund« verwickelt waren, wurden stark verharmlost und unter den Teppich gekehrt, um die brave Bevölkerung nicht zu beunruhigen und um die rechte Szene nicht zu stärken. In Wahrheit waren Justiz und Polizei mit der »OK« total überfordert und weitgehend machtlos. Organisierte Kriminalität wurde in der Vergangenheit oft einfach ignoriert. Denn was man nicht kennt und benennt, muss man nicht bekämpfen, weil es nicht existiert! Aber ich will mich darüber nicht schon wieder auslassen …

Im Web fand ich allerdings gegen Abend einige nette Bilder, auf denen ich »meine« Fabrik erkannte und man in der Ferne einige Leichen – oder was davon übrig war – erkennen konnte. Die Gewalt der Claymore à la Enforcer war gewaltig gewesen! Der Innenhof sah aus, soweit auf den Bildern zu erkennen war, als hätte ein irrer Riese mit einem Stahlbesen hindurchgefegt. Im Bericht war von sechzehn Toten die Rede. Wenn die Zahl nicht falsch war, hatten die Kugeln wohl noch ein weiteres Opfer gefordert oder die Bullen hatten noch einen dazugelegt.

Welche Schlüsse die Kripo aus dem Hit zog, der eine Kombination aus Richtmine und Sturmgewehr war, was forensisch eindeutig nachweisbar war, konnte ich nur erahnen. Sprengstoffspezialisten dürften dabei einige graue Haare bekommen, wenn sie sich überlegten, welche Macht von jemandem ausging, der derart nachhaltig lediglich mit einer IED vorgehen konnte.
Meine Schlüsse waren weniger heroisch, da sich mein Restgewissen meldete und mein Tun infrage stellte. Niemals wollte ich »Unschuldige« töten, wobei mir durchaus bewusst war, dass dies mit der Zeit unvermeidlich war. Aber an diesem Tag hatte ich beschlossen, in Zukunft auf Splitterbomben (FASE) oder Claymores zu verzichten, weil hier die Gefahr von Kollateralschäden einfach zu groß war. Ich würde mich auf den Kampf Mann gegen Mann mit Pistole, Licht und Messer beschränken. So weit der Plan. Die Erfahrung mit dem Suppressor (siehe H-1) brachte mich dann letztlich ganz von dieser Profession ab … vorerst!

Ich war der Enforcer!
Ich lebte jeden Moment meines Lebens, als sei er der letzte … und ich komme wieder!

Fin

H 11 – Tötet den SEK-Meister!

Methode: Laserdazzler, Luftgewehr mit Giftkugeln und Glock 34 Vollauto. Auftraggeber: linke Szene, Punks. Target: SEK-Hauptkommissar (der Ausbilder der Ausbilder!).

Dazzler

Im Irakkrieg testete die US-Army sog. »Laserdazzler« mit grünem Licht, die auf Panzern montiert waren, um Aufständische zu kontrollieren. Die hohen Lichtleistungen von 100 Milliwatt bis zu mehreren Watt wurden dazu benutzt, die Frontscheiben sich Kontrollpunkten nähernder Fahrzeuge zu bestrahlen, wodurch die Fahrer geblendet wurden und anhalten mussten. Auch mit der direkten Blendung von Angreifern wurde experimentiert, wobei man nach Genfer Konvention angeblich Lichtleistungen verwendete, die keine bleibenden Augenschäden zurückließen, indem der Laserstrahl mit einer Optik aufgeweitet wurde. Dies hatte den zusätzlichen Vorteil, nicht so genau zielen zu müssen. Auch die Bundeswehr nahm sich da nicht aus und probierte fleißig mit. Dass man auch gegnerische Scharfschützen mit intensiven Laserstrahlen direkt auf deren Zielfernrohre – und damit direkt auf die Netzhaut des Auges – (bleibend) blendete, sind keine Mythen.

Schon nach zwei Sekunden stiegen dünne Rauchfäden auf und kräuselten sich zur Decke. Das Stück Holz zeigte schnell einen Brandfleck und nach weiteren dreißig Sekunden war bereits ein deutlich sichtbares Loch in das Brettchen eingebrannt. Das war sehr beeindruckend, wenn man bedenkt, dass das kleine Gerät gerade mal so lang wie ein Kugelschreiber war. Auch die Dicke von zwei bis drei Zentimetern war kein Problem. Man konnte es bequem in der linken Hand tragen, sogar weitgehend verdeckt, und bei Bedarf damit kämpfen.
Jetzt war ich froh, dass bei der Lieferung eine Laserschutzbrille dabei gewesen war. Für gerade mal 100 Dollar plus Versandkosten war das ein Schnäppchen. China lieferte alles, was das Herz begehrte, nicht nur

93 % der Kleidung für den europäischen Markt, die hauptsächlich in Genua gelöscht und in Oberitalien umetikettiert wurde.

Dieser »Laserpointer« wird bei www.alibaba.com statt der für in Deutschland üblichen <1 Milliwatt mit bis zu 2000 Milliwatt (!) Leistung angeboten (Bob-Laser, Le-Lazer, Oxlaser u. a.). Gespeist wird das Gerät von zwei Lithiumakkus à 3,7 Volt. Selbst wenn nur die Hälfte der Leistung wahr ist, so bedeutet dies immer noch einen beachtlichen Lichtstrom aus einem derart kleinen Gerät. Ein großer Anteil der Energie besteht dabei allerdings meines Wissens auch aus Infrarotlicht und nur zum Teil, wie angepriesen, aus blauem Licht der Wellenlänge 445 Nanometer. Für meine Zwecke würde der Laser mehr als ausreichen.

Seit einigen Jahren wird der Flugbetrieb v. a. von Hubschrauberpiloten, aber auch von Linienmaschinen, zunehmend durch Chaoten gestört, die mit derartigen, leicht zu beschaffenden Lasern v. a. grünen Lichts, für das das menschliche Auge vielfach empfindlicher ist, die Piloten anfliegender Maschinen zu blenden versuchen. Die Zahl derartiger Laserblendungsangriffe in den letzten Jahren hat sich verhundertfacht, wodurch die Importkontrollen solcher Laserpointer immer härter geworden sind.

Das Target

Bei einem meiner ersten Trainingskurse, damals beim amerikanischen IPSC-Weltmeister …[redacted], lernte ich ihn kennen. Er, nennen wir ihn Franz Macher, war nicht sehr groß, intelligent und Chef der Ausbilder der SEK Baden-Württemberg (natürlich geänderter Name, Ort und Status!). Ganz nebenbei betrieb er ein Dojo für Kickboxen und war selbst [redacted]meister in dieser Stilrichtung. Er war für seine unkonventionellen Methoden, seine Brutalität und Kompromisslosigkeit bekannt und bei Kriminellen nicht nur in Stuttgart gefürchtet, weil er mehr als einmal mit aufsässigen Bandenchefs auch ganz handgreiflich Achterbahn gefahren war. Er hatte z. B. das Dienstfahrzeug mit dem gefangenen Angeber auf der Fahrt ins Präsidium einfach in einem ruhigen Waldstück anhalten lassen, nahm dem Mann die Handschellen ab und forderte ihn auf, sich seine Freiheit hier und jetzt zu erkämpfen. Natürlich beließ er es nicht dabei, sich nur zu verteidigen, sondern schlug den Kriminellen dabei halb tot. Solche Geschichten sprechen sich in entsprechenden Kreisen schnell herum. Bei der Polizei hatte er offensichtlich einen unangreifbaren Status, wenngleich mir die Gründe nicht bekannt waren. Vielleicht wurde er protegiert oder er war so erfolgreich, v. a. im Kampf gegen linke Extremisten, wie er selbst verriet, dass ihm »niemand ans Bein pinkelte«. Bei dem Speedtraining mit Kurzwaffe und Flinte mit einem der besten Trainer der Welt, der in der Lage war, sechs Angreifer in zwei Sekunden mit gezielten Schüssen zu erledigen, lernten wir uns näher kennen und er erzählte manchen Insiderschwank aus dem Nähkästchen. Allerdings blieb auch später immer eine gewisse Distanz bestehen, sodass man zwischen uns nie hätte von Freundschaft sprechen können.

Einmal besuchte er mich in Frankfurt, als er auf Durchreise zur Besprechung eines Auftrags war, und erzählte von seinem geplanten Einsatz in Afghanistan, wo er und einige Spezialisten Taliban aufstöbern und eliminieren sollten (ja, Zusammenarbeit zwischen Polizei und Militärs gibt es, wenn auch nicht offiziell, sondern im Rahmen sog. Missionen, die sich oft vor Ort ergeben und nicht immer von höchster Stelle klar umrissen sind, wie ich auch von einem Hauptkommissar weiß, der im Libanon Personenschutz durchgeführt hatte!). Er beschwerte sich noch, dass er sich nun mit den militärischen Waffen wie G 36 K (Sturmgewehr, kurz) und HK Pistolen anfreunden müsse, da der Job unter der Leitung des KSK stand und somit eine einheitliche Bewaffnung gefordert war. Innerlich musste ich lächeln, weil die genannten Waffen für mich als ehemaligen Bundeswehrsoldaten so vertraut waren wie meine Arme oder Hände. Allerdings wurde aus seinem Einsatz dann später nichts, weil er sich in der Vorbereitungswoche den Innenmeniskus angerissen hatte, als er in einen Graben gesprungen war, wie er mir einmal mitteilte. Seitdem hatte ich keinen Kontakt mehr mit diesem scheuen, rätselhaften Elitekämpfer, von dem viele mit großem Respekt und hinter vorgehaltener Hand manche Heldengeschichte erzählten. Lustigerweise erzählte mir Miriam, eine meiner Liebschaften, die aus Franz' Stadt kam, von einem gewissen Hans, der mit einem SEK-Team als

Hasardeur nach Afghanistan gehen wollte, und zwar mit eben meinem Franz zusammen. Sie hatte wohl zeitgleich mit mir ein Techtelmechtel mit diesem Hans (Name geändert, wie alle hier!) gehabt. War die Welt nicht klein?

Politisch hatte ich persönlich keinerlei Ausrichtung. Für mich waren die Jungs in Berlin und in den Regierungshauptstädten anderer Länder allesamt egoistische Lügner, Selbstdarsteller und Bereicherungsexperten, unabhängig von ihrer Couleur. Nun erhielt ich von den Linksextremen den Auftrag, eben diesen Mythos »Franz Macher« zu eliminieren. Auch Franz hatte mir vor Jahren schon berichtet, dass die Punks der Antifa 5000.- Euro in einem Internetsteckbrief auf seine Beseitigung ausgesetzt hätten. Nun boten sie mir in der E-Mail, die ich natürlich über viele Umwege und von einem Server in den USA umgeleitet erhielt, 20.000.- Euro für den Hit. Dieser Betrag war nicht extrem hoch, aber immerhin deutlich höher als in diesen Kreisen üblich.
Den Auftraggebern war nach Jahren der erfolglosen Jagd wohl die Geduld ausgegangen. Die Identität von Franz Macher war den Linksextremen übrigens nur durch einen Zufall bekannt geworden, weil ein Punker ihm bei einer Razzia im Drogenmilieu die vermummende Sturmhaube vom Kopf reißen und so sein Gesicht erkennen konnte. Seitdem war die Jagd auf ihn eröffnet worden.

Dieser Auftrag war etwas anderes als sonst. Die Bekanntschaft mit diesem außergewöhnlichen Mann, der ausgezeichnet schießen und kämpfen konnte, war nicht der wichtigste Hinderungsgrund für mich. In meinen Augen war er immer ein Kämpfer auf der »guten« Seite, der wie ich versuchte, gegen egoistische Gewalt, gegen Missbrauch und Unterdrückung vorzugehen. Ich würde ihn nicht töten können, weil ich mich seiner Mission verbunden fühlte. Allerdings reizte es meinen Ehrgeiz sehr, in einem realen Kampf gegen ihn anzutreten. Im Ring hätte ich beim waffenlosen Nahkampf gegen den [redacted] -meister vermutlich keine reale Chance zu gewinnen. Dennoch wollte ich wissen, ob ich als Enforcer mit Schläue und Erfahrung auch so ein Kämpfer-Ass irgendwie besiegen konnte. Selbstverständlich wusste Franz nichts von meinem zweiten Leben als Auftragskiller, sondern hielt mich für einen gut trainierten Arzt und Reserveoffizier mit Waffenambitionen. Mit Raffinesse, Schlauheit und den richtigen Waffen sollte es möglich sein, diesen Mann zu stellen. Aber ich wollte ihn keinesfalls töten, nur besiegen.

Ich überlegte tagelang, ob es eine Möglichkeit gäbe, den Auftrag nur zum Schein zu erledigen. Zu der Zeit spielte ich sowieso schon mit dem Gedanken, mich als Enforcer zur Ruhe zu setzen. Ich wurde auch nicht jünger und mit jedem Hit war natürlich auch das Risiko meines eigenen Ablebens verbunden. Deshalb machte mir der Imageschaden eines missglückten Hits kein Kopfzerbrechen. Franz war die kämpferische Herausforderung und der krönende Abschluss meiner Killerzeit, nach der ich wohl unbewusst gesucht hatte. Hier war die Gelegenheit. Vielleicht lag es auch an der manchmal etwas selbstherrlichen Arroganz und Unnahbarkeit, mit der dieser Mann sich bei gemeinsamen Trainingskursen bewegte, die in mir den Wunsch entstehen ließen, auch ihm seine Grenzen aufzuzeigen. Zudem war er ein Mythos. Aber ich war der Enforcer!

Der Plan

Ich nahm den Auftrag einer spontanen Eingebung folgend an, noch ohne bewusst die geringste Ahnung zu haben, wie ich vorgehen wollte. Offensichtlich wusste mein Unbewusstes mehr. Was sollte mir schon passieren? Wenn ich den Auftrag nicht ausführte oder – wie geplant – nicht vollständig erledigte, dann würde das meinem guten Ruf als zuverlässigem Killer schaden. Das war mir aber egal. Ein Teenager würde sagen, er habe eine »Null-Bock-Phase«. Ich konnte zu dem Zeitpunkt noch nicht wissen, dass dies nicht mein letzter Hit sein würde.

Z.: »Targets dictate weapons, weapons dictate movements!« Richard Machovicz, Ex-Navy-SEAL. Das Ziel gibt die notwendigen Waffen vor; danach richten sich deine Taktik und deine Bewegungen.

Das Zielobjekt stand fest. Nun musste ich mir eine geeignete Waffe überlegen, die diesem Gegner gerecht wurde, ihm die Möglichkeit zu überleben ließ und mir sowohl die Gelegenheit des Triumphes als auch des Entkommens gewährte. Da hatte ich mich in etwas verrannt! Ich war nahe daran aufzugeben und schalt mich für meine eitle Dummheit.

Im Geiste ließ ich mein Waffenarsenal, mit dem ich vertraut und erfahren war, Revue passieren: Kurzwaffen, Langwaffen, Gifte, Sprengmittel, Messer …
Franz war selbst ein ausgezeichneter Pistolen- und Flintenschütze. Nur mit dem Überraschungseffekt konnte ich hier meine Chancen vernünftig erhöhen. Allerdings war es in einem Gunfight nahezu unmöglich, das Überleben zu garantieren. Deshalb schieden auch Hieb- und Stichwaffen, wie das Messer, mit dem ich ja recht gut umgehen konnte, nachdem Michael B. und Joe B. mit mir gearbeitet hatten, definitiv aus. Sprengfallen waren von vorneherein obsolet. Also blieben mir nur noch meine medizinischen Kenntnisse der Toxikologie übrig. Ich erinnerte mich an meinen Amazonas-Hit, bei dem das Target am südamerikanischen Curare gescheitert war.

Meine drei Favoriten im Einsatz waren ja Nikotin, Aconitum und Curare. Auch Insulin hat seine Vorzüge, weil es als körpereigenes Hormon praktisch nicht nachweisbar war und ohne Zuckernachschub schnell zum Hirntod führen kann.
Mit Nikotin, das ich kürzlich über einen Mittelsmann in Reinstversion direkt beim Chemiehandel bezogen hatte, arbeitete ich recht gerne. Erst vor einigen Wochen konnte ich damit einen perversen Zuhälter ausschalten, der einen florierenden Mädchenhandel aufgezogen hatte. Rumänische Mädchen wurden mit der Aussicht auf einen Job in Deutschland von zu Hause weggelockt, mit Heroin drogenabhängig gemacht und zur Prostitution in Laufhäusern gezwungen (die Ausweise wurden natürlich als Druckmittel einbehalten und mit der Ermordung der heimischen Familien gedroht!). Schon nach wenigen Wochen waren die blutjungen Mädchen seelisch gebrochen, hassten sich in den wenigen wachen Momenten selbst und fügten sich in das Schicksal, schon um ihre bedrohte Familie zu Hause zu schützen. Nach spätestens zwei

Jahren waren die Mädchen auch körperlich am Ende und wurden einfach entsorgt. Eventuelle Kinder wurden meistbietend an Adoptiveltern im Ausland verkauft. Ich erledigte den Auftrag zum ersten Mal, ohne Honorar zu fordern, indem ich die Türklinken sowohl des geliebten Porsches des Mannes als auch seiner Penthousewohnung mit Nikotin präparierte.

Reines Nikotin ist eine ölige, übel riechende Flüssigkeit. Damit die Substanz an einer metallischen Türklinke haften blieb und nicht abperlte, vermischte ich sie im Verhältnis 2:1 mit Vaseline und fügte eine kleine Dosis Schmierseife hinzu. Dadurch wurde sie klebriger, ließ sich leicht auf Oberflächen verteilen und war immer noch konzentriert genug, um sofort zu töten. Da 50 mg reines Nikotin (wenige Tropfen!) bereits tödlich wirken können, musste nur sehr wenig der schmierigen Masse auf die Haut gelangen. Zudem konnte meine Spezialzubereitung nicht einfach abgewischt werden. Selbstverständlich hantierte ich mit Nikotin nur in komplett geschlossener Kleidung, die keine nackte Haut frei ließ, mit Schutzbrille und mit einer doppelten Lage Latexhandschuhen!

Der Zuhälter fiel nach einer Minute, weil er seine Post lesen wollte, noch vor der Haustür, zu Boden und verendete in weiteren drei Minuten unter fürchterlichen Krämpfen letztlich an Atem- und Herzstillstand. Leider musste ich mir das mit ansehen, um sein Ableben sicher feststellen zu können. Während dieses dreiminütigen Schauspiels, das ich aus einem geliehenen BMW 330d heraus beobachtete, stellte ich mir die gebrochenen, zerstörten Mädchen vor, die er auf dem Gewissen hatte. Das half mir über moralische Bedenken hinweg. Die restliche Nikotinvaseline sprühte ich danach, immer mit Gummihandschuhen an den Händen und einem Gesichtsschutz vor Augen und Mund, von beiden Klinken mit Trichlorethylen-Waffenspray wieder ab, damit keine anderen Personen vergiftet würden.
Selbstverständlich schied Nikotin für Franz aus, weil es für diesen potenten Ganglienblocker (Ganglien sind Nervenknoten und kleine Schaltzentralen im Körper) keinerlei Gegenmittel gab und die Wirkung für jeden Rettungsdienst zu schnell eintreten würde.

In der Schule hatte ich einmal einen Film über Zyankali gesehen, mit dem Nazi-Schergen einen Hund zum Spaß vergiftet hatten, um ihn dann nach zehn Minuten mit Natrium-Thiosulfat als Gegenmittel aus seinen Krämpfen und vor dem knappen Tod zu erlösen. Zyankali, das Kaliumsalz der Blausäure, mit der im Dritten Reich die Judenvergasungen (»Zyklon B«) vorgenommen worden waren, war ein weißes, unauffälliges Pulver, dem Speisesalz nicht unähnlich. Beim Chemiebedarf ist das Salz als Zubehör für … [redacted] gar nicht so schwer erhältlich. Aber diese Version schien mir für Franz ebenfalls zu hart.
Auch Aconitum war ungeeignet. Die Wirkung trat dosisabhängig zwar langsamer ein, aber auch hier gab es kein Gegenmittel. Der Tod würde unter unsäglichen Schmerzen und durch Herzflimmern eintreten. Das wollte ich Franz sicher nicht antun.
Wie gesagt, wollte ich mein Target nicht töten, sondern nur besiegen. Natürlich musste ich zuverlässig verhindern, dass dieser Elitekämpfer meine Identität herausbekäme, nachdem er überlebte. Sonst hätte ich lebenslang einen furchtbaren Gegner mit dem SEK-Apparat im Nacken. Je mehr ich über verschiedene Szenarien nachdachte, desto absurder erschien mir meine Idee eines solchen trickreichen Zweikampfes zweier Profis. Ich wollte die Sache vergessen. Aber mein Hirn ließ mich partout nicht schlafen und viele kleine Dämonen flüsterten mir grinsend ein, ich müsse einen Weg finden. Letztlich gelangte ich beim Curare an, dem Gift des Amazonas-Hits.
Curare lähmt alle quer gestreiften Muskeln, also alle außer denen des Herzens und der inneren Organe, und wird nach einigen Stunden vollständig abgebaut. Opfer, die in dieser Zeit ausreichend beatmet werden, überleben eine Vergiftung absolut schadlos. Sie sind lediglich völlig hilflos, bewegungsunfähig und auf künstliche Beatmung angewiesen. Dafür konnte ich ja sorgen!

Der Stallhase

Die graugrünliche, breiige Paste hatte ich ja schon seit Jahren im Kühlschrank gelagert. Wie konnte ich sichergehen, dass sie nach der langen Zeit noch wirkte? Ich hasste es, Tieren grundlos Leid zuzufügen oder,

wie so viele passionierte Jäger, einfach zum Spaß zu töten. Wenn ich Bilder in Waffenzeitschriften sehe, auf denen ein heldenhafter Großwildjäger in typischer Pose vor einem erlegten Tier posiert, dann kommt mir das Kotzen. Es ist eine Sache, einem Gegner gegenüberzustehen, der sich wehren konnte, aber eine andere, mit einer Hochleistungswaffe aus bequemen 150 Metern heimtückisch zu morden. Nun könnte man einwenden, dass ich mit trickreichen Methoden und bei oft ahnungslosen Targets nichts anderes täte. Allerdings steht für mich immer der moralische Aspekt im Vordergrund. Durch meine Hits vermindere ich die Schädlinge der Gesellschaft, die auf den Freiheiten und Rechten anderer, oft schwächerer Menschen herumtrampeln. Ein Tier hat niemals böse Absichten. Seine Motive sind niemals Macht, Egoismus, Habgier, Lust, Sadismus usw. Das war für mich ein gewaltiger Unterschied.
Dennoch stand ich vor dem Problem, mein Curare testen zu müssen. Also kaufte ich mir einen Stallhasen und injizierte ihm mit einer kleinen Insulinspritze (ohne Insulin) eine winzige Dosis der mit Wasser flüssiger gemachten Paste (0,05 ccm der 1:10 verdünnten Originalpaste aus Südamerika, sog. »Calebassencurare«). Ich wollte es dann den Pygmäen im Amazonas nachmachen und den Hasen danach mit meiner Familie essen. Denn Curare wird im Dschungel gerne zur Jagd auf Affen oder Vögel per Blasrohr verwendet. Das erlegte Tier kann problemlos verspeist werden, weil das Curare nur über die Blutbahn wirkt und im Verdauungstrakt restlos abgebaut wird. Warum also sollte ich diese Tradition nicht auch leben können?
Ich beobachtete den Sekundenzeiger meiner Rolex Seadweller im Wechsel mit dem Verhalten des Hasen. Dieser wirkte über eine Minute quicklebendig, sodass ich schon dachte, mein Curare sei unwirksam. Aber nach dieser Zeit verlangsamten sich die Bewegungen des Tieres schlagartig und sein Kopf sank auf die Tischplatte. Dies schien ihn zu erschrecken, sodass er kurz anfing, panisch weglaufen zu wollen. Allerdings versagten seine Hinterbeine, die er wie bei einer Dackellähmung nachzog und sich dabei nur mit den müden Vorderbeinen über den Tisch bewegen konnte. Seine Augen hörten auf zu blinzeln und blieben weit offen. Die Vorderbeine schliefen nach wenigen erfolglosen Versuchen der Flucht ein. Der Hase fiel auf die Seite und blieb flach atmend mit starr offenen Augen liegen. Ich wusste, dass er bei vollem

Bewusstsein war und sich nur ganz auf die immer schwerer werdende Atmung konzentrieren musste. Nach weiteren zwei Minuten konnte ich keine Atmung mehr wahrnehmen. Ich schaute aus nächster Nähe in sein oben liegendes Auge und vermeinte so etwas wie ein »Verlöschen der Lebensenergie« zu sehen. Vermutlich war dies aber meiner Fantasie zuzuschreiben.
Irgendwie fühlte ich für den Hasen, obwohl die meisten Menschen auf der ganzen Welt jeden Tag bedenkenlos Fleisch von für diesen Zweck getöteten Tieren essen, mehr Mitleid als für die meisten meiner Targets. Vielleicht wurde ich auf meine alten Tage noch sentimental?

Dann machte ich mich im Keller über einer Kunststoffwanne daran, den Hasen fachgerecht abzuziehen und auszuweiden. Die zerlegten Teile fror ich in der Tiefkühltruhe in Gefrierbeuteln ein. Mein Vater hatte mir das Zerlegen eines Hasen in Kindheitstagen beigebracht, wo wir manchmal überfahrene oder vom Jäger gekaufte Tiefe aßen. Da ich zu der Zeit von meiner Exfrau Lea geschieden war und meistens allein in meiner Stadtwohnung lebte, konnte ich meinen Kindern und meiner Freundin Alexa problemlos die Geschichte auftischen, das Hasenfleisch gekauft zu haben. Als wir zum ersten Mal davon gegessen hatten, überkam mich allerdings schon kurz ein flaues Gefühl im Bauch, wenn ich an das Curare im Fleisch dachte. Nun, es schmeckte ausgezeichnet und ich konnte sichergehen, dass mein Gift noch hochwirksam war.

Wo ist Franz?

Das Hauptproblem war, Franz überhaupt irgendwo anzutreffen. Er war derart vorsichtig, dass er keine SMS las oder schrieb, wechselnde E-Mail-Adressen verwendete und keinen unter seinem Namen registrierten Wohnort hatte. Irgendwie kam mir seine berechtigte Paranoia bekannt vor. Auf E-Mails pflegte er meist nicht oder nur Wochen später zu antworten.
Aber ich hatte ihn vor Jahren einmal in dem Dojo besucht, das er bevorzugte. Nach einigem Nachdenken fiel mir die genaue Lokalisation in Stuttgart-Feuerbach wieder ein. Dieses kombinierte Kampfsport-Dojo

und kleine Fitnessstudio war unter dem Namen eines Leo Weisbacher im Branchenverzeichnis aufgeführt. Ich rief einfach dort an. Es dauerte aber mehrere Tage, bis ich Leo am Apparat hatte. Ich erkundigte mich bei ihm, ob es dort die Möglichkeit gäbe, da ich selbst als Polizist – auch ich kann lügen – schon jahrelang Kampfsport betriebe, mit einem kompetenten Lehrer Privatstunden zu vereinbaren. Geld spiele keine Rolle. Aber mir sei wichtig, einen wirklich fähigen Lehrer zu bekommen. Ob er mir weiterhelfen könne. Ich konnte nicht wissen, wie weit dieser Leo von Franz zur Vorsicht instruiert worden war. Offensichtlich beseitigten meine Berufsangabe und die Aussicht auf gut bezahlte Privatstunden einige Bedenken bei Leo, der mir zusagte, mich zurückzurufen, sobald er etwas abgeklärt hätte. Tatsächlich rief er mich am nächsten Tag auf meinem neuen Prepaid-Handy zurück, dessen SIM-Card natürlich nicht auf meinen Namen registriert war. Vermutlich hätte Franz mir, Markus Dreher, bereitwillig Unterricht erteilt, wenn ich meinen wahren Namen genannt hätte. Aber dann hätten sicherlich auch ein Leo oder andere Leute davon erfahren und meine Identität hätte die Runde gemacht. Ich durfte gar nicht in Erscheinung treten.
Leo bot mir einen Probeunterricht bei sich selbst an und erwähnte, dass ein anderer Kampfsportler mit Titel auch einmal dazu schauen würde. Das genügte mir.

Vorbereitungen

Das Hauptproblem würde sein, Franz die Spritze zu verabreichen. Er war unheimlich schnell in seinen Bewegungen, sehr breit und seine baumstammdicken Arme hatten dennoch eine große Reichweite. Ohne den viel gepriesenen Überraschungseffekt hatte ich keine Chance. Zudem musste ich ganz sicher vermeiden, von ihm erkannt zu werden. Dies schien eine unlösbare Aufgabe zu sein.
Wenn es sich um einen normalen Hit gehandelt hätte, wäre ich durchaus nahe an ihn heran, z. B. in der Umkleidekabine, hätte ihm die Spritze überraschend verpasst und die folgenden Schläge so gut wie möglich pariert, bis seine Kräfte durch das Gift schnell nachgelassen hätten.

Da er ja überleben sollte, schied diese Möglichkeit aus, weil er dann meine Identität erfahren hätte.
Also musste ich aus größerer Distanz heraus handeln. Vor einiger Zeit hatte ich mir aus Interesse einmal ein Blasrohrsystem für Tierärzte gekauft, aus dem recht große Injektionsspritzen verschossen wurden. Bei diesen Spezialanfertigungen wurde der Raum hinter dem Spritzenstempel mit Druckluft komprimiert, sodass dieser beim Auftreffen im Fleisch des Opfers die Betäubungs- oder Giftflüssigkeit schlagartig injizierte. Dabei war an der Nadel eine seitliche Öffnung anstatt einer frontalen durch eine eng anliegende, kleine Sillikonmanschette verschlossen, die beim Eindringen in das Gewebe beiseitegeschoben wurde. Allerdings war die Reichweite dieses Blasrohres, wie ich mehrfach ausprobiert hatte, bedingt durch die eingeschränkte Atemkraft und die schwere Spritze, mit einigen Metern einfach zu gering. Damit konnte ich meine Identität nicht zuverlässig wahren. Dann versuchte ich, die Spritze mit Pressluft aus einem Kompressor im Blasrohr zu beschleunigen, wodurch die Flugbahn aber bei höherer Geschwindigkeit instabil wurde und man nicht mehr zuverlässig treffen konnte. Diese Möglichkeit schied also aus.

Dann fiel mir wieder meine Idee der präparierten Luftgewehrkugeln ein, die mir damals beim Stadtpark-Hit in den Sinn gekommen war. Ich besorgte mir also Hohlspitz-Diabolos in 4,5 mm für Luftdruckwaffen – so etwas gibt es! – und füllte den aufgebohrten Hohlraum mit der dicken Curare-Paste. Jedes Diabolo nahm das Fünffache der Menge von der Paste auf, die ich für den Hasen verwendet hatte. Ich präparierte acht Kugeln und deckte die Frontseite mit einem weichen Wachs ab, das ich mit einem heißen Metallspatel vorsichtig aufbrachte. Dann schoss ich die Kugeln mit einen Kohlenstoffdioxid-Gewehr normaler Stärke aus naher Distanz in einen Haufen Watte. Ich wollte sehen, ob die Paste die Beschleunigung im Lauf und den Drall aushielt. Und tatsächlich war meine Füllung stabil genug. Aber das würde nichts nützen, wenn sich das Curare im Fleisch des Targets nicht entfalten konnte, weil die Wachsabdeckung zu stabil war. Als machte ich weitere Versuche mit meinen Amazonas-Diabolos und schoss diese in ein Stück Schweinefleisch vom Metzger. Diesmal wählte ich allerdings eine weitere Entfernung, weil ich darauf angewiesen war, dass das Ganze auch aus Distanz funktionierte. Und tatsächlich musste ich nur noch einen weiteren Versuch anstellen: Alle weichen Blei-Diabolos verformten sich im Fleisch zuverlässig, drangen bis unter die Haut und nicht weiter und gaben die Curarepaste frei. Was aber würde passieren, wenn die Diabolos zuerst Kleidung durchdringen mussten? Jetzt im Juli würde Franz wohl wenig Kleidung tragen, aber ein T-Shirt würde es schon sein. Also zog ich dem Schweinefleisch ein Stück Baumwollstoff an und beschoss es aus 10 und 20 Metern Distanz.

Der Stoff war kein Problem! Ich fühlte mich wie der Hades, der Gott der Totenwelt, der wieder einen neuen Weg gefunden hatte, die Mitglieder seines Reiches zu vermehren. Nun stellte ich sorgfältig die finalen Kugeln her und füllte damit ein 8-Schuss-Trommelmagazin, wie es in meinem Diana-Luftgewehr Verwendung finden sollte.

Der Hit

Für diesen Hit hatte ich mir in der Praxis sicherheitshalber ein paar Tage freigenommen, weil ich ja nicht wissen konnte, ob ich sofort an Franz herankäme. Ich wollte ihn aus einem gestohlenen Kleinbus mit getönten Scheiben heraus, wie schon des Öfteren mit dem KK-Gewehr praktiziert, mit dem Diana Luftgewehr beschießen. Alle acht Gift-Diabolos wollte ich ihm im Halbautomatikmodus so schnell wie möglich in den Körper jagen. Sobald er dann gelähmt, aber noch bei Bewusstsein war, wollte ich, mit meiner Latexmaske vermummt, zu ihm gehen und ihm von dem Auftrag durch die Linken erzählen und dass er diesen Kampf gegen einen unbekannten Killer wohl verloren hätte. Für den Fall, dass er den Weg bis zu mir noch schaffen sollte, bevor die Lähmung der Skelettmuskulatur einsetzte, wollte ich ihn mit dem aufgeweiteten Blaulichtlaserstrahl – mit hoffentlich nicht-schädlicher Lichtdosis – blenden, um Zeit zu gewinnen. Dann wollte ich den Notarzt verständigen und ihn mit einem Beatmungsbeutel, wie man das als Arzt natürlich draufhat, am Leben erhalten, bis der Rettungswagen eintreffen würde. In der allgemeinen Verwirrung und mit meiner Latexmaske sollte ein unerkanntes Entkommen dann kein Problem sein. So weit der

Plan, der zugegeben etwas verrückt klang. Aber ich war nun mal kein Normalbürger und jeder Psychiater hätte sicher seine Freude mit mir (solange ich an Händen und Füßen gefesselt war!).

Auf Google-Maps hatte ich, wie ich das natürlich vor einem Hit immer zu tun pflege, die ganze Umgebung des Dojos sorgsam untersucht und in meine Pläne mit einbezogen.
Dem Dojo waren ein Fitnessstudio und acht Tennisplätze angegliedert. Direkt davor, nicht weit vom Autobahnkreuz entfernt, lag ein Parkplatz mit 47 Stellplätzen für Besucher. Zum Glück konnte ich einen Trainingstermin an einem Dienstag um 10.00 Uhr vormittags vereinbaren. Zu der Zeit würden weit weniger Menschen zum Training gehen als z. B. abends nach 18.00 Uhr, wenn die meisten von der Arbeit kommen. Auch meine Flucht hatte dann ein geringeres Staurisiko. Natürlich konnte ich die genauen Zeitabläufe und Bewegungen keinesfalls vorhersehen und musste mich einmal mehr auf meine geliebte Improvisationsfähigkeit verlassen. Nur wenn nicht alle Details eines Hits feststehen, laufe ich zur mentalen Höchstform auf.
Ich wollte mich, mit der Hollywood-Latexmaske vermummt, in Schussweite zum Dojo-Eingang auf dem Parkplatz postieren. Ich dachte so an 10–20 Meter Entfernung, damit die Geschosse noch genügend Energie aufbrächten, auch durch Kleidung zu dringen, und ich dennoch mit hoher Sicherheit ohne Zielfernrohr mit diesen schwachen Kugeln (7,5 Joule Mündungsenergie) treffen konnte. Ich wählte das CO_2-Gewehr, weil der Halbautomatikmodus sehr schnelle Schussfolgen zuließ. Dies würde bei der hohen Reaktionsfähigkeit meines Targets auch absolut notwendig sein, um mindestens die Hälfte der Geschosse in dessen Gewebe zu versenken.
Schon immer legte ich großen Wert auf meine Backup-Bewaffnung. Ich wollte für den schlimmsten Fall gerüstet sein. Mein Urban Dart, ein Dagger von Cold Steel an einer Kette um meinen Hals, ergänzte normalerweise mein M-16 Messer mit Tantoklinge von CRKM am Hosenbund und diesmal auch meine Glock 34 mit Feuerwahlhebel und Kompensatorschlitzen. Fast immer trug ich auch meine Smith & Wesson Airlite Kaliber .38 spec. aus Titan und Aluminium im Wadenholster am linken Fuß. Für die Glock führte ich neben dem Waffenmagazin

noch zwei weitere mit je 17 Schuss sowie ein langes 30-Schuss-Stangenmagazin mit mir, obwohl das etwas unhandlich war. Die beiden kleinen Magazine führte ich wie die IPSC-Schützen in einem Magazinpouche am Gürtel auf Höhe des linken Hüftknochens. Die Waffe selbst steckte in einem Fobus-Holster ohne Sperre am Gürtel rechts. Das Stangenmagazin lag im Wagen im Fach der Fahrertür.
Neuerdings gehörte ein 50-Schuss-Trommelmagazin zu meinem Lieblingsequipment, auf das ich in einem Waffenportal (muss ungenannt bleiben) aufmerksam geworden war. Dieses Teil war zwar recht schwer, ließ sich aber sehr einfach wie ein normales Magazin von unten in die Waffe klicken. Dadurch lag der Schwerpunkt der Glock, zumal bei Dauerfeuer, sehr viel niedriger, was es deutlich erleichterte, ein Auswandern nach oben zu verhindern. Und zudem lieferte das Trommelmagazin eine beachtliche Feuerkapazität, die im Ernstfall lebensrettend – mein Leben – sein konnte. Ich liebte die schwarze Glock-Trommel und hatte sie inzwischen bei einem Hit immer im Auto dabei. Diesmal sollte sie wider Erwarten das Leben von Franz Macher retten!

Anmerkung des Autors:
Leider kann die Bezugsquelle des in Korea produzierten Trommelmagazins für Glock-Pistolen hier nicht genannt werden, da den Behörden damit die Identifizierung des Enforcer zu leicht gemacht werden würde. Aber im Web sind Händler für dieses legale Teil leicht zu eruieren.

08.30 Uhr. Ich wollte schon weit vor der Zeit am Ort des Geschehens sein, weil Franz ja sehr gut auch viel früher als zu meiner vereinbarten Stunde erscheinen konnte. Der gestohlene Ford C-Max Minivan in Silbergrau, den ein albanischer Kontaktmann in Stuttgart für mich auf einem Parkplatz unweit des Tatortes platziert hatte, stand in optimalem Winkel zum Eingang des Gebäudes in knapp 20 Metern Abstand. Nach meinen Wünschen waren alle rückwärtigen Scheiben mit sehr dunkler Tönungsfolie beklebt, und zwar derart, dass die Folie an der Karosserie verankert blieb, selbst wenn man die Scheibe herabließ. Diese Scheibenattrappe würde ich erst unmittelbar vor dem Schuss herabreißen, weil das schneller ging, als die Scheibe elektrisch zu versenken. Mein Ferrari F355, allerdings mit überklebten Kennzeichen, wartete auf dem nahe

gelegenen Parkplatz, auf dem ich den Ford übernommen hatte. Mit dieser Rennmaschine wollte ich dann über die Autobahn nach Hause nach Offenbach fliegen. Das Diana CO2-Gewehr lag bereit. Ich saß auf einem der drehbaren Einzelsitze im Fond und beobachtete den fast menschenleeren Parkplatz.
In Gedanken ging ich alle mir einfallenden Szenarien durch und checkte meine Backup-Waffen: Das Trommelmagazin lag auf dem vorderen Beifahrersitz, die Glock 34 mit Feuerwahlhebel und 17-Schuss-Magazin statt der kleineren Glock 19 steckte im Holster, die beiden kleinen Magazine waren in den Magazinpouches verstaut, meine Messer warteten an gewohnter Stelle, der ultrastarken Laserdazzler aus China klemmte am Gürtel vor meinem Bauch. Wir waren bereit.

Der Feuerwahlhebel ist ein kleines, drehbares (legales!) Teil, das am Heck des Pistolenschlittens eingebaut wird und die Möglichkeit eröffnet, auch im Vollautomatikmodus zu schießen (das ist illegal!). Damit wird jede legale Glock-Pistole im Handumdrehen zur Mini-Maschinenpistole, wie weiter vorne im Buch schon erwähnt, die nach KWKG (= Kriegswaffenkontrollgesetz) als Kriegswaffe gilt und deren Besitz mit nicht unter einem Jahr Freiheitsstrafe geahndet wird.

09.08 Uhr. Ein weißer Mercedes Sprinter älteren Baujahres ohne Seiten- und Heckscheiben fährt auf den Parkplatz und parkt genau in meiner Schussbahn. Nun kann ich den Dojo-Eingang von meiner Position aus nicht mehr sehen. Innerlich fluche ich und will mich bereit machen, mein Fahrzeug anders zu parken, als der Golf Diesel mit meinem Target ebenfalls auf das Parkareal einfährt. Ich erkenne Franz sofort an seiner ungewöhnlich breiten Statur, die das kleine Auto fast auszufüllen schien. Für einen Stellungswechsel ist es jetzt eindeutig zu spät. Ich greife mit der linken Hand zur Folie und halte das Gewehr mit der rechten halb im Anschlag. Da parkt Franz direkt neben dem Eingang und ca. acht Meter entfernt von dem Kleinbus, dessen Heckklappe nun aufgerissen wird. Dadurch ist mir kurzzeitig die Sicht auf mein Target verdeckt und ich kann mich gerade noch zurückhalten, die Folie herunterzureißen. Franz scheint nicht zu registrieren, dass nun aus dem Sprinter ein verrückter Punker nach dem anderen ins Freie springt, wohl sichtgeschützt von der großen Mercedes-Karosserie. Einer hat einen Irokesenhaarschnitt, der rot lackiert ist. Ein anderer scheint nur in Jeansfetzen und Nieten gekleidet zu sein. Insgesamt zähle ich in schneller Folge fünf Typen, die da plötzlich auf dem Parkplatz stehen und sofort zielstrebig in Richtung des SEK-Beamten streben.

Siedend heiß überkommt mich die Erkenntnis, dass hier noch ein anderer Hit laufen soll als meiner. Durch unzählige Trainingseinheiten in meinem Hirn gebahnt wird dort ein Schalter umgelegt und mein Körper schaltet auf blanke Reaktion: Ich lasse das Gewehr in den Fußraum fallen, greife mit der Rechten nach dem Trommelmagazin, öffne mit der Linken die Fondtür und springe aus dem Ford nach draußen. Keiner nimmt Notiz von mir. Alle Jungs der linksextremen Bande sind mit ihren Hieb- und Stichwaffen zu Franz hin orientiert. Der erkennt beim Umdrehen sofort die Lage und will zurück zum Golf, dessen Tür er schon zugeschlagen hat. Vermutlich liegt dort eine Waffe. Der rote Gockel kommt ihm zuvor und schlägt mit einem Baseballschläger nach Franz' Arm. Franz weicht gerade noch aus, als ihn schon die Kette des nächsten Punks am Kopf trifft. Ich bin in eiligem Laufschritt schon bis auf fünf Meter an der Schlägerei dran. Der letzte Punk, wohl der Anführer, dreht sich zu mir um. Seine Schrotflinte zeigt schräg nach oben in den Himmel. Mit einem Auge erkenne ich, dass Franz am Boden liegt, weil zwei andere Jungs ihm mit Eisenstangen in die Kniekehlen geschlagen haben. Das Trommelmagazin habe ich im Laufen schon in die Glock gerammt, nachdem ein Druck auf den Magazinauslöser das kleine Magazin der Waffe auf den Boden gleiten ließ. Mit beiden Händen halte ich die durchgeladene Waffe vor der Brust in »high compressed ready«. Franz stöhnt auf. Er hat bei aller Kampferfahrung keine Chance zur Gegenwehr. Er windet sich am Boden und vier der Vandalen treten auf ihn ein. Nun heißt es, keine Zeit zu verlieren. Wie zu einem beidhändigen Schlag stoße ich die Maschinenpistole nach vorne, lasse meine Brust- und Armmuskeln mit einem Ruck arretieren und krümme den rechten Zeigefinger. Mein Körper lehnt sich voll nach vorne, um den Rückstoß der Waffe aufzunehmen. Inzwischen hat der Anführer seine Flinte mit grimmigem Blick fast auf mein Gesicht gerichtet. Instinktiv pendle ich nach links, während meine Glock losrattert. Die erste Salve schlägt dumpf in seinen rechten Wangenknochen und die rechte Schläfe ein.

Die Flinte fällt. Mein Finger unterbricht das Konzert. Mein Blick huscht zu den sich umdrehenden Schlägern, die nun innehalten und erstarrt nach hinten zu mir blicken. Keine Zeit für Gnade. Die Waffe folgt meinem Blick. Der Finger drückt den Abzug. Mit gnadenlosem Stakkato entlädt sich die ganze Wucht der restlichen 45 Hohlspitzgeschosse in die sich aufbäumenden Leiber der Punks, die nicht so schnell fallen können, wie der Kugelhagel sie niedermäht. Ich setze kein einziges Mal ab. Mit geübten Händen und eisernem Griff (»Wrist Lock«) kontrollieren mein Körper und mein Geist die rasende Glock, die in gut zwei Sekunden ihre gesamte Botschaft verkündet hat.

Die Kontrolle einer Maschinenpistole während des Dauerfeuers will gelernt sein. Bei der HK MP 5 von Heckler & Koch, der polizeilichen Standardwaffe, ist das einfacher zu bewerkstelligen, weil diese länger ist, einen Frontgriff hat und mit dem Halteriemen zusätzlich verspannt werden kann. Bei einer vollautomatischen Glock, die es offiziell als Glock 18 auch als Maschinenpistole gibt, gestalten sich die Kontrolle und das Verhindern des Hochwanderns schon schwieriger. Der Schütze muss sich mit seinem Körpergewicht bereits vor der Auslösung nach vorne gegen den zu erwartenden Rückstoß stemmen und beide Arme gnadenlos fest arretieren. Ein einzelner Schuss im Kaliber 9x19 Luger mag einen nicht allzu starken Rückstoß besitzen. Wenn die Glock allerdings mit zwanzig Schuss pro Sekunde losrattert, hat man mit dem Zwanzigfachen dieses Impulses zu kämpfen. Nur mit viel Übung und mit mentaler Kontrolle kann man eine so kurze Maschinenpistole kontrolliert handhaben (die Waffe horizontal zu halten, könnte auch helfen, was aber mit dem schweren Trommelmagazin nicht möglich ist). Man muss sich das Gefühl ungefähr so vorstellen wie beim Halten eines Feuerwehrschlauches, der das Wasser in stetem Strom und mit großem Druck freigibt. Das Trommelmagazin hatte allerdings den Nachteil, dass es schnell anfängt zu pendeln, wenn man unterbrochene Schussfolgen abgibt. Deshalb hielt ich einfach pausenlos mit unbarmherzigen Wristlock 'drauf!

Wie in Zeitlupe scheinen die zerfetzten, ausgeweideten Körper gleichzeitig wie auf Befehl – Marionetten, deren Schnüre gekappt wurden – in sich zusammenzufallen.

Mein Blick gilt zuerst der dampfenden Glock, deren heißer Lauf sich von Resten des Waffenöls befreit. Dann sehe ich den reglosen Polizisten am Boden liegen. Ich knie neben dem Mann, lege die Waffe auf den Boden und fühle seinen Puls an der Halsschlagader. Ein kräftiger Herzschlag pocht da durch die Adern. Die Atmung wechselt vom Röcheln zum aufwachenden Stöhnen.
Einen Moment überlege ich zu bleiben, will Franz in die Augen schauen und den Triumph, ihn gerettet zu haben, einkassieren. Dann aber überlege ich mir das anders. Besser unerkannt abziehen. Keine Probleme. Mein Job war erfüllt. Besiegter kann ein Mann nicht sein.

09.10 Uhr. Während des kurzen, aber heftigen Kampfes hatte ich meine Latexmaske völlig vergessen, zumal diese optimal angepasst war. Jetzt lief mir der Schweiß in Strömen in den Halsausschnitt. Mit einem Ruck stand ich auf, nahm die Waffe wie nach einem Orgasmus auf und lief locker zum Ford C-Max zurück, dessen Fondtür noch offen stand. Dort warf ich die schwere Glock auf einen der Sitze, schlug die Tür energisch zu und stieg vorne beim Lenkrad ein. Meine Titanbrille beschlug vom stinkenden Stressdampf unter der Maske. Aber noch beließ ich das Latex auf meinem Kopf. Ich hatte keine Ahnung, ob und wer mich nach dem Höllenspektakel beobachtete. Mit durchdrehenden Rädern flüchtete ich vom Tatort. Ich hatte keine Lust auf tausend Erklärungen. Mit einer Hand lenkte ich das an den Vorderrädern zerrende Auto. Mit der anderen wählte ich auf dem Prepaid-Handy, das ich ja für meinen geplanten Hit schon bereit hatte, per Kurzwahl die 110. In knappen Worten und mit von der Maske und meiner in die linke Backentasche gebogenen Zunge verzerrter Stimme schickte ich den Notarzt zu Franz. Die letzten Meter zum anderen Parkplatz fuhr ich einige Minuten ohne die Brille, durch die kaum noch etwas zu sehen war. Hier wartete mein Fluchtauto. Bevor ich ausstieg, scannte ich sorgfältig die Umgebung, damit mich niemand beobachtete. Zügig, aber unauffällig wickelte ich die Waffen in Decken und lud sie hinter die beiden Sportsitze und in den Frontkofferraum des Ferrari F 355. Die Hitze unter der Maske war inzwischen unerträglich geworden. Manchmal hasste ich meinen Job! Als ich mir sicher war, dass mich in der hintersten Ecke des Parkplatzes, verdeckt von Müllcontainern, niemand sah, zog ich endlich die Latexhaut vom

Kopf. Mein Haar tropfte und war klatschnass. Nun konnte auch wieder Luft an meine Brille gelangen, die wegen der Antibeschlagbeschichtung nun schnell wieder klar wurde.
Im Ford verschüttete ich im Innenraum einen 5-Liter-Kanister Benzin, platzierte einen chemischen Zeitzünder in einem Plastikröhrchen (siehe I-Kapitel) mitten im Nassen, nachdem ich diesen aktiviert hatte.

09.17 Uhr. Endlich konnte ich den Startknopf am Lenkrad drücken und hörte das befreiende Aufheulen des hochdrehenden Achtzylinders mit knapp 400 PS. Trotz der Nähe zum gleich aufflammenden Minivan beherrschte ich mich so weit, dass ich nicht mit quietschenden Reifen anfuhr. Sehr zügig steuerte ich die Ausfahrt des Parkplatzes an und beschleunigte zunehmend. Nach zwei Minuten hatte ich die Autobahnauffahrt erreicht und mein italienischer Sportwagen im Zeichen des sich aufbäumenden Hengstes konnte zeigen, was er auf dem Kasten hatte. Wie liebte ich dieses heulende, zischende Gieren nach hohen Drehzahlen und die atemberaubende Beschleunigung dieses Autos. Irgendwie war es mir nun egal, ob der Van in Flammen aufging oder nicht (nicht immer funktionieren meine Zeitzünder). Ich konnte es jetzt sowieso nicht mehr ändern.

Anmerkung: Natürlich ist ein Ferrari nicht die unauffälligste Art, einen Tatort zu verlassen, zumal, wenn es der eigene ist. Dies war mir selbstverständlich bewusst. Aber zu der Zeit hatte mich bereits ein gewisser Fatalismus überkommen, der mich vielleicht unbewusst sogar dazu verführen wollte, entdeckt zu werden, weil ich tief im Inneren zu viel Stress angestaut hatte! Zudem wollte ich mir als der »Enforcer« einfach auch eine Portion Selbstherrlichkeit gönnen, wie das bei Filmhelden ja auch der Fall war.

Mit jedem Kilometer, der an mir vorbeiraste, löste sich meine Anspannung und ich konnte wieder frei durchatmen. Ein Abhören des Polizeifunks war wegen der zu großen Distanz zwischen Stuttgart und Offenbach nicht möglich. Wie ich letztlich in meinen Adlerhorst gekommen war, wusste ich nicht, weil sich mein Geist in den Bildern des vergangenen Hits verloren hatte …

Resümee

Franz Macher hatte überlebt. In der Stuttgarter Rundschau war ein fast halbseitiger Artikel über den missglückten Überfall auf einen braven Polizeibeamten (von SEK oder von Namen war da wegen Geheimhaltung der Identitäten natürlich keine Rede) durch Linksradikale, der durch den mutigen Einsatz der Behörde vereitelt werden konnte. So weit die Pressemeldung. Ich wunderte mich, weil die Linken durch die Zensur und Rückendeckung unzähliger Unterstützer in unseren politischen Kreisen meistens protegiert wurden, während Verfehlungen der Rechten fast immer eine übertriebene Darstellung erfuhren. Vermutlich war das Massaker niemand anderem so einfach in die Schuhe zu schieben, ohne bösen Gegenwind zu bekommen.

Natürlich juckte es mich manchmal und ich überlegte, meinem Beinahe-Target zumindest dessen Retter zu präsentieren. Aber ich hätte einiges erklären müssen: Warum war ich mit einer illegalen Maschinenpistole so schnell und punktgenau am Tatort gewesen? Die Linken hatten offensichtlich auf Nummer sicher gehen wollen und mich gleichzeitig mit ihren eigenen Leuten auf Franz angesetzt. Ich konnte nicht riskieren, dass man von dem Auftrag an den Enforcer vielleicht durch eine undichte Stelle erfahren hätte. Franz hätte bei seinem Berufsmisstrauen schnell seine Schlüsse gezogen. Also ließ ich es dabei bewenden: Ich hatte meinen Hit und Nervenkitzel gehabt. Ich war bereit gewesen, mich diesem Elitekämpfer, dem man diesmal keine Chance gelassen hatte, im Kampf zu stellen. Und ich hatte einen Klassemann vor einer Hinrichtung bewahrt. Die extremen Linken konnten nun sicher sein, vom SEK unbarmherzig gejagt zu werden. Und ich war stolz auf mich selbst, weitaus stolzer, als ich es bei meinem geplanten Hit gewesen wäre, weil ich das Gute gegen das Böse unterstützt hatte. Die extremen Linken der ANTIFA konnten sicher sein, nun unbarmherzig von der SEK gejagt zu werden.

Um die Hülsen am Tatort machte ich mir keine Sorgen, weil ich diese, ohne genetische Spuren zu hinterlassen, mit Handschuhen in das Magazin geladen hatte. Ballistische Spuren an den Hülsen waren ebenfalls kein Problem, weil ich nach einem Hit mit einer Pistole standardmäßig den

Schlagbolzen und den Hülsenauszieher wechselte, wie schon mehrfach erwähnt. Zudem polierte ich danach das Patronenlager, sodass sich auch hier veränderte Schliffspuren ergaben, oder tauschte den Lauf gleich ganz aus, wie bereits an anderer Stelle erwähnt. Normalerweise führten keine Spuren zu mir. Aber darauf durfte man sich nie völlig verlassen.
Die präparierten Curare-Kugeln warteten geduldig auf einen neuen Hit. Auch sie würden noch ihre Chance bekommen. Aber einmal mehr ganz anders als erwartet …!

Ich war der Enforcer!
Ich lebte jeden Moment meines Lebens, als sei er der letzte … und ich komme wieder!

Fin

H 12 – Feueratem

Methode: Mini-Flammenwerfer, Revolver, Dagger. Auftraggeber: Zufall. Target: Rachekommando türkischer Herkunft.

Woher sie wussten, wo mein sorgfältig geheim gehaltener Adlerhorst lag, weiß ich bis heute nicht. Natürlich musste ich danach sofort verschwinden und suchte den Ort nie wieder auf. Obwohl ich in dem kleinen Apartment nichts Persönliches außer den nötigsten Utensilien zum Übernachten oder für heiße Dates hatte, fiel es mir schwer, alles einfach in einem Flammenmeer zurückzulassen. Zu viele Erinnerungen hingen daran. Aber es war ja irgendwie absehbar, dass dies irgendwann geschehen würde.

Wenn ich daran dachte, dass ich dort gut zwei Drittel meiner Liebschaften in dieser Zeit genossen hatte, kam ein etwas wehmütiges Gefühl auf. Über die erotischen Abenteuer führte ich Buch. Jedes Mädchen erhielt eine Zeile, in der ich die wichtigsten Eckdaten, wie »große Oberweite, blond, 23 Jahre, schlank, temperamentvoll, bläst gut, plappert zu viel …«, niederschrieb. Bei Professionellen heftete ich meist noch ein Bild dazu, da dieses ja im Web auf dem entsprechenden Portal der Agentur leicht zu bekommen war. Ungefähr 25 % der Sexabenteuer rekrutierte ich aus meinem privaten Umfeld, obwohl das meist deutlich mehr Überzeugungs- und Flirtarbeit bedeutete, als ein Mädchen einfach zu buchen. Aber mein Männerstolz und mein Jagdtrieb geboten mir, auch immer wieder Eroberungen zu machen, ohne zu bezahlen. Wobei ich die Escort-Version für viel ehrlicher halte als die meisten Konstellationen mit privaten Frauen, die letztlich oft nicht minder auf ihren Vorteil aus sind und sehr schnell Gegenleistungen einfordern. Als ob Sex nur den Männern Spaß machte! Wie viele Ehefrauen bleiben nur mit ihrem Ehemann weiterhin zusammen, weil sie die Vorteile des Geldes genießen und vielleicht schon lange in einem anderen Bettchen liegen? Liebe spielt meistens schon lange keine Rolle mehr. Da sind mir Callgirls lieber, die offen und ehrlich ihren Lohn für eine Leistung fordern, aber nicht mehr (außer im Fall meiner alten »Freundin« Mary!). Die Scheinheiligkeit sogenannter privater »Beziehungen« und »Affären« stößt mich meistens ab. Dennoch muss ich immer wieder testen, ob ich es noch draufhabe, eine zwanzig Jahre oder noch jüngere Lady rumzukriegen.

Ich buchte natürlich bei verschiedenen Agenturen, wie ... [redacted] und Chanel Schwarz (heute: »femme fatale« oder www.12-20.de). Die Chefin der letzteren Agentur wurde mit der Zeit zu einer meiner besten Freundinnen. Keines der Mädchen dort hatte mich jemals enttäuscht.

Aber zurück zum Adlerhorst, den ich aufgeben musste, nachdem ich allein während meiner Ehezeit mit Lea dort 62 Ladys beglückt hatte (na ja, jedenfalls hatte ICH mein Vergnügen!). Ohne mein Player-Tagebuch könnte ich mich unmöglich an alle erinnern. Und das waren nur die Ladys innerhalb von sieben Jahren.
Ich fühlte mich aber nicht als toller Playboy, zumal jeder eine Lady buchen kann, der das Geld dafür locker machen kann und ein wenig Mut aufbringt. Und es gab niemandem, dem ich davon erzählte. Das war, wie die Welt meiner Hits, meine ganz persönliche Realität, die neben der konventionellen der anderen Menschen existierte. Hits und Ladys waren so eine Art Paralleluniversen, in die ich jederzeit eintauchen konnte. Meine E-Mails unterschrieb ich oft mit »Bladerunner« oder »[redacted]«. Wie auf des Messers Schneide fühlte ich mich oft genug, allerdings nicht wie ein irrer »Jekyll and Hyde«, weil ich mir meiner beiden Seiten jederzeit bewusst war und nach Belieben wechseln konnte.

Also, das Apartment musste ich verlassen, nachdem drei Türken versucht hatten, mir dort den Garaus zu machen. Aber ich erzähle lieber von Anfang an.

Mehr als heiße Luft

Seit ich denken kann, verabscheue ich Gewalt und Nötigung schwächerer Menschen durch macht- oder sexgierige Individuen. Da ich selbst Kinder hatte und meine Frau oder Freundinnen schützen wollte, tüftelte ich seit Jahren an einer Möglichkeit, wie sich diese selbst ver-

teidigen könnten.
Die Waffe, die mir vorschwebte, musste leicht und handlich sein, einfach zu bedienen und non-letal wirken, weil Frauen und Kinder kaum jemals eine tödliche Version anwenden würden. Zu groß wären die anerzogenen und natürlichen Hemmschwellen.
Viele Ideen skizzierte ich, manche probierte ich aus und fast alle verwarf ich wieder. Sei es die Sprühpistole, die schnell härtenden Klebeschaum verspritzte, sei es die Minipistole, die Magnesiumpulver verschoss, das dann in einem Blitz verpuffte, oder eine Art Ultraschallkanone in Zigarettenschachtelgröße.
Übrig blieben bisher lediglich ein Elektroschocker, der zeitgleich mit der Auslösung fünf Magnesiumblitzlampen zündete, die den Gegner blendeten, und ein Mini-Flammenwerfer.
Die kleinen Magnesiumbirnen sind in Ebay auch heute noch als Antiquaria erhältlich. Früher erzeugten Kompaktkameras damit ihr Blitzlicht. Als Achtfach-Blitzschienen, sog. »Flip-Flash« von Osram, kaufte ich eine größere Charge davon (diese Aktion liegt lange genug zurück, um sie hier nennen zu können). Fünf dieser Birnchen passten zwischen die Elektroden eines handelsüblichen Elektro-Phasers und wurden mit der Aktivierung der Hochspannung automatisch gezündet, wenn man die Drahtanschlüsse in Serie miteinander verlötete. Ein sehr starkes Blitzlicht aus fünf Birnchen gleichzeitig blendete dann den Angreifer, bevor er die Elektroden zu spüren bekam. Meine Frauen und Kinder rüstete ich damit aus.

Trickreicher war mein »Miniflam«, ein Zündmechanismus für beliebige Sprayflaschen. Die erste Stufe der Hochspannungserzeugung baute ich aus einem kleinen Phaser (Elektroschocker) aus und platzierte sie in eine exakt ausgemessene Plastikbox, die mit einer entsprechenden Bohrung exakt auf Sprühdosen für Kältespray oder Bremsenreiniger passte. Oben auf der ca. 6x7x3 cm messenden Box war der Druckschalter für die Funkenbildung angebracht. Die kleine Apparatur konnte man auf Spraydosen ohne Sprühkopf aufsetzen und sie enthielt die Elektronik plus zwei kleine Lithiumpolymerakkus in Serie (7,4 Volt) für die Stromversorgung. Die Box ersetzte also den normalen Sprühkopf der Flasche. Sobald man dann mit dem Zeigefinger den Knopf aktivierte, wurde die ganze Box nach unten gedrückt und löste den Sprühstrahl aus, der dann mit dem zeitgleich zündenden Funken entflammt wurde, weil dieser mit den Silberdrahtelektroden genau im Strahl positioniert war. Die Elektroden waren von einem kleinen Alu-Gewebegitter umgeben, das dem Gas keinen Widerstand entgegensetzte und das die Elektroden vor Berührung und mechanischer Belastung schützte. Der Funkenschlag war mit nur 3 mm Distanz stark genug, um nicht vom kräftigen Gasstrahl ausgeblasen zu werden, der durch ein kleines, biegsames Plastikröhrchen weiter nach vorne geleitet wurde, direkt zu den beiden Elektroden. Mit etwas Übung konnte man zuerst mit wenig Fingerdruck (ohne Auslösung des Druckschalters) einige Sekunden lang eine Wolke aus brennbarem Aerosol ablassen und dann durch vermehrten Druck auf den Schalter entzünden, weil dann auch der Taster ganz durchgedrückt wurde und den Funken auslöste Dies ergab beeindruckende Verpuffungen mit einer Reichweite von bis zu zwei Metern und einer deutlichen Hitzewelle.

Der »Mini-Flammenwerfer à la Enforcer« passte auf jede Haarsprayflasche. Am besten eignete sich dafür aber Kältespray für Sportverletzungen aus der Apotheke. Meine Freundin Alexa trug das Gerät immer mit einer kleinen Spraydose in ihrer Handtasche. Jeder Angreifer musste durch die flammende Wolke und deren Hitze zumindest abgeschreckt werden und bei einem Angriff innehalten.

Das Waffengesetz verbietet die Anwendung brennbarer Gase oder Flüssigkeiten, die mit Druck versprüht werden. Sobald die Plastikbox mit der Elektronik und dem Adapter, also mit der Sprayflasche, verbunden war, handelte es sich um eine illegale Waffe bzw., genauer nach Gesetzestext ausgedrückt, um einen »unerlaubten Gegenstand«! Die Box allein allerdings war in meinen Augen ein völlig legales, elektronisches Feuerzeug, das mit dem starken Funken sogar zum Anzünden von Zigaretten geeignet war. Und kein Streifenpolizist würde bei einer Handtaschendurchsuchung auf die Idee kommen, vor einem genialen Mini-Flammenwerfer zu stehen, wenn er eine Dose Haarspray und ein – etwas klobiges – elektronisches Feuerzeug sieht, solange diese nicht zusammengesteckt waren.

Meine Kinder allerdings hatten Angst vor der »Drachenmaschine«, weil die Wucht der Verpuffung mit zwei Metern Reichweite nahe an die Wucht einer Explosion herankam (ähnlich einer Mini-»FAE«, siehe Hits vorher) und die Hitzeabstrahlung erschreckend war. Nun gut. Ich musste eben weiter forschen, bis ich die ideale Waffe für Kinder und Frauen gegen Vergewaltiger, Räuber und Mörder gefunden hatte.

Klopf, klopf!

Einen allzu gut funktionierenden Prototyp dieses Miniflammenwerfers hatte ich an diesem Tag zufällig im Adlerhorst parat. Montiert war er auf einer mächtigen, 400 ml fassenden Kältespraydose, die ja leicht entflammbare, bei Normaldruck gasförmige Flüssigkeiten enthielt (Chloräthyl, Propan, Butan u. a.). Vor einer Stunde hatte ich damit noch munter Experimente gemacht und versucht, dem Gerät immer größere Reichweiten und Hitzewolken zu entlocken, während ich mit der anderen Hand telefonierte (den Miniflam kann man leicht einhändig bedienen!). Die Verpuffung des immer wieder plötzlich auf Fingerdruck zündenden Aerosols ließ die Tür und das Fenster in dem kleinen Apartment klappern, weil ein Volumen von ca. einem halben Kubikmeter des Gas-Luft-Gemisches eben eine nicht unerhebliche Druckwelle erzeugte. Nebenbei wurde der Raum schnell aufgeheizt.
Als es zweimal kaum hörbar klopfte, glaubte ich zuerst, nicht recht gehört zu haben. Dennoch lauschte ich wachsam und blieb einen Moment lang reglos stehen. Inzwischen war ich nur noch mit einer Unterhose von Hugo Boss und meinem Dreikant-Dagger an einer schwarzen Kette um meinen Hals bekleidet, weil ich in Kürze das Eintreffen von Mira erwartete, einer großen, vollbusigen, blonden »Femme Fatale« von Chanel Schwarz, mit der ich schon einige innige Stunden verbracht hatte.
Ich wollte mich schon zum kleinen Bad begeben, weil ich dachte, mich getäuscht zu haben, als das Klopfen erneut zu hören war, diesmal ein wenig lauter. Da war kein Irrtum möglich.

Ein Klopfen an einer Wohnungstür ist an sich nichts Ungewöhnliches, wenn man ein normaler Bürger ist, mit seiner Adresse gemeldet ist, ein Namensschild an der Eingangstür besitzt und es allgemein bekannt ist, wo man wohnt. Aber ich war der Enforcer. Ich lebte in einem Paralleluniversum und für die Normalwelt war das Apartment hier in Offenbach nicht existent. Und wenn ich da wohnen würde, dann wüsste es garantiert niemand! Meine Alarmglocken läuteten nicht … sie zerbarsten!

Mira – ihr »Künstlername« – war zwar schon einige Male hier gewesen. Aber sie würde von der Straße aus anrufen, wenn sie angekommen wäre.

Der Gegen-Hit

0.43 Uhr. Wäre ich nicht der, der ich war, und hätte ich nicht die Erfahrungen, die ich nun mal hatte, dann würde ich, wie vermutlich 99 % aller Menschen, denken, jemand habe sich in der Tür geirrt, brauche Haushaltszucker oder wolle sich über Lärm beschweren. Aber ich glaube nicht an Zufälle. Dafür lebte ich zu gern.
Da ich barfuß bin, hört man meine schnellen Schritte sicher nicht. Mit einer blitzschnellen Drehung umrunde ich die Wandecke und bringe meinen Körper aus der Schusslinie der Tür. Dass ich natürlich meine Visage nicht vor einen nicht vorhandenen Türspion klemmte, dürfte klar sein. Denn dies bedeutet für Assasins: »Schieß' mir bitte direkt ins Auge!«

In Actionfilmen wird gerne gezeigt, wie sich die Helden hinter Haus- und Autotüren oder hinter Mauern oder gar Sofas verbarrikadieren. Diesen Schwachsinn können nur Hollywood-Regisseure produzieren, die noch nie mit einer Schusswaffe auf mehr als Pappscheiben geschossen haben. Rob B., ein amerikanischer Kampfausbilder, bei dem ich viele Stunden und Tage verbracht hatte, demonstriert in einem sehenswerten Video seiner Ausbildungsreihe, welche Durchdringungsfähigkeit verschiedene Munitionsarten in diversen Waffen aufweisen. Gerade amerikanische Häuser bieten nicht mehr Schutz als eine McDonald's-Verpackung für einen Hamburger Royal TS (der Klassiker »Royal mit Käse« aus »Pulp

Fiction« und auch mein Lieblingsburger). Türen, sowohl bei Autos als auch bei Wohnungen, halten die meisten Pistolengeschosse nicht ab. Gewehrkugeln mit einer vielfachen Energie widersteht sowieso nicht viel. Selbst kugelsichere Westen aus Aramid können nur vor Pistolen- und Revolvermunition schützen, sofern es sich nicht um Vollmessing (»Penetrator«), Nadelgeschosse oder Hartkerne handelt. Gegen Gewehre bedarf es schon Kevlar oder Stahl. Also sollte man sich auch Häuser mental immer gläsern vorstellen: Nur massive Wände bieten Schutz, Türen und Fenster muss man sich einfach wegdenken. Das ist reine Trainingssache. Man lernt das im Gebäudekampf der Antiterror- und Geiselbefreiungsausbildung und im Nachtkampf mit SWAT-Ausbildern.

Auf dem kleinen Alutisch liegt meine Bauchtasche mit der kleinen, zweizölligen 38er aus Titan und Aluminium von S&W, meiner Backup-Waffe, die ich schneller als der Wind herausziehe. Gleich fühle ich mich etwas wohler. Nun kann man das Klopfen sicher auch im untersten Stockwerk des Hochhauses hören. Die Jungs sind kurz davor, die Tür einzutreten. Leider hatte ich diese bisher immer noch nicht ausreichend verstärkt – mea culpa –, sodass sie einem kraftvollen Tritt oder einem Schwung mit der Schulter nicht widerstehen würde. Mir bleiben nur noch Sekunden und ich habe keine Ahnung, wer und wie viele Männer gleich vor mir stehen, nein, hereinpreschen würden. Denn dass dies kein Höflichkeitsbesuch einer lüsternen Nachbarin ist, war nun völlig klar. Der Riegel lässt bereits Holz im Rahmen absplittern. Beim nächsten Schub würde die Türe auffliegen.

Im Augenwinkel sehe ich mein Spielzeug mit der sicher noch halb vollen Sprayflasche auf einem Regalbrett stehen. Der Miniflam lacht mich förmlich an. Ich greife ihn mir mit der linken Hand. Die Bedienung ist kinderleicht. Sofort sprühe ich eine Wolke des Aerosols in Richtung Tür, ohne ganz durchzudrücken und diese zu zünden. Durch mein Hirn gehen noch Gedanken wie »Warum haben die Idioten die Tür nicht sofort aufgebrochen und sind in einem überraschenden Schwung hereingeplatzt?«, als die Tür splitternd und krachend ins Zimmer katapultiert wird. Dahinter erkenne ich in einer Zehntelsekunde die dunkle Mähne eines hünenhaften Türken, dicht gefolgt von mindestens zwei weiteren, stoppelbärtigen Männern. Nur beim vordersten kann ich die Waffe im

Anschlag erkennen. Er streckt beide Arme steif nach vorne und seine Vorwärtsbewegung wird dadurch steifer und langsamer. Mit »high-compressed-ready« wäre er flexibler.
Mein linker Arm erwartet die Meute bereits. Der Zeigefinger drückt schon seit dem Auffliegen der Tür dauernd auf die Zündbox und setzt zischendes Gas frei, allerdings noch ohne Funkenzündung. Die Ecke der Wand schützt meinen Körper auf der rechten Seite weitgehend. Die nun deutlich erkennbaren, hektischen Türken versuchen, sich zu orientieren. Das zischende Geräusch und der eigenartige Duft verwirren ihr Unbewusstes offensichtlich. Sie halten einen Moment inne, erfassen die Situation. Das gleichseitige Dreieck der Waffenarme des Hünen mit der Glock schwenkt in meine Richtung. Mein Finger drückt voll durch. Das Gas zündet und die Flamme frisst sich in Sekundenbruchteilen bis zur Aerosolwolke durch. Der gesamte Eingangsbereich verschwindet augenblicklich in einem Flammenmeer. Das typische, hechelnde, rauschende »WOBB!« der Verpuffung reißt an meinem Gesicht. Das Fenster klirrt im Rahmen. Zwei Männer schreien auf, reißen die Arme vor ihr Gesicht, verschließen krampfhaft die Augen, ducken sich reflexartig. Die Druckwelle erreicht schmerzhaft meine Trommelfelle.
Alles dies sehe ich durch die Zeitverzerrung (= time distortion) rückblickend wie in Zeitlupe. Umso schneller bewege ich mich. Tausendfach geübt rolle ich über die linke Schulter, lasse den Miniflam einfach los, presse den Revolver mit der High-Power-Munition +P in der rechten Hand an meine Brust und fliege durch meine Judorolle an die andere Wand links im Zimmer. Schon kracht ein Schuss in die Richtung meiner alten Position, den der vorderste Mann intuitiv nach Gedächtnisbild abgegeben hat, was ich ahnte, weil ich es genauso getan hätte. Ein weiterer folgt. Anderes Kaliber, anderer Mann. Meine Ohren pfeifen und schreien bei dem Lärm im engen Raum. Ich bleibe gegen die linke Zimmerwand gelehnt unten am Boden. Beide Hände umgreifen den kleinen Revolvergriff wie einen Schraubstock und ich ziele, trotz der kurzen Entfernung mit Kimme und Korn, auf den Kopf des ersten Türken, dessen Blick nun in meine Richtung geht. Seine Glock hinkt noch nach. Mein Glück.

Auf kurze Einsatzdistanz bis ca. sieben Meter schieße ich immer intuitiv mit Deutschuss, wenn ich eine halb automatische Pistole in Händen halte. Sobald ich aber den nur fünfschüssigen Revolver benutze, lasse ich mir mehr Zeit und ziele genau. Denn ich habe verinnerlicht, dass man z. B. mit einer Glock mit 17 Schuss im Magazin sog. »long strings of fire« abgibt, bis der Mann am Boden liegt, was den neueren Einsatzrichtlinien der SWAT-Teams entspricht (nicht mehr nur Doubletten oder ausschließlich Mozambique-Drill, sondern so lange feuern, bis keine Gegenwehr mehr kommt. Dies ist der deutschen Polizei allerdings nicht erlaubt und politisch unerwünscht.). Mit dem Revolver und nur fünf Patronen in der Trommel gegen mehrere Gegner wäre dies keine sinnvolle Taktik. Hier musste jeder Schuss sitzen, unabhängig davon, ob der Mann eine kugelsichere Weste trug oder nicht. Da blieb nur der gezielte Kopfschuss übrig!

Bellend und mit enorm großem Mündungsfeuer kracht der Schuss der »Plus-Power-Munition« (+P) aus dem kurzen Lauf. Die Waffe schlägt böse nach meiner rechten Handfläche, weil sie so leicht ist und kaum Eigenträgheit aufweist, die den Rückstoß vermindern könnte. Das habe ich erwartet. Schon schwenkt die Stummelnase (liebevolle Bezeichnung für die ehemalige Standardbewaffnung des FBI: der kurze Revolver im Kaliber .38 Spezial) zum verdutzten Gesicht des linken Mannes, der direkt hinter dem ersten auf den Knien sitzt. Gerade nimmt er seine Hände von den hitzegepeinigten Augen und erkennt meine Laufmündung. Im Augenwinkel sehe ich den Anführer mit weggerissenem Hinterkopf nach vorne auf den Boden kippen. Mein Zeigefinger krümmt sich, die Waffe schlägt wieder nach oben und gegen meinen Daumenballen. Die knapp 800 Joule der Hirtenberger Teilmantelmunition haben ordentlich Bumms. Das rechte Auge des linken Türken verschwindet. An der Wand hinter ihm entsteht mit einem Schlag ein irres Gemälde aus Blut und Hirn. Noch immer stehen meine Arme und der Revolver mit vollem Push nach vorne gestreckt und nehmen die Nase des letzten Mannes ins Visier, als aus dessen HK oder CZ ein zu hastiger Schuss meine rechte Schulter heiß durchdringt. Im selben Moment bäumt sich die Stummelnase wieder auf, kotzt ihren Feuerball auf den Türken und reißt ihm Schläfe und rechtes Ohr einfach weg. Wie eingefroren, mit schreckens-

starrem Blick, sinkt der Körper auf die Knie, immer noch aufrecht, um dann in aberwitzig langsamer Zeitlupe zur Seite nach rechts gegen die Wand zu kippen und dort zu verharren.
Noch immer halte ich die Waffe trotz zunehmend pochender Schulter auf die Angreifer gerichtet, das sog. Nachhalten (Anfänger lassen die Waffe nach dem letzten Schuss gleich sinken; Profis halten nach, falls sich noch einer rührt oder weitere Gegner auftauchen!). Erst nach etlichen Sekunden, als mein Geist sich überzeugt hat, dass da kein Leben mehr war, lasse ich den zornigen Alu-Titan-Zwerg an gestreckten Armen langsam nach unten sinken.

Putzfrau bitte!

0.44 Uhr. Ich holte tief Luft, aber erlaubte mir nicht, mich zu entspannen. Noch immer konnte die Nachhut im Flur warten und reinpreschen. Ich stand auf, hob meine nackten Füße über die Leichen, ohne in Blut zu treten, was schier unmöglich war, denn hier war ein verrücktes Gemälde wie von Dali entstanden. Dann checkte ich die Ecken der Wohnungstür links und rechts sektional, so gut dies ohne Teampartner möglich war. Der lange Flur war leer. Auch keine der anderen Wohnungstüren war bisher von neugierigen Nachbarn geöffnet worden. Zu der späten Stunde waren wohl die meisten schon im Bett und hatten eine verminderte Reaktionszeit. Aber ich hatte nicht lange Zeit, bis es Aufsehen geben würde. Ich musste mich beeilen.
Wie immer wieder im Geist durchgespielt preschte ich zurück ins Zimmer, zog den Ersatz-Speedloader mit fünf neuen Patronen aus der Bauchtasche auf dem kleinen Tisch, lud die Waffe neu, indem ich den gesamten Inhalt der fünf Kammern auf den Boden fallen ließ, ohne darauf zu achten, ob die Hülsen leer oder voll waren (3 leer, 2 voll), und indem ich die volle Trommel wieder zurückschwenkte und einrastete. So ging das am schnellsten. Wir waren bereit für ein neues Feuergefecht. Beinahe wäre ich auf meinen glitschigen, nackten Füßen auf dem Parkettboden ausgerutscht. In einer hinteren Kammer meines Gehirns entstand der Gedanke an die polizeiliche Spurensicherung, die nun meinen Fußabdruck forensisch auswerten konnte. Touche!

Leicht erreichbar stand der Fünfliterkanister mit Benzin im untersten Fach des Regals, genau für diesen Fall. Ich legte den Revolver auf den Tisch, öffnete den Plastikkanister und verteilte die Flüssigkeit im ganzen Raum und auf die toten Türken. Jetzt griff ich mir die Waffe, entnahm das Glutpunktfeuerzeug aus der Tasche und warf es noch im Hinausrennen nach hinten brennend in den Raum. Sofort folgte die mächtige Verpuffung des bereits durch Verdunstung entstandenen Benzin-Aerosols und der nachfolgende Zimmerbrand. Ich rannte, nur mit Unterhose bekleidet, so schnell ich konnte die unendlich vielen Treppen der 16 Stockwerke nach unten, indem ich immer vier oder fünf Stufen auf einmal nahm. Jetzt kam es darauf an, unerkannt zu verschwinden. Noch immer konnte ich nicht wissen, ob auf der Straße noch weitere Killer auf mich warteten. Dass ich mich nicht im Aufzug selbst gefangen nahm, war ja selbstverständlich! Auf Restblutspuren an meinen Füssen konnte ich nun nicht mehr achten.

Flucht

0.46 Uhr. Zum Auto, einem alten Ford in der Tiefgarage, konnte ich im Moment nicht laufen. Dort konnte der Feind lauern. Natürlich achtete ich so wachsam wie möglich im Rennen auf die dunklen Ecken in jedem Stockwerk. Jetzt half nur Geschwindigkeit. Ich war relativ hilflos im Moment.
Im Erdgeschoss überquerte ich den Hausflur in weitem Abstand zur Eingangstür, mich immer im Schatten haltend, und schlich mich ins oberste Stockwerk der Tiefgarage. Für den Schmerz in der Schulter hatte ich keinen Moment der Aufmerksamkeit … noch! Mein unauffälliger Ford Fiesta, der natürlich auf die Albaner zugelassen war und mit dem ich meistens die letzten Kilometer hierher zurücklegte, stand im vierten Untergeschoss. Auf der ersten Unterebene hier war es Gott sei Dank sehr dunkel. Ich blieb kurz stehen und lauschte angestrengt. Alles ruhig. Die normalen Ausgänge wollte ich meiden. Also schlich ich, allerdings sehr zügig, auf der Fahrspur entlang und die Steigung zur Schranke an der Ausfahrt nach oben. Ich duckte mich unter der Schranke hindurch und verharrte wiederum im Schatten. Von dort hatte ich um die Beton-

ecke herum einen guten Überblick auf die Zufahrtsstraße zu dem Hochhaus. Schon nach wenigen Sekunden hatte ich ihn entdeckt. Er rauchte in einem alten, weißen VW Golf eine Zigarette, die für einen aufmerksamen Beobachter auch ohne Nachtsichtgerät im Dunkeln meilenweit zu sehen war, wohl um seine Nervosität zu dämpfen. Warum machten Männer immer wieder derartige Leichtsinnsfehler? So etwas würde ich nie verstehen.
Die Aufmerksamkeit des Türken, so nahm ich an, war starr auf den Hauseingang gerichtet. Auf die Fahrzeugausfahrt würde er erst dann achten, wenn er den Lichtkegel eines herausfahrenden Autos sähe. Also schlich ich mich wie eine Katze um die Ecke und versteckte mich zwischen den am Straßenrand in Reihe geparkten Fahrzeugen. Weitere Passanten waren nicht zu sehen. Die Nacht war ruhig. Auch aus dem Haus konnte ich nichts Ungewöhnliches wahrnehmen, obwohl drei laute Schüsse und eine Verpuffung in einer Wohnung wohl kaum »normal« genannt werden konnten. Dass es hier keine Videoüberwachung gab, lag natürlich mit an der Wahl für dieses Objekt, für meinen Adlerhorst. Nur in zwei oder drei Fenstern des großen Gebäudes war Licht zu sehen. Mit großer Wahrscheinlichkeit hatte irgendein Opa bereits die Polizei alarmiert. Alles andere wäre in Deutschland widernatürlich.

Den Mann hinter dem Steuer des Golfs konnte ich im Licht der fahlen Straßenlaternen gut erkennen. Er schien langsam nervös und ungeduldig zu werden. Da öffnete er die Tür und stieg aus. Er stellte sich in den Türrahmen und lehnte sich, das Kinn auf beide Hände aufgestützt, auf die offene Fahrertür. Ich musste innerlich lachen, weil er damit seine Hände mit dem Kinn fesselte und jede Reaktion nur verzögert ablaufen konnte. Was hatten die mir für Penner geschickt! Das kratzte an meinem Stolz. Allerdings musste ich mir eingestehen, dass nicht viel gefehlt hätte und die Türken mich erwischt hätten. Vielleicht sollte ich mein Selbstverständnis als »großer Meister« nochmals überdenken? Wenn die Türkengang etwas schlauer gewesen wäre und statt der sanften »Klopf-Klopf-Version« sofort mit Vehemenz die Türe aufgebrochen hätte, dann hätte es schlecht um mich gestanden. 50:50, ob ich die Waffe noch rechtzeitig erreicht hätte. Vermutlich hatten sie zuerst darauf spekuliert, dass ich arglos die Türe öffnete. Nun, gar so dumm war ich nun doch nicht gewesen.

0.48 Uhr. Der Mann blickt sich unruhig um. Als er in die andere Richtung der Straße schaut, sprinte ich mit meinen nackten Füßen und in Unterhose lautlos zu seiner Straßenseite hinüber und ducke mich hinter ein Auto, nur drei weitere von dem seinen entfernt. Da seine Aufmerksamkeit nicht in meine Richtung geht, kann ich mich zügig und gebückt vorarbeiten, bis ich bei seinem Wagen angekommen bin. Langsam richte ich mich auf, die Waffe eng an die Brust gezogen und mit beiden Händen umfasst (die schon erwähnte »high-compressed-ready«-Haltung). Mit einem diabolischen Lächeln auf den Lippen strecke ich hinter seinem Rücken die Arme fast schon bedächtig langsam ganz aus und die Mündung ist genau auf seinen Hinterkopf gerichtet. Er hat den Kopf inzwischen erhoben, die Hände liegen noch immer auf der geöffneten Tür. Sein Blick schwenkt nervös von links nach rechts. Auch ich schaue mich nochmals in alle Richtungen um, allerdings ohne meine Körperausrichtung dabei zu verändern. Alles war ruhig.

Nun verenge ich in gut zwei Metern Distanz meine Augenöffnung, behalte aber beide offen, um die volle Übersicht zu behalten. Das Zielen mit dem dominanten Auge ist für Geübte kein Problem, auch wenn beide Augen offen sind. Dann gebe ich mit meinen Lippen ein zischendes, aber leises »Pssst!« von mir. Sofort reißt der Türke seinen fetten Kopf auf seinem noch fetteren Hals herum, nimmt die Hände aber noch immer nicht von der Tür. Mit dieser Handstellung wird er wohl ins Nirvana eingehen müssen. Eine Schrecksekunde lang lasse ich ihm Zeit. Ob nun sein Leben vor dem inneren Auge noch einmal Revue passiert, weiß ich nicht und es ist mir auch einerlei. Der Feuerball des Mündungsblitzes erhellt für einen Moment stroboskopartig die Umgebung. Der Kopf scheint wie von einem wahnsinnigen, aber unsichtbaren Monster in zwei Hälften gerissen zu werden. Der Mann sackt sofort völlig reflexlos in sich zusammen. Das Geschoss hat sich seinen Weg durch die Nase ins Kleinhirn gebahnt (»finaler Rettungsschuss«) und der temporäre Wundkanal entwickelte so viel Staudruck, dass der Kopf durch den aufgedehnten temporären Wundkanal entzweigerissen wurde. Der Möchtegernkiller ist tot, bevor er auf dem Boden auftrifft.

Hier möchte ich mit einem weiteren Hollywood-Blödsinn brechen: Die Gegner werden in Filmen oft regelrecht von den Füßen gerissen oder ihre Köpfe kippen nach hinten, wenn sie von einem Geschoss getroffen werden. Dafür ist die Masse der Kugel viel zu gering. Diese dringt viel zu schnell in den Körper ein, als dass ein sichtbarer Impuls übertragen werden könnte (Newtonsche Physik der Mechanik, Impulslehre).

0.49 Uhr. Ich hielt mich nicht damit auf, den Tod des Mannes zu überprüfen. In der Ferne hörte ich bereits Martinshörner. Ich wusste natürlich nicht, ob die mir galten. Ich hatte keine Zeit, das herauszufinden. Schnell hastete ich zum Heck des Wagens, riss den Kofferraumdeckel hoch und suchte nach einem Reservekanister. Fehlanzeige! Am liebsten beendete ich meine Hits mit Feuer, schon um möglichst viele Spuren zu beseitigen, was hier allerdings nicht absolut notwendig war, weil es keine Spuren von mir gab. Aber ein bisschen Spaß und Verwirrung mussten sein.
Als meine Augen den Tankeinfüllstutzen gefunden hatten, lächelte ich und zog meinen Dagger aus der Scheide vor meinem Nabel. Ich nahm ihn im Hammergriff und sicherte mit aufgelegtem Daumen am Griffende zusätzlich. Ich ging tief in die Hocke und mit einem kurzen, trockenen Schwung und mit Hüftimpuls rammte ich den stabilen Dreikant bis zum Anschlag an meinem Faustballen durch das dünne Autoblech. Als ich ihn wieder herauszog, gaben Blech und Stahldreikant ein ächzendes Geräusch von sich, das einem die Nackenhaare aufstellte. Aber kein Benzin sprudelte heraus. Ich musste das Autoblech noch drei Mal stanzen, bis ich ganz tief unten fündig wurde und am deutlich stärkeren Widerstand merkte, dass ich den Tank getroffen hatte. Sofort ergoss sich ein fingerdicker Benzinstrahl auf den Asphalt und bildete schnell eine beachtliche Pfütze unter dem Wagen. Jetzt brauchte ich ein Feuerzeug. Meines hatte ich ja mit allem anderen inklusive dem unregistrierten Prepaid-Handy im Apartment zurücklassen müssen. Beides hätte ich jetzt gut brauchen können. In der Mittelkonsole des Golfs wurde ich fündig, wo es unter ekliger Zigarettenasche und etlichen Kippen lag. Dabei musste ich mich über den Toten beugen und

mein linker Fuß trat in warme Gehirnmasse und Blut, vermischt mit Knochensplittern. Dieses Gefühl zog mir den Magen zusammen. Auch diese Szene würde mich von nun an in meinen Träumen verfolgen. Das war nicht mehr zu ändern. Ich schnitt meine Gedanken ab und richtete mich draußen wieder auf.

In Filmen explodieren Autos immer sofort, wenn der Tank getroffen wird. Benzin explodiert nur, wenn es gasförmig mit Luft vermischt ist und niemals in geschlossenen Behältern wie einem Auto-Benzintank, der wenig Luft enthält. Ich wartete lange genug, bis sich eine große Benzinlache gebildet hatte. Mit der Baseballkappe des Türken, die ich vorher in Benzin getränkt hatte, entzündete ich das Ganze, indem ich die brennende Kappe aus einigen Metern Distanz zum Auto warf. Mit einem »Wusch!« entflammte sich eine ansehnliche Feuerwand und fraß sich schnell ins Auto hinein. Es war Zeit zu gehen, zumal die Blaulichter schon um die Ecke der Straße bogen.

Ich rannte einfach los. Da ich trotz meiner 93 Kilogramm sehr schnell und ausdauernd laufen konnte, verließ ich mich nun einfach auf meine Beine. Das Handy des Türken beim VW konnte ich ja nicht mehr benutzen, weil es den Flammen zum Opfer gefallen war. Ein Taxi hätte ich halb nackt und blutverschmiert sowieso nicht rufen können.

In der linken Hand hielt ich meinen Revolver fest, in der rechten den kalten Stahl. Als ich mich während des Rennens umblickte, sah ich eine Lichtsymphonie aus Flammen, Blaulichtern und Taschenlampen, die in meiner Richtung suchten. Weit oben im Hochhaus spie ein Fenster dunklen Qualm aus. Trotz der Anspannung musste ich lachen, soweit meine Atmung dies im schnellen Lauf erlaubte. Wohl erste Zeichen der posttraumatischen Geilheit nach einem Hit. Ich beschleunigte weiter. Das Adrenalin gönnte mir ungeahnte Kraft. Meine Beine fühlten sich an wie Dampfmaschinen auf Hochtouren. So musste sich ein dopinggeschwängerter Usain Bolt fühlen, wenn er Gas gibt. Diese Euphorie überflügelte meine Angst und Anspannung, ja, löschte sie aus …

Ob und wer mich auf meinem acht Kilometer langen Weg durch dunkle Gassen und auf hartem Asphalt gesehen hatte, war mir in dem Moment egal. Ich konnte es nicht ändern. Keiner hielt mich auf. Vielleicht hielt mich der eine oder andere Beobachter zu später Stunde für einen weiteren verrückten Jogger, der mit seiner knallroten (vom Blut!), engen Sporthose halb nackt und blutverschmiert durch Frankfurt rannte. Hoffentlich begegnete ich keiner Polizeistreife. Als Markus Dreher war ich derart, zumal mit blutbespritztem Gesicht, bestimmt für niemanden so schnell zu identifizieren.

Resümee

01.32 Uhr. Mit einem im Vorgarten versteckten Ersatzschlüssel schlich ich mich leise ins Haus, um die Mädchen, Nici und San, als auch meine Freundin Alexa nicht zu wecken. Marc, mein kleiner Junge, war bei meiner Exfrau Lea, seiner Mutter, und heute nicht da.

Im Keller wusch ich mich und wurde erst jetzt auf meine Schulterwunde aufmerksam, die ich durch den Adrenalinrausch überhaupt nicht wahrgenommen hatte. Nicht umsonst sind in Polizeiakten Fälle bekannt, bei denen ein angeschossener Verbrecher mit bis zu 34 Schüssen mit dem Dienstkaliber 9x19 Luger noch Gegenwehr leistete. Unter dem Einfluss von Kokain oder extremen Adrenalinmengen funktioniert der Körper auch mit größeren Verletzungen noch eine gewisse Zeit sehr gut. Ein Effekt, den man auch im Boxring beobachtet. Die Kämpfer stehen immer wieder auf, wenn ihre mentale Einstellung oder die Kokain/Ephedrin-Mischung passt. Allerdings sind sie dann nach dem Kampf wochenlang der Erholung bedürftig.

Ich hatte mal wieder Glück gehabt: Mein Trapezmuskel war glatt durchschlagen worden. Offensichtlich hatten die Türken nur Vollmantelgeschosse verwendet, die eine hohe Durchdringungsfähigkeit aufweisen, aber nur kleine Wundkanäle hinterlassen. Für Feuergefechte sind diese eigentlich ungeeignet. Nun, mir war es sehr recht. Natürlich schmerzte die Schulter höllisch, als das Adrenalin abflaute.

In solche Gedanken versunken bemerkte ich San, meine älteste Tochter, erst, als sie schon neben mir stand und interessiert auf meine Schulterwunden blickte. Um zu erschrecken, war ich zu müde. Sie nahm mich, wie es ihre Art war, kurz und herzlich in den Arm und drückte mir

einen Kuss auf die rechte Wange. Mit fragendem Blick sah sie mich an. Geistesgegenwärtig erzählte ich ihr von einem Messerkampftraining mit anderen Kampfsportlern im Wald, dass ich gestolpert sei und mir dabei einen Aststummel in die Schulter gerammt hätte. Da sie solche Aktionen von mir kannte, nickte sie nur kurz und verabschiedete sich interesselos – typisch für Pubertierende – mit den standardisierten Worten »Du Armer!« ins Bett. Ich schüttelte lächelnd meinen Kopf, als sie gegangen war. Sowohl ihre trockene, emotionsarme und verständige Art als auch die ganze Situation und mein grenzenloses Glück belustigten mich.
Nun klebte ich auf die beiden gereinigten Wunden, die kaum noch bluteten, jeweils chirurgisches Wundtape und zog ein T-Shirt darüber. Darum konnte ich mich morgen besser kümmern. Eine bleierne Müdigkeit überkam mich schlagartig. Ich war noch so geistesgegenwärtig, zwei Gramm Amoxicillin gegen Wundinfektion einzunehmen. Dann schluckte ich Codein, Diclofenac und Novalgin gegen die Schmerzen.
Leise schlich ich mich ins Wohnzimmer und legte mich auf die Couch zum Schlafen nieder. Alexa und die Kinder würden sich am Morgen nicht wundern, weil ich als nachtaktiver Mensch meine wenigen Schlafstunden oftmals dort verbrachte, um niemanden zu stören. Mit offenen Augen lag ich noch kurze Zeit wach und dachte nach, bis mich der Schmerzmittelcocktail langsam übermannte. Immer wieder wunderte ich mich darüber, dass die Männer die Tür nicht sofort eingetreten hatten. Dann wäre mir kaum Zeit für Gegenwehr geblieben. Und wie konnten sie meine Adresse erfahren haben? Vielleicht war ich unvorsichtig gewesen und sie waren mir gefolgt, obwohl ich nie den direkten Weg wählte, sondern immer Umwege und Kehrwendungen einbaute.
Ich konnte nur hoffen, dass Mira der Polizei nicht in die Arme lief und mit unangenehmen Fragen konfrontiert wurde. Sie war als professionelles Mädchen sicher clever genug, rechtzeitig kehrtzumachen. Zudem wusste sie außer meinem Künstlernamen »Leon« keine harten Fakten von mir. Viele Fragen mussten an diesem Abend wohl für immer unbeantwortet bleiben.
Mein neuer Adlerhorst würde eine stabilere Eingangstür und Videoüberwachung bekommen, so viel war sicher. Und mit Flammen vor den

Augen und mit krachenden Schüssen in den Ohren schlief ich einen kurzen, aber unendlich tiefen Erschöpfungsschlaf. Dies sollten nicht die letzten Flammenbilder in meinem Leben gewesen sein … weder im Traum noch im Leben!

Ich war der Enforcer!
Ich lebte jeden Tag meines Lebens, als sei er der letzte … und ich komme wieder!

Fin

H-I 0 – Selbstverteidigung (= SV) nicht nur für Frauen

Waffen: Messer, Pfeffer, Licht, Hände und Füße. Target: ein beliebiger Angreifer.
(Dieses Zwischenkapitel bildet die Überleitung zu den Informationskapiteln, indem es anhand eines Gesprächs und eines Überfalls auf ein Kind die Grundlagen guter SV aufzeigt.)

In diesem Kapitel diskutieren die Kinder von Dr. Markus Dreher, die keinerlei Ahnung vom Doppelleben ihres Vaters haben, über Selbstverteidigung für Frauen und Kinder, die sie jeweils auf verschiedenen Wege kennenlernen durften: Der kleine Marc übt immer wieder mit seinem Vater zu Hause, von dem er nur weiß, dass er lange bei »den Soldaten« gewesen war, einige Polizeifreunde hat und schon immer Kickboxen »und so Kram« machte. Die große Tochter San musste von ihren Eltern aus einen Wochenendkurs in Selbstverteidigung für Frauen belegen. Nici, nicht ganz so durchtrainiert und ruhiger als San, aber ein süßes Teeniemädchen, übt schon seit fünf Jahren traditionelles Karate bei dem Kampfsportfreund ihres Vaters. Dieser SV-Teil nimmt eine Zwischenstellung im Buch ein und leitet zu den I-Kapiteln über, die reine Sachinformationen bereitstellen.
Hier werden die wesentlichen Aspekte der Selbstverteidigung in Notwehr oder im Sinne der Nothilfe (Retten und Unterstützen einer Person in Notwehr) geschildert, die nicht nur für Frauen und Kinder lebensnotwendig sein können, sondern auch für männliche Erwachsene, selbst wenn sie Kampfsporterfahrung aufweisen. Denn »Kampfsport« und die reale Bedrohungslage auf der Straße können sich recht deutlich voneinander unterscheiden. So habe ich schon manchen Kampfsportler erlebt, der von einem motivierten Laien mit entsprechendem Kampfgeist oder zielgenauer Motivation schnurstracks zu Boden geschickt wurde oder der in einer aktuellen Stresssituation schnell überfordert war. Das jahrelange Training in einer Kampfsportschule macht einen noch lange nicht zu einem unschlagbaren Kämpfer, ist aber dennoch sehr hilfreich. Die Unterschiede und wesentlichen Punkte, die zum Überleben in einer tatsächlichen, kompromisslosen Situation notwendig sind, werden

in diesem Kapitel von den Kindern im Gespräch herausgestellt. Den Abschluss bildet ein realer Angriff auf den kleinen Marc, der sich dann recht pfiffig retten kann, obwohl ein körperlich weit überlegener Mann sein Möglichstes tut, dem kleinen Jungen (9 J.) an die Wäsche zu gehen!

Betrachten Sie diesen Teil des Buches also als einen hoffentlich unterhaltsamen Beitrag zu Ihrer eigenen Sicherheit auf unseren Straßen; nicht umsonst ist der Verkauf von Pfefferspray hierzulande parallel zu den steigenden Neuankömmlingen mit Migrationshintergrund (zu Altdeutsch: Ausländer) um über hundert Prozent angestiegen. Die Menschen fühlen sich unsicher, auch wenn die Gefahren durch Inländer bestimmt höher einzustufen sind – im Moment noch!

San (17 J.) war ein aufgewecktes, schlankes, fast schon mageres Mädchen, das jeden Tag fanatisch Sport betrieb (wie ihr Vater?) und der Schule und Laufen weit wichtiger waren als Jungs und Ausgehen. Sie würde ihr Abitur sicher einmal nicht weit von der Eins-Komma-Null entfernt absolvieren:
»So schlecht war der Kurs für Frauen am Wochenende gar nicht! Papa wollte ja unbedingt, dass ich den mache, nur weil er selber 20 Jahre oder so Karate und so'n Zeugs gemacht hat, obwohl der ja keiner Fliege was zuleide tun könnte! Ich lauf' lieber meine 100 km die Woche. Mir tut schon keiner was, hab' ich gedacht. Aber der Kommissar hat erzählt, dass es hier in der Stadt jeden Tag Vergewaltigungen gibt und jeder Zweite einmal im Leben mit krimineller Gewalt konfrontiert wird. Ich hab zwar echt keine Angst, aber nachts im Park werd' ich lieber doch nicht mehr allein joggen.«

Nici (15 J.), die immer ein wenig gemütlich wirkte, aber mit ihren 159 cm ziemlich flotte Reflexe im Zweikampf hatte, übte schon fünf Jahre regelmäßig und recht erfolgreich Karate, nicht zuletzt, weil dort im Training auch coole Jungs waren, bei denen sie mit ihren po-langen, blonden Haaren ein wenig Starstatus genoss:
»Ich hab's dir schon immer gesagt, dass man aufpassen muss. Klar, Papa übertreibt immer, wenn er sagt, man muss ständig versuchen, JEDEN anderen zu sehen, bevor er einen selbst sieht. So als Spiel oder so. Nur

weil er immer mal mit Goni rumboxt und seine Kicks übt. Und immer ›sektional‹ um die Ecke gehen, also mit Abstand und so, Stück für Stück; wer hat denn Zeit für so was? Aber irgendwie kann ich gar nicht mehr anders, weil Papa das immer wieder sagt und damit nervt. Oh Mann! Aber seit ich in der ersten Klasse von den vieren verhauen worden bin – weißt du noch, wie Paps da ausgerastet ist und die Eltern von dem einen Türken zu Hause besucht hatte? –, mach' ich ja den Karate-Kram bei Bekim. Eigentlich hab ich keine Lust mehr, weil Irina auch nicht mehr mag. Aber in der Schule verstecken sich die Mädels immer hinter mir, wenn die Jungs sie verhauen wollen, die Weicheier! Die Jungs ziehen dann lieber ab. Das ist schon cool! Nur weil ich schon fünf Jahre Karate mach' und denen bös in die Augen schau'!«

Marc (8 J.) war ein bleicher, dünner Junge, der sehr aufgeweckt und fast schon ein wenig hyperaktiv, aber sehr neugierig durch die Welt ging. Er hielt seinen Vater immer auf einem Podest: »Papa hat mir immer zu Hause Jab-Punch-Kick gezeigt. Ich bin der Beste; mich kann keiner hauen!«
Nici: »Jaja …!«
San: »Na ja, was ich gut fand bei dem Kurs, war, dass der Lehrer gemeint hat, man soll sich nicht wie ein Opfer verhalten, sonst wird man eins! Ich hab' gefragt, was das heißt. Er meint, das ist wie bei einem Hund: Die Bösen spüren, ob man Angst hat oder, noch schlimmer, ob man keine Ahnung hat! Schulter hoch, Kopf hoch, Straßenseite wechseln, aber aufrecht, und nie in die Augen schauen, weil das provoziert. Mit erhobenem Kinn weitergehen, so tun, als ob man sie nicht beachtet, aber doch im Augenwinkel genau abchecken, was die machen.
Man muss auch immer auf die Hände schauen! Nicht den Quatsch von wegen »in die Augen sehen«! Man muss wissen, was die in den Händen haben und damit machen! Und immer Abstand halten, dann hat man mehr Reaktionszeit. Messerfreaks halten das Ding oft versteckt, im Ärmel oder unter der Achsel. Also auch wenn die vorbeigelaufen sind, noch mal umdrehen und schauen. Die hauen einem das Ding gern von hinten in die Rippen. Da hat keiner Lust 'drauf!«

Marc: »Ja, Papa sagt immer, man muss lieber weniger Schläge und Kicks können und die lieber supergut 'raushauen können!«

Nici: »Na ja, ich find's gut, wenn man alles kann, wie ich!«
San: »Wer hat schon Lust, zwei- oder dreimal die Woche ins Karate-Training zu gehen, wie du? Da lauf' ich lieber oder les' ein Buch!«
Marc: »Aber du hast doch den Kurs auch gemacht?« San: »Na ja, weil Papa mich GEZWUNGEN hat! Es war ja nicht schlecht. Cool war, wie der Lehrer, Markus hieß der und er war wohl mal Weltmeister, keine Ahnung in was ... Jedenfalls hat er gemeint, im Stress und mit Angst vergisst man eh alles. Jeder in Todesangst geht letztlich auf die Augen! Mit den Fingern soll man in die Augen stechen! Alle Finger ausstrecken und volle Lotte in die Augen: Ein Gegner, der nicht sehen kann, der kann dir nichts tun! Fand ich okay!«
Nici: »Und wenn man nicht an die Augen kommt?« San: »Na, dann auf die Eier oder mit der Faust auf den Hals, auf die Kehle. Alle Tiere machen das so. Schau den Gepard an, wenn er die Antilope tötet: immer an der Kehle!«
Nici: »Aber ich will doch keinen TÖTEN!« Marc: »Wenn er aber DICH töten will?«
Nici: »Dann hau' ich lieber ab!« Marc: »Ja, das sagt Papa auch. Wenn man weglaufen kann, dann soll man weglaufen wie der Wind. Ich kann ja superschnell rennen ...!«

San: »Jaja, mein toller Bruder! Wenn's dann ernst wird, scheißt du dir ins Hemd.«
Marc: »Mach ich gar nicht! Du weißt doch, wie toll ich mal den Mann verjagt hab, der mich geschnappt hat ... Aber Papa hat gesagt, dass Mädels, wenn ein Junge ihre Muschi anlangen will, am besten mal scheißen sollen. Iiihhh! Aber das mögen die Jungs nicht!«
Nici (lacht): »Kann ich mir vorstellen! Aber das muss man erst mal können, wenn man so Angst hat! Ich würd' einfach die Deckung hochhalten, rechte und linke Hand, und dann auf meine Chance für einen Kick warten.«
San: »Glaubst du wirklich, du kannst einen 90-Kilo-Typen mit deinen Weichei-Kicks verschrecken? Der lacht sich doch kaputt!«

Nici: »Ich kann dir ja mal einen ›Weichei-Kick‹ geben! Komm doch her!«
Marc: »Ja, die Nici macht das wie ich: erst Jab, dann Punch mit Hüfte, dann gerader Kick in den Bauch! Die Fäuste lenken ab und der Kick tut weh! Das hat Papa gesagt! So macht das Bruce Lee auch!«
San: »Ja, hast ja recht, der Markus meint auch, man kann das vergessen zu glauben, dass man einen Schlag macht und der andere kriegt dann die Panik. Nie im Leben! Man muss schon eine Kombination von Schlägen hauen, um dann mal einen zu landen. Am besten dann einen Kick in den Hoden oder in den Bauch. Die hohen Kicks, wie im Fernsehen, kann man voll vergessen: zu langsam und zu leicht abzuwehren. Die niedrigen, schnellen nach Ablenkung sind die wirksamen!«

Nici: »Das hab' ich auch im Kumite gemerkt: Erst wenn ich Kombinationen mach', dann hau' ich die anderen um!«
Marc: »Du hast ja sogar schon Pokale, Nici!« Nici: »Is' doch nichts Besonderes, Brüderchen. Ich mach's ja schon ein paar Jahre!«
»Ich find's klasse, Nici, du bist toll!«
San: »Hör' auf mit dem Geschleime! Denkt lieber dran, dass ihr immer euer Messer und Pfefferspray dabeihabt! Das ist einfach 'ne zusätzliche Chance. Ganz ehrlich: Als Frau hast du einfach wenig Chancen gegen Männer, außer du kommst überraschend und hart rüber. Ich nehm' immer mein Spray mit. Und das Einhandmesser hab ich auch immer in der Jeans!«
Nici: »Jaja, ich mag das Messer nicht. Sieht blöd aus für ein Mädchen. Auch wenn Papa meint, man kann es dann sogar, wenn man umklammert wird, überraschend in den Oberschenkel stechen. Und ein Gegner, der nicht laufen kann, der kann dich nicht verfolgen, wenn du wegrennst. Ich verlass' mich lieber auf meine Fäuste!«
San: »Angeber! Warum auf 'ne zusätzliche Chance verzichten? Messer und Pfeffer gehören für mich dazu. Eigentlich sogar noch 'ne starke, kleine Taschenlampe. Das hab' ich nie geglaubt; aber im Park neulich abends, als der kläffende Köter auf mich zu gerannt kam, hab ich echt aus Zufall die helle Taschenlampe dabeigehabt. Als ich den angeleuchtet hab – und meine Knie haben gezittert, weil ich echt nicht gebissen werden wollte –, wurde er unsicher und ist abgezischt! Das war klasse! Markus hat gesagt, ein Gegner, der nichts sehen kann, der kann nicht

kämpfen. Klingt logisch, oder? Vielleicht lege ich mir auch so eine Lampe für's Handgelenk zu, die Papa oft dran hat. Dann hat man immer ein Licht bei sich.«
Nici: »Na ja, chic sieht die nicht aus!« San: »So schick wie deine Tussi-Uhren natürlich nicht ...! (grinst.)« Nici zieht nur die Mundwinkel hoch und rollt missbilligend mit den Augen nach oben.
Marc: »San, du bist ja nur verliebt in den Markus ...!« San: »So ein Quatsch, halt die Klappe, du Gnom!« Nici (grinst): »Wie alt ist der Markus; wie sieht er aus?« San: »Weiß ich doch nicht; lasst mich doch in Ruhe!«

Nici: »Neulich hab' ich der Mama gesagt, sie soll sich immer mal umschauen, wenn sie die Haustür aufsperrt, weil man da voll hilflos ist. Da hat sie mich geschimpft, ich soll mich von der Panikmache von Papa nicht anstecken lassen. Aber ich finde, es schadet ja nichts, sich mal umzuschauen. In dem Video, das uns Papa gezeigt hat, von dem Messerfritzen, wurde auch einer von hinten angegriffen und dem das Messer immer wieder in die Nieren gehauen. Das brauch' ich wirklich net! Da schau' ich lieber 'mal nach hinten!«
Marc: »Ich darf ja kein Messer und kein' Pfeffer haben! Das ist voll gemein!«
San: »Die Jungs in der Schule würden eh nur Quatsch damit machen. Lass' mal gut sein, besser so! Üb' du lieber dein' Jab-Punch-Kick! Du hast da schon genug Bumms 'drauf!«
Marc (grinst selbstbewusst): »Soll ich's dir mal zeigen?« San: »Nein, ich kenn's ja, bist echt schon gut! Was der Markus noch gesagt hat, ist, dass alle immer viel zu schüchtern sind, grad Teenies, und viel zu still sind! Wenn einer was will, soll man laut schreien und strampeln, falls man schon am Boden ist! Dann werden Leute aufmerksam. Selbst wenn keiner hilft, aber es macht den Angreifer unsicher und gegen starke, strampelnde Beine am Boden kann auch er schwer was machen. Und wenn man sich überraschend fallen lässt, kann das einer kaum verhindern!«
Nici: »Echt, auf den Boden fallen lassen? Aber nur, wenn man nicht weiterkommt. Aber kann ich mir vorstellen, wie du auf dem Boden liegst, schreist und strampelst wie ein Baby! Hahaha. Aber hast recht, wie soll der Typ da rankommen? Nicht schlecht!«

Marc wirft sich auf den Boden, schreit »Hilfe!« und strampelt dann mit den Beinen wie ein Verrückter: »Schnapp mich doch! Schnapp mich doch!« Nici und San schütteln nur die Köpfe.
Nici zu San: »Und was willst du mit dem Messer machen, wenn dich einer angreift? Schlitzt du ihm die Kehle auf?«
San: »Nein! Am wichtigsten, sagt Markus (sie schaut sich ertappt und unsicher zu den beiden hin um), ist, die Sicht zu nehmen, z. B. die Stirn ritzen, wenn du rankommst, das blutet wie Schwein und er kann nichts sehen. Das ist ja die erste Regel: Dem Angreifer die Sicht nehmen! Wenn das nicht geht, dann auf Arme und Beine; die sind leichter zu erreichen als der Körper. Und wenn die nicht funktionieren, Sehnen und Muskeln, dann kann er dir auch nichts tun und du kannst abhauen!«
Nici: »Klingt logisch! Bekim sagt immer: Überraschend, brutal und schnell musst du sein, dann gewinnst du jeden Kampf! Er hat uns auch schon gezeigt, wie Bruce Lee immer mit den Händen zum Gesicht antäuscht und dann unten 'rein einen schnellen Kick setzt. Also ist Ablenkung oder Antäuschen genauso cool! SSV: Surprise, Speed, Violence! Und ›Fake‹ auch!«
San: »Man soll immer in Bewegung bleiben, weil ein ruhiges Ziel viel leichter zu treffen ist …« Marc: »… sagt Markus! (grinst schelmisch)«.
San: »Leck' mich doch!«
Marc: »Du bist verliebt! Du bist verliebt!« (San zeigt den Stinkefinger.)
Marc: »Papa hat mir einen coolen Trick gezeigt! (Er nimmt ein Kissen von der Couch und wirft es zu Nici. Die weicht überrascht zurück und will es fangen. Schnell kickt Marc sie ein wenig ungeschickt ans Schienbein und grinst.) Siehst du, ich hab dich erwischt! Man muss nur dem anderen was hinwerfen und er kann nicht anders, er muss das fangen, dann kannst du ihm schnell eine reinhauen!«
San (lacht): »Das hast du gut gemacht, mein Kleiner! Cool!« Nici hebt anerkennend den Daumen. Marc ist stolz wie ein Schneekönig.
Nici: »Hab' ich doch gesagt: Ablenkung! Mit den Fäusten, mit einer Lampe, etwas zuwerfen …!« San: »Ach ja, mit dem Messer: Man soll das nicht vor sich halten, sondern dicht am Körper, damit der Gegner es nicht greifen kann. Immer schnell vorstoßen wie eine Viper und genauso schnell wieder an den Körper in Sicherheit. Die andere Hand ist zur Abwehr auf gleicher Höhe! Und immer auch mit dem Messer in

Bewegung bleiben, solche Schleifen machen oder 'ne Acht oder ein Z. Das heißt ›Kette‹, auf Spanisch ›Cadena‹, immer fließend, nie anhalten!« Nici: »Ja, du Schlaumeier! Denkst wohl, du hast's jetzt drauf nach einem Wochenendkurs? (grinst)« San: »Ich erzähl's euch Dumpfbacken ja bloß. Ihr sollt auch net dumm sterben! Klar, ich weiß schon, dass man das schnell wieder vergisst und immer mal üben soll. Aber so 'ne Wallung wie du mach' ich da nicht!«
Marc: »Wir können das doch mal mit roten Filzstiften üben! Hab' ich mit Papa mit roten Stiften gemacht: Wer den anderen zuerst erwischt, ›blutet‹! Ich hab gewonnen!«
Nici: »Das ist ein blödes Spiel!« San: »Ist es nicht! Da kann man klasse die Reaktionen testen und das ist ziemlich real!«
San: »Papa hat auch gesagt, man darf auch mit dem Messer in der Hand nie vergessen, dass man immer noch zwei Füße, zwei Fäuste, zwei Knie, zwei Ellbogen und eine Stirn zum Stoßen und Schlagen hat. Der Gegner ist oft so auf das Messer oder Pfefferspray fixiert, dass er alles andere vergisst. Da kann man manchmal gut punkten!«
Nici: »Ich will man sehen, was du machst, wenn dir einer einen Kinnhaken gibt und du am Boden liegst, halb nackt und so!«
San: »Jedenfalls wird' NIEMALS aufgegeben! Gerade wenn der Typ denkt, er hat's geschafft, und wenn er dann die Hosen 'runterlässt, dann ist das meine Chance und ich trete ihn voll da 'rein! Das Wichtigste ist, NIEMALS AUFZUGEBEN! Das hat auch Markus gesagt …!«
Nici: »Hat Bekim auch oft schon gesagt!« Marc: »Ich geb' NIE auf!«

San und Nici unisono: »Jah … jah …!« San: »Aber, Nici, du weißt noch, wie er sich gegen den Typen im Park verhalten hat! Das war ja mal echt super, oder? Marc, erzähl doch noch mal, wie das war (zwinkert zu Nici, weil beide wissen, wie gern der Junge von seinem Erfolg erzählt)!«
Daraufhin Marc mit strahlenden Augen und sehr lebhaft: »Also, ich bin zur Schule, früh. Und dann ist der Mann gekommen …« Nici etwas genervt: »Wo genau war das, Marc, erzähl richtig!«
»Na ja, auf dem Weg zum Bus bin ich von zu Hause weg gelaufen. Und da geht's doch durch den Park, so die Stufen 'runter, weißt doch. Und da lauf ich ja immer allein, weil der Olli immer von seiner Mama gefahren wird, das Weichei! Also, da renn ich so, dann bin ich so erschrocken,

weil ich hab' den Mann nullo gesehen. Und der hat mich von hinten gepackt und hochgehoben. So schnell ging das. Meine Füße waren gar nicht mehr am Boden. Ich hab gestrampelt, aber das hat nichts genützt. Zuerst hab' ich noch gedacht, das ist Papa und der macht Spaß. Aber dann hab' ich gleich gemerkt, dass der anders riecht. Ein Arm von mir war frei und da ist mir eingefallen, dass Papa immer sagt, man muss mit den Fingern in die Augen stechen. Da hab' ich das probiert, so an meinem Kopf vorbei nach hinten, so am Ohr vorbei, hinter mich zu stechen. Ein paar Mal. Aber ich bin nicht weit genug gekommen. Dann hab' ich echt Angst gehabt. Was soll ich machen? Dann hab' ich angefangen, mit meinem Kopf nach hinten zu hauen. Das hat so komisch geknirscht dann; ich glaub', das war die Nase. Der Mann hat mich gleich fallen gelassen. Jetzt saß ich am Boden und sehe den. Puh, der war groß und mit Bart und hat gestunken. Das Gesicht war so wütend ...«

Nici: »Dann hast du in die Hose gemacht (grinst)!« Marc: »Ja, hab' ich, aber nur ein bisschen. Der ist dann wieder auf mich los, ich bin grad aufgestanden. Der wollte mich schon wieder mit beiden Armen packen. Aber ich wollte echt nur weg. Und der hat so eklig gerochen. Da hab' ich, wie ich das mit Papa schon oft geübt habe, einfach mein Knie ganz hoch gerissen und ihn in die Eier getreten. Aber der hat nur gestöhnt und mich nicht losgelassen. Da spürt meine Hand die kleine Alarmsirene und ich reiß' die weg und lass' sie fallen. Da ist der Mann erschrocken und hat mich losgelassen und geschaut, was das ist! Da bin ich wie der Wind umgedreht und losgerannt. Ich hab' überhaupt nicht mehr hinter mich geschaut. Bin nur wie eine Rakete gerannt, nach Hause ... und da war dann Mama ... und der Mann war weg ...!« (Er hat eine Träne im Auge und seine Schultern heben und senken sich aufgeregt wie kurz vor dem Weinen.)

San: »Ja, und dann hat Mama die Polizei gerufen und die haben tausend Fragen gestellt und deine Büchertasche wieder gebracht. Da hattest du echt Glück gehabt. Und das hast du prima gemacht damals! Bin stolz auf dich, Brüderchen!« (Nimmt ihn in den Arm, Nici kommt auch dazu, und alle drei stehen in Umarmung vereint einige Sekunden still zusammen.)

Anm: Die kleine Sirene gibt es für 8.- Euro im Internet. Sie wird an der Kleidung befestigt und durch Zug aktiviert. Dadurch löst sich ein Stift in der Minisirene und diese kann zur Ablenkung weggeworfen werden. Zudem erregt dies Aufmerksamkeit, falls doch einmal ein Mitbürger helfen will … Marc benutzt auch sehr gut und intuitiv seinen Hinterkopf als Waffe gegen die Nase des Mannes. Ein Kopfstoß mit der Stirn nach vorne auf die Nase eines Angreifers kann, wenn er überraschend ausgeübt wird, eine sehr wirksame Waffe für Kinder und Frauen sein, auch ohne viel Training.

Wer nicht regelmäßig Kampftraining machen möchte, sollte sich aber der Mühe eines SV-Kurses unterziehen und dort für sich selbst einige wenige Techniken herausgreifen, die man immer wieder zu Hause – nur fünf Minuten alle paar Tage – üben sollte, bis diese in Fleisch und Blut übergegangen sind! Mein kleiner Marc übt dies mit Jab-Punch-Kick, also einer Kombination von linker und rechter Faust, gefolgt von einem kräftigen Vorwärtstritt. Diese Techniken erfordern wenig sportliche Fähigkeiten und können von jedem einigermaßen leicht erlernt werden. Selbst wenn sie nicht so perfekt geschlagen werden, so sind sie doch eine Chance bei einem Angriff, die man sich selbst geben sollte. Zudem sind Pfefferspray, Lampe und Messer eine weitere Option. Noch besser als ein Pfefferspray ist meiner Meinung nach der »Jet Protector« von PIEXON, der eine sehr gute Reichweite hat und leicht und flach genug ist, um in jede Handtasche zu passen (und für den man keine Genehmigung benötigt!).

Übrigens: Pfeffer, Messer und Licht sind nicht nur für Frauen und Kinder eine gute Wahl …!

Fin

11 – Die Macht der »Bombe«

Grundlegende Überlegungen zu Sprengmitteln

Anmerkung des Autors:
Kaum etwas verbreitet so viel Angst und Schrecken, bei Zivilisten und offiziellen Stellen, wie Sprengstoffanschläge. Immer wird der Sprengsatz, lapidar und unrichtig oft einfach »Bombe« genannt, sofort mit heimtückischem Terror in Verbindung gebracht.
Natürlich verwenden Terroristen gerne dieses Mittel, weil es großen Schaden anrichtet, großes Droh- und Angstpotenzial hat und die Täter schwer zu fassen sind, weil sie sich mittels Fern- oder Zeitzündung nicht in unmittelbarer Nähe des Tatortes aufzuhalten brauchen, wenn sie sich nicht gerade selbst dabei opfern wollen.
Dabei darf man nicht vergessen, dass in der Hand von Sprengstoffexperten gezielte Explosionen mit oft geringen Substanzmengen, allerdings am richtigen Ort mit geplanter Richtung und Stärke eingesetzt, eine fast schon chirurgisch exakte Waffe auch gegen Einzelpersonen oder für spezielle Aufgaben sein können. Man denke dabei nur an Hohl- und Schneidladungen (s. u.) für schnellen Zugang oder an Claymore-Minen für gerichtete Splitterwirkung planbarer Stärke. Ein Meister seines Faches kann die Stuhlbeine unter einer Person wegsprengen, ohne diese zu verletzen! Genau solche nicht-terroristischen, aber intelligent gezielten Sprengsätze sind die besondere Stärke des Enforcer, der solche ohne professionelles Equipment, praktisch aus dem Baumarkt und der Apotheke, in Do-it-yourself-Manier herstellt und effektiv anwendet, womit die latente Gefahr durch motivierte Einzeltäter und Hobbybastler aufgezeigt werden soll. Um wie viel gefährlicher können dann Sprengsätze in den Händen wirklich fanatischer Extremisten sein?
Im professionellen Sinne handelt es sich bei den Sprengmitteln des Enforcer lediglich um IED (improvisierte, selbst gebaute Bomben), wie sie auch in Afghanistan durch die Taliban in simpler Form zum Einsatz kamen. Allerdings kann man auch hier deutliche Qualitätsunterschiede erahnen, wenn auf der einen Seite hochempfindlicher Initialsprengstoff von Selbstmordattentätern in Badewannen kiloweise angerührt wird und auf der anderen Seite der Enforcer mit exaktem Wissen und minimalen Substanzmengen

im Grammbereich mit maximal möglicher Sicherheit vorgeht.
In diesem Buch soll ja nicht der Umgang mit professionellem Equipment beschrieben werden – dies erleben wir täglich in den Nachrichten auf der ganzen Welt in vielen Kriegen –, sondern gerade auf die Gefahren improvisierter Mord- und Terrorwaffen aufmerksam gemacht werden!

Durch meine Liebe zur Chemie, allerdings ohne professionelle Unterstützung und immer auf Geheimhaltung bedacht, war der Weg zur effektiven »Bombe« ein langwieriger und von »try and error« geprägter. Viele Hobbybastler und selbst ernannte Bombenbastler geben im Internet bereitwillig und stolz ihre erfolgreichen Versuche mit Eigensynthesen zum Besten. Davon darf man sich über eine Tatsache nicht hinwegtäuschen lassen: Auch wenn manche »Knallpülverchen« überraschend einfach herzustellen sind, so ist es doch ein weiter Weg zur professionellen und vor allem nicht selbstmörderischen Anwendung.
Die Dschihadisten sagen zu Recht, dass jeder Bombenbauer irgendwann über sein Handwerk stolpert. Das ist absolut richtig! Und hier weist sich die mentale Stärke und Hingabe an die Sache; fast niemand macht nach einer unbeabsichtigten Explosion, egal ob folgenschwer oder nicht, weiter. Denn wenn sich der Atem der »Mutter des Teufels«, wie die … [redacted] z. B. das WHITE1 nennen, offenbart, dann sitzt der Schrecken tief oder ist die erlittene Verstümmelung eindrucksvoll. Fast alle Sprengstoffbastler und -experten haben nicht mehr alle zehn Finger als kleinsten Tribut an diese Passion.
Ich werde hier nicht mit der Schilderung aller möglichen Irrwege langweilen, sondern die Essenz aus jahrelanger Erfahrung berichten.

Anmerkung des Autors:
Das war auch der Grund, warum ich lange gezögert habe, dieses Buch zu veröffentlichen! Interessierte und handwerklich begabte Leser könnten diese Ausführungen zum Eigenbau missbrauchen und wider genügend eigene Erfahrung zu Schaden kommen oder, noch schlimmer, dieses Wissen gegen andere benutzen.
Da aber das World Wide Web Bauanleitungen für Sprengsätze zigtausendfach enthält, die oft weit gefährlicher, weil falsch oder unerprobt, sind, erscheint das hier gebotene Wissen vergleichsweise eher harmlos, zumal

die exakten Synthesen der Primär-, Sekundär- und Tertiärsprengstoffe zensiert wurden. Dennoch wird ersichtlich, wie einfach doch eine IED herzustellen ist. Aber gerade ein hochorganisiertes Land wie z. B. Deutschland HAT die Möglichkeiten, sich davor durch Aufklärung und Gesetzesänderungen weitgehend zu schützen!
Nicht die Waffe an sich ist gefährlich oder böse, sondern der Mensch, der sie anwendet, was sinngemäß natürlich auch für Schusswaffen, Messer und andere gilt. Und nur wenn man den Feind kennt, kann man sich gegen ihn schützen (Sun-Tsu)! Natürlich erschweren Beschaffungshürden sicherlich auch die Anwendungsgefahr.
Ich hoffe, dass die behördliche Obrigkeit UND jeder Leser die Tipps am Ende des Buches ernst nehmen. Vielleicht nimmt man den Ball auf und kümmert sich noch mehr um Tausende Hobbychemiker auch hierzulande, die frisch und frei mit selbst gebrauten Pülverchen durch Wohngebiete wandern (siehe youtube, einschlägige Chats und Foren!), um am Waldesrand schnell mal einen Baum per Sprengsatz zu fällen! Darunter könnte mancher davon genügend Motivation aufbringen, vielleicht angeheizt durch Internet-Prediger des Dschihad, selbst zum Attentäter zu werden. Denn wie es in der Kriminalistik heißt: »Warum greift ein Täter an?« – »Weil er es kann!«, denn Menschen neigen dazu, alles, was sie können, auch eines Tages umzusetzen, sobald sich die Gelegenheit dazu ergibt. Wenn man die Spuren zu lesen weiß, kommt man dem Wild auf die Schliche …

Primär-Sekundär-Tertiär

Der folgende Text ist kein Lehrbuch über Sprengstoffchemie oder Sprengtechnik und in keiner Weise vollständig. Vielmehr werden nur die Synthese [redacted], Verarbeitung [redacted], Zünderherstellung [redacted] und der Bau ausgewählter Ladungen beschrieben, die nach meiner Erfahrung relativ einfach, sicher und dennoch effektiv zu bauen und anzuwenden sind.

Man muss **intermolekulare und intramolekulare Reaktionen** unterscheiden. Schwarzpulver ist eine Mischung verschiedener Substanzen, die oxidativ miteinander reagieren. Streng genommen sind nur solche

Substanzen Sprengstoffe, die durch Zerfall der einzelnen Moleküle umsetzen. Erstere explodieren nur, wenn sie verdämmt sind, also fest und dicht eingeschlossen, Letztere explodieren an sich, auch ohne Verdämmung. Allerdings kann auch deren Wirkung durch Verdämmung deutlich gesteigert werden.

Ein Sprengstoff, wie **Semtex oder C4**, kann nicht einfach mit dem Zündholz zur Umsetzung (Explosion) gebracht werden. Nur sogenannte Initial- oder Primärsprengstoffe können mit mildem Schlag, Reibung, Wärme oder Flamme zur explosiven Reaktion veranlasst werden. Semtex oder C4 würden höchstens Abbrennen (Deflagration) und nicht den gewünschten Effekt erzielen.
Um Sekundär- und Tertiärsprengstoff umzusetzen, sind Zünder erforderlich, die Primärsprengstoff enthalten und die erforderliche Schockwelle produzieren. Beispielhaft sei die weitaus am häufigsten verwendete Zündkapsel No. 8 genannt oder der militärische Zünder M36A. Beide enthalten in einem ca. 7 mm dicken Aluröhrchen 0.2 g Initialsprengstoff und 0.16–1,2 g Sekundärsprengstoff als Booster auf eine Länge von 20–45 mm; die Substanzen sind u. a. Bleiazid und PETN. Beide Zünder werden elektrisch initiiert. Es gibt natürlich auch Zünder mit Zündschnur oder Zündkäppchen, die mit Flamme oder Schlag initiiert werden.

Der Zünder ist der entscheidende Faktor beim Thema Sprengstoff! Mit einem wie o. g. geeigneten Zünder können praktisch alle Sprengstoffe zur Umsetzung gebracht werden; im Eigenbau der Zündkapsel steckt die größte Gefahr, weil die Handhabung eines Primärsprengstoffs immer sehr gefährlich ist, während Sekundär- und Tertiärsprengstoffe im Umgang oft völlig unproblematisch sind.

In weiteren Kapiteln wird die chemische Synthese ausgewählter Sprengstoffe mit einfachsten Mitteln, die Verarbeitung (Reinigung, Trocknung, Lagerung) und die definitive Konstruktion einfacher, aber wirksamer »Bomben« beschrieben [redacted].
Der Begriff »**Performance**« eines Sprengstoffs ist kein offizieller Begriff in der Sprengtechnologie, sondern vom Enforcer als Summe von Brisanz, Volumen der Detonationsgase, Ergebnis des Bleiausbauchtests und

der Explosionsgeschwindigkeit gewählt, um eine griffige, vergleichbare und praktische Bezeichnung für die Anwendungsstärke eines Sprengstoffes zur Verfügung zu haben. Manche laienhafte Ausdrucksweisen und Ansichten mögen mir von Sprengstoffexperten verziehen werden. Aber es soll ja gerade gezeigt werden, wie man auch mit Halbwissen ein hohes Droh- und Machtpotenzial aufbauen kann!

Viele Arbeitsgänge werden nur ganz kurz beschrieben, weil bei der Zielgruppe interessierter Leser von Kenntnissen in Chemie, Handwerk und Elektronik ausgegangen wird. Beispielsweise mache ich mir nicht die Mühe, ausführlich zu beschreiben, wie man einen Kupfertrichter für Hohlladungen herstellt, denn solche handwerklichen Fertigkeiten zu erläutern, ist nicht Aufgabe dieser Texte.

I 2 – »Die Mutter des Teufels«

Synthese des Initialsprengstoffes für den Zünder

Die »Mutter des Teufels«, so nennen die Kämpfer des … [redacted] den von ihnen gern verwendeten Primärsprengstoff WHITE1 [redacted], weil er relativ leicht herzustellen ist. In der professionellen Sprengtechnik wird die Substanz nicht verwendet, weil sie … [redacted], obwohl sie alle Bedingungen an einen brauchbaren Initialsprengstoff erfüllt und sogar eine stärkere Performance als Quecksilberfulminat aufweist [redacted].

Dort am Gewinde warten die Moleküle nach Wochen oder Monaten auf den unbedarften Bombenbauer, bis der den Verschluss öffnet, um dann unerwartet umzusetzen (diese Gefahr besteht bei allen Initialsprengstoffen übrigens immer!).

Dennoch habe ich mich nach unzähligen Versuchen mit Initialsprengstoff für WHITE1 als »meinen« bevorzugen Primer entschieden, indem ich das Problem der … [redacted] in den Griff gebracht habe bzw. weil diese für motivierte Attentäter kein Problem darstellt, wenn sie die Zünder immer frisch herstellen.

Andere Stoffe haben für einen privaten Experimentator, der keinen Zugang zu professionellen Sprengmitteln hat oder haben möchte (Zeugen, Abhängigkeiten, Nachweisbarkeit), immanente Nachteile:****

Extrem empfindliche Substanzen, wie **Jodwasserstoff, Silberacetylid oder HMTD** (Hexamethylentriperoxid Diamin), sind zwar leicht zu synthetisieren, aber entweder zu empfindlich und damit inakzeptabel gefährlich oder instabil, weil sie dekompensieren (langsam zerfallen), wie bei HMTD, und damit nicht lagerstabil sind (auch WHITE1 ist nur begrenzt lagerfähig, aber deutlich stabiler als HMTD!). Bei anderen gibt es verschiedene Nachteile, die allzu schwer in den Griff zu bekommen sind:

Bleiazid, der Liebling der Profis, ist ohne professionelles Labor zu schwer herzustellen und die Grundstoffe (Natriumazid) sind kaum zu beschaffen. Zudem ist die Bildung großer, sehr empfindlicher Kristalle ein Problem. **Quecksilberfulminat** wäre meine zweite Wahl, weil die Synthese beherrschbar ist und die Ausgangssubstanzen außer Queck-

silber relativ leicht zu bekommen sind; allerdings sind alle Quecksilberverbindungen recht giftig.
HMTD wird von vielen Hobby-Experimentatoren in der Chemie dem WHITE1 vorgezogen, weil es etwas weniger empfindlich ist und … [redacted]. Jedoch macht die Eigenschaft zu dekompensieren (durch Zerfall langsam an Gewicht zu verlieren) das HMTD als Sprengstoff in Sprengkapseln meist ungeeignet, weil diese nach spätestens drei Monaten unbrauchbar wären. Bei kurzfristigem Gebrauch jedoch ist es eine Option.
Andere Primärsprengstoffe kommen nach meinem Kenntnisstand wegen der gesetzlichen Grundstoffüberwachung kaum infrage.

Anmerkung des Autors:
Die behördliche Grundstoffüberwachung dient in erster Linie dazu, anhand der im Chemiehandel gekauften Ausgangssubstanzen die Betreiber von illegalen Drogenküchen zu erkennen. Seit 11.09.01 werden auch zunehmend die Grundstoffe zur Sprengstoffherstellung überwacht, zumindest bei größeren Bestellmengen.

WHITE1 ist bei Weitem nicht so empfindlich, wie einen oft glauben gemacht werden soll oder wie an Polizeischulen gelehrt wird. Die Empfindlichkeit gegen Reibung ist hoch, aber nicht sehr hoch und gegen Schlag nicht extrem. Die Herstellung ist einfach und die Handhabung beherrschbar. Als Primer für die Umsetzung von Sekundärladungen funktioniert es ausgezeichnet, hat eine hohe Explosionsgeschwindigkeit von über 5000 m/s (keine genaue Angabe wegen der Zensur!), ist relativ lange lagerstabil (ca. ein Jahr bei kühler Lagerung) und empfindlich gegen Flamme, Reibung ([redacted] Nm) und Schlag ([redacted] Nm). Wenn man sich der hohen Reibempfindlichkeit und der … [redacted] bewusst bleibt, ist WHITE1 ein idealer Initiator.

Das WHITE1 ist bereit für die Verwendung als Zündsatz. Man sollte immer nur kleine Mengen davon herstellen und es so sparsam wie möglich einsetzen, denn es ist und bleibt eine hochgefährliche Substanz. Denn wenn einmal etwas schiefgeht, ist es durchaus ein Unterschied, ob 10 g davon hochgehen oder 100 g, wobei schon 1 g eindrucksvoll explodiert! Man sollte also immer auch mit Augen- und Gehörschutz arbeiten.

Und man sollte sich nur dann an die Arbeit mit Initialsprengstoff machen, wenn man wirklich bereit dazu ist! WHITE1 verzeiht keine Fehler und Unachtsamkeiten. Wenn man respektvoll und konzentriert damit umgeht, ist es durchaus beherrschbar. Aber innere wie äußere Störungen müssen sicher ausgeschlossen werden. WHITE1 (wie jeder Primärsprengstoff) muss respektiert werden wie der Tod. Das ist kein neo-philosophisches Gerede, das ist schmerzhafte Erfahrung, denn nahezu alle Unfälle mit Sprengstoff ereignen sich mit Primärsprengstoffen, wie ich von Profis aus der Sprengstoffherstellung weiß. Manchmal wird nicht einmal mehr ein einzelner Finger der verunglückten Person gefunden (ich machte in meiner Jugend einmal Ferienarbeit in einer Sprengstofffabrik, als sich dort solch ein tragischer Unfall ereignete)…

I 3 – Schockwelle – Es geht los!

Konstruktion von Zündkapseln

Wie bereits berichtet, habe ich mich nach vielen Experimenten für **WHITE1** als Primer entschieden. Andere Experimentatoren haben andere Vorlieben. Sinngemäß können aber auch fast alle anderen Initialsprengstoffe für die vorgeschlagene, einfache Zünderkonstruktion verwendet werden.

Vorbereitungen

Das trockene und somit reibungsempfindliche WHITE1 wird lose in einem Haufen auf einem beschichteten Pappteller aufgehäuft.

Das verwendete WHITE1 ist nicht kristallin und wird in Form eines sehr feinen Pulvers verwendet, wie es eben in der angesetzten Lösung anfällt. Würde man, wie sonst in der Chemie üblich, reinstes WHITE1 verwenden, das aus … [redacted] *auskristallisiert ist, wäre diese in Kristallen vorliegende Substanz sehr viel empfindlicher!*

Beim Händler für pyrotechnischen Bedarf (Internet: EBAY, EGUN) besorgte ich mir … [redacted]

Chemische Zeitzünder

Versierte Hobbychemiker kennen sicher das interessante, kleine Experiment, bei dem ein Häufchen fein gepulvertes Kaliumpermanganat mit ein paar Tropfen wasserfreiem Glycerin beträufelt wird. Dieses Kunststückchen wird auch gern mal auf akademischen Partys oder an höheren Schulklassen des Gymnasiums gezeigt.
Nach einer variablen Zeit, die von der Konsistenz der verwendeten Substanzen und anderen Begleitumständen abhängt, beginnt das Häufchen zu dampfen und zu brodeln, bis sich schlagartig eine Selbstentzündung

mit Stichflamme ergibt. Die Reaktion habe ich Hunderte Male variiert. Niemals kam es zur Flammenbildung unter 10 Sekunden; das Zeitfenster lag zwischen 10 und 50 Sekunden, wenn man keinen Fehler gemacht hat (Feuchtigkeit, feine Körnung etc.).

Diese Reaktion nutzte ich für den nachfolgend beschriebenen Bau eines wirksamen, chemischen Zeitzünders [redacted].

In der professionellen Sprengmeisterei und beim Militär werden sog. **EBWs** verwendet (siehe auch Internet); das sind Zünder mit einem hauchdünnen Golddraht, der zwar bei schwachen Strömen verglüht, aber dann nicht die Kapsel auslöst. Denn hier wird kein Initialsprengstoff verwendet, sondern ... [redacted] dem Draht aufgelagert. Und dieses benötigt einen viel größeren Impuls zur Umsetzung. Erst bei Strömen über 200 Ampere verdampft der Draht explosionsartig, bewirkt im ... [redacted] eine sogenannte »DDT« (Deflagration to Detonation) und liefert den nötigen Impuls.
Diese Zünder sind teuer, aber sehr viel sicherer als normale Brückenzünder (Pyrotechnik, Feuerwerkerei). Allerdings braucht man dann zur Auslösung aufwendigere Energiebanken. Diese selbst herzustellen, ist kein Problem, denn dabei handelt es sich im Prinzip lediglich um die Elektronik eines großen Fotoblitzgerätes mit zusätzlichen Kondensatoren. Das habe ich schon mehrfach aufgebaut und die Hochspannung selbst sogar bei einem Hit verwendet. Allerdings sind diese Energiebanken dann meist groß und unhandlich.
Aber da mein Prinzip schon immer **K.I.S.S.** war, »keep it simple stupid«, genügen mir die einfachen Brückenzünder ohne aufwendige Zündmaschinen. Eine Restgefahr bleibt beim Umgang mit Sprengstoff immer, das muss man einfach akzeptieren!

Z.: Wenn du deinen Tod, vollständig intuitiv verinnerlicht, akzeptiert hast, dann gibt es für dich keine Grenzen (durch Angst) mehr!

BUMM

Nun hatte ich alle »Zutaten« zum Sprengen beliebiger Ziele und Aufgaben. Die wesentliche Voraussetzung für jeglichen Bau von Sprengsätzen sind also ZÜNDKAPSELN und ein geeigneter SEKUNDÄR- oder BOOSTER-SPRENGSTOFF. Erst wenn man im Besitz beider Komponenten ist, dann ist »die Macht mit dir«, wie Darth Vaider in Krieg der Sterne sagen würde.

I 4 – »Semtex« und Konsorten

Synthese von Sekundärsprengstoff als Booster und Sprengmittel

Die Initialsprengstoffe liefern die notwendige Schockwelle, die zur Umsetzung der Sekundärsprengstoffe führt. Diese können als Verstärkerladungen (Booster) in Zündkapseln oder bereits als eigentliche Sprengladung angewendet werden. Professionelle Zündkapseln, wie z. B. die No. 8, enthalten – wie im Internet überall leicht nachzulesen – **PETN (Pentaerytrittetranitrat)**, um eine größere Schockwelle auch für unempfindlichere Sprengstoffe, wie **TNT (Trinitrotoluol)** oder gar **ANFO (Ammoniumnitrat/Fueloil),** zu erzeugen. An den geringen verwendeten Mengen in den Kapseln (0,16–1,2 Gramm) kann die Brisanz und damit Stärke dieses Sprengstoffs ermessen werden.

Die bekanntesten Sekundärsprengstoffe bzw. Booster sind **C4 (grau) und Semtex A (rot)**. Ersteres besteht hauptsächlich aus RDX (auch: Cyclonit, Hexogen), Letzteres in erster Linie aus PETN (auch: Nitropenta). **Semtex H** enthält RDX und PETN zu fast gleichen Teilen (siehe Wikipedia).
Da die Synthese von RDX aus Hexamethylentetramin (Esbit, Trockenspiritus) und Nitriersäure (Salpeter- und Schwefelsäure, hochkonzentriert) sehr schwierig und riskant ist, widmete ich mich schon sehr früh dem WHITE2, das fast genauso brisant ist wie RDX. Beim RDX sind mir mindestens fünf technische Syntheseprozesse bekannt, was schon ein deutlicher Hinweis darauf ist, wie schwierig und gefährlich der Vorgang ist.
Natürlich machte ich vorher viele Versuche mit anderen Sprengstoffen, die aber entweder an der Schwierigkeit, der Gefährlichkeit oder der geringen Ausbeute der Synthese scheiterten oder wegen der Grundstoffüberwachung problematisch waren (Nitroethanol, EDNA, EDDN = Ethylendiamindinitrat, Nitroglycerin, TNT, Pikrinsäure, u. v. m.).

(Die ursprünglich mit WHITE4 und NONE1 verschlüsselten Substanzen wurden vollständig zensiert, um Rückschlüsse durch allzu motivierte Leser zu vermeiden!)

»HADES«, intermolekulare Komposition

Natürlich habe ich in meinen chemischen Anfangszeiten auch mit Schwarzpulver und ähnlichen, intermolekularen Sprengmitteln experimentiert. Da diese aber eine Zehnerpotenz geringere Explosionsgeschwindigkeit haben (ca. 500 m/s) und nur mit ausreichender Verdämmung (Confinement) explodieren, sind diese im Allgemeinen nicht brisant genug für Attentäter, jedoch ebenfalls nicht zu unterschätzen, wenn sie eben verdämmt werden (z. B. Rohrbomben).
Dennoch habe ich hier eine weitaus stärkere Variante als das übliche Böllerpulver entwickelt, das recht schlagempfindlich (zwischen WHITE1 und WHITE2), aber auch giftig und teurer ist. Wenn man es in Silvesterknallern statt Schwarzpulver einfüllt, kann man die beeindruckende Performance deutlich hören und fühlen. Die, allerdings nicht stöchiometrisch berechnete, Komposition ist:
Magnesiumpulver, Aluminiumpulver, Schwefel, (Oxidationsmittel [redacted]) der Einfachheit halber zu gleichen Teilen, die ich »Hades« nannte. Ähnliche Formeln wurden im WK II in russischen Explosivgeschossen von Scharfschützen verwendet [redacted]. Es versteht sich von selbst, dass alle Substanzen in feinster Körnung zu verwenden (intermolekulare Reaktion, enger Kontakt) und streng vor Feuchtigkeit zu schützen sind, da sonst Selbstentzündung (Metallpulver!) eintreten kann.

Anmerkung des Autors:
Nach Meinung des Enforcer machen islamische Selbstmordattentäter – von deren Mentalität er ebenso weit entfernt ist wie von der Anwendung von Terror an sich – den Fehler, dass sie z. B. … [redacted]*, »Die Mutter des Teufels«, in viel zu großen Mengen und oft als alleinigen Sprengstoff verwenden, weil er chemisch leicht herzustellen ist. Manchmal panschen diese jungen Märtyrer die Synthese in einer Badewanne! Da die Gefahren durch die hohe Empfindlichkeit des …* [redacted] *aber enorm sind, potenziert sich das Risiko mit jedem Gramm, das verwendet wird. Deshalb wird auch von Profis so wenig als möglich Initialsprengstoff verwendet und liegt der Schwerpunkt auf Sekundärsprengstoffen, wie Semtex, C4 und anderen.*

Synthese von WHITE2 [redacted]

PBX (»Plastiksprengstoff«)

Der erste plastische Sprengstoff war die Vorkriegserfindung PE-808 (England), C4 folgte kurz nach 1960. Am bekanntesten dürfte heute das Semtex sein, dessen Herstellerfirma aber inzwischen nicht mehr existiert. Man schätzt, dass Semtex danach tonnenweise in dunkle Kanäle verschoben worden ist und heute auf den Einsatz durch Terroristen wartet. Leider ist mir davon nie etwas in die Hände gefallen, wohl weil ich als Einzelgänger Kontakte scheute wie Kakerlaken das Licht.
Die leichte Handhabung machte PBX bei Spezialeinheiten und Terroristen schnell beliebt. … [redacted] wird gerne zu plastischen Chargen verarbeitet, ähnlich wie beim 1966 von Brebera in der tschechischen SYNTHESIA erfundenen Semtex (wegen Semtin, einer Vorstadt von Pardubice, dem Standort des damaligen EXPLOSIA-Werkes). Die hierfür notwendigen Substanzen, wie Styrol-Butadien-Kautschuk, Polyisobutylen, Estane, Viton A, Sylgard oder Polystyrol, unterliegen aber heute teilweise der Überwachung. Das hat mich veranlasst, eigene Wege zu gehen. Auch hier waren viele Versuche notwendig und meist sind die einfachen Lösungen die besten.

WHITE2 ist kristallin und lässt sich nur begrenzt verdichten. Da aber die Dichte ein wesentlicher Faktor für hohe Explosionsgeschwindigkeit und Brisanz ist, sollte loses WHITE2 … [redacted].

Detektion

Nachteilig ist allerdings, wie oben schon erwähnt, dass im Gegensatz zu Semtex, das von Sprengstoff-Detektoren schwer zu entdecken ist, mein PBX durch das WHITE3 sehr leicht zu »erschnüffeln« ist, weil WHITE3 quasi einen »Taggant« (= tagging agent) darstellt. Solche [redacted]-Duftstoffe, wie Nitrotoluol oder EGDN mit hohem Dampfdruck, werden den kommerziellen Sprengstoffen absichtlich zugesetzt (»Montreal-Abkommen«), um sie leichter (an Flughäfen etc.) entdecken zu können. WHITE1 kann praktisch kaum detektiert werden, außer mit Neutronenscannern, die allerdings immer mehr Verbreitung finden. Beim Transport im Auto oder bei längerer Lagerung empfiehlt es sich – wie bei Drogenschmugglern bei Betäubungsmitteln (Kokain, Heroin) –, dieses mehrfach in Plastikfolie zu verpacken, wobei man immer darauf achten muss, dass nicht durch unreine Hände Spuren von Sprengstoff außen rankommen. Zusätzlich umgibt man die Beutel mit stark duftenden Substanzen (siehe Romane über das Thema »Drogenkartelle«!), wie Kaffee, Benzin, Formalin, Gülle o. a., in der Hoffnung, die Sprengstoffhunde zu täuschen.

Jetzt war ich im Besitz von zündergeeignetem WHITE1 und einem ausgezeichneten Sekundärsprengstoff, womit bereits alle Aufgaben erledigt werden könnten. Da die Herstellung von WHITE2 ja doch recht zeitaufwendig und wegen der NONE2 auch gefährlich ist, wollte ich natürlich sehr sparsam mit dem im Schweiße meines Angesichts produzierten WHITE2 sein. Hier bietet sich dann die Verwendung meist legal zu beschaffenden (!) Tertiärsprengstoffen an, wie folgend beschrieben, da diese billig und leicht zu beschaffen sind.

Wobei »legal« nicht bedeutet, dass man diese Substanzen als Sprengstoffe missbrauchen darf. Das Herbeiführen einer Detonation ist immer strafbar!

15 – Der große Rumms

Tertiärsprengstoffe, die Arbeitstiere der Detonation

Initialsprengstoffe sind sehr empfindlich und deshalb schwierig herzustellen und im Umgang ein ständiges Risiko. Sekundärsprengstoffe bedürfen meist teurer und aufwendiger Synthesen, weshalb man damit sparsam umgehend sollte, sofern man nicht, wie manche Spezialeinheiten, unbegrenzten Zugang zu teurer Technologie hat.
Hier kommen, wie z. B. auch im Bergbau, wo oft große Mengen Sprengstoff erforderlich sind, die Tertiärsprengstoffe ins Spiel, die im Allgemeinen nicht mit einer bloßen Zündkapsel initiiert werden können (»not cap sensitive«) und im Angloamerikanischen »Blasting Agents« genannt werden (siehe auch in »Köhler, Sprengstoffchemie«).
Darunter versteht man meist Sprengstoff auf der Basis von **AN (Ammoniumnitrat**, ein Dünger) im Gemisch mit dieselartigen Treibstoffen, genannt **ANFO (Ammoniumnitrat/Fueloil).** Eine Zwischenstellung nimmt der binäre Sprengstoff **KINEPAC** ein, der aus den beiden gesetzlich freien … [redacted] (7:93 Gew-%) gemischt wird und erst dann, als KINEPAC, einen illegalen Sprengstoff darstellt!

WHITE3

WHITE3 ist … [redacted].

Mit **ANFO** habe ich keine Versuche unternommen, weil ich nicht auf derart kostengünstigen Sprengstoff angewiesen bin und die Nachteile (schwer zur Umsetzung zu bewegen, stinkt nach Sprit, nur mittlere Stärke) somit nicht in Kauf nehmen wollte.

Man kann meiner Meinung nach insgesamt mit den drei Sprengstoffen WHITE1, WHITE2 und WHITE3 praktisch alle Aufgaben bewältigen, die man sich als Killer denken kann … [redacted].
Im Folgenden werde ich die praktische Herstellung verschiedener, praxisrelevanter Ladungen aus den genannten Sprengstoffen beschreiben und insbesondere auf Konstruktionsdetails und sicherheitsrelevantes Handling eingehen.

I 6 – »Bomben«, Claymores und geformte Ladungen

Design einfacher, aber effektiver Sprengkörper

»Nackte Bomben«

Unter Bomben im eigentlichen Sinne versteht man Sprengkörper mit Leitwerk, die mehr oder weniger gezielt aus Flugzeugen abgeworfen werden. Da dieses Wort aber in der Öffentlichkeit, zumal durch oberflächlich berichtende Journalisten genährt, verbreitet ist, soll es auch hier als Synonym für einen Sprengsatz dienen.

Meine Grundausstattung an Sprengmitteln besteht nun also aus Zündkapseln für Flamm- und elektrische Zündung, aus Plastiksprengstoff und kristallinem Pulver auf … [redacted].

Mit dieser Ausstattung lassen sich v. a. schnell Aufgaben bewältigen, wie Zugangssprengung von Haustürschlössern, Riegeln oder Vorhängeschlössern, natürlich auch von schusssicherem Glas oder Autotüren. Selbst massivste Stahlgitter widerstehen einer auf Kontakt angebrachten 30-g-WHITE2-Ladung nicht, weil bei dem extremen Druck (Gigapascal!) während der Umsetzung jegliches Material kurzzeitig flüssig wird! Natürlich kann man obige Dinge auch einfach aufbrechen, aber niemals so schnell und mit so nachhaltigem Schockeffekt für die Betroffenen, was ja manchmal zur Abschreckung, gerade z. B. gegen Hitmen (Mafiakiller) organisierter Banden, erwünscht sein kann. Für solche Anwendungen genügen oft 20-30 Gramm PBX.

Zugangssprengungen sind eine Domäne der Spezialeinheiten, um schnellen Zugriff auf einen verdächtigen Täter oder Geiselnehmer zu haben. Hier werden v. a. geformte Ladungen (s. u.) verwendet oder z. B. eine mit Sprengstoff belegte Stahlplatte vor ein Fenster gehängt und gezündet (Richtwirkungs- und Reflexionsprinzip wie bei der Claymore-Mine), damit die Detonationsenergie möglichst gerichtet wirken kann (in Büchern über SEK mit Fotos zu sehen).

Splitterbomben

In konventionellen Handgranaten werden ca. 50–85 Gramm Sprengstoff, umgeben von einem massiven Splittermantel mit Sollbruchstellen oder in Harz eingegossenen Stahlkugeln verwendet. Genau so lassen sich natürlich auch eigene Sprengladungen konstruieren: … [redacted].

Die Do-it-yourself-Granaten sind nahezu genauso wirksam und zuverlässig wie kommerzielle. Einziger wirklicher Nachteil ist die umständlichere Zündung! Natürlich ist das Ziehen eines Splintes und Wegwerfen bei Originalhandgranaten einfacher, zumal im Stress, zu bewerkstelligen als das beidhändige Entzünden einer Lunte mit Feuerzeug. Aber niemand kann bei der Home-made den Ursprung und die Bauart zurückverfolgen, was bei Originalware durchaus ein Problem sein kann, zumal es beim Kauf ja immer einen Verkäufer gibt. Und dieser ist nun mal ein angreifbarer Zeuge und Schwachpunkt für den Attentäter.

Ich, der Enforcer, traue niemandem … genau genommen nicht mal mir selber!

Anmerkung des Autors:
Man muss sich aber darüber im Klaren sein, dass man sich mit Splittergranaten schnell im terroristischen Bereich bewegt, da diese wahllos alles in der näheren Umgebung verletzen oder töten, wie vom Dschihad immer wieder gezeigt.
Der Enforcer hat solche nur dann angewendet, wenn er gezielte Aufgaben verfolgte und ALLE Personen in dem bekämpften Raum Targets waren. Ihm ist Terror zutiefst zuwider. Vielmehr scheint er einen ausgeprägten Gerechtigkeitssinn und Beschützerinstinkt für Schwächere zu haben. Er betrachtete sich nie als normalen Auftragskiller, der wahllos gegen Bezah-

lung mordet, sondern erledigte seine Hits nur, wenn er von der moralischen Richtigkeit überzeugt war. Man könnte ihn eher als einen ***autarken Vollstrecker*** *bezeichnen, der, obwohl bezahlt, manche Lücke der Strafverfolgung geschlossen hat, wo diese versagt hat oder wegen allzu sozialer Gesetze hilflos zusehen musste.*
Außerdem soll hier auch zur Warnung gezeigt werden, mit welchen einfachen Mitteln man wirksame Splittersprengsätze herstellen kann, wie auch das Beispiel der Attentats-Brüder beim Boston-Marathon beweist, wo einfache Dampfdrucktöpfe mit Nitrozellulose (Schießpulver) verwendet wurden, obwohl Nitrozellulose nicht einmal einen brisanten Sprengstoff darstellt, sondern lediglich als Treibmittel für Geschosse Verwendung findet.

Claymore

Die Claymore-Mine ist, wie auch in Wikipedia nachzulesen, eine von den Amerikanern im Vietnamkrieg eingesetzte Richtmine, die auf der einen Seite eine gusseiserne Platte hat, auf der anderen mit Stahlkugeln bestückt ist und bei der zwischen beiden Schichten, ca. 30 x 20 cm groß, 682 g PETN in plastifizierter Form eingebracht ist. Sie kann durch Funk, Stolperdraht oder Zeitzünder ausgelöst werden. Sie produziert einen extrem wirksamen Kugelhagel auf einer ca. 50 m breiten Front, der in 100 m Entfernung immer noch eine Manntreffer-Wahrscheinlichkeit von 30 % hat. Selbst »hinter« der Claymore muss ein Sicherheitsabstand von 16 m eingehalten werden. Die Claymore-Mine ist leicht konvex gebogen, um einen breiteren Bereich abzudecken.

Für ein gut vorbereitetes Attentat halte ich den Bau einer kleinen Claymore für sehr sinnvoll und effektiv und habe eine solche auch schon mit Erfolg eingesetzt.
Die Konstruktion ist einfach: … [redacted].

Berechnungen mit dem GUERNEY-Modell ergeben eine Anfangsgeschwindigkeit der Kugeln von 406 bis 1234 m/s, je nach Dicke der Stahlplatte, die ja sozusagen als Widerlager fungiert, aber selbst auch zerstört wird. Man kann sich die schwere Stahlplatte auch sparen, wie ich das bei einem Hit tat, wenn man die Claymore mit der »stumpfen« Seite gegen eine Wand platziert, die dann die erforderliche Reflexion für die Druckwelle übernimmt.

Wenn diese Claymore, oft genügen schon 50–100 g Sprengstoff auf eine Größe von 9x8 cm, gezielt und versteckt an einer Stelle vertikal aufgestellt wird, an der die Zielperson vorbeikommt, braucht man nur noch in sicherer Entfernung warten und auf den Knopf im richtigen Moment zu drücken, was man über Fernglas oder per Funk-Videoüberwachung sicherstellen kann.

Man sollte darauf achten, dass die Minimalschichtdicke des PBX nicht unter ein paar Millimeter sinkt, weil sonst der »kritische Durchmesser« bzw. die »**Versagensdicke**« für erfolgreiche Umsetzung unterschritten werden könnte.
Meine Claymores für das Attentat auf eine Einzelperson stelle ich manchmal mit **umgekehrter Krümmung** her, also konkav statt konvex, sodass eine Art Hohlspiegeleffekt eintritt, der den Kugelhagel noch besser konzentriert und dessen Austrittswinkel möglichst klein hält, um eine bessere Konzentration auf das Target zu haben und um nicht Energie und Kugeln durch unnötige Streuung zu verlieren.

Forensische Tricks

Forensisch relevante Spuren werden weitgehend sicher vermieden, indem man den Funkempfänger, Drähte, Batterie DICHT VOR den Stahlkugeln auf der »heißen« Seite platziert! So werden diese verräterischen Utensilien komplett zerstört und auch als Splittermaterial benutzt. Man muss auch immer damit rechnen, dass Ladungen nicht hochgehen (Zündversager), also am beabsichtigten Tatort zurückbleiben, falls man diese nicht rechtzeitig entfernen kann. Deshalb muss man bei der Aufstellung und schon bei der Herstellung peinlich auf die Vermeidung von Fingerabdrücken und genetischen Spuren achten! Ich arbeite immer mit Mütze (Haare!) und Latexhandschuhen. Denn gerade Klebe-

bänder (innen und außen) oder Klebstoffe sind ausgezeichnete »Fingerabdruck- und DNA-Verräter«! Das fertige Sprenggerät (z. B. Claymore) wird sicherheitshalber noch mit Trichloräthylen-Spray (Waffenentfetter) abgesprüht, um Fettreste (Fingerabdrücke!) und andere Spuren zu minimieren. Das Spray verdampft schnell und schadet der Elektronik oder Lunte nicht (sofern es kein Pinienkernöl enthält). Das Gehäuse des Funkempfängers sowie seine ausziehbare Antenne werden entfernt und gegen Plastikfolie und dünnen Draht ersetzt, damit bei unvollständiger Detonation möglichst keine verwertbaren Spuren bleiben. Gerade Teleskopantennen, die man einmal unbedacht herausgezogen hatte und bei der Reinigung nur im kurzen Zustand entfettete, können für die forensische Spurensicherung leicht zum Verräter werden.
Selbst das Militär rechnet – trotz teuerster Technik, die ich ja nicht zur Verfügung habe – mit einer gewissen Versagerrate (0,01 %) und einer Verlässlichkeit von mindestens 95 % der Zündungen. Bei gewissenhaft im Eigenbau hergestellten Zündern und Sprengsätzen muss man mit einer Zündsicherheit von 90 % schon sehr zufrieden sein, weshalb also immer auch der Misserfolg eingeplant werden muss.
Hier kommt der viel zitierte Plan B zum Tragen!

Anmerkung des Autors:
Auf die Spurenvermeidung – die in kriminellen, informierten Kreisen natürlich zum Allgemeinwissen zählt – wird hier hingewiesen, um aufzuzeigen, wie relativ sicher sich Attentäter fühlen können, selbst wenn sie ihren eigenen Tod nicht in Kauf nehmen wollen, wenn sie intelligent vorgehen!

Hohlladungen

Panzerbrechende Hohlladungen sind schon lange bekannt. Dabei wird der möglichst dichte Sprengstoff, sehr geeignet sind hier wieder WHITE2 – PBX, C4 oder flüssiger Sprengstoff, über der Spitze und um die Außenseite eines kleinen Metallkegels herum angebracht. Man muss sich vorstellen, man hätte eine **3 cm** dicke (Innendurchmesser) und **5 cm lange Röhre**, gefüllt mit PBX, in die man von einem Ende her einen **Kupferkegel** mit 1 mm Schichtstärke einpresst, bis dessen runde Öffnung (auch 3 cm) mit dem Ende der Röhre abschließt. Der überschüssige Sprengstoff wird am anderen Ende abgeschnitten. Der trichterförmige Kegel misst von der Basis bis zur Spitze **4 cm**. Natürlich kann man die Längenangaben mal zwei, drei oder vielfach nehmen, je nach Bedarf!

Herstellen kann man den Kegel recht leicht durch Ausschneiden aus Kupferblech mit 1 mm Stärke. Die Kegelabwicklung ist ein Kreissegment mit **Radius 42 mm und 128-Grad-Winkel**. Man zeichnet mit dem Zirkel einfach einen Kreis mit dem Radius, misst mit dem Geodreieck den 128-Grad-Winkel und schneidet das Ganze mit der Blechschere aus. Mit etwas Fingerfertigkeit lässt sich nun der Kegel formen und biegen. Die Kanten können dann mit Zinn und Lötkolben verlötet werden. Der Winkel bleibt für verschieden große Kegel gleich, nur der Radius variiert.

Das war die Kurzbeschreibung einer ideal konfigurierten Hohlladung für viele Anwendungen. Größere Hohlladungen sind einfach entsprechend bei gleich bleibenden Größenverhältnissen umzurechnen. Gezündet wird mit einer Sprengkapsel vom trichterfreien Ende her, also gegenüber der Kegel-(Trichter-)Spitze. Hier lohnt es sich, etwas Sprengstoff zu »verschwenden«, indem man in der Verlängerung der Kegelspitze noch ein paar Zentimeter davon zugibt, was für die eigentliche Penetration ja nichts bringt. Aber wenn die Zündkapsel nur aufgelegt wird, erfolgt die Umsetzung nicht sicher genug. Besser, man bettet die Kapsel, rings von Sprengstoff umgeben, in der Längsachse des Kegels in den Sprengstoff ein, um eine sichere Schockwellen-Übertragung zu gewährleisten.

SEK-Leute haben mir erzählt, dass sie im Notfall (Zugangssprengung), wenn nichts anderes als PBX zur Verfügung steht, auch mal ein **halbes Überraschungs-Ei** als Hohlformer (statt des Kegels) verwenden und darüber Sprengstoff aufhäufen und zünden. Das Prinzip bleibt gewahrt, wobei natürlich die Durchdringungstiefe deutlich abnehmen dürfte (nicht ideale Form, zu wenig »Stand-off«, kein geeignetes Material für den sog. »Jetstream«, s. u.).

Bei der Detonation wird das Metall des Kegels, der einen idealerweise 42-Grad-Winkel aufweist, durch bis zu Milliarden (!) von Bar zu einem flüssigen Strahl geformt (»**Jet**«), der nun aus der Kegelöffnung herausschießt und mit extremer Durchdringungsfähigkeit jegliches Material durchdringt. Man stelle sich das bildlich so vor, als würde man mit einem starken Wasserstrahl in lockeres Erdreich bohren.
Die Hohlladung sollte allerdings einen optimalen Abstand (»Standoff«) vom 2–6-Fachen des Durchmessers, also in unserem Falle von 6–18 cm, vom Objekt haben. Das kann mit einer röhrenförmigen Verlängerung oder einem Dreibein bewerkstelligt werden.

Unter diesen optimierten Bedingungen kann der entstehende »Jetstream« das 2–6-Fache, ja, bis zum 11-Fachen, des Kegeldurchmessers an Panzerstahl (!) durchdringen. Das bedeutet in unserem Falle ein Durchbrechen von durchschnittlich 10 cm Stahl! Eine unglaubliche Leistung mit wenigen Gramm Sprengstoff (im Beispiel: 30–50 g)!
Bei der russischen RPG-7 Panzerfaust, die in dem Bereich international die gleiche universelle Rolle spielt wie die berühmte AK-47 Kalaschnikow bei Schusswaffen (beide kann man fast jeden Abend in den Nachrichten im Hintergrund sehen!), wird eine Durchschlagsfähigkeit von 300 mm angegeben, was beim ungefähren Durchmesser der Rakete und somit der Hohlladung von 8–12 cm und einem Stand-off des 2,5–3-Fachen des Durchmessers (Abstand Spitze zur Ladung) mit dieser Rechnung durchaus nachvollziehbar ist.
Statt des schwieriger herzustellenden Kupferkegels verwendete ich auch schon 1 mm dicke Bleifolie, die ich entsprechend – nach einer Schablone mit obigen Werten ausgeschnitten – formte. Auch ein Adaptieren in einem kleinen Plastiktrichter ist denkbar. Dieser Bleikegel ist schnell herzustellen und bietet gleichzeitig den Vorteil, dass kein Sprengstoff in direktem Kontakt mit Metall steht, sondern der Plastiktrichter, was sonst immer eine gewisse chemische und elektrostatische Unwägbarkeit bedeutet. Geeignet als Gehäuse sind einzöllige Abflussrohre für Waschbecken aus Kunststoff; der Trichterdurchmesser beträgt dann also 2,5 cm und seine Länge gerundete 4 cm. Wenn man das Rohr entsprechend länger macht, also ca. 8 cm über der Trichteröffnung stehen lässt, hat man gleich den richtigen Stand-off.

Allerdings hat sich Blei als Trichtermaterial nicht bewährt. Die Durchdringungstiefen waren sehr unbefriedigend. Ob die Bleiatome im Jet zu »weich« sind oder was sonst der Grund ist, kann ich nicht sagen. Ich bin nur Praktiker, kein Wissenschaftler. Also blieb ich beim Kupfer.

Spurensicherung leicht gemacht!

Bei Experimenten im Freien mit geformten Ladungen (und überhaupt) sollte man immer peinlich intelligent auf die Vermeidung von Spuren achten. Ideal für Sprengtests ist freier Erdboden, weil eine Ladung auf Bodenhöhe fast keine Trichterbildung hervorruft.

Einmal machte ich aus Leichtsinn den Fehler, eine Minihohlladung an einem öffentlichen Stahlpapierkorb in einem Park zu testen, natürlich in der Nacht. Nur 15 g WHITE2-PBX in entsprechender Formung mit Kupfertrichter, Stand-off und Ausrichtung ergaben ein beeindruckendes Bild. Der Jetstream hatte nicht nur ein kleines Loch in den Stahl gebohrt, sondern die überschüssige Druckwelle riss den viel zu dünnen Stahl (ca. 1–2 mm) sternförmig auf, sodass ein 15-cm-Loch mit ausgefransten, umgebogenen Rändern den Papiereimer verzierte. Selbst der dümmste Mitbürger hätte gesehen, dass dies nicht mit einem Hammer oder mechanischem Werkzeug vollbracht worden war. Ich hatte keine Lust auf Aufmerksamkeit oder Ermittlungen durch die Polizei. So musste ich den Eimer wegschrauben, in einem Müllsack verstecken und das schwere Ding mühsam zum Wertstoffhof bringen. Vorher hatte ich aber heimlich mit einem Hammer die verbogenen Ränder im Verborgenen flach geklopft, immer darauf bedacht, von niemandem gesehen zu werden.Von da an dachte ich besser nach, bevor ich mich ans Ausprobieren machte.

Oben beschriebene Hohlladung mit 3 cm Durchmesser, 5 cm Länge, 4 cm Trichterhöhe und 30–40 g WHITE2 oder WHITE3 ist meine Standardhohlladung für viele Anwendungen. Das Material des äußeren Rohres ist von nebensächlicher Bedeutung. Der Kegel ist idealerweise aus Kupfer. Diese Minihohlladung durchdringt in der Tat jedes sich bietende Material und erzeugt mit dem energiereichen Jetstream eine gewaltige Tiefenwirkung.

Einmal setzte ich zum Spaß – als ich in meiner Spätphase schon einen gewissen Fatalismus und entsprechende Überheblichkeit entwickelt hatte – eine solche Hohlladung auf die Motorhaube eines an einem einsamen Waldweg abgestellten VW Golf (man fühlt sich ein wenig wie Gott, mächtig und stark!). Da ich die Ladung mit provisorischem Dreibein aus Draht nicht genau mittig platziert hatte, durchdrang der Jetstream das Auto am Motorblock knapp vorbei von oben bis unten und grub noch ein beachtliches Loch in das Erdreich. So etwas machte Spaß, war aber, wie oben schon angemerkt, kein intelligentes Tun!

Schneidladungen (»Shaped Charges«)

In Filmen sieht man manchmal Agenten, die blitzschnell aus einer Kartusche plastischen Sprengstoff auf eine Tür auftragen und dann eine Zugangssprengung durchführen. Das ist kein Mythos! Solch ein Sprengstoff auf Silikonbasis (Sylgard) gibt es durchaus und ist für Profis in normalen Kartuschen für handelsübliche Silikonspritzen erhältlich.
Gleiche Wirkung haben die bekannten Sprengschnüre, fast immer auf [redacted]-Basis, die zum Verbinden von verschiedenen Ladungen oder zum direkten Sprengen dienen.
SEK- und SWAT-Einheiten verwenden geformte Ladungen, um maximale Penetration zu erzielen. Eine U- oder V-förmige Linie aus plastischem Sprengstoff wird mit der Hohlseite auf die Oberfläche (Tür) gelegt, oft noch mit einer Metallrinne gleicher Größe abgedeckt für stärkere Richtung der Kraft. Einer Art Jetstream plus Druckwelle widersteht kaum eine Tür, selbst wenn sie den Widerstandsklassen über WK 4 oder den Beschussklassen oberhalb SF 5 genügen wie bei Behörden üblich (Präsidien, Justizgebäude u. Ä.).

Sicherheit

Ich machte mir zur Gewohnheit, die Kapsel IMMER VORHER an die beiden Klemmen des eingeschalteten Funkzünders anzuschließen und erst dann in den Sprengstoff einzusetzen. Denn falls ein elektrischer Fehler vorlag, musste ich nur mit einer explodierenden Zündkapsel und nicht mit der Umsetzung von 30–80 g PBX klarkommen! Am sichersten ist es sogar, zuerst einen einfachen Brückenzünder oder eine Fahrradglühbirne als Tester anzuschließen und erst vor Ort, sozusagen als letzten Akt vor dem Verlassen des Tatortes, bereits bei aktiviertem Funkempfänger, den wirklichen Zünder statt dem Brückenzünder anzuklemmen. Sollte eine Spannung anliegen, sieht man das dann am verpuffenden Brückenzünder oder der glimmenden Birne, was völlig ungefährlich ist.

I 7 – Versteckte und überraschende Waffenanwendung

Nunchaku, Hieb- und Stichwaffen, Schusswaffen, Sprengsätze u. a.

Nunchaku – Konstruktionen, Beschaffung, Tarnung

Der Nunchaku (zwei unterarmlange Holzstöcke, die mit einer kurzen, dicken Kette verbunden sind) spielt als Waffe (»Unerlaubter Gegenstand« im Waffengesetz) auf Deutschlands Straßen sicher keine große Rolle, weil er sehr schwer beherrschbar ist und nicht nur das Führen (bei sich im Auto oder am Körper), sondern auch schon der bloße Besitz strengstens verboten ist. Für Kampfsportler ist er eine Sportwaffe unter vielen – bekannt seit Bruce Lee's Filmen –, mit der man sehr kraftvoll zuschlagen kann. Der Chak kann von Angreifern überraschend und gegen viele Gegner parallel eingesetzt werden, wird i. A. versteckt im Hosenbund hinten getragen und ist leicht herzustellen. In Polizeikreisen nennt man ihn eher »Würgeholz«, ähnlich der spanischen Garotte, weil die Verbindungskette zwischen den Hölzern kürzer ist als der Durchmesser eines menschlichen Halses und er dadurch sehr leicht von hinten zum Würgen verwendet werden kann. Könner erzeugen damit sogar einen blitzartigen Druckimpuls auf beide Halsschlagadern (und das Glomus caroticum, das reflektorische Zentrum zur Messung der Atemgase im Blut in der Halsschlagader!), wodurch das Opfer schnell einen reflexartigen, plötzlichen Tod erleiden kann.

Der Chak wird hier nur erwähnt, weil er meine Lieblingswaffe ist (neben Messer und Glock), mit der ich in Frankreich beim damaligen Vollkontakt-Weltmeister … [redacted] gelernt habe (zu der Zeit war der Chaku in Belgien und Frankreich nicht verboten!) umzugehen; und zwar weniger in der Disziplin »Artistic Nunchaku« als im »Full-Nunch«, dem harten Vollkontaktkampf. Wenn der Chaku in Deutschland als Schlagwaffe nicht verboten wäre, würde ich ihn zur SV empfehlen, weil man schnell auch weniger spektakuläre Techniken lernen

kann (ohne Wirbeln um den Körper, einfach Schlagen wie mit einer Stahlrute oder einer Peitsche), die von Angreifern fast nicht abzuwehren sind. Denn durch die bewegliche Kette schlingt sich das freie Holz um den Abwehrarm herum und trifft mit Vorliebe die Schläfe oder den Hals des Gegners!
Sollten Sie auf einen Angreifer mit Nunchaku treffen, dann wäre RENNEN eine sehr gute Alternative! Wenn man Glück hat, kann man aber auch darauf warten, dass sich ein ungeschickter Angreifer mit dem Chaku selbst verletzt, wenn er ihn nicht kontrollieren kann; darauf würde ich mich aber nicht verlassen.
Herstellung: Zwei ungefähr 2 cm dicke Hartholzstäbe mit ca. 33 cm Länge werden durch eine Kette oder ein Stück Seil stabil verbunden. Bei einer anderen Variante nimmt man zwei Metallrohre (Alu, Titan, Stahl) gleicher Länge wie oben und zieht durch beide eine ca. 70 cm lange Kette, die an beiden Enden mit einem Schlüsselring arretiert wird. Durch die Fliehkraft liegen die Röhren immer am jeweiligen Ende der Kette. Je leichter der Chak und je kürzer die Kette, umso schneller und artistischer lässt er sich bewegen. Je schwerer er ist und je länger die Kette, desto schlagkräftiger als Waffe wird er.
Tragen: Getragen wird der Chak im Hosenbund, vorzugsweise hinten, oder unter den Arm geklemmt, wie es die Messerkämpfer machen und wie es Bruce Lee in seinen Filmen gezeigt hatte. Von dort kann er sehr schnell präsentiert werden oder überraschend zuschlagen. Aber wie gesagt, er ist in Deutschland verboten; in Bayern speziell sind sogar harmlose Varianten mit interner Sollbruchstelle aus Schaumstoff (!) verboten, weshalb man spaßeshalber sagt, dass hier selbst Wiener Würstchen als Nunchaku gelten!

Messer

Herstellung: Viele Gegenstände können zu einer messerartigen Stichwaffe umfunktioniert werden, wie z. B. Schraubenzieher (macht dann auch keinen illegalen Eindruck auf Polizeikontrollen!), angeschliffene Löffel (in Gefängnissen), Zahnbürsten mit am Stielende aufgeklebten Rasierklingen u. u. u.

Ansonsten ist auf den Straßen eher mit kleinen bis mittelgroßen Messern zu rechnen, weil diese leicht zu verbergen sind und bis zu einer gewissen Klingenlänge auch gesetzlich erlaubt sind. Sog. Einhand- und auch Springmesser, die einen kleinen Knopf besitzen, der es erlaubt, sie mit einer Hand zu öffnen, sind seit einiger Zeit – wie auch Butterflymesser – nicht mehr erlaubt zu führen, was aber viele nicht davon abhält, weil es sich bei Entdeckung lediglich um eine Ordnungswidrigkeit handelt und um keine Straftat. Allerdings wird der Besitz eines Messers in einer Auseinandersetzung von deutschen Gerichten fast immer als aggressiver Akt beurteilt; das Messer gilt also als »Angriffswaffe« und weniger als »Verteidigungswaffe«, was natürlich Blödsinn ist. Denn jede Waffe kann beides; es liegt an der Intention des jeweiligen Menschen. Leider neigt der Staat dazu, die »Guten« zu entwaffnen und dumm zu halten, wodurch die »Bösen«, die fast immer problemlos bewaffnet sind, mit weniger Gegenwehr zu rechnen haben, wenn sie sich kriminell bedienen wollen! Dennoch folge ich bei meinen Tipps am Ende des Buches dieser Tendenz der Vermeidung aus Sicherheitsgründen, zumindest bei sehr potenten Waffen.
Tragen: Ich führe meine Messer an einer Kette um den Hals (z. B. den Urban Dart), mit Klipp am rechten Hosenbund (das CRKT M-16 öffnet sich schon beim Herausziehen mit etwas Übung) oder unter der linken Achsel (Suppressor), sobald das Messer in Richtung Schwertgröße tendiert. Bei allen Verteidigungswaffen ist sehr wichtig, dass man sich – sofern man sich einmal entschieden hat, sie zu tragen UND im Notfall zu benutzen – nicht jedes Mal die Frage stellt, wenn man aus dem Haus geht, ob man sie nun mitnimmt oder nicht. Diese mitzuführen, sollte eine unangezweifelte Angewohnheit werden! Denn der Angriff erfolgt garantiert dann, wenn man gerade einmal NICHT bewaffnet ist. Da man dies ja nie vorher wissen kann, sollte man also IMMER bereit sein, sich zu verteidigen!
Anwendung: Messer werden von Profis fast immer verdeckt getragen UND verdeckt angewendet. Typische Stellen und Situationen für einen überraschenden Messerangriff sind solche, in denen man üblicherweise abgelenkt ist und irgendwie hilflos:
beim Aufschließen der eigenen Haustür, im Parkhaus beim Ein- oder Aussteigen aus dem Auto, beim Spaziergang, NACHDEM der Angreifer

harmlos vorbeigegangen ist (schnelles Umdrehen und Angriff von hinten!), in großen Menschenmengen überraschend unter der Achsel oder aus dem Ärmel gezogenes Messer, in der Straßenbahn sitzend, an der roten Ampel durch Aufreißen der Fahrertür etc.
Fast immer täuscht der Angreifer mit der einen Hand einen Angriff in Richtung Augen vor und sticht dann überraschend mit der anderen in Bauchhöhe in die Leber, Herz und Nieren! Dabei muss man wissen, dass man normalerweise nicht von einem einzigen Messerstich tot umfällt, wie in Hollywoodfilmen, sondern der Messerprofi mit unzähligen Messerstichen in schneller Folge richtiggehend »arbeitet«, wobei das Messer im Körper immer noch hin und her geschwenkt wird, um maximalen Organschaden anzuwenden.
Auf Distanzen bis zu sieben (!) Metern kann ein Messer in kundiger Hand sogar einer Pistole überlegen sein (nach Experimenten des FBI): In der Zeit des Ziehens der Schusswaffe ist der Messerkämpfer schon lange mit einem Sprung am Mann und kann unter Blockierung des Schießarmes mit der anderen Hand am Körper des Opfers »arbeiten«, wie oben beschrieben und wie man auf zahlreichen youtube-Videos beobachten kann! Also niemals Angreifer mit Messer unterschätzen, zumal diese oft absichtlich einen scheinbar zu weiten Abstand einhalten, um das Opfer in relativer Sicherheit zu wiegen. Ich selbst überbrücke fünf Meter problemlos mit einer explosiven Bewegung in Fechtmanier in weniger als einer Sekunde …

Pistole

Tragen: Hier sind die Möglichkeiten, diese zu führen, sehr individuell und vielseitig, schon aufgrund der vielen verschiedenen Pistolen- und Revolverarten und der unterschiedlichen Ausbildungsstile der Schützen: Insideholster, Wadenholster, Außenholster mit und ohne Sicherung (gegen Entwendung), Sportholster tiefer am rechten Oberschenkel, Einsatzholster am Oberschenkel (bei SEK etc.), Achselholster oder ohne Holster einfach im Hosenbund vorne oder hinten, in der Manteltasche, in einer Bauchtasche, unter der Achsel, im Schritt und sogar unter dem Hut. Je nach Absicht und Umfeld kann dies weit variieren.

Ich vermeide es immer, dass man meine Waffen allzu schnell erkennen kann, und bevorzuge, wie jeder andere Kriminelle sicher auch, eine möglichst verdeckte Trageweise, um den Überraschungseffekt voll zur Geltung bringen zu können. Allerdings sollte vor lauter Tarnung nicht vergessen werden, dass die Waffe im Notfall SEHR SCHNELL gezogen werden muss (siehe den Hit »Turmfalke«, wo die Pistole mit Magneten am Motorradtank befestigt war). Hier wird man also immer einen Mittelweg finden bzw. Kompromisse eingehen müssen.
Auch hier gilt: Nur eine Schusswaffe, die man bei sich hat, kann einen auch schützen! Zu Hause im Schrank nützt sie höchstens einem Einbrecher dort! Natürlich ist es Zivilpersonen normalerweise untersagt, eine Schusswaffe zu führen. Aber das Wissen um die Besonderheiten dieser Waffenart kann dazu beitragen, auch im Abwehrfalle entsprechend zu handeln, um sich zu verteidigen!

ACHTUNG, sehr tricky: Attentäter tragen ihre Pistole, vorzugsweise mit Schalldämpfer (denn die sind ja inzwischen wieder legal und können von einem Jagdgewehr relativ einfach auf einer Pistole installiert werden!), gerne ganz offen in einer Plastiktüte von Aldi, deren Tragegriffe um das Handgelenk gelegt sind. Beim flüchtigen Hinschauen sieht dies aus, als ob man vom Einkauf käme. So spart sich der Schütze das Ziehen der Waffe – er muss sie nur anheben, mitsamt der Tüte – und kann im Deutschuss gleich losballern. Als nützlicher Nebeneffekt werden die Hülsen von der Tüte gleich aufgesammelt, sodass man sich diese forensisch wichtige Aufgabe am Tatort spart! Natürlich kann man so das Visier der Pistole nicht sehen, aber in 90 % der Fälle erfolgt ein Attentat sowieso aus weniger als 7 Metern Entfernung, wo jeder einigermaßen Geübte locker im Deutschussverfahren, ohne zu zielen, trifft!

Verborgene Waffen

Aus alten Agentenfilmen kennt man noch den sog. »Stockdegen«, eine mittellange, dünne Stichwaffe, getarnt als Spazierstock. Hier sei erwähnt, dass es laut Waffengesetz strengstens verboten ist, jegliche Waffe zu tarnen, wie z. B. eine in die Gürtelschließe eingelassene Kleinkaliber-

Derringer, ein Gürtelmesser, eine Schusswaffe als Handy getarnt u. u. u. Natürlich sind genau dies die Methoden, mit denen man in der SV rechnen muss oder die von Mördern und Attentätern gerne angewendet werden: schnell, brutal, überraschend (SSV!) und täuschend!
Aus Spaß und als Test spazierte ich einmal mit einer Katana-Attrappe (Regenschirm mit Griff in der Art japanischer Schwerter) über der Schulter für eine Stunde lang durch die Innenstadt Frankfurts, OHNE dass mich jemand aufgehalten oder gefragt hätte! Natürlich fing ich den einen oder anderen fragenden Blick auf. Aber kein Einziger schien sich drum zu scheren, dass ich hier ganz offensichtlich eine gefährliche, nahezu jedem bekannte Hieb- und Stichwaffe (erkennbar am typisch umflochtenen, langen Handgriff!) mit mir herumtrug.
Jemand, der Böses will, kann mit einem Katana weit mehr Menschen verletzen, zumal in großen Menschenansammlungen, als mit einer auf wenige Magazine begrenzten Schusswaffe. Bei einem Katana ist die Einsatzdauer lediglich von der Fertigkeit und Kondition des Angreifers begrenzt. Katanas sind wie alle Schwerter ab 18 Jahren frei verkäuflich! Ich habe es mir verkniffen, bei den u. g. Antiterror-Tipps auch noch ein Verbot von Schwertern zu empfehlen.

Weitergehende Ideen für das verborgene Tragen von Waffen möchte ich hier wegen der Nachahmungsgefahr nicht geben.

Getarnte Sprengmittel

Handgranaten, auch selbst gebaute Sprengsätze, können, wie in den I-Kapiteln beschrieben, sehr klein sein und sind für Attentäter Waffen mit großem Zerstörungspotenzial. Nicht umsonst hat jeder davor große Angst. Sie sind in jeder Manteltasche oder am Körper leicht zu führen und können schnell zum Einsatz kommen, wie uns Selbstmordattentäter auf der ganzen Welt immer wieder demonstrieren.

Gifte

Wie beim Amazonas-Hit zu lesen war, ist der Raumbedarf für eine Giftwaffe minimal und kann sich auf eine in Curare getauchte, wenige Zentimeter lange Nadel beschränken! Auch die kleinen Insulin-Einmal-Spritzen sind hierfür nahezu ideal, wenn man ein potentes Gift zur Verfügung hat. Gift kann in den falschen Händen verheerende Wirkung zeigen, wie der Massen-Selbst(?)-Mord von Jonestown, der Angriff der AUM-Shinrikyo-Sekte in Tokio oder industrielle Giftunfälle immer wieder zeigen. Vermutlich spielen Gifte auch bei Morden eine weitaus größere Rolle, als vermutet wird, wenn man an die hohe Dunkelziffer unaufgeklärter Mordfälle denkt. Auch stirbt nicht jeder alte Mensch an Altersschwäche, wenn es etwas zu vererben gibt; aber kaum einer macht sich hier die Mühe einer Obduktion, wenn Opa im Alter von 73 Jahren einen Herzstillstand erlitten hatte. Immer wieder auch in Movies gesehen, kann man manchen Unfall (auch Giftmord) durch scheinbaren Alkoholkonsum tarnen: Dann hat sich das Opfer eben im Suff vom Felsen gestürzt, ist im Fluss ertrunken oder an Atemlähmung gestorben. Dabei können durchaus auch andere Substanzen die Hauptrolle gespielt haben. Aber die Alkoholfahne ist dann so offensichtlich, dass man nach weiteren Ursachen selten forscht.

Licht und Dazzler

Ja, auch Licht kann eine Waffe sein, wie in den Hits bereits angedeutet wurde. Richtig angewendet kann es – zumal in der Dunkelheit – einen Angreifer auf Distanz halten (wie ein Jab beim Boxen), ihn kurzzeitig (Lampe) oder nachhaltig (Laser-Dazzler) blenden, ablenken, verzögern, verwirren, verängstigen …

Material: Zu empfehlen sind kleine (nicht winzige, sondern mindestens so lange Lampen, wie einer Handbreit entspricht!), handliche Einsatzlampen in LED-Technik, die mindestens 200 Lumen Lichtleistung aufweisen. Auch größere und stärkere Lampen können sinnvoll sein (draußen), weil man sie auch als Schlagwaffe benutzen kann und weil sie extreme Blendwirkung haben können (die Fenix TK 75 hat 2800

Lumen!). Eine handliche Handgelenklampe (aus China, kostet 12.- Euro, mit Digitaluhr!) bringt zwar grad mal 80–150 echte Lumen, hat aber den Vorteil, dass sie sich immer »am Mann« befindet und man sie immer parat hat, sobald man sie braucht. Denn auch tagsüber kommt man schnell mal in Bereiche, wo es dunkel sein kann (Keller!).

Technik: Nachtkämpfer (Antiterror, Geiselbefreiung, Gebäudekampf, SEK, S.W.A.T.) benutzen Licht als Waffe, um den Gegner in seiner Deckung zu halten. Man kann auch viele Fehler machen, indem man z. B. durch Anleuchten der Wand unmittelbar vor sich selbst durch die Rückreflexion selbst angeleuchtet oder gar geblendet wird. Oder man beleuchtet seinen Partner von hinten, womit er vom Gegner leicht erkannt werden kann. Deshalb verwendet man in Gebäuden selten Lampen mit mehr als 200 Lumen Lichtstrom und muss sehr konzentriert arbeiten. Nur outdoor machen stärkere Lampen Sinn.

Da das Licht immer nur als Waffe verwendet wird, vermeidet man, es für die eigene Sicht zu verwenden. Denn sonst macht man sich ja zum leichten Ziel für Gegner, die einen im Dunkeln dann sofort erkennen. Am widersinnigsten sind Stirnlampen, die dem Gegner sofort sagen: »Genau hierhin musst du schießen!« Also wird Licht im Dunkeln nur verwendet, um den Gegner zu blenden oder zu verwirren (Stroboskop-Mode), niemals, um sich selbst den Weg auszuleuchten. Dafür gibt es sensible, dunkeladaptierte Augen, Restlichtverstärker und Infrarotsichtgeräte!

Momentan wird von Profis meist die sog. »FBI-Technik« bevorzugt, bei der man die Lampe (übrigens immer mit stirnseitigem Einschaltknopf am Ende, keine seitlichen!) mit der schwachen Hand im Eispick-Griff weit nach oben und seitlich streckt (im Notfall wird so nur die Hand getroffen und nicht der Kopf!), während man in der starken Hand die Waffe einsatzbereit hält. Man leuchtet dem Gegner immer in die Augen! Darauf muss man sich konzentrieren, denn nur dann ist er handlungsunfähig.

Andere Techniken, wie »Harries«, »Ayoob« oder »Chapman«, haben ebenfalls ihre Berechtigung, aber auch spezifische Nachteile. Wichtig ist, mit der jeweiligen Technik lange zu üben. Ich bevorzuge die FBI-Technik, wie sie auch von Strategos International gelehrt wird.

Sobald der Gegner geblendet (mit starker Lampe oder Laser) ist, schal-

tet man das Licht sofort wieder aus, sodass dieser im Dunkeln praktisch einen Moment lang hilflos ist. Solange man den Gegner noch nicht identifiziert hat, schwenkt man die Lampe ständig hin und her UND schaltet sie in unregelmäßigem Rhythmus immer wieder ein und aus. Dies ist noch wirksamer und verwirrender als der eingebaute Strobe-Mode! Der Gegner verliert – zumal in Gebäuden – schnell die Orientierung, woher man selbst kommt. Die ausgeschalteten Phasen nutzt man für einen schnellen Stellungswechsel und/oder einen überraschenden Angriff oder gar die Flucht.
Bei einer Geiselbefreiung arbeitet man übrigens oft im Team: Ein Mann blendet den gestellten Gegner mit einer starken Lampe, ein anderer (oder zwei) halten den Geiselnehmer, der die Geisel dicht an sich gepresst hält, verbal mit Befehlen und Schreien in Schach. Einer des Teams nutzt die Blendung und Ablenkung des Mannes und schleicht sich schnell und geduckt von der Seite oder von hinten an ihn heran und schießt ihm aus unmittelbarer Nähe in den Kopf (Kleinhirn!). Beim finalen Rettungsschuss, wie dies in Profikreisen heißt, kann der Mann nicht einmal mehr den Zeigefinger krümmen, weil er schon vorher tot ist. Schlagartig! Bei einem derartigen Einsatz war ich einmal der Blender; und da meine Lampe in der Mitte des Lichtkegels eine weniger helle Stelle aufgewiesen hatte (Konstruktionsfehler des Chips), konnte der Geiselnehmer den anschleichenden zweiten Mann im Augenwinkel doch sehen, woraufhin er diesen sofort erschoss, blitzschnell darauf die Geisel und dann sich selbst. Eine Panikreaktion! Seitdem achte ich darauf, nur hochwertigste Lampen zu verwenden, die keinerlei Schwachpunkte im Lichtkegel aufweisen …

Eine Waffe ist, was du dazu machst!

Diesen Satz muss man sich immer vor Augen halten: Nahezu alles kann zur Waffe werden, wenn es einer ernst meint! Deshalb wird der Staat niemals alle Lücken schließen können, jedenfalls nicht, ohne das normale, zivile Leben zu sehr einzuschränken.
Jedes Küchenmesser, jeder Knüppel, selbst ein Kugelschreiber (mit Schnelligkeit in Auge oder Kopf gestoßen), jedes Stahlseil, ein Stein

(Steinigungen sind schon in der Bibel beschrieben), ein Laserpointer oder Fotoblitzgerät, eine Haarsprayflasche (siehe den Hit mit dem Miniflam), eine schnell über die Kehle gezogene Kreditkarte … und nicht zu vergessen viele Körperteile und -funktionen (Hände, Füße, Knie, Ellbogen, Kopf, Zähne, Finger, das gesprochene Wort!) können zu tödlichen Waffen werden.
Man muss wissen, dass man mit derartigen Dingen zu rechnen hat; man kann aber auch diese Vielfalt und Kreativität nutzen, wenn man sich verteidigen muss! V. a. nutzt man alles, was gerade in Reichweite ist, um seine Chance im Kampf zu erhöhen: Ein Besen wird zum Bo (= langer Stock in den asiatischen Kampfsportarten), ein Stuhl zum Wurfgeschoss, ein abgerissenes Stuhlbein zum Knüppel, ein Schlüsselbund zur Multi-Stichwaffe (indem man je Fingerzwischenraum einen Schlüssel nach außen stehen lässt und die Hand zur Faust schließt … allerdings kann dies für die eigene Hand schmerzhafter sein als für den Gegner. Also erstmal ausprobieren!).
Genauso verhält es sich mit Schutz und Deckung. Wenn man von mehreren Gegnern angegriffen wird, versucht man, irgendwo mit dem Rücken zur Wand zu stehen, um die Anzahl der möglichen Angriffsrichtungen zu verkleinern, genauso, wie man im Restaurant niemals mit dem Rücken zum Eingang sitzt, sondern immer mit dem Rücken zur Wand. Oder man umwickelt den Unterarm des schwachen Arms mit einer Jacke, um Messerangriffe abwehren zu können. Selbst ein Regenschirm kann einen Gegner schon auf Abstand halten, sofern man ihn ständig in Bewegung hält, damit er einem nicht entrissen werden kann. Selbst eine aufgeblasene Plastiktüte, die man mit der schwachen Hand vor sich hin und her schwingt, nimmt dem Gegner die Sicht, verwirrt ihn und hält ihn zumindest ein paar Sekunden auf Abstand!
Wird man von Gegnern umringt, nimmt man sich normalerweise überraschend einen davon vor (am besten den Anführer!), schaltet ihn blitzschnell aus und nutzt die entstandene Bresche und den Schock der anderen für eine schnelle Flucht oder für eine Verbesserung des Standpunktes.

18 – »Slicks« – Geheimverstecke

Geheimverstecke, die auch bei behördlicher Nachforschung unentdeckt bleiben *können*.

Als »Slicks« bezeichnen die Mossad-Leute geheime Waffenverstecke in »sicheren« Wohnungen oder anderswo.
So ein Versteck muss ja nicht nur möglichst unentdeckbar, sondern in erster Linie bei Bedarf schnell zugänglich und in Reichweite sein! Einen Gegenstand einfach sicher zu verstecken, ist für sich genommen noch kein Problem; man fährt nach Saudi-Arabien und vergräbt ihn mitten in der Wüste. Aber die schnelle Verfügbarkeit, der gleichzeitig möglichst unkomplizierte Zugang, ist das Hauptproblem, über das sich seit Menschengedenken jeder kriminell Interessierte den Kopf zerbricht.

Sicher habe ich hier auch nicht den Stein der Weisen gefunden, zumal Verstecke individuell verschieden sein müssen und sich nach Bedrohungslage und Häufigkeit des notwendigen Zugangs zu richten haben. Auch haben Mitarbeiter von Behörden, die oft mit Durchsuchungen betraut sind, einen großen Erfahrungsschatz vorzuweisen. Deshalb muss man davon ausgehen, dass es den sicheren Slick nicht geben kann!

Briefkasten

Leider musste ich ja schon mehrere Hausdurchsuchungen über mich ergehen lassen und habe ausreichend Information durch Polizisten und andere Betroffene, meist Waffennarren oder Hobby-Chemiker, sammeln können.
Praktisch immer wurde der Briefkasten der Wohnung vergessen! Irgendwie kam kaum ein Beamter auf die Idee, dort nachzusehen. Allerdings hat das Versteck den Nachteil, dass es relativ leicht für Vandalen und Gelegenheitsdiebe zugängig ist. Wenngleich kaum ein Dieb hier Wertsachen vermuten sollte, so gibt es doch immer wieder Fälle böswilliger Zerstörung durch Jugendliche oder Feinde. Die Zufallsentdeckung von Sprengstoff, Gold, Drogen oder anderen derartigen Dingen wäre fatal.

Wenn man allerdings Zugang zu einem relativ sicheren Briefkasten hat, ist dieses Versteck sehr empfehlenswert, zumindest während einer Phase der Unsicherheit.
Ich hatte viele Jahre einen im Haus liegenden Briefkasten einer anonymen Wohnung zur Verfügung, in den ich im hinteren Teil eine zweite Rückwand einbaute. Das Volumen war dadurch zwar klein, aber kaum jemals zu entdecken, sodass hier locker 500 g Semtex oder etliche Zünder Platz hatten (Lagerung natürlich möglichst nicht zusammen!).

Geheimer Raum

Im eigenen Haus wäre an mancher Stelle im Keller eine zweite, eingezogene Wand denkbar, die dann einen geheimen, wenn auch schmalen Raum zur Verfügung stellt (50–100 cm). Für den Zugang muss dann eben ein Teil des Mauerwerkes ausgespart bleiben und mit einer exakt passenden Sperrholzplatte verschlossen werden, die mit einem Spiegel oder Bild oder Schrank zusätzlich verdeckt wird.
Diese in meinen Augen ideale Möglichkeit, viel Geheimraum zu schaffen, blieb mir allerdings immer verwehrt, weil meine Aktivitäten ja auch vor der Familie verborgen bleiben mussten.

Bodenverstecke

Die aus TV-Thrillern bekannten Verstecke in Wandverkleidungen, unter Bodenfliesen und Ähnliches seien an dieser Stelle nur kurz erwähnt, weil dies ja allgemein bekannt ist und dennoch sinnvoll und gut sein kann. Diese sind aber sehr vom Einzelfall und der Fantasie des Akteurs abhängig.

Dachrinne, Benzintank

Ein wenig ungewöhnlicher ist das Verbergen wasserdicht verpackter Gegenstände, die an einem Faden befestigt sind (zum Herausziehen) und in einen Hohlraum gesteckt werden, in dem man intuitiv und gewohnheitsmäßig nur Flüssigkeiten vermutet. Auch hier kann man einfach die Fantasie spielen lassen.

Hohlraum in einer Außenwand

Etwas aufwendiger und allerdings noch sicherer ist es, einen richtigen Wanddurchbruch zu machen. Dieser kann ja auf 30 oder 50 cm im Quadrat beschränkt bleiben. Von der Keller- oder Zimmerseite aus wird dieser ebenso wie von der Außenseite mit einer exakt passenden, auf den Millimeter zurechtgefeilten Platte (imprägniertes Holz, *Bauspanplatte*) verschlossen, nachdem die Gegenstände dort wasser- und luftdicht verborgen worden sind. Selbstverständlich muss man die Wände dann »kosmetisch« der restlichen Wand anpassen bzw. gleich die gesamte Wand neu tapezieren oder streichen.
Dieses Versteck verdient das Prädikat »sehr sicher«. Allerdings ist es wegen der immer wieder erforderlichen Malerarbeiten ungeeignet für häufige Zugriffe. Als Notversteck jedoch ist es ideal, zumal es schnell von innen und außen zugänglich ist; Schraubenzieher und evtl. Hammer genügen!

Nicht unerwähnt bleiben soll aber, zumal ich selbst im Besitz einer Wärmebildkamera Flir H-Series bin, dass solche Verstecke in Wänden oder Böden wegen ihrer veränderten Wärmeabgabe mit Infrarotsichtgeräten leicht entdeckt werden können. Noch ist das bei Behördendurchsuchungen nicht gängige Praxis. Durch ständig billiger werdende Kamerasysteme und zunehmende Verbreitung bei Behörden im Grenzschutz und Nachteinsatz ist aber in Zukunft durchaus auch mit dieser Möglichkeit zu rechnen!! Restlichtverstärker haben hier natürlich keine Chance, weil diese nur sichtbares und Nah-Infrarotlicht wiedergeben und keine Objektwärmestrahlung. Neuerdings werden auch tragbare Bodenradargeräte und Neutronenscanner eingesetzt.

Rückwand von Schränken

Solche Slicks sind, wie auch doppelte Böden von Schubladen, durchaus für oberflächliche Durchsuchungen geeignet. Vorteil ist sicher die schnelle Zugänglichkeit. Nachteil ist, dass Profis da zuerst suchen werden, wenn man sich sicher ist, bei Ihnen etwas zu finden.

Außenschächte bei Häusern

Entweder hebt man von außen das Trittgitter ab oder verschafft sich Zugang von einem nach innen führenden Fenster, wenn man am Boden des Schachtes das Objekt (Zünder, Sprengstoff) versteckt. Die vor Feuchtigkeit sicher geschützte Box wird dann mit Sand (kann schnell entfernt werden) überhäuft und darauf der übliche Schmutz in Schächten (verfaultes Laub, Steine, Kehricht) wieder platziert. In meinen Augen ist dies ein sehr guter Slick, mit schneller Zugänglichkeit und hoher Sicherheit. Denn kaum ein Beamter wird dies eigenartigerweise psychologisch als zum Haus gehörig empfinden oder gern im ekligen Dreck wühlen. Absolute Sicherheit gibt es aber auch hier natürlich nicht.

Luftfiltergehäuse von Autos

Für den Transport von nicht gerade hochempfindlichen Dingen, wie Sekundär-Sprengstoff, Kurzwaffen und auch Patronen, eine gute, wenn auch nicht hundertprozentige Möglichkeit.

Vergraben mit Markierung

Wenn man mal wirklich eine gute Stelle gefunden hat, an der sich Vergraben lohnt, dann darf man keinesfalls vergessen, entsprechende Markierungen anzubringen, die v. a. auch nach Jahren noch sicher erkennbar sind. Ich weiß von professionellen Schatz- und Militariasuchern, dass die Zahl nicht wieder gefundener Slicks enorm hoch ist. Mir selbst

sind auch schon einige Dinge abhandengekommen, weil ich sie einfach nicht wieder finden konnte. Denn die Natur verändert sich in nur einem Jahr, zumal im Wald, ganz deutlich, sodass man sich keinesfalls auf biologische Marker (Bäume) verlassen darf. Auch Steinblöcke können von Forstarbeitern verlegt werden.
Am sinnvollsten scheint mir immer noch, unter der Oberfläche und über dem vergrabenen Objekt ein paar dicke Schrauben zu platzieren, die auch nach Jahren noch mit dem Metallsuchgerät geortet werden können, wenn man den ungefähren Standort noch weiß. Natürlich besteht auch hier die Gefahr, dass ein o. g. Hobby-Indiana-Jones dasselbe tut und in die Luft geht …
Fazit: Vergraben ist selten eine gute Lösung.

Bäume

Mein Vater war bei der Hitlerjugend, dann im WK II und fünf Jahre in Kriegsgefangenschaft, was ihn zu einem abgeklärten, harten und erfahrenen Mann gemacht hat.
Von ihm erfuhr ich die dort häufig praktizierte Möglichkeit des Versteckens von z. B. Nahrungsmitteln in Bäumen. Er berichtete, dass kaum ein Suchtrupp jemals nach oben gesehen hätte, wenn im Wald gesucht worden war.
Wenn man also mit Bäumeklettern vertraut ist und ein hoher Baum im Wald sich dazu anbietet, kann ich diese von mir noch nicht erprobte Möglichkeit anraten.

Fremde Gärten

Hier kommt es sehr auf die Situation an, ob die Nachbarn Garten-Fans sind oder eher ihr Biotop vernachlässigen. Jedenfalls wird bei einer Hausdurchsuchung normalerweise nicht auch noch das des Nachbarn durchsucht, was diese Möglichkeit zumindest überlegenswert macht.

Friedhof, Gräber

Spurloses Vergraben in alten Gräbern halte ich für eine sehr gute Idee, wenn der Friedhof leicht zu erreichen ist und nächtliche Arbeit dort unauffällig gemacht werden kann. Am besten wäre natürlich, dort ein eigenes Grab zu pflegen. Da kommt sicher kaum jemand auf die Idee, dort nach Sprengstoff oder Waffen zu graben. Ob sich allerdings der Mord an einem Familienangehörigen nur für die Anlage eines guten Slicks lohnt, kommt auf den Einzelfall an.

Fahrradrahmen

Die Rohre jedes Fahrrades sind prädestiniert für kleinere, versteckte Lagerungen. Wer weiß schon in einem größeren Fahrradkeller, wem welches gehört? Allerdings werden Fahrräder auch gerne gestohlen …

Nahrungsmittel

Reis, Mehl, Kaffee, Speiseeis in Tiefkühltruhe sind altbekannte Slicks und schon deshalb nur in Ausnahmefällen anzuwenden.

Kinderknete

Ich kann keinen Unterschied feststellen zwischen gelbem oder rotem Semtex und Kinderknete! Warum also nicht statt der vorhandenen Kinderknete in die Becher den Sprengstoff einfüllen? Selbst wenn die Kleinen einmal damit spielen sollten, so besteht keinerlei Gefahr, solange sie nicht eine Zündkapsel reinstecken und zünden. Eine Überlegung wert! (Und falls Sie diese Möglichkeit für surreal und perfide halten, dann haben Sie keine Ahnung, was in den Wohnungen von Terroristen zu beobachten ist. Mütter mit Kinderwägen und scheinbar schwangere Frauen dienen häufig auch als Selbstmordattentäter!)

I 9 – Achtung! Giftherstellung

Schon seit Urzeiten werden Gifte, v. a. von Frauen, die weniger zu offensichtlicher Gewalt neigen, aber nichtsdestotrotz mindestens ebenso diabolisch wie Männer sein können, für Morde angewendet. Hexen, also kräuterkundige Frauen, waren schon immer gefürchtet.
Gifte sind die stillen und heimlichen Mörder. Sie haben den Vorteil, dem Attentäter meist genügend Zeit für eine Flucht zu lassen, und sie können manchmal ganz unbemerkt verabreicht werden. Die verzögerte Wirkung kann natürlich auch ein Nachteil sein, weil sie damit für eine akute Notwehrsituation ungeeignet sind.

Wie beim Amazonas-Hit beschrieben, faszinierten mich Gifte neben Sprengstoffen als chemisches Thema schon sehr früh, wohl auch wegen der enormen Macht, die die Kenntnis ihrer Anwendung mit sich bringt. Mit der Zeit kristallisierten sich drei Gifte als meine Lieblingskandidaten heraus: Nikotin, Aconitum und Curare. Alle drei waren sehr starke Gifte, was bedeutet, dass sie bereits in relativ niedriger Dosierung tödlich wirken. Man gibt die Wirkung mit der sog. »LD50« in Milligramm pro Kilogramm Körpergewicht an. Dies ist die Dosis, bei der die Hälfte (50 %!) der Versuchssubjekte eine Vergiftung nicht überlebt.

Curare musste ich in einem Forschungslabor einer Universität stehlen, da mir keine südamerikanischen Lianen zur Verfügung standen. Mit den zwei Gramm Curare, die ich seit Jahren besitze, könnte ich theoretisch also 500–1000 Hits verüben. Wie lange die grünbraune Masse im Kühlschrank ihre Wirksamkeit behält, wird sich herausstellen. Die anderen beiden Gifte konnte ich leicht selbst gewinnen.
Irgendwann widmete ich mich der Extraktion von Nikotin und Aconitum aus den entsprechenden Pflanzen.
Ich baute selbst Blauen Eisenhut im Garten an und kaufte vom Gartencenter Pflanzen hinzu. Ich sammelte die Wurzelknollen, die laut Literatur die höchste Konzentration des Giftes enthielten, und zerkleinerte diese mit dem Messer und mit Handschuhen (!) in kleinste Stückchen.

Dabei ist zu beachten, dass **Aconitum** gut, **Nikotin** sehr gut und **Curare** überhaupt nicht durch die Haut aufgenommen werden. Also sollte man die ersten beiden nur mit Schutzkleidung angehen.
Alle drei sind extrem starke Nervengifte, Curare wurde und wird im Amazonas von Indianern als Pfeilgift verwendet, Aconitum wurde im alten Europa als Pfeilgift und als Heilmittel verwendet und Nikotin findet auch heute noch als starkes Insektizid Anwendung.

Nikotin wirkt extrem schnell, auch durch die Haut. Bereits drei Tropfen reines Nikotin können genügen, um einen Menschen innerhalb einer Minute zu töten! (Inzwischen als Mordgift bei Banden recht beliebt.) Am sichersten ist die Verabreichung auf Schleimhäute und natürlich durch den Mund. Nikotin ist ein Ganglienblocker, wirkt also indirekt erregend auf die meisten Nerven, weil die inhibierenden Nervenkontakte zuerst ausfallen, und führt so zum völligen Versagen der nervalen Kontrolle und zum schnellen Tod durch Herzstillstand noch vor dem Ersticken. Ca. 300–500 tausendstel Gramm sind tödlich, das sind einige Tropfen. Man kann es leicht als Extrakt aus der Tabakpflanze gewinnen. Am besten geeignet sind starke Zigaretten, wie Marlboro oder Camel. Zigarren enthalten zu viele Teerstoffe, die für Mordzwecke unnötig sind und das Handling erschweren.

Curare wirkt nur, wenn es unter die Haut und in die Blutbahn gebracht wird, d. h., es muss mit Pfeilen aus Blasrohr oder Bogen in das Gewebe eindringen, wo es sehr schnell ins Blut gelangt und innerhalb von Minuten zur stadienweisen Lähmung der Skelettmuskulatur und letztendlich auch der Atemmuskeln führt. Der Tod durch Ersticken bei vollem Bewusstsein gilt als sehr grausam. Ich verstand nie genau, warum, denn Schmerzen verursacht es keine und der Tod durch Ersticken in Form von »Waterboarding« wird immerhin routinemäßig von allen möglichen Geheimdiensten, nicht erst seit Guantanamo Bay, zur Folter angewendet. Todesangst ist hier der Motor. Aber die empfindet man ja wohl bei praktisch allen Todesarten.

Wenige 1–2 tausendstel Gramm des Pfeilgiftes Curare aus dem Amazonas wirken tödlich, also kleinste Spuren davon (ein Tropfen würde das 20–40-Fache enthalten!). Die Indianer Südamerikas gewinnen es durch stundenlanges Auskochen des Saftes bestimmter Lianen.

Aconitum ist wie Nikotin hautgängig, der Tod tritt allerdings oft erst nach Stunden ein, je nach Dosis. Schon 3–6 tausendstel Gramm können tödlich sein. Angeblich beginnt die Vergiftung für das Opfer mit einem Gefühl der Eiseskälte in allen Gliedmaßen und führt über schwerste Schmerzen langsam zum Tod. Allerdings muss wohl die Wirkung bei höherer Dosierung auch schneller eintreten, sonst wäre es als Pfeilgift ja nicht zur Anwendung gekommen. Man kann es sehr leicht aus dem blauen Eisenhut extrahieren, der in allen Gärtnereien bedenkenlos vertrieben wird.

Mit allen drei Giften habe ich erfolgreiche Hits vollbracht. Allerdings konnte ich es (fast) immer vermeiden, die Targets leiden zu sehen, weil ich den Tatort schnell verlassen musste. Vom Erfolg der Hits habe ich jeweils nachträglich über Zeitung oder persönliche Informationen erfahren. Ich kann mir von meinen Versuchen mit Mäusen, Hasen, Meerschweinchen und Fischen gut vorstellen, wie unangenehm der Anblick eines krampfenden oder erstickenden Menschen sein muss. Ich konnte gut darauf verzichten.
Übrigens sind gerade Fische sehr gut geeignet, die Wirksamkeit eines selbst gebrauten Giftes schnell zu überprüfen; ein Tropfen ins Maul oder nur auf den Rumpf zeigt schnell, ob man alles richtig gemacht hat. Wenn man bedenkt, mit welcher Lüsternheit mancher Tierliebhaber seine Piranhas oder Boas mit lebenden Fischen oder Mäusen füttert, weil es »artgerecht« sein soll, dann kann ich es verschmerzen, hin und wieder Wirksamkeitstests durchzuführen, die dann wohl auch »(Enforcer-)artgerecht« sind!

Forensisch ist es kein Problem für die Gerichtsmedizin, die Gifte im Target nachzuweisen. Wenn man allerdings die Herstellung selbst übernimmt, wird es praktisch unmöglich sein, die Herkunft und damit Rückschlüsse auf den Täter zu bekommen, sofern man bei der Beschaffung der Grundstoffe sehr umsichtig ist. Über das Problem der behördlichen Grundstoffüberwachung bei Chemikalien wird im Zusammenhang mit Sprengstoffen und am Ende des Buches bei den Tipps für Behörden berichtet.
Bei Tabak ist die Beschaffung kein Problem (Tabakladen). Die Eisenhutpflanzen kann man bei verschiedenen Gärtnereien über lange Zeit oder über andere Personen beschaffen lassen und in der Tiefkühltruhe zwischenlagern. Curare kann man nicht selbst herstellen, aber sehr lange im Kühlschrank lagern.

Extraktion der Gifte

Man kann natürlich Drogen sehr professionell, z. B. mit einer Soxhlett-Apparatur, also einer Destillation mit Fraktionierkolonnen und Rückstromkühlern extrahieren. Allerdings kann einem diese bei der Verwendung von Äther, Alkohol etc. auch um die Ohren fliegen, was mir bei der harmlosen Extraktion von ätherischen Ölen aus Pfefferminz (!) einmal sehr schmerzlich mit Krankenhausaufenthalt passiert ist.
Für einen Nicht-Chemiker, der ich ja auch bin, mit eingeschränkten Möglichkeiten ist das keinesfalls notwendig, zumal chemische Reinheit der gewonnenen Droge nicht erforderlich ist.
Ich begnügte mich damit, die zerkleinerten Pflanzenteile, sowohl bei Tabak als auch bei Eisenhut, in einer Mischung verschiedener Lösungsmittel einzuweichen. Da ich es nicht eilig hatte und meine Gifte auf Vorrat herstellte, ersparte ich den Wirkstoffen auch das Erhitzen, das sicherlich die Ausbeute an intakten Giftmolekülen vermindert hätte.
Als Lösungsmittel verwendete ich lipophile und hydrophile Gemische aus Wasser, Aceton, Ethanol, Diethylether und auch Chloroform. Die beiden letzten Substanzen sind nicht immer einfach zu beschaffen und durchaus verzichtbar, zumal Etherdämpfe sehr explosiv und tückisch

sein können (Kriechdämpfe, hoch entzündlich!), was mir bei einer harmlosen Mentholextraktion mit einer Soxhlet-Apparatur einmal schweren Schaden zugefügt hatte (s. o.).

In dieser »Brühe« ließ ich die Pflanzenteile gut eine Woche ziehen. Natürlich werden dadurch noch weit mehr Substanzen herausgelöst, was aber für die letale Wirkung nebensächlich ist.
Danach wurde die Maische mit einem Sieb und dann mit normalem Kaffeefilter gefiltert, sodass nur eine bräunliche Lösung übrig blieb. Da die meisten organischen Moleküle jedoch durch Luftsauerstoff verändert werden können und ihre Wirksamkeit dann teilweise einbüßen, ließ ich diese Lösung nicht einfach an der Luft stehen, sondern benutzte zum Eintrocknen einen Exsikkator, damit der Vorgang schneller ablief und der Sauerstoff weniger Gelegenheit hat, die wertvollen Giftmoleküle anzugreifen.
Ein Exsikkator ist ein großes, stabiles Glasgefäß, ähnlich einem Dampfdrucktopf, nur aus Glas, in den auf einem Zwischenboden die Lösung in einer großflächigen Abdampfschale eingebracht wird. Der Boden des Exsikkators ist mit orangefarbenen Silicagel-Perlen gefüllt (in jedem Chemiehandel problemlos erhältlich); ersatzweise habe ich auch schon trockenen Reis oder im Backofen getrocknetes Salz verwendet.

Das Ganze lässt sich weiter beschleunigen, indem man einen Vakuum-Exsikkator benutzt, dessen Luft mit einer Membranpumpe abgesaugt wird. Die Anschaffung war durchaus sinnvoll für mich, weil damit gleichermaßen auch Sprengstoffe schonend und ohne Temperaturerhöhung getrocknet werden konnten.
Die Amazonas-Indianer trocknen den Lianensaft bei der Curareherstellung über dem Feuer ein, was auch funktioniert. Offensichtlich ist Curare nicht sonderlich hitzeempfindlich. Schonender ist sicherlich die Exsikkator-Methode.

Nach ein paar Tagen bleiben beim **Tabak** wenige Milliliter einer fast öligen, bräunlichen Flüssigkeit übrig, die dann mit einer Pipette vorsichtig aufgenommen und in einem kleinen Glasfläschchen oder Plastik-Pro-

benröhrchen im Kühlschrank aufbewahrt wird. Hier arbeitete ich natürlich mit Gesichtsschutz, Handschuhen und langärmliger Kleidung, weil bekanntlich ja ein Spritzer davon tödlich sein kann.
Beim **Eisenhut** ist der eingetrocknete Rest deutlich zäher, dunkler und breiiger. Das Extrakt sieht dem Curare sehr ähnlich und wird wie beim Tabakrest aufgenommen und aufbewahrt.

Das ist die ganze Kunst, die für letale Zwecke völlig ausreicht, wie wir sehen werden.

Tödliches Gift vom Hausarzt?

Eine elegante Methode ist auch, sich vom Hausarzt gegen Erkältung eine homöopathische Lösung mit … [redacted] verschreiben zu lassen. Diese ist so sehr verdünnt, dass sie ungefährlich ist (solange man nicht die ganze Flasche austrinkt), aber das Immunsystem durch einige Tropfen wirksam stimuliert. Wenn man es schafft, die stärkste erhältliche Lösung … [redacted] zu beschaffen (D4), das entspricht einer Verdünnung von 1:10000, dann muss man diese nur noch z. B. im Exsikkator eintrocknen. 50 ml eines solchen Medikamentes enthalten dann 5 mg des Giftes, was für letale Zwecke mehr als ausreichend ist!

I 10 – George Orwell gestern und heute

Die verlorene Anonymität.

Kommunikation

Es ist selbst oder gerade im unüberschaubaren World Wide Web und im realen Leben fast unmöglich geworden, anonym zu bleiben. Entsprechende Motivation und Know-how vorausgesetzt, gibt es kaum eine Chance, der Verfolgung der Informationsströme durch Behörden, Geheimdienste oder OK (organisierte Kriminalität: Mafia, Albaner, Russen) zu umgehen.

Als professioneller Auftragskiller, der seine Aufträge ja durch Empfehlung erhält, sofern er nicht fest für einen Geheimdienst arbeitet, ist es natürlich lebenswichtig, anonym zu bleiben und doch erreichbar für potenzielle Kunden. Genau durchdacht ist das sehr schwierig und zeitaufwendig geworden, obwohl das Internet jedem User leicht die Illusion vermitteln kann, in diesem neuen, virtuellen Universum wie ein Sandkorn in der Menge unterzugehen. Weit gefehlt!

In Deutschland z. B. ist es vorgeschrieben, dass jede versandte E-Mail mit der ID des entsprechenden Computers mindestens ein halbes Jahr gespeichert werden muss (Vorratsdatenspeicherung). Gleiches gilt sinngemäß natürlich für die schon lange währende Telefonüberwachung, gerade im Mobilfunkbereich. Hier werden die Gesprächsinhalte allerdings nur dann auditiv gespeichert, wenn festgelegte Schlüsselwörter, wie »Sprengstoff«, »Drogen«, »Semtex« u. a., von der Software à la »**ECHELON**« (das erste von den USA initiierte, groß angelegte Überwachungssystem der Kommunikation, bekannt seit 1976 durch Winslow Peck) erkannt werden. Ansonsten sind die Verbindungsdaten mindestens ein Jahr verfügbar. Allerdings sind die Gesetze hier ständig im Fluss und können sich kurzfristig ändern. Erst neuerdings wurde wieder eine Zusammenarbeit zwischen Google, Facebook und Geheimdiensten aufgedeckt. Dass diese Dienste anhand der verführerischen Daten, »Big Data« genannt, nicht widerstehen können, ist uns allen eigentlich schon lange klar.

Anmerkung des Autors:
ECHELON und dessen aktuelle Nachfolgeprogramme (siehe den Fall »Edward Snowden«) benutzen auch in Deutschland sog. »Radome« (z. B. in Bad Aibling, Darmstadt), kugelförmige, weiße Gebäude, durch die die darin versteckten Satellitenschüsseln in ihrer Ausrichtung nicht zu erkennen sind. Echelon steht unter der Aufsicht der amerikanischen NSA, dem mit 28.000 Mitarbeitern weltgrößten Geheimdienst. Nicht nur Schlüsselwörter und Stimmidentifikation sind möglich, sondern die Aufdeckung ganzer Sachverhalte durch Analyse mit Supercomputern.

Leider bin ich auf diesem Gebiet mangels wirklicher Verbindung zu einem Geheimdienst nur ein gut informierter Laie und kenne nicht die Feinheiten dieser mentalen Versklavungspolitik der Staaten, wenngleich ich immer wieder Aufträge von diesen erhalten (Mossad, BND, andere kann ich nur vermuten) habe. Wahrscheinlich wurde ich nur dann angefragt, wenn der Hit den internen Mitarbeitern zu heiß oder ungelegen war, aus welchen Gründen auch immer. Wer weiß das schon.

Wie also sollte ich das Problem, vor Rächern, Konkurrenten oder Auftraggebern, die mein Wissen fürchteten, verborgen zu bleiben, lösen? Mir war immer bewusst, dass es eine absolute Sicherheit, zumal für einen Einzelgänger ohne den Background eines Dienstes, auf diesem Gebiet nicht geben kann und dass jeder Mensch, natürlich auch ich, Fehler macht.

Ich brauche ja eine E-Mail-Adresse, die interessierte Auftraggeber anschreiben oder als Empfehlung für Anfragen weitergeben können. Diese richtete ich an einem Computer in irgendeinem Internetcafé ein, sodass diese ID nur einmal, bei der Einrichtung eben, gespeichert war. Zur Abfrage achte ich strikt darauf, niemals einen meiner Computer, sondern wechselnde, öffentliche Zugänge zu benutzen. Zusätzlich verwende ich z. B. seit Bestehen das Anonymität garantierende Programm

»**HotSpotShield**«, das jeglichen E-Mail-Kontakt auf ein internes Netz in die USA umleitet und somit eine ID-Verfolgung dort enden muss. Da ich prinzipiell niemandem vertraue, nicht einmal mir selbst, gehe ich aber davon aus, dass bei Insistieren von Interpol oder BKA die USA sicher einen Weg finden, die ID dennoch zurückzuverfolgen. Dennoch hoffe ich so, die Spurensuche zu erschweren.
Für kurzfristige Kommunikation nutze ich gerne den Internetdienst »**Ten Minute Mail**«, wo eine vom Zufallsgenerator erzeugte, temporäre E-Mail-Adresse eine 10- oder 20-minütige Kommunikation zulässt.

Dass das Handy für anonyme Kommunikation praktisch völlig ungeeignet ist (natürlich auch UMTS-Sticks!), weiß inzwischen jeder, zumal ja inzwischen selbst Private via Web ganz einfach selbst eine Handyortung veranlassen können. Auch das eigene iPhone kann man ja ganz leicht über den Appledienst iCloud orten lassen. Einzig der anonyme Kauf, über einen Freund, von Prepaid-Karten über Zweitanbieter oder voraktiviert über Ebay, die nach einmaliger Nutzung entsorgt werden, ist eine aufwendige, aber praktikable Lösung für manche Fälle.
Sehr lästig kann der ständige Wechsel der Abfragepunkte werden, zumal ich ja im Ernstfall immer damit rechnen musste, dass im Observierungsfalle meine Gegner (BKA, Auftraggeber, Umfeld der Targets) sehr leicht meinen Wirkungskreis eingrenzen konnten, immer wenn ich mein E-Mail-Fach abfragte. Deshalb wartete ich manchmal sogar einige Tage damit, wenn ich wusste, dann in einer anderen Stadt oder, noch lieber, in einem anderen Land zu sein. Dennoch war Wachsamkeit, manchmal an der Grenze zur Paranoia, mein ständiger Begleiter. Vielleicht lebe ich deshalb noch auf freiem Fuß. Ganz sicher ist das auch ein Grund für meine mir lange nicht eingestandene Medikamentenabhängigkeit.

Alle Informationen zu meinen Hits, wie Daten und Bilder der Targets, erhielt ich also über meine bekannte E-Mail-Adresse oder, wenn es irgendwie möglich war, über verlässliche Freunde **persönlich**. Diese wussten normalerweise nicht, was sie in dem Umschlag transportierten, den sie vom Auftraggeber erhalten hatten. Meist war es wechselnd einer der ca. 50 Albaner in der Kampfschule meines Bruders Goni, der den Umschlag mit Informationen oder Geld an einen festgelegten Platz bringen musste oder an einer bestimmten Stelle sogar aus dem fahrenden Auto werfen sollte.

Fast ebenso problematisch kann der Zahlungsfluss in einem Zeitalter nie gekannter Begehrlichkeiten der Finanzämter mit fast unbeschränkten Kompetenzen sein.

Zahlungen

Natürlich habe ich mit meinen über 50 Jahren und meinem Beruf als Arzt, Offizier und ehemaliger Versicherungsmakler ebenso wie als langjähriger Kampf- und Kraftsportler, Musiker und Playboy nicht wenige Kontakte und Vitamin B aufbauen können. Dazu gehören Leute aus praktisch allen denkbaren Bereichen des Lebens. Viele Akademiker bewegen sich nur unter ihresgleichen; nicht so ich. Schon immer pflegte ich auch Freundschaften zu weniger intelligenten, aber oftmals charakterlich wertvollen Menschen, von denen jeder mindestens eine beachtenswerte Fähigkeit hatte. Unter meinen Bekannten und Freunden sind Unternehmer, Zuhälter, Nutten, Banker, Steuerberater, Escort-Ladys, Ärzte, Kampfsportler, Bodybuilder, Handwerker, Autohändler, Makler, Angestellte und Arbeiter. So genieße ich den Luxus, für fast jedes Thema jemanden zu kennen, der mir die Erledigung irgendeiner Aufgabe erleichtern kann oder zumindest weiterhelfen kann. Im Gegenzug bin ich natürlich auch fast immer bereit, demjenigen einen Gefallen zu tun; oft war ich dabei in Vorleistung getreten.

Zum Thema Zahlungsverkehr hatte ich kompetente Informationen durch meinen Freund Jürgen Bauer, der als ehemaliger Abteilungsdirektor einer Großbank und nun selbstständiger Unternehmensberater in einigen Jahrzehnten enorme Erfahrung auch auf den Gebieten des internationalen Zahlungsverkehrs gesammelt hat. Nicht selten musste er Steuersündern einen Weg zeigen, ihr Schwarzgeld ins Ausland zu transferieren, was manchmal mit persönlichem Einsatz in Form von

nächtlichen Fahrten mit Geldkoffern verbunden war. Er war also ein Mann mit Erfahrung und Weitblick, der sich durchaus auch neben den regulären Gleisen bewegen konnte.
Wer nun meint, durch ihn sei es mir ein Leichtes gewesen, das berühmte Offshore-Konto auf den **Grand Caymans** oder das angesehene Nummernkonto in der Schweiz oder Liechtenstein zu eröffnen, der liegt total daneben oder hat eben zu viele Actionthriller im TV geschaut. Jeder kennt die Fernseh-Bösewichter, die unter den Augen des mit Waffen bedrohten Opfers auf ihrem Laptop den Transfer ihrer Erpressergelder beobachten, die da auf derartige Konten eingehen sollen, oder die schlimmen Rechtsanwälte von Grishams »Die Firma«, die Mafiagelder auf den Cayman Inseln hüten.

Wenn ich von Jürgen eines gelernt habe, dann das, dass es spätestens *seit 9/11 international keinen anonymen Zahlungsverkehr mehr gibt!* Es ist schlichtweg unmöglich geworden, z. B. Honorar für einen Hit auf einem Konto zu empfangen und dieses dann online oder gar telefonisch zu kontrollieren, geschweige denn, irgendwohin zu transferieren. Schon ab 10.000.- Euro werden sog. »Compliance-Beauftragte« in der Bank informiert, die die Zahlung auf Plausibilität prüfen und im Zweifelsfall an eine Meldestelle weitergeben.
Ebenso sind die berühmten Nummernkonten in der Schweiz oder Liechtenstein unter dem Druck der internationalen Finanzämter eingeknickt, sodass zwar vordergründig, aber niemals im Ernstfall, unter Druck eines BKA, noch eine Spur von Anonymität gewährleistet wäre.
Zahlungen an von Rechtsanwälten betreute Briefkastenfirmen im Ausland oder an ein Notarkonto sind zwar möglich und mit gefälschtem Pass unter Umständen sogar anonym zu errichten. Nur, was macht denn dieser blasse Jurist, wenn ein paar breitschultrige Russen ihm den vierten Fingernagel ausgerissen haben, während er an seinen polierten Bürostuhl gefesselt zappelt, oder das zweite Kniegelenk zertrümmert wurde? Er packt aus, was immer er weiß: Wie der Herr aussah, wann er kommt, wer das Geld abholt oder wohin es fließt und, und …

Z: Löse dich von allen Bindungen in dieser Welt, sei es materieller oder menschlicher Art. Nichts macht so unfrei und abhängig wie Bindungen. Du bist allein in der Welt und du wirst totale Einsamkeit erfühlen, wenn du dem Tod ins Auge blickst, wenn du abhängig bist und Bindungen anhängst. Lass alles los, lebe und stirb frei!

Dennoch kann man in diesem Job langfristig nicht völlig ohne andere agieren. Irgendwie wollte ich ja auch meinen gerechten Lohn erhalten.

Action!

Ich habe allen Ernstes eine Geldübergabe derart praktiziert, dass mein Auftraggeber, eine Katsa (= Führungsoffizier) des »Büros« (Mossad), in einem ICE von Frankfurt nach München fahren musste und auf ein von mir vereinbartes Signal (Handyanruf) umgehend das Geldpäckchen aus dem fahrenden Zug auf der richtigen Seite werfen musste (bei 270 km/h). Es war selbst für einen Geheimdienst praktisch unmöglich, die ganze Streckenführung zu überwachen. Ich beobachtete den Vorgang am Rande der ICE-Trasse zwischen Feucht und Greding (Mittelfranken, Bayern) auf meiner KTM 690 SMC sitzend, holte mir das Päckchen auf der Wiese ab und machte mich mit Vollgas über Feld und durch Wälder davon. Unter Bäumen der Sicht entzogen (Satellit?) wechselte ich in ein Auto, ein Freund holte das Motorrad und tauchte damit in der Münchener Innenstadt unter. Das Motorrad verschwand für ein paar Wochen in dem Keller eines Mietshauses in Schwabing. Diese Maßnahme war sicher übertrieben, denn eine Satellitenausrichtung nur für mich erschien selbst meiner Paranoia unwahrscheinlich. Allerdings war es immerhin eine sechsstellige Summe und ich hatte nach zehn Jahren erfolgreicher Hits durchaus einen beachtlichen Ruf erlangt. Also ging ich lieber auf Nummer sicher, zumal mich die Vorgehensweise intellektuell und im Sinne von Abenteuer und Action reizte.

Routine

Am häufigsten ließ ich die geforderte Summe für meine Hits einfach in der Kampfschule meines albanischen Blutsbruders Goni Kalecha in einem mit rotem Kreuz versehenen Umschlag abliefern. Dort nahm irgendeiner der immer im Dutzend anwesenden Albaner das Päckchen an und gab es Goni, der es zählte und mich von wechselnden Handys, meist mit albanischen Chipkarten, per SMS informierte. Der Code war einfach das Wort »Squiptar«, was »Albaner« bedeutet, womit er immer andeutete, dass er mich für den schlimmsten aller Albaner hielt, was für mich ein warmherziges Kompliment bedeutete. »Squiptar« war das Okay für die eingegangene Zahlung.
Irgendwann, wenn einmal ein Mitglied der großen, überall verwobenen Familie der Exilalbaner in meine Nähe kam, ließ er mir das Geld an einer nur uns bekannten Stelle deponieren, ohne dass der Überbringer jemals vom Inhalt und Sinn des Päckchens oder vom Empfänger erfahren hätte.
Die einzige Schwachstelle war also mein Freund, was ich einfach akzeptieren musste. Allerdings war Goni auf albanischen Straßen, im Gefängnis und im Boxring aus derart hartem Gestein gemeißelt worden, dass ich mir ein »Singen«, auch unter noch so großem Druck, kaum hätte vorstellen können. Auch konnte ich mir nur mit einem Grinsen diejenigen vorstellen, die es wagen sollten, in dieses Bollwerk der Kampfschule aus Ehre, Verpflichtung und Männerschweiß einzudringen, dessen Beziehungen in höchste Ebenen albanischer Persönlichkeiten und Politik reichten.
Natürlich unterstützte ich meine albanischen Freunde finanziell und mit persönlichen Freundschaftsdiensten, wann ich konnte, und ich war stolz auf sie, weil sie meines Wissens mit dem üblichen Vorurteil, alle Albaner würden sich mit Drogen, Prostitution und Waffenhandel verdingen, nichts zu tun hatten.

In wenigen Fällen war ich auch unvorsichtig und empfing Zahlungen auf weniger sicheren Wegen. Das waren aber wenige unrühmliche Ausnahmen, die ich lieber vergessen will und hier nicht erwähne.

Sicherlich gibt es zu diesen Themen noch weit mehr Aspekte, als mir als »Privatkiller« bekannt sind, wie z. B. das »Darknet«. Hacker und manche Politiker dürften hierüber sicherlich noch weit mehr Wissen besitzen als ich … zumal manche meiner Informationen und Hits über zehn Jahre zurückliegen.

I 11 – Meine persönlichen Antiterror-Tipps als Enforcer für Behörden und Bürger

Immer versuchte ich, »Unschuldige« aus meinen Hits herauszuhalten. Meine Motivation war, soweit man dies von sich selbst überhaupt wissen kann, mein eigener Sinn für Gerechtigkeit, Geld, Abenteuer, Selbstbestätigung, Adrenalin, Machtstreben ... aber niemals Mordgier oder Sadismus, Rücksichtslosigkeit, Perversion. Naturgemäß waren Kollateralschäden nicht immer zu vermeiden, wie das in jedem Krieg unvermeidlich ist.

Es ist auch keineswegs meine Absicht, verrückten Hobbyterroristen das richtige Wissen und Rüstzeug für menschenverachtende Taten in die Hände zu spielen. Aber ich war schon immer der Meinung, wenn man gegen Wölfe kämpfen will, dann muss man mindestens so gut sein wie diese. Auch SEK-Polizisten sind nichts anderes als perfekt ausgebildete Killer, eben auf der richtigen Seite. Auch ich setzte meine Fähigkeiten dafür ein, eine bessere Welt zu erschaffen, indem ich mithalf, die Parasiten und Peiniger der Gesellschaft zu dezimieren. Auch SEK- und SWAT-Teams bekommen Geld für ihre Arbeit.

Wenn nun diese Enthüllungen einiger meiner Hits und mancher effektiver Methoden durchaus manche Wissenslücke bei Kämpfern auf der guten als auch der schlechten Seite füllen können, so möchte ich doch keinesfalls der dunklen Seite helfen, ihr Tun zu perfektionieren. Vielmehr denke ich, dass das Verstehen mancher Möglichkeiten auch auf behördlicher Seite dazu beitragen könnte, manchem Möchtegern-Dschihadisten oder Hobby-Sprengmeister auch in dessen eigenem Interesse das Handwerk zu legen.
Genau genommen hasse ich staatliche Kontrolle und Überwachung wie die Pest. Ich liebe meine Freiheit und kämpfe für die anderer Menschen. Aber ich weiß natürlich aus vielfältiger Lebenserfahrung, wie viele Chaoten ohne Moralkodex rücksichtslos jede Gelegenheit wahrnehmen, sich an Schwächeren zu bereichern oder ihre Lust zu stillen.

Und das hasse ich noch weit mehr!

Deshalb soll meine Offenheit bei der detaillierten Beschreibung letaler Methoden dazu beitragen, eine bessere Welt mit mehr Sicherheit und Freiheit für die »Guten« zu schaffen, wie ich es selbst immer versucht hatte. Gerade die »Bösen« kennen die meisten der hier genannten Möglichkeiten allzu gut. Deshalb möchte ich auch Normalbürgern und Politikern, die wirklich an einer freiheitlichen Grundordnung interessiert sind und nicht so sehr an Kontrolle, Macht oder Überwachung, einige Tipps geben, die es den Chaoten erschweren, ihren dunklen Fantasien nachzugehen.

Anmerkung: Alle der folgenden Tipps beruhen auf dem aktuellen Kenntnisstand zum Zeitpunkt vor der Herausgabe des Buches und aus meinen ca. 15 Jahre währenden Aktivitäten als Auftragskiller. Gesetze und Tatsachen ändern sich in einer schnelllebigen Zeit wie der unseren, zumal nach Terrorattentaten wie in Paris, Istanbul, Brüssel ... und St. Petersburg - und andernorts! Sollte eine der vorgeschlagenen Maßnahmen inzwischen unnötig geworden sein, so möge der Leser einfach zur nächsten gehen:

1. Grundstoffe und problematische Substanzen

Wie aus den I-Kapiteln über Sprengstoffsynthesen hervorgeht, sind einige wenige Grundstoffe essenziell. Es existiert bereits eine gesetzliche Grundstoffüberwachung, die v. a. Substanzen kontrolliert die zur Aufbereitung von Betäubungsmitteln (Drogen) notwendig sind. Seit dem September 2001 liegt das Augenmerk auch auf manchen terroristisch interessanten Chemikalien für Explosivstoffsynthesen. Der Käufer muss einen Nachweis über den Verbleib und die Verwendung unterschreiben (sog. EVE = Endverbrauchererklärung). Der Großhändler ist normalerweise nur ab einer gewissen Mindestbestellmenge zu einer behördlichen Meldung verpflichtet. Tatsächlich, wie Razzien bei Hobbychemikern zeigen, werden schon etliche chemische Substanzen mengenunabhängig überwacht. Aber damit ist nicht genug getan!

Enforcer-Tipp:

Da man mit einem Liter **rauchender Salpetersäure** mehr als 500 g Sprengstoff gewinnen kann, der richtig platziert ein Gebäude zum Einsturz bringen kann (auch ohne Tertiärsprengstoff!), oder 500 mal 5 Kilo Tertiärsprengstoff (= 2500 kg Sprengstoff!) zur Explosion bringen kann, und da ein Liter 30-prozentiges **Wasserstoffperoxid** weit über 100 g an Initialsprengstoff liefert, schlage ich vor, diese beiden Grundstoffe mengenunabhängig im Auge zu behalten (auch das für Wäschebleiche verwendete **Natriumperoxid**). Gleiches gilt für **Pentaerythrit** sowie **Nitromethan** aus dem Flugzeugmodellbau und Autorennsport, die als Grundlage für Sekundär- oder Tertiärsprengstoffe dienen können.
Immerhin sind Salpetersäure mit über 67 % und Peroxid über 11 % für Laien schon jetzt kaum noch frei erhältlich (außer für Kunstlehrer, die Kupferätzungen mit Salpetersäure durchführen wollen). Man darf aber auf der »guten« Seite nicht vergessen, dass nicht alle Ärzte, Apotheker, Chemiker, Physiker, Biologen, Universitätsangestellte … automatisch auf dieser Seite stehen bzw. jemandem dienstbar sein könnten, der mehr damit im Sinn hat als berufliches Interesse. Und diese Berufsgruppen haben zumindest zu Kleinmengen immer noch allzu leichten Zugang.
Ein Angehöriger obiger Berufsgruppen kann ganz locker an einem Tag in zehn Apotheken per Barzahlung jeweils einen Liter 30-prozentiges Wasserstoffperoxid kaufen (seit 2017 nur noch 12%!), ohne Verdacht zu erregen. Über Universitäten, Industrie und Gewerbe ist ein potenzieller Attentäter oder Beschaffer ohne Probleme in der Lage, ebenfalls in kleinen Mengen, aber bei zahlreichen Lieferanten zu einer ansehnlichen Menge an 100-prozentiger Salpetersäure zu gelangen. Mit einem Fake-Konto wird die Rechnung bezahlt, ohne dass die Firma davon etwas mitkriegt.
Ob diese Grundstoffüberwachung von Kleinstmengen organisatorisch überhaupt machbar ist, entzieht sich meiner Kenntnis.

2. Arzneimittel

Das traditionelle Blutdruckmittel »Pentalong« mag nicht die große Gefahr terroristischen Missbrauchs bergen. Aber der Wirkstoff ist sehr leicht aus den Tabletten herauszulösen. Wenn eine Kofferbombe mit Tertiärsprengstoff an einem belebten Bahnhof mit 2,5 g PETN (und einem Initialsprengstoff) in einer Zündkapsel aus einer Packung Pentalong gezündet werden würde, dann wäre der Aufschrei in der Öffentlichkeit groß. Der Wert dieses Mittels ist aus medizinischer Sicht sowieso fragwürdig.
Ebenso können manche homöopathischen Verdünnungen gerade in der Potenz D4 relativ einfach eingetrocknet (im Exsikkator, an der Luft, im Backofen) und so weiter konzentriert werden. Medizinisch gesehen spielen diese Verdünnungspotenzen D4 sowieso keine wichtige Rolle; die immanente Vergiftungsgefahr ist zu groß.

Enforcer-Tipp:

Wegen der vielseitigen Möglichkeiten des terroristischen oder kriminellen Missbrauchs sollten **Pentalong** und **manche homöopathischen Arzneimittel,** v. a. in der niedrigen Verdünnung D4, aus dem Handel genommen oder beobachtet werden.

3. Lösungsmittel

Aceton hat bei der Sprengstoffherstellung eine Schlüsselstellung inne. Ein Initialsprengstoff wird direkt daraus synthetisiert. Ein Sekundärsprengstoff benötigt Aceton für die Umkristallisation. Viele Lösungsmittel, die für die Drogenaufbereitung notwendig sind, unterliegen bereits der Grundstoffüberwachung. Nicht so bei Aceton und der bekannten Nitro-Verdünnung, die einen hohen Prozentsatz an Aceton enthalten kann.

Enforcer-Tipp:

Aceton sollte aus dem freien Verkauf in Baumärkten verschwinden oder zumindest in der Menge begrenzt werden oder alternativ nur bei Vorlage (und Registrierung) des Personalausweises abgegeben werden (Abschreckung). Selbst wenn Attentäter auf Nagellackentferner umsteigen, so ist dieser doch meist in kleineren Packungseinheiten erhältlich. Ob eine Kontrolle dieses weit verbreiteten Lösungsmittels praktisch umsetzbar ist, kann ich nicht beurteilen, da Aceton ein so universelles Lösungsmittel auch im privaten Bereich ist.
Aber schon das Wissen in der breiten Öffentlichkeit kann zu mehr Wachsamkeit beitragen. Wenn eine Privatperson bei Freunden größere Mengen Aceton entdeckt oder wenn eine Kassiererin 10 Liter davon verkauft, wenn Mama bei ihrem Junior ungewöhnlicherweise Aceton zu Hause findet, werden sie evtl. dabei nicht völlig arglos bleiben, wenn sie wissen, dass dieses leicht missbraucht werden kann. Dies kann dieses Buch leisten.

4. Gifte

Nikotin kann man problemlos aus Tabakwaren extrahieren (siehe I-Kapitel), wie es bei städtischen Killern der OK immer mehr geübte Praxis geworden ist. Daran lässt sich kaum etwas ändern. Curare ist außer für Wissenschaftler in Universitäten nicht käuflich (oder doch?). Dies sollte genügen. Aconitum kann aus dem blauen Eisenhut gewonnen werden, der in Baumärkten und Gärtnereien in beliebiger Menge und arglos verkauft wird. Andere Giftpflanzen, wie Engelstrompete oder Goldregen, sind vergleichsweise harmlos und die für letale Zwecke erforderlichen Giftdosen zu hoch, als dass diese Pflanzen zu einem Problem werden könnten. Anders sieht die Sache für den Rizinusstrauch aus; Ricin wirkt in Millionstelgrammdosen und wurde von der AUM-Sekte in Japan in der Vergangenheit bereits für einen Terroranschlag missbraucht.

Enforcer-Tipp:

Blauer Eisenhut und **Rizinus** sollten nicht frei verkauft werden. Zu potent und zu leicht zu extrahieren ist der Wirkstoff Aconitum; Ricin wirkt bereits in Millionstelgrammdosierungen! Es dürfte kein Problem sein, diese Pflanzen, wie auch Hanf, unter Verbot zu stellen!

5. Waffenerlaubnisse

Auf den unzähligen Schießständen, die ich in den letzten 40 Jahren zum Training besucht hatte, konnte ich zahlreiche psychisch instabile Waffenbesitzer kennenlernen. Wie viele Polizisten auf der Straße und auf Schießständen unterwegs sind, die unter frustrierten Macht- und Vollstreckerfantasien leiden, kann man nur erahnen. Gleiches gilt für Privatschützen, denen die Waffe oft mehr Selbstherrlichkeit vermittelt, als ihnen guttut. Selbst wenn der folgende Ratschlag zu einem Aufschrei der Waffenlobby und vieler meiner Privatschützenkollegen führen wird, so kann ich nicht umhin, den folgenden zu erteilen. Allerdings muss man davon ausgehen, dass die »Bösen« immer an eine Waffe kommen werden, wenn sie wollen, und die Hauptbedrohung sicherlich nicht von Privatwaffenbesitzern mit registrierter Waffe ausgeht! Dennoch:

Enforcer-Tipp:

Ich schlage neben der üblichen Bedürfnis-, Sachkunde- und Zuverlässigkeitsüberprüfung die Einführung eines zusätzlichen **psychologischen Tests** vor, der auf entsprechende, gefährliche Psychostrukturen hinweisen kann. Ein solches Psychogramm sollte zudem regelmäßig wiederholt werden (3–5 Jahre), da Menschen und ihre Lebensumstände oft tief greifenden Veränderungen unterworfen sind (Scheidung, Schulden, Burn-out, Depression). Zudem sollte der oft geübte **Alkoholkonsum** in Schießvereinen prinzipiell verboten werden, wozu ja ein vorgeschriebener Alkoholatemtest VOR dem Betreten einer Schießbahn bereits völlig ausreichend wäre.

6. Waffenbeschaffung

Das Waffengesetz erlaubte in Deutschland bis vor einigen Jahren, sich aus Einzelteilen beliebig viele neue Schusswaffen in Einzelteilen zusammenzukaufen und aufzubauen! Insider wissen, wovon ich spreche. Seit nun auch Austauschläufe und Wechselsysteme für Kurzwaffen registriert werden müssen, ist diese unter Legalwaffenbesitzern früher oft geübte Praxis kaum noch möglich. Dennoch existieren aus dieser Zeit eines lückenhaften Waffengesetzes noch unzählige »aufgebaute« und damit illegale Waffen in Privathänden. Ob dies angesichts der in Osteuropa nach wie vor leicht zu beschaffenden Waffen (durch Schengen-Abkommen offene Grenzen) zahlenmäßig im Vergleich überhaupt ein Problem darstellt, kann ich nicht beurteilen.
Zweitens wurde der sog. »Anscheinsparagraf« eingeführt, der es untersagt, Waffen in der Öffentlichkeit zu führen, die einer Kriegswaffe täuschend ähnlich sehen. Allerdings ist es jedoch zulässig, diese ab 18 Jahren zu erwerben und zu besitzen; und der Markt mit den echten Kriegswaffen (Maschinenpistolen und -gewehre) ähnlichen Spielzeugwaffen (Softair) boomt ohne Ende. Zudem kann man z. B. im Waffenportal E-Gun problemlos leere Handgranaten (ohne Zünder und Sprengstoff) kaufen, die äußerlich allerdings unmöglich von funktionierenden zu unterscheiden sind. Wer »Böses« plant, nimmt diese Waffen auch mit zum Tatort!

Enforcer-Tipp:

Waffengesetze sollten von Menschen gemacht werden, die selbst jahrelang in die Schießsportszene involviert sind, also sozusagen »an der Front« sind, und nicht von Schreibtischhengsten. Sonst wäre nicht die unnötige Hysterie in Bezug auf halbautomatische Gewehre aufgekommen, die aus den USA nun auch zu uns überschlägt. Diese ist schlichtweg völlig unnötig, weil diese Waffen viel zu unhandlich und schwer zu verbergen sind, um Attentate so ohne Weiteres zu verüben. Übergriffe und Amokläufe mit legal erworbenen Langwaffen-Halbautomaten dürften hierzulande immer eine Ausnahme darstellen, zumal diese auch

bei uns nicht gleich jeder Antragsteller ohne Nachfrage leicht zugeteilt bekommt. Viel mehr Gedanken muss man sich über leicht zu verbergende, **kleine Waffen** machen, wie z. B. eine vollautomatische Glock oder eine Kleinkaliberpistole mit kurzem Lauf.
Zweitens sollte der **Anscheinsparagraf** evtl. auch auf den **bloßen Besitz** dieser täuschend echt aussehenden Spielzeugwaffen **ausgeweitet** werden und auf »**entmilitarisierte« Kriegswaffen und Replikas**, wie originale, aber funktionsuntüchtige Handgranaten und Maschinengewehre, ausgedehnt werden, weil diese ein hohes Drohpotenzial aufweisen: Jeder kann mit einer leeren Handgranate bewaffnet eine Bank erstürmen – sofern er riskiert, dann von der SEK per finalem Rettungsschuss erledigt zu werden – und dort unter Bedrohungslage Geld »abheben«! Auch die körperliche Unversehrtheit von Bürgern könnte gefährdet werden, wenn ein Gangster-Duo gemeinsam eine Familie mithilfe von Anscheinswaffen bedroht und z. B. die Frauen vergewaltigt oder böse Jungs mit einer leeren Panzerfaust einen Geldtransporter überfallen. Zu weit hergeholt? Dann schauen Sie mal Jugendlichen (und vielen Erwachsenen!) beim Softair-Spiel zu, wenn sie üben, ganze Häuser einzunehmen wie die »Großen«! Müssen diese Fertigkeiten wirklich von jedem Laien mit Gewaltfantasien trainiert werden dürfen? Aber dies ist nur eine rein persönliche Ansicht!

Man könnte natürlich auch einer anderen Argumentation folgen, die z. B. der von Obama und vieler Links-Grünen entgegensteht: Wenn die Bösen sowieso bewaffnet sind, dies durch Behörden also kaum zu vermeiden ist, dann dürfte es besser sein, wenn diese Kriminellen in nahezu jedem Privathaushalt mit bewaffneter Gegenwehr rechnen müssen! Nur wenn, dann richtig: weitgehende Entwaffnung der Bürger UND der Kriminellen PLUS WIRKLICHER SCHUTZ durch den Staat oder Bewaffnung auch der Privatmenschen als Ergänzung eines zu wirklichem Schutz unfähigen Polizeiapparates (mit Eingeständnis dieser Tatsache)!

7. Vollautomatische Waffenteile

Diese unterliegen dem KWKG und würden praktisch keine Rolle spielen, wenn es da nicht den im Buch mehrfach genannten Feuerwahlhebel, z. B. für beliebige Glock-Pistolen, gäbe, mit denen diese im Handumdrehen zur Maschinenpistole umfunktioniert werden können. Der Kauf und Besitz dieses Maschinenteils sind nicht strafbar, was dazu führt, dass unzählige Freaks ein solches besitzen. Natürlich bleibt dieses Zusatzteil tunlichst fern von der Glock, sodass der Legalität kein Abbruch getan ist. Dennoch kann der Hobbykiller dieses Teil in einer Minute in seine (legale) Glock einbauen, die vielleicht noch mit einen 30-Schuss-Stangenmagazin (ebenfalls legal erhältlich) versehen ist. Die zweiköpfige Polizeistreife oder das Vier-Mann-Durchsuchungsteam hätte keine Chance, falls der Vollautobesitzer gerade mal schlechte Laune hat. Auch andere Waffen sind derart manipulierbar, wenngleich nicht so einfach wie im Beispiel der Glock.

Enforcer-Tipp:

Der Verkauf und **Besitz jeglicher Umbauteile**, die aus einer halb automatischen eine vollautomatische Waffe machen, sollte ebenfalls unter die Strafbarkeit des KWKG fallen. Mir ist völlig schleierhaft, warum der Staat derartige Risiken hinnimmt. Für einen geübten Gunfighter ist der Vollautomatikmodus weitgehend uninteressant, weil er mit vier Schuss pro Sekunde gezielt treffen kann. Er fährt mit Halbauto besser als mit Vollauto. Aber für einen mäßig guten Hobbyschützen stellt eine Maschinenpistole ein gehöriges Stück Macht dar, wenn er 20 Schuss pro Sekunde im Alkoholrausch auf anrückende Polizisten jagen kann!

8. Schalldämpfer

Seit kurzer Zeit sind die lange verbotenen Schalldämpfer für Jäger in Deutschland (2015)wieder freigegeben worden. Eine Schussabgabe mit Schalldämpfer ist bei Verwendung unterschallschneller Munition

(Subsonic) bis auf das Geräusch des Schlagbolzens und das Auftreffgeräusch des Projektils beim Target nahezu unhörbar leise. Dadurch kann die Hemmschwelle bei potenziellen Tätern gesenkt werden, eine solche Waffe für kriminelle Absichten zu verwenden, da eine Entdeckung des Schützen unwahrscheinlicher wird. Der Nutzen von Schalldämpfern für Jäger steht in keinem Verhältnis zum Missbrauchspotenzial!

Enforcer-Tipp:

Schalldämpfer sollten auch weiterhin für Privatleute und Jäger verboten und lediglich den Behörden vorbehalten bleiben!

(9. Dazzler – Blendwaffen
Wie Laserpointer hoher Leistung zum Blenden von Menschen missbraucht werden könnten, wurde im Buch schon beschrieben. Die Einfuhrkontrolle solcher Geräte wird inzwischen gut überwacht und verhindert. Daumen hoch, wenngleich immer noch Urlauber in Frankreich oder Italien Hochleistungs-Pointer kaufen und problemlos einführen …)

(10. Dass Quadrocopter-Drohnen in Zukunft eine Rolle für terroristische Anschläge spielen werden, scheint sonnenklar zu sein: Es ist ein Leichtes, an die GPS-gesteuerten, sehr tragfähigen Flugkörper, die per Videobrille fernzusteuern sind, mindestens – wenn nicht mehr – eine Handgranate zu fixieren und diese punktgenau zum Zielort zu fliegen, selbst aus Hunderten Metern Entfernung und selbst aus einen See heraus! In den USA dürfen diese »Spielzeuge« von Polizisten bereits ohne Vorwarnung mit Schrotflinten abgeschossen werden. Wir werden beobachten, ob es den Behörden hier gelingen wird, ausreichende Regelungen UND Abwehrmaßnahmen – wie gerichtete Störsender, Laser oder Schrotflinten, Vorwarnungen durch Satellitenüberwachung, bauähnliche Killerdrohnen und abgerichtete Greifvögel – zu ergreifen, bevor Schaden größeren Umfanges entstanden sein wird!)

(11. Atomkraftwerke und selbst Kindergärten dürften nach dem Gesetz der Eskalation bald ins Visier von Extremisten rücken! Inwieweit eventuelle Angriffe auf Kraftwerke durch Drohnen oder Flugzeuge, Panzerfäuste oder Bombenattentate verhindert werden könnten, oder ob Kindergärten überhaupt flächendeckend zu schützen sind, entzieht sich meiner Kenntnis.)

M 1 – Moralische und rechtliche Nachbemerkungen des Enforcer

Natürlich stellte sich bei diesem Buch und meinem Tun als Killer von Anfang an sowohl die Frage nach der Moral, nach den juristischen als auch den politischen Konsequenzen. Diese Themen wurden in der Einleitung bereits angeschnitten.
Als Enforcer habe ich mir meinen persönlichen Moralkodex selbst zurechtgelegt, indem ich lediglich »die Bösen« tötete, niemals »Unschuldige«. Aber tun dies nicht alle, die töten, in gewisser Weise? Auch eine CIA oder ein Dschihadist sind von der moralischen Korrektheit ihres Handelns überzeugt: Die eine kämpft gegen »Terroristen«, die anderen gegen »die ungläubigen Teufel«. Jeder zieht die Grenzen seiner Moral woanders, je nach kulturellem und religiösem Background. Jeder definiert das »Böse« nach seiner Auffassung und platziert sein Handeln somit auf die »gute« Seite.
Eine allgemeingültige Moral für ALLE Menschen kann es nicht geben. Am nächsten kommt dem vielleicht noch folgende Maxime, der ich mich auch als Enforcer verpflichtet fühle:

Ein Mensch darf niemals einen anderen töten, aus welchen vermeintlichen Gründen auch immer; die einzige Ausnahme ist eine aktuelle Notwehr- oder Nothilfesituation mit einer tatsächlich aktuell anhaltenden Bedrohung für Leib und Leben durch DIESE Person! (Als Killer habe ich die Nothilfe-Situation zugegebenermaßen großzügig ausgelegt.)

Es bleibt die Frage offen: Darf man einem breiten Publikum Bauanleitungen (wenn auch nur andeutungsweise) oder Ideen für z. B. Claymore-Minen oder Synthesen von Giften und Explosivstoffen präsentieren? Die Tatsache, dass man im Web alle diese Informationen unter einer Fülle von Ballast ebenfalls finden kann, darf und kann nicht Rechtfertigung allein sein. Wenn einer Böses tut, dann rechtfertigt dies nicht das eigene böse Tun.

Aber ist es nicht so, dass die bösen Jungs sowieso über dieses Wissen verfügen, wie man z. B. aus Trainingslagern der al-Qaida und von Terroranschlägen weiß? Egal, wie streng unsere Waffengesetze ausfallen, wer eine (illegale) Schusswaffe für ein Verbrechen haben möchte, der kann sie sich beschaffen. Man schätzt in Deutschland, wie bereits erwähnt, ca. 20 Millionen illegale Schusswaffen. Gleiches gilt sinngemäß auch für alle anderen Waffen, wie die kriminalistische Erfahrung zeigt. Der befreundete Kommissar Herbert Müller (Name natürlich geändert!) betonte immer: »Die Leute leben in der Gnade ihrer Unwissenheit!« Damit ist gemeint, dass die Tatsache, dass jeder zweite Bundesbürger im Laufe seines Lebens zumindest einmal mit einem Gewaltdelikt konfrontiert wird, geflissentlich verdrängt wird oder auch durch Pressezensur, gerade bei Menschen mit Migrationshintergrund – die Bevölkerung soll ja nicht unnötig beunruhigt werden –, einfach nicht bekannt ist. Dies macht die Gefahr aber nicht kleiner, ganz im Gegenteil. Würden ALLE um einiges wachsamer sein und ausreichend um Gefahrenmomente wissen, dann könnten manche Chaoten sicherlich nicht mit einem Hektoliter Wasserstoffperoxid in einer Garage Sprengstoff basteln (»Sauerland-Attentäter«!), weil irgendeinem dies aufgefallen wäre. Wenn ein Kunde im Baumarkt allen blauen Eisenhut aus der Gartenabteilung aufkauft, dann sollte an der Kasse nicht nur diese klingeln, sondern auch die Wachsamkeit des Kassiers, denn wie im Buch gezeigt, sind mit dem Pfeilgift Aconitin versehene Luftgewehr-Projektile in einer mehrschüssigen Luftdruckwaffe oder im Trinkwasser durchaus geeignet, viele Menschen in kurzer Zeit zu töten.

Der Apotheker, bei dem jemand Salpetersäure, Kaliumpermanganat (bereits in der Grundstoffüberwachung) oder Peroxid bestellt, sollte die verpflichtend installierte Videokamera auslösen, falls man die Identität der Person später ermitteln möchte.
Wissen ist Macht! Eine rückhaltlose Aufklärung könnte dazu beitragen, manche Straftat zu verhindern. In diesem Sinne ist auch die Wissensvermittlung in diesem Buch zu verstehen. Nicht nur die bösen Jungs sollten über Mordmethoden Bescheid wissen, sondern auch die guten, um sich schützen zu KÖNNEN! In Kursen für Messerkampftraining und in Ausbildungen mit der Schusswaffe wird immer wieder betont,

dass man versuchen müsse, mindestens so gut zu sein wie der verbrecherische Gegner, um dessen Aggression abwehren zu können. Dafür trainieren Schusswaffenträger (Waffenschein-Inhaber, Polizisten) ihre Fertigkeiten, sowohl auf privater als auch auf professioneller Seite. Warum sollte also ein interessiertes Publikum nicht mehr Wissen über letale Gefahren erhalten dürfen, um sich besser schützen zu können? Ein Geheimnis wird wirkungslos, wenn es keines mehr ist!

Das Argument, dass das Wissen dieses Buches in die falschen Hände fallen könnte und somit Nachahmer zu illegalen Gewalthandlungen motiviert würden, geht ins Leere:

1. Motivierte Kriminelle verfügen bereits über dieses Wissen.

2. Auf Polizeischulen wird mangels Erfahrung (ja wirklich!) manches Halbwissen gelehrt (zumindest für die unteren Chargen). Diese Lücke könnte dieses Buch bei manchen Themen füllen. Denn die Streifenpolizisten »an der Front« geben die entscheidenden Hinweise!

3. Interessierte Bürger können sich durch das Wissen um die Gefahren besser schützen und mit erhöhter Wachsamkeit zur Vorbeugung beitragen.

4. Durch den Ersatz von Schlüsselsubstanzen im Buch durch Codewörter (WHITE1–3, NONE1–4) und weitgehende Zensuren beim heiklen Sprengstoffthema kann ein potenzieller Nachahmer anhand des Buches NICHT erfolgreich kriminell tätig werden (FAEs und Claymore-Minen sind z. B. in Wikipedia bestens beschrieben).

5. Das Wissen über Gifte ist in vielen Botanikbüchern, in Vergiftungsregistern der Mediziner sowie im Web sowieso bereits leicht und frei zugänglich.

Außerdem: Wenn man aktuelle Actionromane, Hollywoodfilme und Computerspiele betrachtet, dann beobachtet man dort schon einen sehr weiten Spielraum an brutaler Gewalt, die sowohl emotional als auch methodisch durchaus zur Nachahmung auffordern könnte:

a. Dass Taliban ihre Sprengstoffjacken mit Splittern (meist mit Rattengift getränkt) füllen, ist hinlänglich bekannt.

b. Dass militärische Handgranaten mit Sprengstoff gefüllt sind und nach vier Sekunden Hunderte Stahlkugeln freigeben, ist nach unzähligen Kriegsfilmen Allgemeinwissen geworden.

c. Was eine Claymore-Mine ist, haben nicht erst Filme mit »Rambo 4« und der Vietnamkrieg bekannt gemacht.

d. Dass man im Web mit wenigen Klicks zu Kochrezepten für alle möglichen Sprengstoffe, Gifte und Hochspannungsexperimente herankommt, weiß inzwischen jeder Teenager, dessen Faszination für Chemie in der Schule geweckt wurde.

e. Wie man eine Schusswaffe korrekt führt, zeigt inzwischen jeder bessere Actionstreifen im Kino.

Also kurz und bildlich ausgedrückt:
Würde man die Wissensvermittlung in diesem Buch verurteilen, dann wäre dies so, als gäbe man einem Soldaten (= Bürger) kein Gewehr (= Wissen), mit dem er sich und andere verteidigen und schützen kann, weil es immer einige wenige gibt, die damit Böses tun könnten! Die Armee wäre Angreifern schutzlos und machtlos ausgeliefert.

Sicherlich wird es immer Auslegungs- und Ermessenssache bleiben, wie viel detaillierte Information in einem Buch für ein breites Publikum veröffentlicht werden darf.

Der Enforcer hat bei diesem Buch nach bestem Wissen und Gewissen den moralischen Spagat versucht, durch Aufklärung zu mehr Sicherheit und Freiheit unbescholtener – bisher teils unwissender – Bürger beizutragen, mögliche Gesetzeslücken aufzudecken und gleichzeitig durch intelligente Zensur potenziell kriminellen Nachahmern das Wasser abzugraben!

M 2 – Enthüllung des Autors

Als Autor möchte ich am Ende des Buches nun den Leser doch nicht weiter im Unklaren darüber lassen, ob der Enforcer eine authentische Figur oder eine reine Erfindung darstellt:

Der Enforcer ist – der Leser möge mir verzeihen – vom Anfang bis zum Ende VOLLSTÄNDIG ERFUNDENE FIKTION! Diese Figur hat nie gelebt, sie entspringt einzig dem kreativen und fantasievollen Gehirn des Autors, ebenso wie deren zahlreiche Kontakte (Privatpersonen, Kinder, Escort-Ladys, Kampfausbilder, Polizisten, Militärs u. a.)!

Ich als Autor habe Sie als Leser von Anfang an in Unsicherheit darüber gehalten, OB der Protagonist eine reale Person sein könnte.
Bereits im Titel ist die Doppeldeutigkeit der Romanfigur enthalten: das Beste des Enforcer, nämlich seine zwölf einfallreichsten Hits, und das Biest (Beast), von dem der Autor Dr. Eno Forcer hier berichtet. Weiterhin habe ich in der Einleitung die Psyche des Lesers mithilfe von hypnotischen Techniken beeinflusst (bitte nochmals um Verzeihung!), indem ich ihn über die wahre Existenz des Protagonisten im Unklaren ließ, Andeutungen machte und wie selbstverständlich vom Enforcer als einer real existierenden Person geschrieben habe.

Gespickt mit kompetenten und authentischen Sachinformationen drängte sich im Laufe des Buches bei vielen sicherlich der Verdacht, wenn nicht sogar eine vermutete Gewissheit, auf, der Enforcer müsse real sein. Durch die geschilderten menschlichen Schwächen des Protagonisten neigt man als Leser dazu, diesem sogar Sympathien entgegenzubringen oder sich gar mit ihm zu identifizieren, sodass alle seine Handlungen umso realistischer erscheinen, selbst wenn Lücken oder Ungereimtheiten auftreten sollten.
Dazu tragen auch die in uns allen innewohnenden, geheimen Wünsche bei, wie der nach mehr oder hemmungslosem Sex, nach Gewalt, nach

Macht, nach Geld, nach Abenteuer und nach Freiheit, aber auch nach altruistischem Helfen (Moralität wohnt in fast jedem Menschen), die der Enforcer in seinem Leben allesamt – vielleicht stellvertretend für uns – verwirklichen konnte. Hier wird sich mancher Leser im Geiste wiedererkennen und die Taten des Enforcer mit eigenen, vielleicht harmloseren Vergehen vergleichen oder er wird an seine eigene Zwiespältigkeit erinnert, die der Akteur hemmungslos ausleben darf.

Den Leser bitte ich um Verständnis, denn dies alles diente nur den Zwecken, **Spannung zu erzeugen und Gehör zu finden – zum Nutzen für SIE!**

Aber selbst wenn diese ungewöhnliche Figur des Enforcer auch vollständig meiner Fantasie entsprungen ist (ich verbitte mir hierzu höflichst psychoanalytische Verdachtsmomente ☺!), so möchte ich mich dennoch von allen Taten, Meinungen, Tipps (als Autor und Person habe ich meine eigene, teils abweichende Meinung, ja, kann den Tipps des Enforcer in den wenigsten Punkten zustimmen!) und Emotionen dieser FREI ERFUNDENEN ROMANFIGUR **distanzieren!**

Vermutlich hätte jeder Auftragsmörder am Ende seiner Karriere, sofern er sie überlebt hätte, das moralische Bedürfnis, einiges wiedergutzumachen; genau dies ließ ich den Enforcer tun, indem er vor Gefahren allzu akribisch warnen durfte – wohl als Buße für manche gefährlichen und unmoralischen Exzesse und zur Wissensmehrung beim Leser!

Da der Autor persönlich keinen Grund zur Reue hat, musste er sich empathisch in diese fiktive Romanfigur des Enforcer hineinversetzen, um die Gefühle und Handlungen dieses Kriminellen zu erspüren und um zu ahnen, wie er »ticken« könnte. Dabei leidet der Autor keineswegs – wie z. B. ein Gollum in »Der Herr der Ringe« – unter einer schizophrenen Persönlichkeitsstruktur, sondern hat **diese Killerfigur bewusst und absichtlich erschaffen.**

Zeugt es nicht von besonderer Lebenserfahrung oder gar Weisheit, gerade auch beim Leser, wenn er unterschiedliche Standpunkte akzeptieren kann? Buddhas sog. Allwissenheit bedeutete nichts anderes, als alle Meinungen und Sichtweisen zuzulassen, und zwar als gültigen Teil der letztendlichen Realität, die ALLES enthält (Lotos-Sutra)!

Nahezu alle Ähnlichkeiten mit lebenden Personen oder Vorkommnissen im Zusammenhang mit dem Enforcer sind zufällig und frei erfunden (Namen geändert oder schlichtweg falsch)!
Entschuldigen möchte ich mich bei allen, die sich zu Unrecht im Buch wiederzuerkennen glauben oder deren Standpunkte andere sind als die in den Tipps des fiktiven Enforcer. Beide Aspekte sind reine Fantasieprodukte.

(Anmerkung: Manche professionellen Leser der ersten E-Book-Auflage behaupten, die Enthüllung des Enforcer als fiktive Figur sei eine reine Schutzbehauptung des Autors - und ALLE genannten Personen existierten tatsächlich -, um juristischen Schwierigkeiten aus dem Weg zu gehen! Wer weiß das schon ...)

Die aufwendigen Recherchen zum Buch

Der Autor musste während der jahrelangen, sehr tief gehenden Recherchen (Gespräche und Lehrgänge mit Kämpfern, Escort-Services, Internet, legale Spezialliteratur, legale Experimente usw.) oftmals derart tief in die »dunkle Seite« eintauchen – **ohne allerdings JEMALS selbst straffällig zu werden** –, dass die Grenzen zwischen Realität und Fiktion auch für ihn manchmal schwer zu erkennen waren. Sich fiktiv in die vermutete Erfahrungswelt, den Kenntnisstand und v. a. auch die psychischen Untiefen eines morbiden Auftragskillers hineinzufinden, war von vielen schlaflosen Nächten begleitet.

Aufgrund der Authentizität des gebotenen Materials im Buch musste dieses zuerst in unzensierter Reinform entstehen. Diese Version existiert heute nicht mehr, um jegliche Gefahr von Nachahmung durch Kriminelle auszuschließen, um Begehrlichkeiten durch Unberechtigte auszuweichen und um manche informelle Personen zu schützen.

Der Autor hofft, mit diesem Buch den Menschen auf der guten Seite einen wertvollen Dienst erwiesen zu haben!

Fin … und: Der Enforcer kommt wieder!

Über den Autor Dr. Eno Forcer

Der Autor ist jahrzehntelang mit der Kunst des Kämpfens vertraut: Militärdienst als Stabsoffizier, Kampfsportarten, wie Shotokan-Karate, klassisches Boxen, Muay-Thai und asiatischer Waffenkampf bis hin zum Meistergrad, erlernt teilweise bei Weltmeistern der jeweiligen Gattung, bilden die Grundlage, die durch Ausbildungen im Messerkampf und Schusswaffen komplettiert wurde. Er absolvierte Lehrgänge bei international bekannten Ausbildern (S.W.A.T. u. a.) und erlernte so das Handwerk eines »Anti-Killers auf der guten Seite«, mit und ohne Waffenanwendung, teilweise gemeinsam mit Profis mancher Sondereinsatzgruppen. Zudem ist er geprüfter Fachmann im Sicherheitsgewerbe (IHK) und Instruktor für Nachtkampf (Low Light Law Enforcement).
Diese speziellen Fähigkeiten und psychologisch-therapeutische Erfahrung, gepaart mit dem Wunsch, dem Bösen zuvorzukommen, ließen dieses ganz besondere Buch als Warnung UND spannendes Lesevergnügen für denkende Menschen entstehen.
Aus verständlichen Gründen benutzt der Autor ein Pseudonym. **Es wird ausdrücklich darauf hingewiesen, dass die Person des »Enforcer« NICHT identisch ist mit dem Autor**, trotz mancher biografischer Parallelen, die üblicherweise viele Thrillerautoren als Sprungbrett für ihre Fantasie in ihren fiktiven Romanen verwenden.

Danksagung des Autors

Hiermit möchte ich mich bei allen Menschen bedanken, die im Laufe meines Lebens zur Vertiefung meines Wissen, meiner Erfahrungen und Fähigkeiten auf diesem Gebiet beigetragen haben, ohne dass sie allerdings davon wussten, dass jemals ein Roman unter einem Pseudonym über einen fiktiven Auftragskiller entstehen würde.
Für den erhaltenen Unterricht, das kompetente Training und das Entstehen meiner Expertise bedanke ich mich bei folgenden Meisterkämpfern auf der guten Seite:

- Waffenlose Kampfkunst: Jonny Keta (mehrfacher Weltmeister K1), Tarik Kuzucu (Weltmeister Kickboxen), Bekim Nuhija (7-facher Weltmeister Keichu-Do-Karate), Matthias Popp (Landestrainer Taekwondo), Jens Linder (Gebirgsjäger) u. a.

- Waffenkampf mit Messern und asiatischen Waffen: Michael Janich (Nahkampfexperte), Pascale Verhille (Weltmeister Nunchaku Full-Nunch), Bekim Nuhija (Katana-Weltmeister Form, Stil Keichu-Do).

- Waffenkampf mit Schusswaffen: Rob Pincus (amerikanischer Polizeitrainer), Ken Hackathorn (Ausbilderlegende), Todd Jarrett (Weltmeister IPSC), Michael Janich, Wolfgang Heller (Experte IPSC), div. unbenannte Polizisten und Soldaten.

- Nachtkampf (Low Light Engagement): Vaughn Baker und Mark Warren (Strategos Int.), teils gemeinsam mit unbenannten Kämpfern deutscher und niederländischer SEKen oder aus KFOR-Einheiten.

Ich bedanke mich bei folgenden Autoren, bei denen ich aus Literatur, Internet und Videos gelernt habe: Kim Silver, Joey Maffay, Bill Wallace, Bruce Lee, Loren Christensen, John Machovicz, Sprengstoffchemie von Köhler (u. a.), div. Botanikbücher.

- Die Chefin und div. »femme fatale« von chanelschwarz.com haben mir wertvolles Insiderwissen zu dem Thema »Escort-Service« geschenkt; danke auch hierfür.

Alle diese genannten Profis haben rein gar nichts mit der frei erfundenen Figur des Enforcer zu tun!

- Nicht zuletzt bedanke ich mich auch für die unendliche Geduld meines privaten Umfeldes, das mir stets mit Geduld und Nachsicht bei meinem »verrückten« Projekt zur Seite gestanden hatte, das ausschließlich aus dem Antrieb entstanden ist, die »gute Seite« mit den Gefahren immanenter Bedrohung durch motivierte Kriminelle vertraut zu machen, die über ähnliches Wissen verfügen könnten und sehr oft bereits verfügen!

- Ebensolchen Dank verdient mein Verlagsteam vom MV-Verlag, das meine oft kurzfristigen und zahlreichen Änderungen immer mit Geduld und Kompetenz umzusetzen wusste und mich klaglos bei diesem ungewöhnlichen Projekt eines »Sachbuchthrillers über die Kunst des Mordens« professionell unterstützt hat.

Hauptbeschreibung

“Lehrbuch für Profikiller”
Be(a)st of Enforcer
by Dr. Eno Forcer
Sachbuchthriller über die Kunst des Mordens – mit Anti-Terror-Tipps und Selbstverteidigung für denkende Menschen!

Ein perfider Einzeltäter zeigt auf, wie nahezu JEDER leicht zum Mörder oder Terroristen werden kann, und deckt ACHT Schlupflöcher auf, die es einem motivierten und intelligenten Kriminellen auch heute noch erlauben, relativ einfach zum Massenmörder oder Attentäter zu werden!

Als Geschichte des Auftragskillers »Be(a)st of Enforcer« spannend verpackt, wird uns dieses Lehrbuch des Tötens geöffnet, um in Zukunft genau dies zu verhindern, nämlich dass sich ein motivierter Krimineller aus Baumarkt, Apotheke und Internet ganz leicht bedienen kann, um Terror zu verbreiten!

Die spannende Kunst des Tötens mit zahllosen verschiedenen Methoden von einem vielleicht noch lebenden Killer auf freiem Fuß – mit zahlreichen Tipps zum Selbstschutz!

Psychologie eines isolierten Einzeltäters - ein weltweit zunehmendes Phänomen.

Erklärung zum Titel: *»Best of Enforcer«: die 12 perfidesten Hits des Killers; »Beast of Eno Forcer«: das menschliche Biest, von dem der Autor Dr. Eno Forcer hier berichtet!*